Libretto

LE NAIN DE L'OMBRE

DAVID MADSEN

LE NAIN DE L'OMBRE

roman

Traduit de l'anglais par
JEAN-MICHEL MILO

Libretto

Titre original de l'ouvrage en anglais :
Memoirs of a Gnostic Dwarf

Sous le pseudonyme de David Madsen se cache un philosophe de langue anglaise, féru de théologie, qui vit à Copenhague. *Le Nain de l'ombre* est son premier roman.

A Michele, Cuor'Addorato Mio

Spirto ben nato, in cui si specchia e vede
Nelle tue membra oneste e care
Quante natura e'l ciel tra no' può fare,
Quand'a null' altra suo bell' opra cede;

Spirto leggiadro, in cui si spera e crede
Dentro, come di fuor nel viso appare,
Amor, pietà, mercè cose sì rare...
Che ma' furn' in beltà con tanta fede :

L'Amor mi prende, e la beltà mi lega;
La pietà, la mercè con dolci sguardi
Ferma speranz' al cor par che ne doni.

Qual uso o qual governo al mondo niega,
Qual crudeltà per tempo, o qual più tardi,
Cà sì bel viso morte non perdoni?

MICHELANGELO, *Sonetto* XXIV

À Michele, cœur que mon cœur adore

Esprit de haut lignage, chez qui se reflètent et se voient,
Dans ce corps aimable et beau qui est tien, des chefs-d'œuvre
Que le ciel et la nature ne surent chez nous autres hommes fabriquer,
Tant ils surpassent toutes leurs autres créations;

Esprit gracieux, où l'on espère, où l'on attend
Du for intérieur, de même qu'on les voit flotter au-dehors,
Amour, compassion, merci, choses si rares...
Qui jamais avec Beauté n'eurent liens si étroits :

Amour me prend, et Beauté entre ses chaînes me tient;
Compassion et merci avec de doux regards,
Semblent à mon cœur donner une ferme espérance.

Quelle nature, quelle divinité au monde refuse,
Quelle instance cruelle, d'aujourd'hui ou à venir,
Que la mort épargne un si beau visage?

AVANT-PROPOS

Je ne me sens pas tenu de raconter par le menu comment ces mémoires me sont arrivés entre les mains ; qu'il me suffise de dire que je ne suis pas seulement réputé honorablement dans le milieu érudit, mais que je jouis de revenus privés.

Une chose pourtant me paraît indispensable à signaler : le travail de traduction était loin d'aller de soi. J'ai tenté de surmonter la difficulté en maintenant au long du texte une langue qui fût plutôt la nôtre, et donc largement accessible ; plus d'un idiotisme sous la plume de Peppe remontent à l'italien des XVe et XVIe siècles et, en théorie, ils sont intraduisibles, aussi ai-je pris la liberté d'en fournir des équivalents modernes. Les jurons populaires illustrent à merveille ce problème. En cas d'ambiguïté voulue ou de jeu de mots, j'ai appliqué grossièrement la même règle : si cela passe, j'ai conservé l'original, dans le cas contraire, je m'en suis éloigné. C'est de cette façon que j'ai tenté de préserver l'*esprit**[1] de ces mémoires, lequel, généralement parlant, n'y va pas de main morte avec le salace.

1. En français dans le texte, comme tous les mots ou expressions en italique suivis d'un astérisque (*). *(Toutes les notes sont du traducteur.)*

Pas mal de passages sont restés dans la langue originale [1] (poèmes, hymnes, citations), considérant que ce serait une perte irréparable de se priver de la saveur unique de la version première : même à qui ne pratique pas l'italien, la radieuse beauté de *Nel mio cuore* s'imposera d'elle-même. Dans tous les cas, comme le souligne notre héros à la petite taille, traduire est toujours, à un degré ou à un autre, *interpréter*. Les fragments de la liturgie gnostique furent recopiés par Peppe dans leur grec d'origine, mais il m'a semblé qu'il valait mieux les donner en anglais pour la présente édition de ces mémoires, et ainsi fut fait; le lecteur ne doit pas outre mesure s'y retrouver : la majeure partie en est incompréhensible, que ce soit en grec, en anglais ou en n'importe quoi. Il ne peut subsister le moindre doute concernant l'adhésion de Peppe à la doctrine gnostique, elle fut totale et inconditionnelle; néanmoins, il admet, dans son plaidoyer pour sa philosophie propre, que mainte expression de ces textes, notamment ces titres honorifiques de fantaisie, ces titulatures grotesques, n'est qu'une bavarde tentative pour identifier le non-identifiable. À quiconque souhaiterait en savoir davantage sur le développement historique des rites et liturgies de la Gnose, je ne peux que chaudement recommander l'ouvrage qui ressuscite une époque, *A Study of the Valentinian Sacramentary in the Light of Gnostic Creation Myths*, de T. V. Schneider-Hakim (Londres) et Otto Schneider (Berlin).

Nombreuses sont les personnes envers qui j'ai une dette de gratitude pour l'aide inestimable qu'elles m'ont apportée dans la préparation de ces mémoires, mais je dois une mention particulière à :

Herr Heinrich Arvé, qui m'a fourni une information sans prix sur les effets de la perversion sexuelle dans l'Italie de la Renaissance;

1. Nous les avons traduits en note pour le public français.

Mgr Marcello Ciapplino, qui a éclairé de ses lumières tel ou tel passage qui avait à voir dans le texte avec l'histoire militaire ou politique ;

Le Dr Patrizia Cezanno enfin, qui a peint, d'après les descriptions qu'il donne de lui-même dans ses mémoires, un portrait de Peppe que j'ai accroché au mur de ma bibliothèque personnelle.

Je prie le lecteur de noter que Giuseppe Amadonelli mourut le 6 août 1523, jour de la Transfiguration, servant à Sainte-Marie-du-Trastevere, à Rome, les vêpres solennelles. La cause précise de sa mort demeure inconnue à ce jour.

DAVID MADSEN,
Londres, Copenhague, Rome

INCIPIT PRIMA PARS

1518

Clementissime Domine, cuius inenarrabilis est virtus.
Seigneur très clément, dont la vertu est ineffable.

Ce matin Sa Sainteté m'a demandé de lui lire un passage de saint Augustin, pendant que le médicastre appliquait onguents et pommades sur son cul suppurant. Une pommade en particulier, concoctée à partir de pisse de vierge (où a-t-on pu trouver une vierge à Rome ?) et d'une herbe rare du jardin privé de Bonnet de Lattes, le médecin-chef juif du pape, puait abominablement. L'odeur, cependant n'était pas pire que le fumet nauséabond des pustules et des ulcères purulents qui ornaient le postérieur cilicien de Sa Sainteté. (Tout le monde parle de « fistule » pour faire allusion à ces plaies repoussantes, mais je ne suis pas tenu à user de tact.) L'aube relevée sur les hanches et le caleçon baissé jusqu'aux chevilles, l'homme le plus puissant du monde est allongé sur son lit, les quatre fers en l'air, comme un giton attendant d'être enculé jusqu'à l'os.

Enculé, il l'a été d'innombrables fois – d'où l'état de son trou du cul. Sa Sainteté préfère jouer le rôle de la femme, ruant dans les brancards et poussant des cris aigus sous l'assaut d'un jeune homme bien membré, comme une jeune épouse pénétrée pour la première fois. Non que j'aie la moindre objection contre cette façon de faire – après tout Léon est le pape et, à moins de déclarer publiquement que Dieu est mahométan, il peut faire tout ce qui lui plaît. Et puis j'aime penser à moi comme à un homme tolérant. Il ne m'est pas difficile de fermer les yeux sur la faiblesse et le vice dans un domaine qui n'a aucun intérêt pour moi. À supposer qu'il en ait, il me semble qu'il faudrait quelqu'un de singulièrement vicieux pour être sexuellement attiré par un nain bossu. Ce que je suis.

D'où le titre de mes mémoires : *Mémoires d'un nain de l'ombre.* Je pense que c'est un excellent titre, car il est totalement honnête. Je *suis* un nain gnostique et ce *sont* mes mémoires. La plupart des livres et des manuscrits mis en vente ces jours-ci sont entièrement truqués : par exemple *Le Récit véritable des turpitudes d'un moine* ou *La Vraie Nature de la pratique de l'amour grec* – que j'ai vus dans la bibliothèque personnelle de Sa Sainteté – sont des tissus de mensonges par lesquels il ne faut pas se laisser abuser. S'il est douloureusement évident que je suis un nain, mon penchant pour la Gnose est mon petit secret… et celui d'une certaine fraternité occulte. Oui, il y a beaucoup de gnostiques qui ne sont pas des nains. Plus tard, je parlerai en détail de la fraternité.

Sa Sainteté Léon X, pontife romain, vicaire du Christ sur terre, patriarche de l'Occident, successeur du prince des apôtres, détenteur des clés de Pierre et serviteur des serviteurs de Dieu, n'a pas l'habitude de m'appeler pour que je lui fasse la lecture pendant qu'il a le cul oint de pisse de vierge et d'herbes rares. Au contraire, il préfère rester seul avec son médecin, il est facile de comprendre pourquoi j'ai donc été un brin surpris par sa demande. À la réflexion, il semble qu'il ait été un peu troublé par les dernières nouvelles d'Allemagne, où un moine irascible nommé Luther a semé le désordre en jetant l'anathème sur la corruption de la cour papale, et il trouve que les rhapsodies misanthropiques du saint évêque de Carthage le distrairaient. À mon avis, elles sont d'un ennui profond. La cour papale *est* corrompue, et alors ? Cela ne surprend personne. Elle l'est depuis si longtemps que nul ne peut se souvenir d'un temps où elle ne l'était pas, ni concevoir qu'il n'en ait pas toujours été ainsi. Chercher le pourquoi et le comment, tel ce Luther, cela revient à demander pourquoi le soleil est chaud et pourquoi le temps est humide, et à essayer de les rendre différents. Futile. *Vanitas vanitatum*. L'ennui avec les gens comme ce moine revêche, c'est qu'ils se croient supérieurs aux autres et ainsi idéalement qualifiés pour réformer le monde. Mais le monde ne peut l'être et ne pourra jamais l'être, car le monde est l'enfer. (Voilà une petite pincée de Gnose pour vous.) Cela ne me rend pas misanthrope comme notre saint père Augustin – au contraire, si ce monde est l'enfer, on ne peut qu'éprouver de la compassion pour ceux qui sont obligés d'y vivre et de respirer de l'air empoisonné. Et – surtout – leur apprendre qu'il y a une issue.

– Il me semble que cela mérite une bulle papale, Peppe, me dit Sa Sainteté (car Peppe est mon nom).

– Ne bougez pas, Votre Sainteté, avertit le médecin, en insérant un index noueux dans le rectum du successeur de Pierre avec un soin mathématique.

Après l'avoir fait tourner légèrement, il le retira et le porta à son nez en le reniflant avec soin.

– Pas encore, répondis-je, dégoûté par les bouffonneries de ce devin des excréments, beaucoup trop payé pour ce qu'il faisait. Laissez mariner dans son jus cet illuminé des Écritures. Après tout, il est peut-être inoffensif.

– Inoffensif ? couina Léon. *Inoffensif.* Sais-tu de quoi il m'accuse ?

– J'essaie de ne pas être à l'affût de la dernière *chronique scandaleuse** de la cour de Votre Sainteté…

– Ce ne sont pas des potins, Peppe, c'est un lieu commun. Il n'y va pas par quatre chemins... Tout le monde est au courant. Il m'accuse d'usure, de népotisme, me traite de mignon favori de Sodome.

– Dites-moi...

– Par le sang de Dieu et le lait de la Vierge, la prochaine fois il attaquera la Messe !

– Peut-être devriez-vous le nommer cardinal, Votre Sainteté.

– Essaies-tu d'être drôle ?

– Évidemment. C'est en partie pour cela que vous me payez.

Alors Léon poussa un cri – un long hurlement plaintif d'atroce douleur.

– N'as-tu pas encore fini, espèce d'imbécile trou de pute ? rugit-il en s'adressant à l'imperturbable Bonnet de Lattes.

Le langage ordurier de Léon était bien connu, et personne ne s'en offensait sauf les âmes pieuses – mais il y en avait heureusement très peu à la cour.

– C'est presque fini, Votre Sainteté.

Il avait l'air d'examiner une menue parcelle de merde adhérant au bout de son doigt. Dans quel dessein, je n'en avais aucune idée.

– Tu crois que je dois attendre un peu, n'est-ce pas, Peppe ?

– Tout à fait, Votre Sainteté. Laissez-le encore un peu marcher sur des charbons ardents et publiez la bulle. Une vraie salve.

– *Exsurge Domine.* Est-ce que ça sonne bien ?

– Un excellent titre, Votre Sainteté. Mais gardez-le pour plus tard.

– Votre Sainteté peut se rhabiller, dit pompeusement le médecin (selon mon expérience, tous les médecins sont invariablement pompeux) en se rinçant les mains dans le bol d'eau de rose posé sur la table de lecture de Sa Sainteté.

– Alors, le diagnostic ?

– Il y a une amélioration, naturellement (NOTE. Lisez : « grâce à mon art et donc à mes soins nécessairement coûteux »), mais le traitement doit être poursuivi. Il y aura peut-être une augmentation des saignements. Je reviendrai le mois prochain.

– Tu reviendras si je te le *demande*, aboya Léon. L'argent est là. Maintenant, va-t'en.

– Merci, Votre Sainteté. Et – si je puis me permettre – peut-être pourriez-vous, pendant quelque temps, vous abstenir…

« Vous abstenir de recevoir la moitié des jeunes étalons de Rome », pensai-je.

– … vous abstenir de manger des mets épicés. Cela aiderait. Le sang ne doit pas être échauffé.

– Très bien. Très bien. File, maintenant.

Lattes se dirigea vers la porte en reculant, faisant force courbettes et serrant contre sa poitrine drapée de fourrure à la fois l'emblème d'Esculape et la petite bourse remplie d'argent.

Léon s'assit et parcourut la pièce d'un regard chassieux et vengeur, comme s'il cherchait à frapper quelque chose ou quelqu'un.

– Pour que mon sang ne s'échauffe pas, dit-il, je ne dois plus entendre parler de ce moine allemand.

– Votre Sainteté souhaite-t-elle que je continue à lui lire des passages du saint évêque de Carthage ?

– Luther est augustinien, n'est-ce pas ?

– Je crois, Votre Sainteté.

– Alors qu'Augustin aille se faire enculer. J'ai le ventre creux après cette épreuve.

Léon est un homme de grande taille au teint bistré, un peu gras (bouffi, disent les mauvaises langues). Il marche en se dandinant et monte à cheval en amazone à cause des ulcères de son cul. Il a un visage poupin, des yeux toujours sur le qui-vive, brûlant de suspicion, des paupières lourdes, l'iris veiné de sang et de grosses lèvres sensuelles. De manière incongrue, sa voix est modulée avec élégance, est très haut perchée sauf quand il se met en colère (ce qui arrive souvent car il est très susceptible). Elle devient alors un terrifiant rugissement. J'ai déjà dit qu'il avait tendance à user d'un langage très imagé. Il est myope et, lorsque sa vanité le lui permet, il se sert d'une petite loupe pour lire. Vous le savez maintenant, c'est un adepte de Ganymède. Il aime être enculé par de jeunes hommes. Je ne crois pas qu'il soit le moins du monde intéressé par les femmes. Étrangement, aucun scandale public n'est attaché à ce penchant. Soit les gens le tiennent pour acquis, soit ils n'en ont cure. Quoi qu'il en soit, comparé aux bouffonneries guerrières de son obscur prédécesseur, ou de celui qui l'a précédé (je devrais dire «ceux», car Pie III n'a régné que vingt-six jours), Alexandre VI Borgia, impie et rongé par la vérole, Léon est un homme pieux. En fait, il est vraiment pieux et entend la messe avant d'aller chasser. Il adore la chasse.

Sa Sainteté est un homme affable et, quand l'occasion se présente, il peut faire preuve d'un humour ravageur. Un jour, alors que je l'aidais à se dévêtir après une messe solennelle, il se tourna vers moi et me lança un regard inquisiteur. Puis, hors de portée d'oreilles des diacres et des acolytes qui paradaient autour de lui, il me demanda :

– Dis-moi, Peppe, ce que l'on raconte sur les nains est-il vrai?

– Qu'est-ce qui est vrai, Votre Sainteté? répondis-je en prétendant ne pas comprendre la question.

Posant une main potelée et chargée de bagues sur mon bras, il m'attira vers sa sainte personne.

– Tu sais très bien de quoi je parle. Est-ce vrai ou non?

– Voyez vous-même.

Délaçant mon pourpoint et ouvrant ma braguette de cuir doublée de lin, je sortis ma pine, enfin, les deux tiers.

Léon sourit en soupirant.

– Quel gâchis !

Ôtant l'une des bagues qu'il portait au doigt, un énorme chrysobéryl orné d'une gravure égyptienne, serti de petites perles et enchâssé dans l'ovale d'or d'une monture finement ouvragée, il la glissa dans la paume de ma main.

– Voilà, dit-il. Avec une bite aussi petite que le reste de ta personne, tu as bien droit à quelque consolation.

Un geste, je puis le dire, qui me toucha profondément. Plus tard, me tenant près du trône papal, au cours d'une audience avec un onctueux ambassadeur vénitien, prompt aux gasconnades, me demandant pourquoi j'étais soudain devenu le point de mire de regards aussi outragés que surpris, je m'aperçus que j'avais laissé ma pine à l'air. Léon avait dû le remarquer, mais il avait décidé de ne rien dire. À ma grande honte, l'ambassadeur fut choqué au point de se plaindre à Léon, mais il en prit pour son grade au banquet donné en son honneur le soir même : l'une des spécialités du cuisinier napolitain de Sa Sainteté, des langues d'alouettes arrosées de miel sauvage et de cassis, chacune enveloppée dans une feuille d'or fin, étaient servies sur un lit de cônes de pin et d'émeraudes broyées. N'ayant pas le bon sens de comprendre qu'il ne fallait manger ni les cônes ni les émeraudes, le Vénitien s'en mit une pleine cuillerée dans la bouche et l'avala avant que quiconque pût l'arrêter. Il passa le reste de la soirée dans les appartements privés du pape à cracher du sang.

Léon faillit mourir de rire.

Il y a maintenant cinq ans que je suis le chambellan de Sa Sainteté. Je l'ai accompagnée de Florence à Rome quand elle est montée sur le trône de Pierre. Avant, je faisais partie de sa suite de façon plutôt ambiguë, comme une sorte de serviteur particulier. Je n'ai été connu en tant que chambellan de Sa Sainteté qu'à la cour papale. Le titre de chambellan n'est pas très flatteur, et certainement inadéquat pour décrire l'étendue de mes fonctions, car je suis aussi le confident du pape, son factotum, son espion, son scribe et son compagnon de tous les jours. Il a, bien sûr, un confesseur – un jeune bénédictin aussi pieux que glacial, choisi en raison de sa beauté du diable –, mais c'est dans ma petite oreille velue qu'il déverse ses craintes, ses espoirs, ses aspirations et ses rêves. En un sens, je suis là – dans la mesure où un nain d'âge mûr peut être considéré comme une mère – pour materner, dorloter et consoler Sa Sainteté quand les devoirs de sa charge affligent son âme de mélancolie. Je suis aussi, à l'occasion, son maquereau, bien que ce désagréable devoir soit devenu moins fréquent depuis qu'il a mal au cul.

– Je vais te confier une mission spéciale, disait-il.

– Pour quand, Votre Sainteté ?

– Pour ce soir.

– Une préférence particulière ?

– Bien bâti, naturellement.

– Bien bâti ou bien membré ?

– Les deux.

Je partais alors en chasse dans les ruelles puantes et ténébreuses de la ville. Une ou deux fois, les jeunes gens que j'approchais ont cru que je chassais pour mon propre compte. Un spécimen particulièrement juteux avec des épaules de déménageur et des bras presque aussi musclés que ceux d'un singe, qui évoquaient des années de dur labeur journalier, me dévisagea des pieds à la tête d'un regard sombre et méprisant.

– Tu rigoles, je suppose.

– Tu seras bien payé.

– Je n'en doute pas, mais je ne vais pas te faire ça. Par les os de saint Pierre, le monstre que j'ai entre les jambes va te faire sortir les boyaux du cul, sale petit avorton.

– Ce n'est pas pour moi, idiot.

– Oh? Alors pour qui?

– Tu seras bien payé, je te l'ai déjà dit. Suis-moi.

– Combien exactement?

– Que dirais-tu d'une indulgence plénière? Tu m'as l'air d'en avoir le plus grand besoin.

– Va te faire voir, courtes-bottes.

– Est-ce là la réponse que je dois donner au successeur du prince des apôtres, détenteur des clés de Pierre? Il te fera couper à la racine le monstre que tu as entre les cuisses et il te l'enfoncera dans la gorge. Alors, tu viens ou non?

Il est venu.

Je suis sûr – en fait, je le *sais* – que Léon est sincèrement épris de moi. Grâce à sa générosité, j'ai réussi à accumuler pour la consolation de mes vieux jours un magot substantiel placé chez des banquiers florentins. Je possède également toute une collection d'anneaux ornés de pierres précieuses à monture d'or ou d'argent, cachés dans ma chambre, mais je ne parlerai pas ici de la cachette. Non que je ne veuille pas les porter, mais j'ai souvent remarqué que les gens n'aiment pas voir de belles choses orner un corps contrefait comme le mien. Je trouve cette attitude incompréhensible puisque personne ne voit la moindre objection quand une femme sans beauté détourne l'attention par la richesse de sa mise et l'étincellement de ses bijoux – au contraire cette attitude est encouragée, alors qu'un nain paré comme une reine choque.

Ces charges variées, je dois le dire, et l'intimité que nous partageons, Sa Sainteté et moi, empêchent ma vie à la cour papale de tourner au nauséabond fleuve d'ennui. Je vous assure – vous qui rêvez de cette vie dans vos rêves secrets –

que d'interminables banquets, des grand-messes qui n'en finissent pas (surtout les grand-messes, oui !), d'innombrables audiences, des réceptions, de la pompe tous les jours, que tout cela ne tarde guère à être d'un pesant qui est au-delà des mots.

Je sais que vous allez dire : « C'est un argument facile pour *vous*, qui avez goûté à toutes ces extravagances. » Laissez-moi vous répondre que je serais heureux d'échanger mon sort contre le vôtre, même si vous êtes très pauvre et si vous habitez un taudis. Mais si nous devions changer de peau, vous et moi, il faudrait que vous vous fassiez à l'idée de vivre dans le corps contrefait d'un nain. Accepteriez-vous ce marché ? Et moi, moi j'éprouverais, par un miracle ontologique, l'aisance et la pureté de membres bien tournés, la dignité d'avoir une tête raisonnablement éloignée des pieds, le pur *délice* de pouvoir me tenir droit. Oh oui, j'ai longtemps pleuré en rêvant de cela. Plus maintenant. Plus tard, je vous dirai pourquoi et comment j'ai cessé de pleurer et de quelle façon j'ai appris à m'accepter tel que je suis.

À propos de grand-messes, je puis dire qu'elles posaient toujours un problème au pauvre Léon, car certaines d'entre elles traînaient en longueur (et traînent toujours, hélas) et Sa Sainteté était torturée par le besoin de soulager sa vessie douloureuse. Léon faisait peine à voir quand il se tortillait comme un ver sur le trône papal, enveloppé dans de lourds vêtements pontificaux, le visage figé en un masque de douleur tandis que le chœur continuait à écorcher quelque sotte litanie.

Je ne crois pas qu'il ait jamais pissé dans son caleçon, mais il a dû être sur le point de le faire. Heureusement, j'ai réussi à bricoler un petit appareil de mon invention et le problème a été résolu. J'ai cousu deux morceaux de cuir souple doublés de loutre pour en faire une sorte de fourreau adapté à la grosse pine de Sa Sainteté. À l'extrémité du fourreau, un tuyau de cuir était relié à un sac attaché avec de la soie au mollet droit du pape. Glissé sous son caleçon, tout l'appareillage permettait à Léon de pisser librement, qu'il fût assis ou debout, au milieu d'une grand-messe solennelle (ou de n'importe quelle autre cérémonie prolongée) sans que personne pût deviner ce qu'il était en train de faire. Seule l'heureuse expression de soulagement sur son visage aurait pu mettre la puce à l'oreille et seulement pour le plus attentif des observateurs. Ravie, Sa Sainteté me suggéra, dans l'intérêt d'un rapprochement Orient-Occident, d'envoyer ma petite invention au patriarche de Constantinople, qui était apparemment obligé de subir des liturgies encore plus longues que les nôtres. J'ai envoyé l'objet, mais je n'ai pas reçu de réponse et l'objet n'est pas revenu. Il m'arrive parfois de penser à ce renégat, à ce vieux pingre pissant joyeusement grâce à moi au milieu d'un ennuyeux et interminable marathon rituel. On dit que les schismatiques orientaux passent leur temps à pisser et à péter. J'ai découvert plus tard que mon invention n'en était pas une et que ce genre d'appareil était très commun. J'ai lu que les médecins de l'Égypte ancienne s'en servaient pour soulager les souffrances de ceux qui ne pouvaient plus uriner. Inutile de dire que je n'en ai pas soufflé mot à Léon et, comme récompense, il m'a donné un autre anneau, une émeraude à couper le souffle, montée sur or, dont on disait qu'elle avait appartenu à l'apôtre Jean en personne. Évidemment, je n'en ai pas cru un mot. Pas plus que je ne crois qu'elle a été trouvée dans les boyaux d'un poisson.

Le cousin de Léon, Giulio – un cardinal, cela va sans dire –, passe son temps à rôder dans les couloirs dans l'espoir d'arracher à Léon d'autres bénéfices. Secrètement, il le déteste. Si ce mépris est secret, direz-vous, comment se fait-il que *moi*, j'en sois informé ? Ce n'est pas exactement le plus noir des secrets (sauf pour Sa Sainteté) et, une nuit, dans un corridor des appartements pontificaux, j'ai d'autre part entendu Giulio discuter avec Lorenzo, le neveu du pape, du prix à payer et des moyens à employer pour s'asseoir sur le trône de Pierre quand Léon rejoindrait son créateur et devrait répondre de ses actes. Je les ai écoutés sans qu'ils me voient. L'un des avantages d'être un nain est d'être moins visible, surtout dans l'obscurité, où les gens regardent droit devant eux et ne baissent pas les yeux. La conversation ne laissait pas de place au doute : Giulio et Lorenzo tenaient simplement Léon pour une source temporaire de revenus. Ils exprimèrent sans détour leur dégoût envers ses habitudes et ses penchants sexuels et je ne répéterai pas ici leurs commentaires par respect pour Sa Sainteté. En outre, l'hypocrisie de Giulio dépasse les bornes, quand on pense que Son Éminence a sauté la plupart des nobles dames romaines, tout en trouvant le temps de se payer (littéralement aussi bien que chronologiquement, si vous voyez ce que je veux dire) un jeune éphèbe à l'occasion. Le lendemain matin, il était encore là, furetant dans la chambre à coucher pontificale avant même le lever de Léon, dégoulinant de charme et de flatterie. Sa Sainteté mérite mieux. Je raconterai plus tard les manigances du cardinal.

Ne croyez pas que Léon soit un homme crédule parce que son cousin le trompe en faisant preuve de fausse dévotion – ce serait faux. Mais il est vrai que le cœur est plus facilement dupé que la tête. Dans tous les autres domaines, Sa Sainteté fait preuve d'une grande finesse. Je me rappelle, par exemple, l'affaire de l'icône miraculeuse.

C'était une gravure sur bois encadrée d'or comme on en voit beaucoup en Orient, apportée à Léon par un marchand vénitien apparemment digne de foi, qui informa la cour papale qu'il l'avait acquise pour une somme fabuleuse à un revendeur ottoman, qui l'avait lui-même achetée à un certain calife, qui... etc. Il nous raconta que l'histoire de cette icône était pleine de rebondissements, de disparitions et de réapparitions mystérieuses, de guérisons miraculeuses, de marchandages clandestins, de vols et même de meurtres ! Il dit qu'elle représentait *Theotokos orans*, la Mère de Dieu en prière, et qu'elle était réputée avoir été peinte par saint Luc lui-même. Après tout ce baratin mercantile, il en vint à l'essentiel : il demandait trois cents ducats. L'assemblée poussa un hoquet de surprise. Si personne ne croyait à l'histoire de saint Luc, il était indéniable que l'icône était exquise.

Léon s'appuya sur son trône doré, les pieds touchant presque le tabouret de velours pourpre, une main potelée appuyée contre ses doubles mentons. Il laissa errer sur ses lèvres un lent sourire de contentement secret.

– Non, dit-il.

– Votre Sainteté refuse une œuvre d'art aussi ancienne ? Une représentation de la sainte Mère de Dieu dont il est probable qu'elle est de la main de saint Luc ?

– Non, dit de nouveau Léon, je ne refuse pas une telle merveille. Je refuse ce que vous m'offrez.

– Mais, Votre Sainteté, pour la plus grande gloire de la sainte Église romaine…

– Emmenez-le. Qu'il refroidisse son enthousiasme dans une cellule. Et pas du genre monastique. Dehors !

Le marchand fut emmené malgré ses protestations. Je ne l'ai jamais revu et je doute que quiconque ait eu vent de son sort. Quant à l'icône, elle est toujours sur la table de chevet de Léon.

Plus tard, une fois que nous fûmes seuls, je lui ai demandé :

– Pourquoi ? N'est-ce pas une merveilleuse icône ?

– Certes, mais elle ne vaut pas plus que trente ducats. Il y a sans doute moins de cinquante ans qu'elle a été peinte. Même si elle est plus ancienne, elle n'est certainement pas la pièce antique que ce petit escroc cupide a prétendu qu'elle était.

– Mais comment Votre Sainteté le sait-elle ?

Léon soupira et posa sa grosse main sur mon épaule noueuse. Je déteste que quelqu'un me touche près de ma bosse, sauf lui.

– As-tu jamais vu le saint suaire du Seigneur ?

– Le drap de lin dans lequel le corps de Jésus a été enveloppé et où son image s'est imprimée ?

– Oui.

– Je ne l'ai jamais vu.

– Il y a un filet de sang – un caillot – qui suinte de ses cheveux, au milieu de son front. Le sang provoqué par les épines qui ont si douloureusement percé sa pauvre tête. L'image miraculeuse de ce caillot de sang a été prise pour une boucle de cheveux par les peintres d'icônes orientaux et on la trouve dans toutes les représentations tardives du Seigneur. Les représentations *tardives* dans le style oriental. As-tu remarqué cette mèche sur l'icône qu'on nous a présentée et dont on nous a demandé de croire qu'elle était très ancienne ?

– Oui, Votre Sainteté.

– Donc ?

– Donc elle n'est pas ancienne.

– Du moins pas aussi ancienne que ce voleur voulait nous le faire croire. C'est vraiment un beau travail, mais il est très commun en Orient.

– Votre Sainteté me sidère !

– Cher Peppe, il arrive parfois que je ne sois pas le bœuf que je parais être.

En fait, nous étions fréquemment harcelés par toutes sortes de charlatans vendant les reliques les plus variées : une fiole du lait de la Vierge, des copeaux de l'atelier de saint Joseph, l'un des seins de sainte Agathe (qui, en couleur et en texture, ressemblait à une prune – « Elle devait être toute petite », remarqua Sa Sainteté avec amusement), une flèche ayant percé la chair de saint Sébastien et, à mon avis, la relique la plus grotesque : un poil pubien d'Aelred de Rievaulx, le saint moine cistercien anglais, qui entretenait au couvent des amitiés *très spéciales*. Ce poil ne cessa d'intriguer Léon, grand admirateur d'Aelred depuis qu'il avait lu *De spirituali amicitia*, et il l'acheta au prix fort. Je ne sais pas ce qu'il est devenu, tant la trace d'une chose aussi négligeable est difficile à suivre. Même Léon n'alla pas jusqu'à faire monter ce poil sur satin dans un reliquaire d'or et à l'accrocher au mur de sa chapelle avec la cohorte des autres bondieuseries.

– C'est pour une dévotion purement privée, remarqua-t-il évasivement.

Certains n'avaient rien d'autre à vendre que leurs talents personnels : « Je transmuerai le plomb en or, Votre Sainteté » ou « Je suis partout accompagné d'un ange, Votre Sainteté, et, contre une modeste matérialisation, il se matérialisera devant vous », et même « L'avenir des hommes est pour moi un livre ouvert, monseigneur le pape ».

À celui-ci, Léon répondit :

– Pouvez-vous lire votre propre avenir ?

– Absolument.

– Et que lisez-vous, je vous prie ?

– Des voyages, Votre Sainteté, des trajets sur les mers, des audiences avec des potentats.

– Vous vous trompez, j'en ai peur.

– Votre Sainteté ?

– Votre avenir est dans un lieu sombre et humide, quelque part dans l'un de mes cachots.

J'ai déjà dit que Léon avait, à l'occasion, un humour ravageur.

Sa Sainteté n'était pas d'humeur à plaisanter quand elle reçut le mémoire de Luther attaquant les indulgences, plusieurs jours après l'humiliant examen de son cul.

– Quoi ? Par la flagellation du doux Jésus, comment cet imbécile pense-t-il que je vais financer la reconstruction de Saint-Pierre ? Le travail avance déjà trop lentement à mon gré. Prêcher les indulgences est d'une absolue nécessité.

– La guerre avec la France vide sévèrement les coffres pontificaux, Votre Sainteté.

– Ne me rappelle pas cette ligue de vérolés. À cause de cet arrogant petit François, qui est encore au biberon, j'ai à peine de quoi payer mon cuisinier. Peppe, c'en est trop. Je crois que… Comment ai-je dit que je l'intitulerai ?

– *Exsurge Domine*, Votre Sainteté.

– Exactement. Il est temps que le pape se prononce.

– Je conseillerai la patience à Votre Sainteté.

– Par le sang du Christ, j'ai déjà été patient trop longtemps.

– On dit que Frédéric de Saxe protège cet hérétique allemand…

– Je sais, je sais.

– Et Maximilien ne sera pas éternel.

– Je le sais aussi.

Léon laissa échapper un profond soupir.

– En outre, dis-je, en proie à une inspiration soudaine, maître Raphaël arrive cette après-midi pour travailler sur votre portrait. Vous devez avoir l'esprit en repos. Oubliez un moment ce moine dément.

À la mention du nom de Raphaël, la colère disparut des yeux de Léon, qui devinrent rêveurs et s'emplirent d'un désir poignant.

– Oui, maître Raphaël, murmura-t-il.

Vous l'avez certainement deviné, Raphaël est un bel homme de trente-cinq ans qui en paraît vingt-cinq, souple comme un saule, à la silhouette pleine d'harmonie, de grâce et de douce tristesse, avec, soit par nature, soit par artifice, un somptueux renflement entre les jambes. On dit qu'il l'a si longue qu'il est obligé de l'enrouler dans ses chausses.

Je n'y crois pas. Le Dieu qui a eu la cruauté de m'affliger d'un corps aussi tordu aurait-il eu la générosité de doter un homme d'un visage d'ange et d'une bite de dix pouces de long ? On dit que les femmes se branlent jusqu'à pâmoison quand maître Raphaël passe. Léon n'est pas loin de faire la même chose à la simple mention de son nom.

– Raphaël, répéta-t-il – et il oublia totalement le moine fou.

Il y a quatre ans, contre toute logique, Léon nomma maître Raphaël architecte en chef de la rénovation de Saint-Pierre à la place du Bramante. Certainement parce qu'il avait été très impressionné par les *stanze* que Raphaël avait décorées (d'exquise façon, je l'admets) pour le pape Jules. Mais comment peut-on présumer qu'un peintre de talent a également le talent d'un architecte ? C'est comme si nous nous attendions à ce qu'un médecin habile soit aussi un chanteur de premier ordre. Je doute de plus en plus qu'un médecin puisse faire preuve de la moindre habileté. Au cas où vous ne l'auriez pas remarqué, j'ai une dent contre les médecins.

Non seulement Raphaël ressemble à un ange, mais il peint comme un ange. Ses coups de pinceau élégants, délivrés sans effort, sont un plaisir à regarder. Il a saisi Léon assis à sa table de lecture, dans le simple appareil du matin, un livre pieux ouvert devant lui, le petit *camauro* de velours cramoisi bordé de fourrure posé sur sa grosse tête. Sur la table recouverte de damas, on voit une clochette joliment ciselée et Léon tient sa loupe dans sa main gauche rondelette comme s'il allait examiner les enluminures du livre. Giulio a réussi à s'introduire dans le tableau : son visage dédaigneux et mal rasé commence à apparaître sur la toile. Il a une main de mauvais augure posée sur le siège de Léon et la moitié supérieure de son corps se fend d'une onctueuse révérence. Pour une raison que je n'arrive pas à sonder, le cardinal Luigi de Rossi, qui a un jour traversé la pièce au cours d'une séance de pose, trône maintenant en permanence dans le portrait. J'ai insisté pour y figurer moi aussi – une idée que Léon a approuvée – mais maître Raphaël, en parcourant mon vilain petit corps de ses yeux de biche, a dit tranquillement :

– Hélas, je n'y arriverai pas. Je ne sais peindre que ce qui est beau.

Il n'y avait aucune méchanceté dans sa remarque – c'était un simple constat –, et je n'en ai pas pris ombrage.

– Pouvez-vous me rendre beau ? ai-je demandé, soulevé par une lueur d'espoir.

Raphaël a secoué la tête et ses tresses splendides, qui formaient un cercle incomplet, ont frémi comme les rides d'une onde sous un caressant zéphyr.

– Je ne sais pas trahir la nature. Je ne sais que l'imiter.

Il dit cela tristement et je dus m'en contenter.

– Et vous, Votre Sainteté, êtes-vous beau ? demandai-je plus tard à Léon.

– Non, répondit-il, mais mon argent sent bon.

Puis il péta en poussant un petit cri de douleur. En fait, Sa Sainteté était un prodigieux pétomane. Il était célèbre pour ses pets. Ils arrivaient, avec une surprenante fréquence, une durée et une odeur variables, parfois en des occasions totalement incongrues comme une élévation au cardinalat, un dîner avec des ambassadeurs, ou même au cours d'une grand-messe solennelle. C'est quelque chose contre quoi je n'ai jamais réussi à inventer le moindre remède. Un jour, Léon laissa échapper un pet nauséabond en accordant une audience à un prélat de la curie. Se tortillant d'embarras et désireux de préserver à tout prix la dignité de Sa Sainteté, ce stupide petit flatteur marmonna :

– Je demande pardon à Votre Sainteté.

– Pourquoi ? demanda Léon en ouvrant de grands yeux innocents. Qu'avez-vous fait ?

Le prélat savait que Léon savait que lui savait qui avait

pété et il se retrouva prisonnier d'un dilemme cornélien. On entendait presque la vase remuer dans la mare stagnante de son esprit. Rouge de honte et de confusion, il articula :

– Il me semble... enfin, il est possible que j'aie pu involontairement lâcher un vent.

De cet instant au jour de sa mort (qui survint peu après, et j'ai toujours dit qu'il était mort d'humiliation), toute la cour appela cet imbécile « l'homme qui a peut-être pété ».

Un lèche-bottes suggéra une fois qu'il faudrait mettre les vents pontificaux en bouteilles et les vendre comme objets de culte. Léon était furieux.

– Voulez-vous dire que je dois me promener avec une jarre attachée au cul ? Ou que je doive informer toute ma suite chaque fois que j'ai envie de lâcher un pet, afin qu'elle accourt des cuisines avec des bouteilles et des fioles ?

Même en manque d'argent comme il l'était, Léon ne s'est jamais abaissé à vendre ses propres pets en bouteilles.

Il était sans cesse à court d'argent, car il ne cessait de dépenser : rares manuscrits, livres exquisément enluminés, joyaux fabuleux, œuvres d'art anciennes des contrées les plus éloignées – tout ce qui évoquait l'art et l'intelligence humaine, tout, tout ce qui témoignait des travaux de l'esprit et de la marche de l'histoire humaine, il l'achetait. Cela n'est guère surprenant quand on sait qu'il eut comme précepteurs Marsile Ficin et l'énigmatique Pic de La Mirandole, qui s'adonnait à l'ésotérisme. Le père de Léon, Laurent le Magnifique, connaissait tout le prix d'une saine éducation. À propos, on raconte que ce n'est personne d'autre que Jean Pic de La Mirandole qui a initié Léon à la tendre pratique de la sodomie à l'âge également tendre de huit ans où – destiné par son père, le rusé, arrogant, impérieux, sybarite et, oui, vraiment magnifique Laurent, à la plus haute charge ecclésiastique – il reçut la tonsure. Pic de La Mirandole, qui avait la tête bourrée d'absurdes formules occultes, essaya d'en bourrer la tête de Léon mais n'y réussit pas. Il essaya également de lui bourrer le cul et, là, il ne réussit que trop bien. Un amour immodéré des livres et des bites, voilà le legs le plus durable de Pic à Sa Sainteté. Ce sont les livres qui ont mis à sec les coffres pontificaux.

La Rome léonine a été un havre lucratif pour tous les marchands ambulants de vers, les auteurs de pièces décentes ou indécentes, les artistes, les philosophes et les *littérateurs**. Érudits et humanistes, bibliothécaires, *colporteurs** et antiquaires pullulaient à la cour. Au moment de son élection, tout le monde savait que Léon serait le bienfaiteur des érudits, des poètes et des artistes et la ville était ornée d'inscriptions où était annoncé l'âge d'or, l'arrivée de l'époque de Pallas Athéna. Si Jules II avait rendu hommage à l'art de la guerre, tout le monde savait que Léon allait rendre hommage aux Muses. Et c'est ce qu'il fit, avec une grande prodigalité. Une telle dévotion n'était pas bon marché.

Dans la soirée, maître Raphaël dîna avec nous. À mon grand déplaisir, le pape l'installa près de lui, sur ma chaise, et je fus relégué au bout de la table. Léon me lança un regard dolent, comme pour me dire : «Je sais, je sais, mais il me met en transe, aussi pour une fois, pardonne-moi!» Eh bien, pour une fois, je n'étais pas d'humeur à pardonner et, tandis que nous attaquions les chapons relevés à la sauce de colchique, je lançai effrontément la conversation sur le moine fou, ne sachant que trop bien quel effet cela aurait sur Léon.

– Tu as dit quelque chose? siffla-t-il en me regardant, les yeux non plus dolents, mais pleins de flammes.

– Oui. J'ai demandé à maître Raphaël ce qu'il pensait de cet hérétique allemand, Luther.

Raphaël sourit, d'un sourire à faire se pâmer chérubins et séraphins. C'était le genre de sourire qui ne devrait pas être permis sur un visage humain. Zeus aurait donné l'Olympe pour ce sourire. Et quelques dames de haute noblesse ont donné leur vertu pour lui.

– Je crains, dit-il d'une voix douce, de ne pas être un homme versé dans la théologie.

– Cela n'a rien à voir avec la théologie, répondis-je. C'est une question politique.

– Oh ? réussit à dire Léon. Et qu'est-ce que tu en sais, *toi*, espèce de trou du cul ?

– Autant que Votre Sainteté, je pense. Les princes allemands grognent car ils voient l'argent prendre le chemin de Rome grâce à la vente des indulgences.

– Le *prêche* des indulgences, tu veux dire.

– C'est la même chose, comme Votre Sainteté le sait parfaitement. Depuis que vous êtes parvenu à cet arrangement avec Jacob *Fouteur...*

– Fugger ! Jacob Fugger ! cria Léon d'une voix de fausset en frappant du poing sur la table qu'il inonda de sauce de colchique.

Fugger était le banquier qui avait avancé à Léon la somme correspondant à l'installation du nouvel archevêque de Mayence et veillé à ce que la moitié du montant de la vente des indulgences dans son diocèse aille dans les caisses du pape. Avec une habileté proprement hébraïque, il persuada Albert que, sur l'autre moitié, dix pour cent de la somme lui appartenaient en propre.

– Dieu sait ce qu'Albert de Brandebourg voulait faire avec l'archevêché de Mayence. En y réfléchissant, il me semble que toute l'affaire est plutôt économique que politique.

Léon me lança un morceau de poulet à la figure, l'os pointu ne ratant mon œil droit que d'un cheveu.

– Ce n'était pas très poli, remarquai-je. Vous embarrassez maître Raphaël. *Merde** ! J'aurais gagné si je ne m'étais oublié en prononçant ce nom adoré.

– Raphaël, dit Léon, de nouveau frappé par la foudre.

Et de nouveau Raphaël sourit. Il adressa cette fois son sourire à Léon et j'aurais pu aussi bien insinuer que Luther serait le prochain pape, cela n'aurait eu aucun effet.

Plus tard, de joyeuse humeur car Raphaël avait accepté l'invitation de passer la nuit dans les appartements pontificaux, Léon me tança.

– Tu as été odieux, Peppe. J'ai bien envie de t'administrer une fessée.

Je vis avec horreur ce projet prendre corps dans les yeux de Léon, comme s'il pesait le pour et le contre avant de mettre cette menace en pratique.

– N'osez même pas y penser, dis-je.

Ce matin, j'ai vu Raphaël sortir du bureau de Léon avec un regard lointain et rêveur sur son beau visage et je me suis dit : « Je me demande si ce que je me demandais, c'était si oui ou non Sa Sainteté avait réussi à croquer le fruit défendu. » J'ai suivi Raphaël qui glissait rêveusement dans le corridor comme une canéphore vivante pour essayer de voir si je pourrais détecter quelques taches de sang suspectes sur son pourpoint. C'était facile pour moi, car ses petites fesses musclées n'étaient qu'à environ un pied au-dessous du niveau de mon regard. Cependant, au bout d'un moment, il sentit ma présence derrière lui et se retourna pour me faire face.

– Que dois-je penser de votre conduite ? demanda-t-il.

– Ah ! vous avez une démarche si élégante, maître Raphaël, que je me suis dit qu'en l'imitant je pourrais peut-être corriger la mienne.

Sans rien dire, il posa un instant une main pâle et souple sur ma tête, puis disparut.

Je n'avais pas vu de sang. Cela ne m'a pas vraiment surpris, car tout le monde sait qu'il a une très belle maîtresse. Léon a dû dormir seul avec son désir.

❖

Les vignettes que vous venez de voir défiler vous ont permis de vous faire une idée de Sa Sainteté Léon X, Giovanni de' Medici, successeur du prince des apôtres et détenteur des clés de Pierre. J'ai essayé de décrire un homme à la fois simple et complexe. Dans ses exploits sexuels, ses machinations politiques, son amour humaniste des arts, de la musique et des livres, ses humeurs changeantes, il est complexe. Dans sa piété, il est d'une simplicité rafraîchissante. Il arrive parfois à séparer ces deux faces de sa personnalité dans des compartiments étanches. Par exemple, il lui arrive de passer des heures absorbé dans la lecture d'un vieux grimoire propageant une doctrine hermétique tellement hétérodoxe que Mohammed semble par comparaison être un dominicain, puis d'aller joyeusement célébrer la messe. Il peut se lever de son lit le matin, le cul troué par les pénétrations répétées d'un jeune truand racolé dans une infecte ruelle, puis s'agenouiller à son prie-Dieu devant une image de la Mère du Seigneur, ses gros yeux pleins de larmes de sincère dévotion. J'ai depuis longtemps cessé d'essayer de faire le tri. C'est l'homme tout entier, avec ses contradictions et ses paradoxes, que j'aime. Voilà, je me suis surpris moi-même en l'admettant de façon aussi claire. Oui, ce pauvre vieux Léon, je l'aime.

Tout le monde n'éprouve pas les mêmes sentiments. En fait, il y en a plus d'un (je devrais peut-être dire *il y en avait*, car la plupart ont reçu un traitement spécial, façon Médicis) qui lui voue une haine mortelle. L'année dernière, plusieurs cardinaux en disgrâce ont essayé d'attenter à sa vie, mais – que soit remerciée la Fortune – Léon a survécu. Ce n'était qu'une tentative maladroite pour l'empoisonner – la vieille méthode prônée par Alexandre VI Borgia (qui rôtit maintenant en enfer, comme nous l'espérons tous ardemment) et sa meurtrière couvée. On peut toujours trouver une vieille sorcière dans un taudis puant la merde prête à concocter quelque breuvage mortel contre de l'argent. Rome tout entière, à ce qu'on dit, est un repaire d'empoisonneurs, et pour une fois je le crois. Son Éminence le cardinal Alfonso Petrucci a payé de sa vie sa tentative manquée de débarrasser le monde de Léon. Il est mort en hurlant et en se débattant, le visage bleu, ayant perdu tout contrôle de ses sphincters, et tout le monde a su que le cœur qui venait de cesser de battre n'était pas seulement félon mais pusillanime. Son Éminence le cardinal Soderini (« le Sod-homme de Dieu », comme nous l'appelions) fut condamné à une amende et emprisonné, mais il réussit plus tard à s'échapper avec le cardinal Adriano Castellesi. En homme avisé, Léon peupla de gens à lui le sacré collège des cardinaux et, depuis, c'est un vrai parterre de roses. Cela est *peut-être* dû aux lavements parfumés que la plupart d'entre eux ont l'habitude de prendre. Le cardinal Ridolfi a le sien parfumé au tilleul.

Je ne perds pas de vue que mes élucubrations portent le titre de *Mémoires d'un nain de l'ombre* et me concernent au premier chef. J'ai donc l'intention de raconter l'histoire de ma vie et non celle de la vie de Léon, même s'il est l'inévitable figure de proue de ce récit. Il n'est pas exagéré de dire que je lui dois tout – vraiment tout : mon pain quotidien, un toit au-dessus de ma tête (et le toit d'un palais), de l'argent à la banque, un rang et une position sociale. Par-dessus tout, je lui dois ma dignité. Cela m'émeut profondément de l'écrire.

Je commencerai par le récit de mon enfance et d'un monde chthonien dans lequel j'ai été obligé de survivre. Je relaterai les aventures qui me sont arrivées plus tard, mon initiation à la confrérie gnostique et le début de ma vie avec le pape Léon X – alors cardinal Giovanni de' Medici. Je ne cesse de m'étonner de l'incroyable hasard qui, sous l'effet d'une invisible, insondable et bienfaisante volonté, a lié les fils de nos deux vies. J'avais treize ans quand Léon a été fait cardinal. Je gagnais alors ma vie (si on peut dire) en aidant ma mère à colporter du vin frelaté dans les taudis de Rome. Par le sang du Christ, quelle incongruité : le mariage de ces deux destins !

Mais prenons les choses au début. Commençons, comme saint Jean l'Évangéliste, par le commencement.

1478...

Deus, qui neminem in te sperantem nimium affligi permittis.
Dieu, qui ne permets pas que soit trop affligé quiconque espère en toi.

Au commencement, il n'y eut pas pour moi le Verbe, mais la douleur. Au commencement était la douleur, et la douleur était avec moi, et la douleur *était* moi. Elle constituait la totalité de ma conscience en bourgeon. Je ne connaissais rien d'autre qu'elle. On m'a raconté que, nouveau-né, je ne pleurais pas dans les bras de ma mère pour téter son lait, mais pour être soulagé de la douleur. Il me semble qu'elle était située sur deux plans : à la racine, à la fois une souffrance physique et les cris douloureux d'une âme enfermée dans la prison d'un corps horriblement contrefait. Ma mère et le médecin (dont les services étaient proportionnels à l'argent qu'elle pouvait lui donner, et qui était donc indifférent) prétendaient que seuls mes os tordus souffraient. Ils ne savaient pas (et pourquoi l'auraient-ils su ?) que mon âme criait aussi, dans une tempête de protestations. Des années plus tard, après avoir été initié à la Gnose, j'ai composé ces quelques vers, qui reflètent mon expérience, et que j'aimerais vous faire partager :

Au commencement était la douleur ;
La douleur était avec nous, et la douleur était en nous –
La configuration, la charpente, la forme du son
Crachées par nos bouches comme le sang d'une blessure,
L'unique façon de nous savoir être.

Au commencement était le défaut dans la cuirasse :
Raison de se cacher, de rentrer en rampant
Dans le ventre et les pierres sans inscription,
La paix profondément enfouie, avant que la chair et l'os
Se nouent en une masse aveugle et informe.

Au commencement était la blessure :
Gravée précisément dans le cœur déformé,
Un signe indélébile, une marque révélatrice
Signifiant que nous avions abandonné l'ombre
Pour boiter inexorablement vers la lumière.

Au commencement était le mouvement :
Le viol perpétuel par le carcan des formes
De l'esprit capricieux qui vagabonde au loin,
Là où les téguments de l'erreur parlent en chuchotant
Sans cesse de la mort qui siffle entre ses dents.

Au commencement il y aura un retour
Vers le lieu où les commencements s'accouplent avec le feu
Et, consumés, conçoivent comment,
Orbite après orbite, tendon après tendon,
Le nœud de la naissance sera défait.

Pas vraiment un chef-d'œuvre, je le sais, ces vers ont exprimé (et expriment toujours) un aspect de la philosophie que j'ai faite mienne et qui m'a été une aide précieuse pour traverser le pont des soupirs que l'on appelle la vie terrestre.

Je suis fier de dire que le Maître de notre confrérie a incorporé quelques-uns de ces vers à une mélodie de sa composition, à l'intérieur de notre liturgie.

Un jour, ma mère me dit (je suppose qu'elle avait gardé ce petit jet de venin dans sa glande de vipère jusqu'à ce que je sois en âge de comprendre ce qu'il signifiait), alors que j'essayais de grimper sur ses genoux : « Bon Dieu, j'aurais dû t'étouffer à la naissance. »

Il y eut un temps où j'aurais acquiescé de tout cœur. Mais maintenant je suis plutôt heureux qu'elle ne m'ait pas étouffé au berceau. Étrange, n'est-ce pas, que l'on arrive toujours à s'aimer quel que soit son degré de laideur ?

Je suis né en l'an de Notre-Seigneur 1478, le sixième du peu glorieux pontificat du pape franciscain Sixte IV – un homme qui ne ressemblait en rien au doux fondateur de son ordre, un successeur de Pierre dont le népotisme fait paraître les faveurs que Léon accorde aux membres de sa famille comme de simples broutilles venant d'un cœur indifférent. La maison dans laquelle je suis né était à peine mieux qu'un taudis, dans le quartier du Trastevere à Rome. On dit que les *Trasteverini* sont des démons et je suis enclin à le croire. Ce sont des têtes de cochon, grossiers, farouchement indépendants, une bande de chacals et de voleurs. La merde que j'enlève chaque matin dans le cabinet particulier du pape est plus propre et plus douce que la vermine que l'on trouve dans les ruelles puantes du Trastevere. Pas question d'attendre la moindre pitié, évidemment, pour un enfant malformé. Au moins, telle a été mon expérience. Oh, croyez-moi, je n'en ai pas tiré trop d'amertume – après tout, avoir survécu à la vie du Trastevere m'a donné l'instinct et la volonté de survivre à peu près à tout. Chaque jour, les *gamins** et les *lazzaroni* s'en sont donné à cœur joie : ils m'ont maltraité, battu, couvert d'ordures. Vous allez dire que cela aurait pu arriver n'importe où, et vous aurez raison. Tout ce que je sais, c'est que cela m'est arrivé dans le Trastevere et je ne le lui pardonnerai jamais. Pendant des années, j'ai harcelé Léon pour qu'il rase le quartier et le fasse reconstruire, mais il ne cesse de me dire qu'il n'a pas d'argent. C'est tout à fait vrai, mais cela ne m'empêche pas de le harceler.

Ma mère a été veuve deux semaines après son mariage avec le fils d'un voisin, de la plus grotesque manière. L'homme qui n'a pas vécu assez longtemps pour devenir mon père dormait sous le chaud soleil de l'après-midi devant Santa Maria in Trastevere, après avoir ripaillé avec ses sbires. Il avait dû s'écorcher la joue ou l'oreille en se retournant dans son sommeil – toujours est-il qu'il y avait du sang quelque part – et une meute de chiens errants lui ont dévoré la moitié de la face avant que quelqu'un arrive à les chasser. Sous le choc, il est mort le lendemain, et ma mère a lancé à qui voulait l'entendre :

– Il a été bouffé par ses semblables.

Ma mère vendait du vin, arpentant les rues avec une charrette de bois chargée de barriques remplies d'une infâme piquette à laquelle elle mélangeait parfois un peu de frascati. Dieu seul sait qui est mon père biologique. J'ai appris plus tard que j'avais été conçu à la suite d'un viol brutal et je suppose donc que mon père est n'importe lequel des hommes qui entraient dans cette intention.

– Je n'ai pas pu le repousser, me dit ma mère quand elle se décida à me raconter la peu édifiante histoire de ma genèse.

– Pourquoi ? Si tu l'avais repoussé, je ne serais pas né.

– Il était trop fort pour moi. En outre, j'étais bourrée à l'époque.

– Qui était-ce ? Tu le reconnaîtrais si tu le voyais ?

– Le reconnaître ? Je le reconnaîtrais dans les ténèbres de l'enfer, où j'espère qu'il croupit, ce salaud d'impuissant.

Si cette description a une chance d'être juste, mon géniteur inconnu a dû souffrir d'impuissance après ma conception, je suppose. Mais je suspecte que ce n'est là qu'un souhait de ma mère. Elle s'adonnait volontiers à ce genre de rhétorique imaginative. En fait, quand elle tombait sur un client belliqueux prompt à jouer du poing, elle mettait souvent en chanson ses petites prédictions imagées :

N'as-tu pas les couilles qui pendent
Et une queue qui débande ?
Oh, si toutes les femmes savaient
De toi ce que moi je sais !

– Qui est mon père ? insistai-je. Qui était-ce ?
– Occupe-toi de tes oignons.
Et ce fut tout.

Dès que j'en fus capable – je ne l'ai jamais vraiment été, mais j'ai essayé –, j'accompagnai ma mère dans ses tournées et je la soulageais en poussant la charrette, qui était horriblement lourde. Je posais ma bosse à l'arrière, entre les brancards, et je marchais à reculons. Parfois mes jambes tordues se dérobaient sous moi et je tombais. Inévitablement, l'une des barriques (le plus souvent pleine) me tombait sur la tête. Et, non moins inévitablement, ma mère hurlait : « Dieu merci, ce n'est que ta putain de tête ! » et elle éclatait d'un rire qui était d'autant plus cruel qu'il était sincère. Un jour où une barrique vide se fracassa contre mon crâne, elle rit tellement qu'elle en pissa. Elle était là, au milieu de la rue, ses grosses mains rouges sur les hanches, les jambes écartées tandis qu'un jet d'urine chaude et fumante dégoulinait sur ses tibias et inondait les pavés, la tête rejetée en arrière, secouée par des soubresauts de rire. Alors j'ai pensé : « Ce n'est pas ma mère. » Comme deux et deux font quatre : une décision limpide, instantanée et, depuis cet instant jusqu'à ce jour (elle est peut-être morte, je n'en sais rien), elle m'a été aussi étrangère qu'une épine dorsale bien droite. Si j'en parle encore comme de ma «mère» dans les pages qui suivent, ce n'est que par pure convention et pour m'épargner l'ennui de forger une épithète plus appropriée, certes moins charitable.

Elle ne m'a démontré son affection qu'une seule fois, de façon grotesque et dans des circonstances inappropriées. Elle était ivre, bien sûr. J'étais roulé en boule sur ma paillasse, malade à cause des andouillettes de mon repas, nu dans la nuit chaude et poisseuse, les yeux grands ouverts pleins de rêves vains de ma terre natale, loin au-delà des étoiles, où je serais beau au lieu d'être laid et où mon cœur débordant d'amour serait aimé au lieu d'être méprisé. Peu importe si cela fait sentimental, c'était ainsi. Vous devez vous souvenir que c'étaient des rêves faits par un enfant. Puérils, mais porteurs de leur propre vérité, car j'ai découvert plus tard l'existence concrète de ce paradis mythique, comme vous le saurez en temps voulu. Il est aussi éloigné du ciel des prêtres – dont les cercles les plus larges sont déjà remplis de papes, de prélats et de rois (qui profitent autant qu'ils peuvent des deux mondes) – que le feu l'est de la glace.

Quoi qu'il en soit, ma mère est entrée en titubant dans ma chambre, le corsage à moitié ouvert, souillé de taches indéfinies, désagréables à voir.

– N'est-il pas mignon? fredonna-t-elle dans une horrible parodie d'affection. N'est-elle pas mignonne, cette petite chose nue? Ne dirait-on pas un chérubin, tout rose, tout potelé, sans le moindre poil?

Il est vrai que mes poils n'avaient pas commencé à pousser, je n'avais que douze ans à l'époque.

Elle se jeta sur le lit, presque sur moi, pressant contre mon visage son haleine chaude, puant le vin et le vomi.

– Donne-moi un bisou, mon petit cœur, dit-elle en m'entourant le corps de ses bras épais.

– Non. Tu es soûle… Je t'en prie…

J'avais cessé de l'appeler mère depuis que cette barrique s'était fracassée sur mon crâne.

– Soûle ? Sale petit salaud, tu n'aimes donc pas ta vieille mère ?

Si je n'eus pas le courage de dire non, j'eus au moins l'honnêteté de ne pas dire oui.

À mon horreur, elle glissa une main entre mes cuisses et s'empara de mon pénis. J'eus beau me débattre, impossible d'échapper : le poids de son corps me clouait à la paillasse.

– Bon Dieu, je sais y faire quand j'en ai un gros bien dedans, dit-elle, la parodie remplacée par une sorte de complaisance apitoyée sur elle-même. Viens, mon porcelet, maman va te la faire un peu grossir et un peu grandir.

Et l'apitoiement fit place à la furie amoureuse la plus répugnante.

– Non. Non, non, non, non…

– Tu aimeras ça, je te le promets. Attends les jolies sensations que maman va te donner.

D'après mes timides et inquiètes expériences, je savais de quelles sensations elle voulait parler, mais l'idée que c'était ma mère qui les suscitait me répugnait. Elle se mit à frotter et à masser mon pénis avec de lentes et lascives caresses sans cesser de roucouler dans le creux de mon oreille.

– Quand il sera gros et dur, tu pourras me le mettre, répétait-elle avec une franchise exaspérante.

– Non. Va-t'en !

De sa main libre, elle commença à relever ses jupes. J'entrevis un gros monticule velu, sombre et humide, et je perçus soudain une odeur forte. Mais il y avait une autre odeur dans la pièce, et qui ne venait pas des parties intimes de ma mère.

– La lampe, regarde la lampe ! criai-je, car un léger coup de vent, par la fenêtre ouverte, avait mis en contact la toile de sac qui la recouvrait et la flamme de la lampe à huile.

– Nous allons brûler vifs, hurla ma mère, instantanément dessoûlée.

Avec une agilité surprenante pour quelqu'un de sa carrure, elle bondit, arracha la toile, la jeta sur le sol et se mit à la piétiner. Quand il n'y eut plus ni fumée ni étincelle, elle resta là, le souffle court, les mains sur les hanches.

– C'est éteint ? demandai-je.

– Évidemment, et pas grâce à toi, petit pourceau. Je t'ai déjà dit de ne pas laisser brûler la lampe toute la nuit. Par le Christ, qui suis-je pour que je me mette à flamber avec mon argent ? La pute d'un cardinal ?

Puis elle me jeta un terrible regard vengeur.

– Toi ! siffla-t-elle – et je compris qu'elle venait soudain de prendre conscience de l'énormité et de la honteuse absurdité de ce qu'elle venait d'essayer de faire. Je te hais, dit-elle. Je t'ai toujours haï. Tu as été engendré dans la haine et tu es né dans la haine. Regarde-toi, espèce de demi-portion, d'affreux nabot contrefait. La marque de la haine est imprimée partout sur ton corps. Tu n'es pas une personne, tu es… une chose. Va dormir. Tu devras pousser la charrette très tôt demain matin. Pourquoi, au nom de tous les saints et des anges, Dieu a-t-il fabriqué une créature semblable à toi ?

Telle était précisément la question que je me posais sans cesse. Je m'éveillai dans la lumière de l'aube, le lendemain, surpris et déçu d'être encore vivant.

❖

Je vivais dans un étrange monde souterrain dont les formes et les ténèbres prenaient parfois un aspect irréel. Je savais que je n'appartenais pas plus à ce monde que je n'appartenais à ma mère, mais je l'acceptais tel qu'il était. C'était obligatoire, pour survivre. Les premiers mois, ma mère m'avait fait examiner par un ou deux médecins, mais comme ils ne pouvaient rien faire pour ma difformité, elle avait décidé qu'il était inutile de continuer à jeter de l'argent par les fenêtres. En acceptant mon sort, je finis par comprendre que la souffrance était universelle, que personne n'y échappait et que la différence entre la souffrance des autres et la mienne n'était qu'une différence de degré. Je n'étais pas alors capable de formuler cela avec des mots, mais je l'appréhendais ainsi.

Vous expliquer pourquoi je suis aujourd'hui capable de formuler tout cela, c'est vous raconter l'histoire de Laura.

Laura ! Ce nom est comme le bruit de la première goutte de pluie dont la chute rafraîchit tendrement les friches desséchées. Comme une bouffée d'air printanier dans la campagne après des miasmes fétides de latrines. Comme la lumière de la résurrection suivant la ténébreuse désintégration de la mort. Tout cela, et beaucoup plus encore. Et si ce seul nom évoque ces images, essayez d'imaginer la réalité qu'il enclôt. Je dis réalité car dame Laura devint, à part moi, le seul être humain réel dans un violent cauchemar d'ombres et de chimères. Dame Laura Francesca Beatrice de' Collini. Ma main tremble en écrivant. Je vais vous conter ma première rencontre avec mon archange.

J'avais pris l'habitude, à la fraîcheur du soir, pendant que ma mère se faisait enfiler contre un mur, dans une ruelle sombre, par quelque malandrin ivre mort, de me rendre à l'église Santa Maria in Trastevere. Je n'y allais pas pour prier, car je n'avais pas hérité de ma mère un iota de piété et je ne m'y sentais moi-même nullement enclin. J'y allais simplement pour m'asseoir et regarder autour de moi ce qui était beau. Une communion intime avec tout ce qui m'entourait : la sérénité, le silence, la beauté. Je levais les yeux sur la mosaïque de l'abside et, un bref instant, mon âme était transportée et ne faisait qu'un avec elle. La scène représentée était pour moi sans intérêt – c'était simplement sa perfection qui me ravissait, me captivait et me libérait un moment.

J'attirais toujours des regards impudents car, dans l'enchantement des profondeurs crépusculaires de l'église, les gens ne savaient pas si j'étais un enfant déformé ou un pauvre vieil infirme. Aussi, en sentant que l'on touchait doucement mon épaule bossue, me dis-je que quelqu'un avait eu l'aplomb de me demander *ce que* j'étais. Me retournant, prêt à mordre, je vis, non d'impertinentes prunelles inquisitrices ou une bouche lascive, mais la fille la plus ravissante qu'il m'eût été donné de contempler dans ma jeune vie. Elle était l'incarnation de l'exquise et tendre beauté de la mosaïque. Les pâles traits tranquilles d'une jeune madone étaient encadrés dans un ovale de cheveux qui avaient la finesse de l'or filé. La lumière qui entrait à l'oblique par les portes ouvertes de l'église entourait sa tête d'un halo vert doré. C'était une très éblouissante et très étrange vision.

– Comment t'appelles-tu?

– Giuseppe, murmurai-je. On dit : Peppe.

– Et moi, c'est Laura. Quel âge as-tu, Peppe?

– Presque treize ans. J'ai bien compté.

Elle sourit.

– C'est très bien. J'aimerais beaucoup te parler, Peppe. C'est possible?

– De quoi?

– Peut-être après tes dévotions.

– Je ne fais pas de dévotions. J'aime simplement l'ombre et le silence.

– Moi aussi. Et il se pourrait que nous ayons encore plus de choses en commun. Tu veux bien me suivre?

Comment aurais-je pu refuser? Un homme qui meurt de faim ne refuse pas une miette de pain. Quel étrange couple avons-nous dû former, elle et moi, en sortant de l'église dans l'air humide et vicié du soir tombant! Un jour, quelqu'un écrira l'histoire d'une éblouissante beauté et d'un obscur petit estropié. C'est peut-être même déjà fait.

– Où allons-nous ? demandai-je, car elle m'avait pris par la main et m'emmenait d'un pas léger et rapide que j'avais peine à suivre.

– Pas loin. Chez moi. C'est tout près d'ici.

– Qui êtes-vous ? Êtes-vous une reine ?

– Je te remercie du compliment, Peppe, mais non, je ne suis pas une reine. Je suis dame Laura Francesca Beatrice de' Collini. Mon père est un patricien de Rome, Andrea de' Collini. Là – elle pointa un index fuselé orné d'un anneau d'argent où était gravé un curieux symbole, une croix aux quatre branches égales entourée d'un cercle –, voilà ma maison.

La « maison » était un petit palais au croisement d'un étroit *vicolo* nauséabond et d'une rue plus large bordée de boutiques spécialisées dans les objets du culte travaillés dans le métal précieux : calices, patènes, rince-doigts, burettes pour le vin et l'eau, encensoirs, anneaux épiscopaux et porte-croix. J'étais certain d'être déjà passé dans cette rue, mais je n'avais jamais remarqué cette bâtisse de forme presque carrée en marbre moucheté de gris.

– C'est une maison très ancienne ? demandai-je.

– Elle a moins de cent ans. Et une histoire intéressante. Baldassare Cossa y a passé une nuit. Fais-moi penser à te raconter tout cela un de ces jours, Peppe.

Pendant cinq années tumultueuses, Baldassare Cossa devint l'antipape Jean XXIII, disputant le droit de monter sur le trône de Pierre à Grégoire XII et à Benoît XIII, mais à l'époque, je ne comprenais rien à tout cela. Je n'en comprends pas beaucoup plus maintenant, sauf que cela démontre de manière aveuglante combien la sainte Église romaine est loin de la vérité de Jésus de Nazareth dont elle se réclame depuis sa fondation.

– Nous habitons le dernier étage, expliqua dame Laura. Les autres appartements sont loués.

Après avoir franchi les grandes portes de chêne sculpté

garnies de clous de bronze verdis par le temps, nous pénétrâmes dans une cour intérieure fraîche et spacieuse avec fontaine, jet d'eau, fougères et plantes variées dans des jarres de terre cuite. L'endroit respirait le calme, la fraîcheur et l'intimité.

Je grimpai les marches avec grande difficulté, mais dame Laura était patiente et attentionnée, marquant à chaque instant une pause pour me donner le temps de reprendre mon souffle. C'était pour moi totalement nouveau : jusqu'ici mon expérience m'avait appris que chaque faux pas, chaque maladresse, est suivi d'un coup aussi sûrement que le jour succède à la nuit. J'en avais donc sans doute conclu qu'il était normal que les gens battent les infirmes. Et, dans le monde d'où je venais, c'était normal.

– Pauvre mignon, dit-elle d'une voix ineffablement tendre. Courage ! ce ne sont que des marches.

En haut de l'escalier, après une autre série de portes, plus petites et peu ornées, je me retrouvai dans un charmant vestibule avec de belles fresques représentant des arbres et des oiseaux étranges aux teintes délicatement fanées dans les roses, les bleus poudreux et les ocres pâles. Il y avait une petite table ornée d'un pichet d'argent. Au centre était sculpté un motif incroyablement complexe. J'appris plus tard qu'elle avait été achetée à prix d'or en Languedoc, près de Toulouse, et qu'elle s'était jadis trouvée dans la maison d'un cathare *parfait* *. C'était la première fois que j'entendais le mot *parfait*. Je ne crois même pas que j'aurais pu le prononcer.

Sortant d'une porte dans le mur en face de nous, un homme entra dans la pièce, vêtu d'une simple livrée de toile comme un domestique.

– Dame, on ne vous attendait pas si tôt, dit-il d'un ton plein de respect.

– Peu importe. Nous avons un invité pour dîner.

Puis, se tournant vers moi, elle ajouta :

– Tu restes dîner, Peppe, n'est-ce pas ? Nous avons tant de choses à nous dire.

Et mon silence ahuri fut plus éloquent que toute parole.

❖

La salle à manger était somptueuse. Au plafond, une série de peintures illustraient (me dit dame Laura) la descente de Sophia du plus haut des cieux dans le chaos des formes matérielles.

– Qui est Sophia ? demandai-je.

– Le principe actif de la sagesse, mon mignon.

– Je ne comprends pas.

– Non, pas encore. Elle a commis l'erreur de créer Yaldabaoth. Là, tu le vois ? Celui qui a une face de lion dans le coin, celui que les Juifs adorent. Mais Sophia s'est repentie de son acte et elle est venue illuminer les esprits et les cœurs obscurcis de ceux que Yaldabaoth avait assujettis à son culte.

Voyant bien que l'incompréhension avait cédé la place au désintérêt, elle s'arrêta.

– Tu aimes cette pièce, Peppe ?

J'étais envoûté : il y avait d'épais tapis sur le sol de marbre, d'étranges et merveilleuses tapisseries sur les murs. Le sombre et lourd mobilier, les tentures frangées d'or aux balcons des fenêtres indiquaient une richesse détachée. La longue table à laquelle nous étions assis était couverte d'une riche nappe damassée et la vaisselle d'argent étincelait à la lueur des bougies. Il y avait des bougies partout ! Des bougies projetant une douce et sainte lumière qui nous enveloppait comme d'une bénédiction. Comme dame Laura, je me servais de mon couteau pour couper la nourriture, mais je mangeais avec mes doigts, cependant qu'elle se servait d'un petit instrument à deux dents que je n'avais encore jamais vu.

– Cela s'appelle une *forchetta*, dit-elle en riant gentiment. Tiens, essaie.

Je réussis l'essai, mais je n'étais pas à l'aise. Je n'avais encore jamais mangé dans une assiette, jamais bu de vin dans un verre, jamais essuyé mes lèvres comme elle le faisait, avec un charme si discret, sur un carré de lin blanc comme neige. J'eus soudain envie de pleurer.

– Mets-toi à l'aise, dit-elle doucement avec un brin de tristesse dans la voix.

– Je ne peux pas. C'est impossible.

– Je comprends. Tout cela… – elle dessina, de son long bras mince, un arc de cercle autour d'elle – … tout cela ne signifie rien. Ce n'est que pure circonstance. Tu crois que nous avons peu de choses en commun, Peppe, toi et moi ?

– Je crois, dis-je en butant sur les mots, je crois que je… que je ne suis pas à ma place ici.

– Mais si ! s'écria-t-elle avec une soudaine ardeur qui me surprit. Nous avons tout en commun, crois-moi.

– Je ne comprends pas. Je ne sais pas pourquoi vous m'avez fait venir. Vous êtes si belle et moi… je suis si…

– Si laid ?

– Oui. Laid.

– Mais tu n'as pas peur, n'est-ce pas, Peppe ?

– Non. Je n'ai pas peur.

Alors elle fit une chose extraordinaire. Elle se leva de sa chaise et commença à dégrafer le falbala de son corsage.

– Que faites-vous ?

– Je veux te montrer quelque chose.

La soie brochée cascada sur sa taille et, de ses doigts experts, elle commença sans se presser à déboutonner la chemise de génappe blanc qu'elle portait dessous.

– Regarde-moi, Peppe. Regarde.

Un sein était parfait : lisse, plein, jeune, ferme, le petit mamelon rose saillant au centre de l'aréole sombre. Mais l'autre était affecté d'une hideuse malformation : c'était une petite prune flétrie, une chose qui ressemblait plus à une excroissance désagréable à voir qu'à un sein. Tout autour, la peau était ridée et froncée, tavelée d'un nævus fuligineux qui lui descendait sur le côté jusqu'à la taille.

– Suis-je belle, maintenant, Peppe ?

Je fus incapable de prononcer un mot.

– Tu vois ? dit-elle en souriant. Je t'ai dit que nous avions plus de choses en commun que notre amour de l'ombre et du silence.

Puis elle se rhabilla.

– Viens, il est temps que nous parlions.

❖

Il faudrait une éternité pour vous raconter les choses fantastiques, incroyables, inouïes, dont elle me parla et qui, pour la plupart, dépassaient ma compréhension. Le mot *hérésie* revint souvent et cela, je savais que c'était une négation délibérée de la sainte vérité révélée par Dieu à travers son Église, négation qui devait être sévèrement punie car elle mettait en grand péril le salut de l'âme. Elle me raconta des histoires incroyables, l'entrelacs des mythes et des légendes et comment une confrérie d'hommes et de femmes avait, au cours des siècles, survécu aux tortures et à la persécution pour faire connaître la vérité du Dieu vivant. Elle émit des sons qui appartenaient à une langue étrangère. Par moments, son beau visage s'attristait, ou s'empourprait de colère, avant de redevenir patient et, enfin, joyeux. Elle relata des contes de cruauté et d'amour, elle tissa des tableaux de rêve avec les fils vivement colorés d'incompréhensibles mots exotiques, me parlant sans cesse d'un profond mystère dont nous faisions vitalement partie et auquel nos destinées étaient inexorablement liées. Lorsqu'elle posa enfin les mains sur ses genoux pour signifier qu'elle avait fini, mon esprit tourbillonnait, mes yeux étaient grands ouverts, stupéfaits d'être confrontés à une réalité aussi éblouissante qu'étrangère, dont le charme était d'autant plus hypnotique qu'elle était plus insaisissable, tout en portant la marque éclatante de la cohérence absolue. J'étais empli de la douce mélancolie que seul un chant sans paroles peut procurer.

– Tu viendras ici chaque semaine, dit-elle. Je te rencontrerai à l'église, comme je l'ai fait ce soir. Nous n'avons pas de temps à perdre pour ton éducation, tant sur le plan spirituel que sur le plan pratique. Nous commencerons par la pratique, mon mignon.

– C'est-à-dire ?

– Apprendre à parler, à lire et à écrire.

– Je sais déjà parler, dis-je, un peu chagrin.

– Tout le monde sait parler, mais combien savent s'exprimer ? Parler est une capacité physique. S'exprimer est un art. Tu dois apprendre à réfléchir à ce que tu dis et à la façon de le dire. Cela requiert du lustre, de la *finesse**, de la patine.

– Je ne comprends pas ce que vous voulez dire.

– Parfaitement. Tu dois le découvrir toi-même. Avec de l'aide, évidemment. Plus tard, je te ferai rencontrer d'autres gens. Des gens comme nous, Peppe. Qui savent. Qui sont dans le vrai.

Elle se leva et tendit la main.

– Il est l'heure de partir, dit-elle. Luca va t'accompagner dans la cour.

– Je connais le chemin.

– Il devra déverrouiller la porte. Elle est toujours fermée le soir après mon retour.

Elle se pencha et me donna un léger baiser sur le front.

– À la semaine prochaine, Peppe. Aie confiance. Courage !

En rentrant chez moi, j'étais, bien sûr, physiquement incapable de bondir de joie, mais mon cœur bondissait pour moi, battant comme un fou et se cognant aux barreaux de sa cage.

Ma mère mangeait du fromage et buvait sa propre piquette à mon retour. Elle fit une longue pause afin de roter tout son soûl et me demanda d'un air menaçant :

– Où étais-tu ?

– À l'église.

– Sale petit menteur ! Jusqu'à quelle heure es-tu resté ?

– C'est vrai. J'ai rencontré une belle dame qui vit dans un *palazzo* comme une princesse. Elle va tout m'apprendre. Tout.

– Es-tu bourré ? Quelle belle dame ?

– Dame Laura Francesca Beatrice de' Collini.

Ma mère me considéra un instant d'un sombre regard rêveur, comme si elle se demandait s'il était possible que sa *chose* eût enfin pu susciter la pitié de quelqu'un – et, qui plus est, de riche et de titré – et s'il y aurait quelque chose à tirer d'un événement aussi improbable.

– Elle t'a donné de l'argent ? demanda-t-elle avec circonspection.

– Non.

Ses épaules s'affaissèrent.

– Alors, dégage.

– L'ennui avec toi, dis-je, c'est que tu n'as aucune *finesse**.

– Aucune quoi ?

– *Finesse**.

J'étais certain d'avoir prononcé correctement.

– Je me contrefous de ce qu'on ne peut ni manger, ni boire, ni foutre, ni vendre, dit-elle en retournant à son repas.

Puis elle leva les yeux vers moi et grimaça horriblement. Il y avait des morceaux de fromage à moitié pourris dans les creux de ses dents.

– Une belle dame ! siffla-t-elle. Qu'est-ce qu'une belle dame pourrait faire de toi, petit avorton, sinon t'engager comme torchecul ? Ah, va-t'en, fiche le camp et laisse-moi tranquille.

Cette nuit-là, je dormis du sommeil d'un bienheureux.

Ainsi commença mon éducation. Pendant deux heures, un soir par semaine, je m'asseyais avec dame Laura dans la bibliothèque du palazzo et elle m'inculquait patiemment les rudiments de la grammaire, de la prononciation, de l'écriture, de la rhétorique et du style, et les finesses du langage. Elle me parlait de livres merveilleux, de poésie, de musique, de peinture, de théâtre et de l'histoire de l'humanité. Elle me laissait entrevoir les secrets des corps célestes et me faisait comprendre l'influence du mouvement des étoiles sur nos vies terrestres. Elle me contait des histoires de pays lointains cuits et recuits sous les rayons d'un soleil impitoyable, où d'étranges bêtes fabuleuses chassaient leurs proies, les unes avec des cornes sur la tête, d'autres à la peau métallique, d'autres encore avides de chair humaine. Elle parlait souvent d'une belle créature – un animal semblable à un cheval avec une corne ciselée au milieu du front – qui ne pouvait être apprivoisée que si elle reposait dans le giron d'une vierge. J'appris les noms et les titres de ceux qui gouvernaient les royaumes de ce monde. Je me servis d'abord de mes doigts, puis de mon cerveau, pour faire des calculs complexes. Je commençai à comprendre ce qu'était un raisonnement logique, la nature d'un syllogisme, la validité d'un argument et j'étudiai la longue et tortueuse histoire de la pensée humaine, que l'on appelle *philosophie*.

Sa méthode reposait sur la découverte du savoir par l'élève. Elle comprit vite combien j'étais réceptif et que si mon corps déformé était désespérément lié à la terre, mon esprit, libre de tous liens, était capable de prendre son essor.

– Quand verrons-nous la fin de tout cela ? demandai-je un jour.

– La fin de quoi, mon mignon ?

– De la connaissance. Quand saurons-nous tout ?

– Jamais ! Oh, Peppe, jamais ! Pas sur cette terre.

Et nous continuâmes sur cette lancée. Nous chantions parfois ensemble des romances et elle découvrit avec ravissement (je fus moi-même complètement ébahi) que je possédais une voix harmonieuse, au timbre léger, dont la qualité était rehaussée par un accompagnement au cistre. J'en étais depuis longtemps venu à croire qu'il y a entre la musique et l'idéal des relations humaines un rapport d'analogie parfait. Je veux dire que, si nous nous conduisions comme les parties chantées, par exemple d'un madrigal, il y aurait alors un petit coin de ciel sur cette terre infernale. Car chaque note est aussi digne et aussi belle que toutes les autres, elle apporte sa contribution unique à l'ensemble, qui, sans elle, serait incomplet. Parfois une voix devient dominante, développe sa mélodie, puis décroît harmonieusement et s'efface. Une autre alors la remplace, qui monte et descend, puis une autre encore, si bien que dans ce libre essor rythmique se tisse une trame sonore dont chaque fil est une voix qui rejoint les autres sans effort, sans couture, pour former un seul organisme vivant qui respire. Les notes basses ne jalousent pas les notes plus haut placées, car chacune complète et équilibre parfaitement l'autre. Même celles qui glissent dans le chromatisme ne le font que parce qu'elles sont dirigées par la volonté du compositeur. Les bémols et les dièses ajoutent une touche de mordant, de surprise, d'exaltation ou de douleur. Sans eux, l'auditeur serait bientôt lassé. Il n'y a jamais de dissonance entre les parties, car l'exigence harmonique de la mélodie gouverne leur mouvement, qui n'est nullement capricieux mais tend inexorablement vers le même but – l'ultime accord qui signale l'achèvement du morceau, et dans lequel le son est tissé de silence et l'équilibre, de mouvement.

Si les humains pouvaient vivre de cette façon-là ! Si chaquc homme connaissait la valeur de l'autre, reconnaissant la contribution de chacun à la tâche commune, croyait à l'accord de l'aigu et du grave, du majeur et du mineur, avait foi en l'harmonie cachée du tout ! Alors… alors les cochons pourraient danser une allemande…

Une chanson en particulier me plaisait, qui devint bientôt ma ritournelle favorite :

Mon amour est doux comme du miel sauvage
Qui enrobe ma langue pour que je puisse parler
Avec des mots d'or capables de louer
Le charme et la douceur de sa chaste beauté.
Mon amour avec un ardent soupir a prié
Que mon cœur ne soit plus qu'un psaume à la beauté.

C'était pour moi une joie profonde de chanter cela pendant qu'elle était assise immobile, baignée par la lumière des bougies, les paupières légèrement closes, le visage tel un havre de sérénité contemplative. Alors, sa chaise devenait le trône d'une déesse, ses cheveux dorés, une galaxie d'étoiles nocturnes, et la pièce peinte ornée de dorures, un coin de paradis qui nous appartenait.

Je fus obligé de commencer à mener une double vie. Avec dame Laura, j'étais libre de mes réactions et fier de mes nouveaux acquis, mais avec ma mère je devais feindre la vieille ignorance. D'un côté cela m'excitait et me faisait sentir qu'en dépit de l'évidence de ma difformité, visible aux yeux du monde entier, il y avait en moi quelque chose d'intact, de frais, de pur, de brillant et de riche, que le monde ne connaîtrait jamais, mais de l'autre, cela faisait que l'indifférence et l'antipathie que j'éprouvais pour ma mère se transformaient en haine, une haine qui devenait plus forte et s'envenimait à mesure que les jours passaient. Plus j'étais sensible à la beauté du langage, plus je détestais son obscénité vulgaire. Plus j'acquérais de bonnes manières et plus j'avais la courtoisie d'un bel esprit, plus sa saleté me répugnait. Plus nombreuses étaient mes connaissances, plus j'avais de peine à dissimuler le mépris que m'inspirait son insondable ignorance. Mais je le dissimulais tout de même pour ma propre sécurité. Dieu sait si une salope avinée était chose courante là où je vivais, mais une salope avinée ayant pour fils un nain de luxe n'aurait pas manqué de provoquer de dangereux commentaires. Car j'avais commencé à deviner que le monde dans lequel m'avait introduit dame Laura n'était pas sans danger et le groupe qui se réunissait chez elle, pas sans ennemis. Je ne connaissais pas la nature précise de ces dangers, ni qui pouvaient être les ennemis, mais je sentais leur présence. Tragiquement, cette intuition allait se trouver horriblement bien fondée, comme vous le saurez bientôt.

Oui, j'avais rencontré les «autres gens» dont dame Laura m'avait parlé et il s'était forgé entre nous un lien si profond, si puissant, qu'il annonçait un mystère auquel nous participions sans être totalement capables de l'appréhender. Nos conversations étaient celles d'étrangers dans un pays inconnu. Les silences que nous partagions étaient éloquents. La loyauté que nous ressentions les uns envers les autres ressemblait à la calme ferveur de l'amour. Nous ne la nommions pas amour : l'usage courant a abusé de ce terme et corrompu sa signification. Cependant, nous savions de quoi nous parlions. Nous avions également l'intuition qu'allait se forger un autre lien dans la chaîne continue de notre amitié, même si nous ne pouvions en deviner la nature. Pour ma part, je croyais que c'était une révélation qu'apporterait dame Laura en temps voulu mais, comme le moment n'était pas encore venu, nous nous contentions d'attendre avec patience.

À la surface des choses (mais notre camaraderie avait de profondes racines) il y avait entre nous un commun dénominateur évident : Pietro, un beau jeune homme d'environ vingt ans, avait des traits finement sculptés barrés par un hideux nævus pourpre qui lui couvrait presque entièrement le visage. La petite Barbara n'avait pour ainsi dire pas de bras et ses mains boulottes paraissaient lui sortir des épaules. Angelo, avec ses longues oreilles et ses mâchoires velues, ressemblait à un loup triste et patient, et Giacomo n'avait quasiment pas de visage : il était né avec une coiffe soudée à la tête et ses petits yeux noirs clignaient et brillaient dans une bouillie de chair flasque. Ceux-là, qui avaient connu la souffrance que j'avais connue, qui, jusqu'au miracle de notre rencontre, avaient tenu la souffrance pour acquise, ceux-là étaient mes parents et amis.

Les années passèrent ainsi et la maison de dame Laura devint ma maison, le monde qu'elle m'offrait devint le mien et je fus pris dans la plénitude de sa lumière et de son savoir. À ses yeux comme aux miens, je me transformais lentement, sans que cette transformation fût visible aux yeux cruels et chassieux du monde. Oui, les années passèrent, mais les paroles du psalmiste hébreu s'accomplirent : « Car mille ans sont devant tes yeux comme le jour d'hier qui est passé, et comme une veille en la nuit[1]. »

Un soir, je trouvai dame Laura seule chez elle.

– Où sont les autres ? demandai-je, surpris et déconcerté. Est-il arrivé quelque chose de terrible ?

– Non. Viens t'asseoir près de moi, Peppe.

Nos mains se joignirent spontanément.

– Quel âge as-tu maintenant, Peppe ? demanda-t-elle.

– Nous sommes en l'an 1496, répondis-je. J'ai dix-huit ans.

– Tout à fait.

1. Psaumes, 90, 4.

– C'est le cinquième anniversaire de notre première rencontre. Vous souvenez-vous de ce soir dans l'église ?

– Comment ne m'en souviendrais-je pas, mon mignon ? Je m'en souviens avec tendresse. Et d'autant plus que la rencontre était parfaitement arrangée.

– Arrangée ?

– Bien sûr !

– Vous voulez dire que j'ai été – en quelque sorte – choisi ? Cela ne m'était jamais venu à l'idée.

– Absolument.

– Vous me connaissiez avant notre rencontre.

– Bien sûr. Je te suivais des yeux quand tu poussais cette charrette dans les rues, esquintant ton pauvre dos. J'étais là le jour où ta mère a perdu le contrôle de sa vessie. À cause de ce rire cruel et plein de haine.

Je baissai la tête.

– Ne fais pas cela, dit-elle en me relevant le menton dans la paume de sa main. C'est elle qui s'est couverte de honte, pas toi.

Nous demeurâmes un moment silencieux, puis elle dit d'une voix douce :

– Tu as dix-huit ans, Peppe. Même dans un corps aussi déformé que le tien, tu as dû remarquer certains changements, n'est-ce pas ? Des sensations... des envies, l'éveil encore vague du désir...

– Bien sûr.

Comme un soudain accès de fièvre récurrente après une période de santé, je revis la nuit où ma mère avait tenté de me séduire. J'avais alors un corps lisse et pâle, mais à présent mes aisselles et ma poitrine étaient couvertes d'une épaisse toison et j'avais un grand nuage de poils raides entre les jambes. Je faisais fréquemment des rêves mouillés et je me masturbais à l'occasion. Si bizarre que cela puisse paraître, ces actes d'onanisme furtif n'étaient pas centrés sur un fantasme que je ne pourrais jamais mettre en pratique, mais ils me procuraient d'intenses sensations de confort, de chaleur, de sécurité et de joie. Ils étaient, en tout cas, entièrement privés et ne pouvaient être partagés car les gens pensent que le plaisir sexuel chez les infirmes est une chose révoltante et immorale. Plus je réfléchis sur la hideur de l'âme humaine, plus ce phénomène me semble étrange et triste.

– Tu sais donc, poursuivit dame Laura, à quoi je fais allusion ?

– Oui.

– Et, cependant, mon très cher Peppe, c'est une expérience que tu dois connaître, avant de la rejeter irrévocablement. C'est un domaine de la connaissance qui, je te l'assure, ne vaut guère mieux qu'une miette ou qu'un haillon, mais que tu dois t'approprier avant de t'élever dans les sphères plus subtiles et plus raffinées de la Gnose.

– Mon cœur bat plus vite, dis-je.

– Oui, je sais. Mais comprends-tu la signification de ce que je dis ?

– Certainement. Vous me dites que je dois connaître ce qu'est la chair avant d'en faire mon deuil à jamais.

– Oh, oui, Peppe, oui ! C'est exactement ça !

– Il me semble que nous avons tous senti depuis un moment que notre éducation allait subir un saut qualitatif et que vous en seriez l'initiatrice.

– Tu as raison. C'est un saut vers le savoir spirituel, distinct du savoir concret, des jeux de la langue et du raffinement social. Tout le reste n'a été qu'une préparation à cela. Mais à cause de la nature du monde grossier dans lequel nous sommes obligés de vivre et de respirer – un véritable enfer ! –, et à cause de l'étincelle divine dans notre grossière enveloppe charnelle aux si pitoyables besoins, nous devons en avoir l'expérience intime avant de la laisser loin derrière. Car sois certain d'une chose : l'ascèse qui conduit à la Gnose est absolue. On ne peut pas lever un instant les yeux vers le ciel pour entrevoir le paradis et les baisser l'instant suivant en regrettant d'avoir quitté le bourbier. La rupture doit être totale. Les royaumes divins ne savent rien de la chair et ils exigent que tous ceux qui aspirent aux gloires qu'ils contiennent, avec la promesse d'une délivrance ultime, n'en sachent rien non plus. Mais, comme nous sommes nés dans cette fosse charnelle que nous appelons la vie terrestre, ne rien savoir de la chair ne peut signifier l'ignorer. Il nous est donc nécessaire de la connaître, afin de mieux pouvoir la rejeter et la mépriser. On ne peut rejeter ou mépriser ce que l'on ne connaît pas. Cependant, la chair une fois connue, le rejet comme le mépris doivent être absolus, entiers, définitifs. Comprends-tu cela ?

– Oui, dis-je dans un souffle.

– Plus important, le crois-tu ?

– Je suis prêt à le croire.

Je tremblais sans pouvoir me contrôler, comme si j'avais la fièvre.

– Bien. C'est moi qui serai l'initiatrice de cette expérience que tu devras rejeter après l'avoir connue.

Puis elle sembla lire dans mon esprit.

– Ne t'inquiète pas pour les autres – ils ont déjà été initiés.

– Mais quand ? Comment ? Je veux dire...

– De la même façon que tu vas l'être, mon mignon. Tout a été prévu pour chacun d'eux.

– Vous-même ? Avez-vous été l'initiatrice ?

Elle secoua lentement la tête.

– Non. Barbara et Giacomo se sont connus l'un l'autre.

– Tous les deux ?

– Certainement, mon mignon. Il y a de nombreuses pièces propices dans ce palais. J'en ai fait préparer une pour leur usage privé.

L'idée parut l'amuser et elle rit avec tendresse.

– Et Angelo ? Pietro ?

– Ils se sont initiés tous les deux.

– Mais ce sont deux hommes !

– Cela n'a guère d'importance, puisque cette connaissance a pour objet d'être rejetée et méprisée. Elle peut aussi bien être acquise par deux hommes que par deux femmes, ou par un homme et une femme. L'hypocrisie de la morale sexuelle de ce monde ne nous concerne pas. Sois patient, Peppe, tu apprendras. Chacun d'eux a pris la décision irréversible de se joindre à moi dans l'ascèse vers les hautes sphères. Ils se sont engagés… Ils connaissent parfaitement le plaisir intense que peut procurer l'amour charnel, et ils l'ont, totalement et librement, abandonné. Et toi, Peppe, mon doux mignon, feras-tu de même ?

D'une voix sourde, comme le souffle vacillant de la flamme d'une bougie, je levai les yeux vers dame Laura et dis :

– Je le ferai.

❖

Dans l'ombre du grand lit tendu d'un dais de velours vert, baignés dans l'éclat doré de la riche lumière d'ambre de la torchère d'argent, nous n'étions plus de pauvres infirmes mais des dieux ruisselants des pieds à la tête de nectar et de miel. Le silence nous berçait tandis que nous gisions nus, enveloppés dans les bras l'un de l'autre. Ses cheveux tombaient sur mes épaules noueuses et m'absorbaient dans le cercle de sa tendresse, comme les pétales d'une anémone se refermant sur quelque minuscule créature marine. Je sentais la caresse légère de son souffle et son unique sein était pressé contre la toison de ma poitrine défoncée où perlait maintenant une sueur qui n'était pas une suée d'angoisse, mais d'intense attente. Avec une infinie délicatesse, elle avait posé une main fraîche sur le contour osseux de ma bosse et moi, avec une exquise réciprocité, je m'étais penché pour embrasser l'endroit sombre – caché dans les ombres pulsatives du paysage de son corps – où aucun sein n'avait poussé.

De l'autre main, elle tenait ma verge qu'elle avait décalottée, ses doigts allaient et venaient sur un rythme langoureux mais persistant et je commençai à frissonner de vie, à devenir plus raide, plus dur et à éprouver les soubresauts d'une érection. En réponse, je pressai le genou dans le calice oléagineux de son sexe humide. Nous nous embrassions, puis nous nous séparions, puis nous nous embrassions de nouveau. Ses lèvres avaient le goût de quelque chose de doux, de quelque chose de frais qui sentait la pomme. Sa langue rose et brûlante toucha la mienne et je la suçai voluptueusement, comme un délicieux petit sucre d'orge.

– Oh, je sens que ça vient, dit-elle. Je suis presque prête.

Elle s'éloigna de moi et se mit sur le dos. La toison nuageuse de son mont de Vénus était comme un petit buisson de flammes dans l'air enchanté. Sa peau, le marbre le plus lisse recouvert d'or translucide.

Je grimpai doucement sur elle, m'appuyant sur les paumes des mains pour maintenir ma position. Mon gland, dur et gorgé de sang, touchait les lèvres charnues de son sexe.

– Maintenant, murmura-t-elle, maintenant!

En l'enfilant, je m'affalai sur elle. Nos lèvres se joignirent. Elle m'entoura les reins de ses jambes en suivant le rythme que je commençais à imprimer, ce lent mouvement de va-et-vient que personne ne m'avait appris, mais qui venait aussi naturellement et aussi facilement que le souffle. C'est la sagesse immémoriale du corps – même un corps aussi grotesque que le mien – qui seule enseigne les techniques de l'amour et ce savoir inné transcendait à présent les hésitations et la timidité de l'inexpérience.

Cela commença comme un feu quelque part dans mes lombes : un feu liquide aussi impossible à arrêter qu'un raz de marée se déversant sous mon scrotum tout le long de ma verge dans les profondeurs aspirantes de son corps où j'étais profondément enfoncé, retenu dans l'étau de muscles puissants. Le feu devint de la lave en fusion qui se répandit dans mes entrailles, et quelque chose d'immense et de terrifiant donna un coup de rasoir dans le tissu de ma psyché qui laissa suinter mon cœur liquéfié. C'était si atroce que je ne pensais pas pouvoir le supporter plus longtemps sans mourir, et en même temps si doux qu'il n'était pas question de l'arrêter ne serait-ce que l'ombre d'un instant.

Je criais « Laura ! Laura ! Laura ! » et mes gémissements furent son épithalame, les spasmes répétés qui me secouèrent tandis que ma semence se répandait dans son corps, sa danse nuptiale.

Nous nous endormîmes dans les bras l'un de l'autre au creux du vert et de l'or de ce lit semblable à un alambic, la torchère crachant une sifflante thrénodie pour la passion qui nous avait consumés et s'était elle-même consumée. Avant de fermer les yeux, je regardai les siens et je vis une larme, comme un minuscule joyau, briller sur ses cils sombres.

La nuit succède au jour, la veille au sommeil, l'abaissement à la démesure, les larmes au rire, la mort à la vie, l'automne à l'été. Tel est le cours des choses. Peut-être était-il inévitable qu'à mon initiation à l'amour sexuel succédât la douleur de la séparation et du manque. Mais je n'avais pas prévu cela – ni l'horreur elle-même, ni la forme qu'elle prit.

Avant de quitter la maison de dame Laura, cette nuit-là, je prêtai le serment de Renonciation : je lui jurai (et elle me jura) au nom du « seul vrai Dieu » de mener désormais une vie dans laquelle je n'aurais que mépris pour le plaisir charnel. La forme de cette renonciation était claire et précise : je m'abstiendrais de tout rapport sexuel, avec moi-même ou avec quelqu'un d'autre ou je ne m'y prêterais que pour en dénaturer le sens et le but. Je ne voyais pas très bien comment cela se passerait en pratique, dans ce dernier cas, mais je comprenais son importance et j'étais encore trop enivré par le fumet du breuvage de mes ébats avec dame Laura pour m'en soucier véritablement.

Je regagnai mes pénates ; ma mère bougea dans l'infect cagibi qui tenait lieu de cuisine, mais je n'avais aucune envie de la voir ni de lui parler. Autant proférer des blasphèmes après avoir intensément prié. J'allai tout droit au lit, me blottis sur ma paillasse à même le sol et rêvai du paradis.

Le lendemain matin, comme je faisais la tournée avec ma mère, haletant et grognant en poussant la charrette, une voix rapide me souffla à l'oreille :

– Va à la maison ! Ils l'ont emmenée !

Me retournant aussitôt, je ne vis personne et je ne reconnus pas la voix. Il me sembla un instant que c'était celle de Pietro, mais sans aucune certitude. Des pas pressés, dans une ruelle voisine, s'éloignaient en hâte, et ce fut tout. Ma mère marchandait en faisant du charme à un vieil homme grisonnant sur le seuil d'une porte. Posant la charrette sur ses appuis, je me mis à courir. Ou du moins à faire ce que je croyais être courir.

– Hé ! Où diable t'en vas-tu ?

La voix de ma mère s'éleva dans mon dos, vibrant d'une colère sourde. Puis je n'entendis plus rien que le sang qui battait dans mes tempes, tandis que j'obligeais mes petites jambes tordues à aller plus vite.

Les portes de la cour du palazzo étaient grandes ouvertes. Et celles de l'appartement l'étaient également, ainsi que je le découvris en arrivant en haut de l'escalier, hors d'haleine et tremblant. Il y avait un homme de haute taille, portant un uniforme clérical, dans la petite antichambre.

– Où est-elle ? Où est dame Laura ?

Il se tourna pour me regarder. Il avait un visage maigre au teint olivâtre sous un bol de cheveux noirs coupés court, et il s'y peignait une suprême *hauteur** mêlée d'un vague ennui.

– Nom ? dit-il.

– Dame Laura Francesca Beatrice de' Collini.

– Pas le sien, idiot. Le tien.

Les mots claquaient comme des détonations.

– Giuseppe Amadonelli. Où l'avez-vous emmenée ?

– Si tu tiens à ta liberté, petit infirme, tu ferais mieux de te montrer moins curieux de savoir où se trouve la dame. Es-tu l'un de ses amis ?

Instinctivement, la prudence prit le pas sur l'angoisse et la colère.

– Non, pas un ami. Elle est l'une des clientes de ma mère… Ma mère vend du vin. Dame Laura nous doit de l'argent.

– Elle ne doit rien à personne. Tu mens.

– Non.

Ses yeux profondément enfoncés dans les orbites brillèrent d'une cruauté qui me donna froid dans le dos. Ses lèvres se tordirent d'un sourire.

– Viens avec moi, dit-il.

– Impossible. Il faut que je retourne aider ma mère.

– Tu n'aurais jamais dû la quitter.

– Elle a besoin de mon aide pour vendre le vin.

– Alors c'est son jour de malchance. Viens avec moi, c'est un ordre.

En me retournant, j'aperçus deux hommes d'armes barrant le seuil de la porte derrière moi. Ils portaient un cimeterre de mauvais augure. Mon cœur se mit à battre à grands coups dans ma poitrine, chaque battement martelant les syllabes du nom *Laura Francesca Beatrice de' Collini.*

Je fus emmené dans le sombre bâtiment enfumé qui s'élève à l'ombre de la vieille basilique Saint-Pierre. C'était l'endroit où étaient emmenés ceux qui étaient suspectés ou accusés d'hérésie, afin d'être interrogés et d'avoir une chance de se défendre. Il était clair que j'étais aux mains des inquisiteurs du pape et que dame Laura se trouvait quelque part dans cette bâtisse. Mais pourquoi ? Quel crime avait-elle commis ? Qui l'avait accusée ? Quelle que fût sa nature, il serait évident, si je ne me conduisais pas avec la plus grande prudence, que ce crime deviendrait également le mien. Je décidai donc que la meilleure ligne de conduite à adopter était de redevenir l'ignorant petit infirme des ruelles du Trastevere.

On m'enferma dans une petite pièce obscure seulement meublée d'une chaise et on me dit d'attendre – ce qui était absurde car je ne pouvais rien faire d'autre. Mais je me trompe peut-être. Car je pouvais (et c'est ce que je fis) me mettre dans tous mes états en imaginant le sort réservé à dame Laura. Là était l'horreur : quel que fût son sort, il ne pouvait avoir qu'une seule issue, alors que, dans ma tête enfiévrée, j'en imaginais mille, toutes plus atroces les unes que les autres. Il en est de même, je suppose, pour un homme qui affronte la mort. Dans les tortueux fantasmes de la nuit, tandis que les heures rampent lentement vers l'inexorable matin, il meurt un millier de fois d'avance, avec plus d'angoisse, de douleur et d'humiliation que la réalité ne peut lui en infliger.

L'homme qui m'avait enfermé de force ici, sous bonne garde, fit son apparition dans la pièce où j'étais assis. Il avait revêtu l'habit d'un frère dominicain.

– Bien, bien. Notre ami le bossu.

– Pourquoi suis-je ici ?

– Pour me raconter ta relation avec Laura de' Collini.

– Mais je vous l'ai déjà dit. Elle achète son vin à ma mère.

– Ne me prends pas pour un idiot. Les gens de sa qualité n'achètent rien aux vendeurs de rue – et surtout pas la pisse d'âne que tu vends. Depuis combien de temps la connais-tu ?

– Je ne la connais pas du tout. C'est vrai. Nous voulons seulement l'argent qu'elle nous doit.

Il s'approcha de l'endroit où j'étais assis et s'accroupit,

si bien que ses yeux jaunes et cruels étaient à hauteur des miens.

– Mon nom est Fra Tomaso della Croce, dit-il d'une voix onctueuse, infiniment menaçante, et j'ai discuté avec les plus grands esprits que l'hérésie a été capable de vomir à la face de notre sainte mère l'Église. Je les ai défaits avec le glaive de la vérité que nous a légué Jésus-Christ lui-même. T'imagines-tu un instant que j'aie le temps ou l'envie d'écouter les mensonges pathétiques d'un traîne-savates de ton espèce ? Je pourrais te jeter en prison sur-le-champ et le monde n'entendrait jamais plus parler de toi, ce qui serait, à mon avis, tout bénéfice pour lui. Tu vas donc gentiment me raconter la nature précise de tes relations avec Laura de' Collini, ou je te ferai regretter le jour où ta mère, cette putain, t'a mis au monde. Suis-je clair ?

– C'est vrai que ma mère est une putain.

Il se leva.

– J'ai une meilleure idée, dit-il. Peut-être qu'un petit face-à-face avec la noble dame servira à te rafraîchir la mémoire. Viens !

Ils la détenaient loin au-dessous du niveau de la rue, dans une pièce semblable à une crypte qui, à l'évidence, avait été un cachot. Elle était attachée à un fauteuil, les cheveux lui tombant sur les épaules, les yeux baissés, et je vis qu'elle avait les marques d'un coup sur la joue droite : une longue traînée écarlate qui ressemblait à du sang sur la pâleur crémeuse de sa peau. On lui avait enlevé ses chaussures. Une sorte de moine était assis à une table placée contre le mur, en face d'elle. La coiffe de son habit lui recouvrait la tête, ne laissant voir que le bout du nez d'un visage composé de noirceur et d'ombres. Il y avait devant lui des rouleaux de parchemin, certains déroulés, d'autres noués d'un ruban noir. Il y avait également de quoi écrire.

– J'ai amené l'un de vos amis, dit d'une voix mielleuse l'homme appelé Fra Tomaso.

Dame Laura leva très légèrement la tête et me regarda avec des yeux absolument dépourvus d'expression.

– Je ne le connais pas, dit-elle. Vous devez faire erreur.

– Lui, cependant, prétend vous connaître.

J'avais le cœur dans la gorge.

– Oui. Je crois que nous lui achetons du vin. Je ne remarque pas tous les infirmes qui viennent traîner à notre porte.

L'espace d'un instant – moins d'une fraction de seconde –, j'eus l'impression, que dis-je, je fus certain que ces beaux yeux tristes me regardèrent avec une infinie tendresse pour me demander pardon. Je tentai, en rencontrant et en soutenant son regard avant qu'il s'évanouît comme une particule de glace plongée dans le feu, de lui faire comprendre que je comprenais.

– Il me dit que vous lui devez de l'argent pour le vin.

– Vraiment ? C'est fascinant. Je n'en sais rien. Mon père tient les comptes de la maison avec Luca, notre premier serviteur.

– Votre père n'est pas à Rome, dit le dominicain. En fait, il semble avoir déserté la ville depuis six ans.

– Ce qui est la raison pour laquelle vous avez osé m'amener ici ! dit dame Laura d'un ton soudain plein de méprisante colère. Si mon père avait été là…

– Mais il n'est pas là, n'est-ce pas ? Et vous feriez bien de ne pas jouer à la noble dame offensée avec moi. Une hérétique ne peut se payer le luxe de la dignité outragée. Une hérétique n'a aucun droit.

– Qui m'a traitée d'hérétique ?

– Cela est hors de propos. C'est vous, et vous seule, qui devez répondre à cet interrogatoire. À part, peut-être, votre petit ami le bossu, ici présent.

Il se tourna vers le moine assis au bureau.

– Lis l'accusation, dit-il.

La tête encapuchonnée fit signe que oui et la voix du moine, sèche et déliée par la méchanceté pharisaïque du fanatisme, se mit à lire l'accusation anonyme.

– «Toi, Laura Francesca Beatrice de' Collini, tu es accusée d'avoir, le septième jour du mois de juin de l'an mil quatre cent quatre-vingt-seize de Notre-Seigneur et tous les sept jours pendant une période de temps indéterminée avant et après ledit septième jour du mois de juin, dans la maison d'Andrea de' Collini, patricien de Rome, en toute conscience et avec préméditation, enseigné une doctrine contraire à la vérité révélée par Notre-Seigneur et Sauveur Jésus-Christ et confirmée par notre sainte mère l'Église en la personne du pontife romain, vicaire du Christ sur terre et successeur du prince des apôtres, selon laquelle Dieu le Père du genre humain n'a pas créé ce monde, qui fut l'œuvre d'un démon, ce qui veut dire que ledit démon l'a façonné à son image, contraire à celle de Dieu le Père du genre humain. En outre, en lesdites occasions, en compagnie de personnes non identifiées tu as nié la doctrine de l'Incarnation de Notre-Seigneur et Sauveur Jésus-Christ et réduit son corps terrestre à n'être qu'une image incorporelle et, en compagnie desdites personnes non identifiées, tu as, en toute conscience et avec préméditation, nié le pouvoir temporel et spirituel donné à notre seigneur le pape, pontife romain, et à ses successeurs jusqu'à la fin des temps par Notre-Seigneur et Sauveur Jésus-Christ, en la personne du saint apôtre Pierre.»

– L'accusation est extrêmement grave, dit Fra Tomaso.

– Elle est surtout très verbeuse.

– Ne plaisantez pas avec moi, *donna*. Ou il vous en cuira. Niez-vous l'accusation?

– Évidemment.

– Quels sont les noms de ces personnes non identifiées? Vous feriez bien de me le dire, car elles ne vont pas le rester longtemps.

– Si tel est le cas, vous n'avez pas besoin de me demander leurs noms.

– Vous admettez donc qu'elles existent ?

– Non. Mais je suis suffisamment polie pour converser avec vous en reprenant vos propres arguments, même s'ils sont archifaux.

– La rhétorique du démon ! cria Fra Tomaso, fou de rage.

Et il frappa dame Laura avec une telle violence que sa tête se rejeta en arrière, comme si une main invisible avait soudain vicieusement tiré sur la corde d'une marionnette.

Je voulus crier : « Laissez-la ! Ne la touchez pas ! » Je voulus me jeter sur lui, le rouer de coups, lui arracher la vie à mains nues. Au lieu de cela, j'entendis mon vain filet de voix supplier :

– Ne la frappez plus ! Je vous en prie, ne la frappez plus !

Se retournant, il m'empoigna par les cheveux et me souleva du sol. La douleur était intolérable. Puis il me laissa retomber.

– Un mot de plus, siffla-t-il, et tu ne verras jamais plus le soleil.

Tordu de douleur, je restai vautré où j'étais tombé, sanglotant de fureur devant mon impuissance, trahi par l'inutilité de mon corps contrefait et rabougri. De temps à autre, le visage enfoui dans le creux du bras, je maudissais en silence – avec tous les jurons que j'avais appris dans les culs-de-basse-fosse du Trastevere – l'être innommable et maléfique qui m'avait emprisonné dans une cage de chair, d'os et de mucus. Je le maudis, lui, ses mignons et ses sbires, ses principes et ses pouvoirs. Je maudis le pape, les cardinaux du pape, les gitons et les putains peinturlurées. Je maudis tout ce à quoi je pus penser. Et je maudis l'infect ventre suppurant qui m'avait propulsé, à contrecœur et en hurlant, dans ce monde abyssal.

– Vous allez me nommer vos complices, dit tranquillement Fra Tomaso.

– Je n'en ai pas.

– Vous êtes une menteuse. Admettez l'accusation et ils s'en tireront sans dommages.

– Des gens qui n'existent pas sont immunisés contre la douleur, avec ou sans vos garanties douteuses.

J'entendis le bruit d'un autre coup, suivi d'un gémissement sourd.

– Admettez l'accusation. Vous ne pouvez pas masquer votre culpabilité. Nous avons des preuves.

– Si vous savez déjà que je suis coupable et si vous avez des preuves, vous n'avez pas besoin d'aveux.

La voix de Fra Tomaso devint aussi tendue que la corde d'un arc sur le point de se rompre.

– Vous me faites perdre mon temps. Qu'on applique la question !

– Je ne vous donnerai pas d'autre réponse que celle que j'ai faite.

– La douleur vous aidera à changer d'avis.

Même à présent, après tant d'années, le souvenir de ce qui suivit me remplit d'angoisse. La scène me serre le cœur dans un étau de glace. Tandis que j'écris, je sais que les larmes vont bientôt venir. Une immense et pesante tristesse me couvre d'un suaire dont je ne peux pas me débarrasser. En fait, je ne le désire pas, car chaque image, chaque souvenir réactivé mérite l'expiation d'une nouvelle agonie de l'âme. Ce jour-là, une épée a déchiré le tissu de ma psyché et elle est toujours là, j'en sens toujours la lame, aussi acérée et aussi meurtrière qu'autrefois, qui bouge entre les espaces infimes séparant une orbite de l'autre, une jointure de l'autre.

L'instrument fut appliqué, manié par deux grosses brutes silencieuses concentrées sur leur tâche avec la minutie et le détachement qui président au traitement d'une maladie mortelle. Ils lui maintinrent la tête en arrière, la forcèrent à ouvrir la bouche qu'ils couvrirent d'un long bandeau de mousseline et lui versèrent de l'eau froide dans le gosier à l'aide d'une jarre de pierre. Elle gémit et se tordit, étouffant et haletant. Je vis les contours de sa gorge injectés de sang se nouer sous la pulsion des veines, vibrant sous la douleur de l'étouffement.

– Dites-moi les noms des autres hérétiques, dit le dominicain, en levant le bandeau de lin.

– Il… n'y en a… pas…

La torture continua. Je ne pouvais pas lever les yeux. Même en me bouchant les oreilles, j'entendais ses pitoyables haut-le-cœur.

– Dites-moi leurs noms.

Silence.

– Je ne désire pas vous infliger de souffrances. Dites-moi leurs noms !

De nouveau les terribles halètements.

– Dites-moi leurs noms et ce tourment cessera.

Ils placèrent ensuite autour de son pied nu un cercle métallique hérissé de pointes d'aiguilles. Il était serré à l'aide d'un petit manche garni de fils.

– Dites-moi leurs noms !

Ses hurlements secouèrent l'espace de cette pièce terrible et je vis du sang, frais et chaud, ruisseler de ses doigts de pied pris dans l'étau. Mais elle ne parla pas.

– Encore. Encore ! Serrez plus.

Un pitoyable gémissement, comme arraché aux entrailles d'un orgue.

Fra Tomaso poussa un profond soupir et je le vis faire un geste en direction des bourreaux.

– L'interrogatoire est suspendu, dit-il d'un ton las. Il reprendra quand j'en donnerai l'ordre – puis, s'adressant au moine derrière le bureau : Veille à écrire : « suspendu ». Il n'est pas encore terminé.

Dame Laura était affalée dans le fauteuil, la tête sur la poitrine.

– Je n'ai plus besoin de toi, petit infirme, me dit-il. Tu n'as pas été accusé. Mais je connais quelqu'un qui sera sans doute content de te prendre. Debout !

Je me levai avec peine, les yeux fixés sur ce visage olivâtre, les yeux débordant d'une haine irrépressible. Je n'avais jamais autant haï celle qui se prétendait ma mère que je haïssais le dominicain.

– Emmenez-le dehors, dit-il.

Tandis que, les bras liés derrière le dos, on m'entraînait dehors, dame Laura réussit à accrocher mon regard. Miraculeusement, ses lèvres tuméfiées réussirent à formuler une seule parole muette : « Le Maître. » Le Maître ? Que voulait-elle dire ? Quel Maître ? Et où ?

« Le Maître. »

Alors une chambre dans mon cœur se referma avec fracas, tandis que je me retournais pour regarder ce visage chéri obscurci par la douleur.

1496...

Libera, Domine, animam servi tui.
Délivre, Seigneur, l'âme de ton serviteur.

Ma vie prit un tour nouveau, totalement inattendu. Le « quelqu'un » qui pourrait m'utiliser dont avait parlé le dominicain Fra Tomaso della Croce était un maigre bâtard (dans tous les sens du terme) avare et sans scrupule nommé Antonio Donato, qui se faisait appeler maître Antonio, prétendait être apparenté à certains membres de la noblesse florentine, mais gagnait sa vie en voyageant avec une troupe de monstres qu'il exhibait de ville en ville.

– Hum ! dit-il en me dévisageant des pieds à la tête d'un air dubitatif, ses traits cadavériques creusés d'une ride mélancolique. Pas grand-chose à tirer de toi, hein ? Seuls le Christ et sa sainte Mère savent comment ce pieux mangeur de merde a réussi à me soutirer trente ducats pour toi.

– Trente ducats ?

– Oui. C'est deux fois le prix que je paie d'habitude.

– D'habitude ? Je ne comprends pas.

– J'ai très souvent l'occasion de faire affaire avec notre saint et pharisaïque ami l'inquisiteur. En général, je prends les restes des pauvres bougres qu'il a taillés en pièces. Pourquoi les fourrer en prison et dépenser du bon argent pour les maintenir en vie alors qu'il peut obtenir de moi un bon prix? Tu serais surpris de savoir ce que l'on peut faire avec un hérétique dont on a coupé la langue ou brûlé les pieds. J'en ai exhibé un comme la «pelote d'épingles humaine». Dieu sait ce qu'ils lui avaient fait. Je ne cherche jamais à le savoir, si tu vois ce que je veux dire. Avec moi, en tout état de cause, tu seras nourri et tu n'auras pas froid. Ce n'est pas si mal. Songe que tu aurais pu être brûlé vif.

– Je le hais.

– Qui?

– Tomaso della Croce.

Maître Antonio secoua sa tête pateline.

– Écoute, dit-il, tu m'appartiens, je t'ai acheté et je n'ai pas de temps à perdre avec des vendettas privées. Je t'avertis, Courtaud. Fais ce que je te dis ou je te ferai fouetter – et je sais ce que fouetter veut dire. Sois un bon garçon et tout ira bien. Maintenant, dégage et va manger quelque chose. Par les os du Christ, je ne sais pas ce que je vais faire de toi. On verra. Va rejoindre tes nouveaux amis. Ils t'attendent.

– Je le hais, répétai-je d'un ton calme.

Maître Antonio me regarda un moment avec des yeux songeurs.

– Suis mon conseil, Courtaud. Enterre ta douleur. Je ne sais pas ce qu'elle est et je ne veux pas le savoir. Enterre-la. Oublie-la. Je n'en vois pas l'utilité. Si tu essaies de vivre avec la douleur, tu finiras par en mourir. Même un vilain petit salaud comme toi doit vouloir vivre.

– Comment le savez-vous?

– Dégage et reviens plus tard.

Je n'ai pas enterré la douleur. Je ne souhaitais pas enterrer la douleur. J'étais incapable d'enterrer la douleur. J'ai vécu avec elle, mais je n'en suis pas mort, comme l'avait prédit maître Antonio. Elle était toujours là, me rongeant le cœur, me pompant le sang, se nourrissant de mes entrailles. Elle emplissait mes rêves, les transformant en cauchemars, et je criais dans mon sommeil en pourfendant de sombres chimères. Je me battais avec des ennemis caméléons qui changeaient de forme au moment où je les empoignais. J'étais poursuivi par des moines en cagoule au visage invisible et à la voix stridente, impitoyable, qui me hurlaient dans la tête : « Hérésie ! Hérésie ! »

Par-dessus tout, la vision intérieure du beau visage de Laura me marquait jour et nuit comme une cicatrice ouverte et j'étais secoué par d'incroyables crises de larmes. L'angoisse de notre séparation me déchirait. Pis encore, l'ignorance de son sort était un perpétuel remords. Elle était sans cesse à mes côtés, elle m'était sans cesse brutalement arrachée et chaque battement de mon cœur murmurait silencieusement son nom : « Laura, Laura, oh Laura ! »

Non, je ne suis pas mort, j'ai continué à vivre. Peut-être est-ce ma haine envers Fra Tomaso della Croce qui m'a maintenu en vie, je ne sais pas. Tout ce que je sais, c'est que la résistance de l'esprit humain est étonnante et que, malgré une douleur insupportable, j'ai réussi à m'adapter à la nouvelle vie que j'étais obligé de mener. Il y a même eu des moments – rares et brefs, je l'admets – où d'autres préoccupations ont réussi à me faire oublier ma peine et, même si (ou parce que) ces moments ont été un soulagement, je me suis maudit avec ferveur.

Nous voyagions de place en place, dans une sorte de longue caravane de chevaux et de charrettes, mais nous avancions avec une lenteur désespérante car les chevaux étaient pour la plupart de vieilles carnes et nous devions constamment nous arrêter pour qu'ils se reposent et s'abreuvent. Maître Antonio était très soucieux de leur bien-être. Il était même plus attentif à ses bêtes qu'à sa collection de monstres. Nous étions logés dans des chariots couverts de bâches, à deux occupants par chariot. Le précieux «bagage» de maître Antonio suivait à l'arrière : des piles de longues perches de bois, des ballots de vêtements de chanvre, de l'huile pour les lampes, des sacs, du poisson séché et salé, de la viande, de l'eau, d'autres provisions se prêtant à la conserve, ainsi que les affiches miteuses et sales qui annonçaient notre arrivée dans une ville et imprimées, au dire de maître Antonio, à grands frais en Allemagne. Nous dormions tard le matin, voyagions l'après-midi et le «spectacle» était donné le soir. Personne n'a jamais essayé de fuir. Quelques-uns en étaient physiquement incapables, les autres – coupables de quelque crime (en général vol ou hérésie) – savaient qu'ils seraient traqués et tués dès qu'ils quitteraient la caravane. Ils étaient plus en sécurité avec maître Antonio.

Ma situation semblait mettre dans l'embarras Nino, avec qui je partageais un chariot. Nino était annoncé comme le «Singe barbare» car il avait une apparence simiesque et il était extrêmement poilu. On lui collait des cheveux artificiels sur le visage et le corps, et il portait des gants spéciaux et des jambières non seulement couverts de poils mais terminés par de longues griffes cornues. C'était un accoutrement ridicule, toutefois il suffisait à duper les badauds et à donner l'impression d'une créature qui n'était ni singe ni homme, mais un répugnant entre-deux. Cela entretenait ce mystère vaguement menaçant si nécessaire pour attirer le chaland.

– Je pousse quelques grognements, dit-il, histoire de leur faire un peu peur, même s'ils se savent en sécurité. C'est ça l'émotion, tu vois ?

– Pas vraiment, non.

– Comme le sexe.

– Un *frisson** d'un tout autre genre, dis-je rêveusement.

– Un quoi ?

– Peu importe.

– Où as-tu appris tous ces grands mots ? Il me semble que tu m'as dit que tu venais du Trastevere.

– Exact, mais c'est une longue histoire. Ne dis rien à maître Antonio, ou j'aurai des ennuis.

– Ne t'inquiète pas. Je n'irai pas raconter à cet enculé combien de crottes sortent de mon cul le matin. Mais je n'arrive pas à comprendre pourquoi tu es ici.

– Je suis un hérétique. Du moins, supposé tel.

– Et tu as échappé à l'Inquisition ?

– Non, ils m'ont laissé partir. En fait, ils m'ont vendu à maître Antonio. Pour être parfaitement précis, un homme m'a vendu à maître Antonio.

– Alors tu n'as pas été accusé ?

– Non.

– Au nom du Christ tout-puissant, qu'est-ce qui peut donc bien te retenir ici ?

– J'aimerais bien le savoir, Nino. Je dois trouver quelqu'un, mais je ne sais pas où le chercher.

– Quelqu'un ?

– On l'appelle « le Maître ».

Nino haussa ses épaules velues.

– Jamais entendu parler de lui, dit-il. Tu veux sentir ma bite ? C'est comme un bras de bébé.

– Je sais, mais si cela ne te fait rien, non merci.

– Excuse-moi. Un gros manche comme le mien a besoin d'être astiqué.

S'astiquer le manche voulait dire se branler, ce que Nino se mit à faire en se tournant de son côté sur la pile de sacs fétides qui nous tenait lieu de couche et en baissant son haut-de-chausses crasseux.

– Ça doit avoir un rapport avec les secousses du chariot, murmura-t-il – puis il resta silencieux, poussant de temps à autre un gémissement sourd.

Quand il incarnait le Singe barbare, Nino était presque nu, puisqu'un singe est un animal et que personne ne peut être poursuivi pour exhiber un animal nu. Curieusement, les badauds n'arrivaient jamais à se faire une idée, mais quand ils voyaient cette énorme chimère difforme, on les entendait presque hoqueter de surprise. Nino était tenu en laisse par l'un des sbires d'Antonio, une longue chaîne dorée fixée à un collier d'or incrusté de bouchons de carafe du plus mauvais goût enserrant son cou épais. Son gardien le promenait de long en large, lui tapotant affectueusement le dos ou lui donnant parfois un coup de botte dans les parties intimes.

– N'approchez pas trop, mesdames et messieurs, s'il vous plaît, n'approchez pas trop ! Avec moi la bête est calme, mais c'est parce que je la nourris, et je ne peux pas garantir qu'elle se conduira de même avec vous. Éloigne-toi, mon petit ! Regardez ces prunelles, mesdames et messieurs, regardez leur éclat sauvage ! N'ayez crainte, il ne s'échappera pas et ne viendra pas vous étrangler la nuit dans votre lit, c'est impossible, mesdames et messieurs, il est dans une bonne cage bien verrouillée, je puis vous l'assurer. Il vient droit des sombres forêts humides, arraché aux bras de ses congénères puants – les singes fréquentent n'importe qui, vous comprenez ?

Cela faisait glousser de rire quelques badauds, qui pensaient que le commentaire valait pour le gardien – que nous connaissions sous le sobriquet d'Arnoldo Face-de-cul – mais il était incapable de saisir la plaisanterie.

– Ils ont hurlé et gémi toute la nuit sans s'arrêter. Il a fallu sept costauds pour l'enchaîner, ce qui vous vaut le privilège de le voir ici ce soir.

Pendant la diatribe, Nino faisait quelques petits gestes vifs et il attrapait parfois le pan d'un vêtement – généralement la robe d'une femme. Il y avait des cris de frayeur et parfois quelques hommes tiraient l'épée pour fanfaronner.

Nino grognait puis laissait retomber la robe en poussant de petits cris plaintifs. Les dames applaudissaient et les hommes qui avaient tiré l'épée bombaient le torse en prenant un air satisfait. Ceux qui n'avaient pas tiré l'épée restaient penauds.

Le spectacle prenait fin lorsque Nino commençait à remuer un doigt dans sa bouche. Arnoldo Face-de-cul annonçait alors :

– Excusez-nous, mesdames et messieurs, mais ces bêtes sauvages font des choses qu'aucun chrétien ne saurait décemment faire – et, ici, il jetait un coup d'œil complice aux hommes. Hein, gentilshommes ? Et je ne crois pas que ce soit quelque chose que les dames aimeraient voir.

Sur le chemin de la sortie, il ajoutait cependant d'une voix plus basse :

– Mais si certains de ces beaux messieurs ont envie de payer un demi-ducat supplémentaire, je crois que nous pourrons poursuivre le spectacle à titre purement privé.

Il restait en général une demi-douzaine d'hommes qui payaient le supplément et le « divertissement privé » consistait à observer Nino qui donnait l'impression de manger pour de bon un rat vivant. En fait, il ne faisait qu'arracher la tête du rat d'un coup de dents, la crachait et se mettait à mâcher bruyamment. Même ainsi, c'était un spectacle à donner la nausée et les plus solides estomacs se révulsaient. Ils roulaient des yeux effarés quand la tête du rongeur frappé de panique disparaissait dans la bouche du monstre et ils avaient le souffle coupé quand le sang épais et sombre lui dégoulinait sur les lèvres. Quand il crachait la tête, en poussant des cris aigus à l'intention des dames restées dehors, le spectacle était terminé.

– Et voilà, messieurs, je suis sûr que vous êtes d'accord que cela valait bien un demi-ducat. Vous avez vu quelque chose qu'aucun chrétien craignant Dieu n'a encore jamais vu et ne verra jamais plus. Je vous souhaite bonne nuit.

À cet instant, Nino, venant d'achever son plaisir solitaire, poussa en frissonnant un long soupir de satisfaction et se mit sur le dos.

– Ça va mieux, dit-il.

Je fus soudain frappé par une idée lumineuse.

– Nino, dis-je, tu sais que maître Antonio ne sait pas encore sous quelle forme m'exhiber, n'est-ce pas ?

– Je l'ai entendu dire. Apparemment, tu poses un problème.

– Et si je travaillais avec toi ?

– Mais je travaille déjà avec Arnoldo Face-de-cul.

– Je le sais, mais j'ai une meilleure idée. Écoute !

Nino s'assit et s'appuya sur les coudes. Dans cette atmosphère confinée, l'âcre odeur de transpiration de ses pieds était insupportable.

– Arnoldo Face-de-cul te balade au bout de cette chaîne parce qu'il est l'homme et toi le singe, d'accord ?

– Ouais.

– Si on inversait l'ordre des choses et que ce soit *toi* qui tiennes la chaîne. Ce serait quelque chose, ça ! Non pas un homme exhibant un singe, mais un singe exhibant un homme !

– Mais j'exhiberai qui ?

– Moi ! dis-je triomphalement.

– *Toi ?*

– Mais bien sûr, quoi d'autre ? Personne n'a jamais vu une chose pareille, je te le dis ! Quoi, un singe qui exhibe un homme ? Il y aura foule pour nous voir, crois-moi.

Nino secoua lentement la tête, mais une lueur commençait à poindre dans ses yeux noirs.

– Il y a quelque chose qui cloche pour moi, Peppe, dit-il. Ce n'est pas conforme à la Bible.

– Tu as lu la Bible ?

– Bien sûr que non, je ne sais pas lire. Mais nous avons des prêtres spécialement pour ça.

– Moi je l'ai lue. Et il n'y a rien qui soit contraire à ce qu'un singe exhibe un homme.

– C'est peut-être une hérésie, dit-il – puis il ajouta d'un air songeur : Il y en a tant.

– Qu'est-ce que ça peut faire ? Il n'y a que des voleurs et des hérétiques ici.

– Mais comment pourrais-je t'exhiber ? Je suis censé être un singe, il n'est pas question que je parle. Cela fausserait le jeu.

– Cesse de raconter des bêtises et écoute-moi, Nino. Tu m'as dit tout à l'heure que nous devions leur donner l'émotion, c'est bien vrai ?

– Oui.

– Quelle émotion plus excitante qu'un renversement complet de l'ordre de la nature ? Ce ne sera pas seulement une émotion, mais un vrai choc. Surtout si nous interdisons le spectacle aux jeunes filles, mettons de moins de seize ans. Tous les autres viendront comme des mouches. Et ne t'inquiète pas pour le boniment, je tiendrai le crachoir. Je ferai un discours avec lequel personne ne pourra rivaliser – je peindrai des images avec des mots ! J'emploierai des mots que personne n'a jamais entendus, je filerai des arabesques d'or et d'argent avec les mots et je les laisserai pantois ! Mes paroles les transporteront dans un monde étrange et dangereux, je leur ferai sentir les nuits étouffantes et l'odeur nauséabonde des forêts, les cris perçants d'étranges et merveilleuses créatures, je leur ferai voir, toucher, goûter, sentir l'horreur et la sauvagerie, la chaleur torride d'un soleil étranger – tout cela avec des mots !

– Et le divertissement privé pour messieurs seulement, après ?

– Cela te plaît de croquer la tête de rats vivants ?

– Bien sûr que non, c'est répugnant.

– Alors on trouvera autre chose.

– Quoi ?

– Je ne sais pas. Je trouverai bien quelque chose, crois-moi.

– C'est d'accord, dit Nino. Il ne te reste plus qu'à convaincre ce salaud d'Antonio.

– Pas de problème, j'en fais mon affaire.

L'affaire ne traîna pas.

– Tu penses que cela attirera les foules, hein ? dit-il en frottant son menton mal rasé.

– Attirer la foule ? Il vous faudra une bonne demi-douzaine de costauds pour la retenir !

– Je ne peux pas en louer plus…

– Exagération poétique, dis-je en hâte. Vous serez plongé jusqu'au genou dans les demi-ducats.

– Es-tu sûr de t'en tirer aussi bien qu'Arnoldo Face-de-cul ? Comment as-tu appris à jongler avec les mots ?

– Vous m'avez dit une fois que vous n'alliez jamais fouiller dans le passé de vos emplettes. Ne commencez pas maintenant. Mais faites-moi confiance. Cela fera de vous un homme riche, je vous le promets.

Il me dévisagea de la tête aux pieds.

– J'en suis sûr, dis-je. À cent pour cent.

– D'accord, Courtaud, je te suis.

Le lendemain soir, Nino et moi fûmes annoncés comme : « Homme et singe, tragédie de Dame Nature ».

Ce fut, comme je l'avais prédit, un énorme succès. En fait, maître Antonio dut organiser un spectacle supplémentaire pour satisfaire tous ceux qui étaient venus nous voir. La tente de toile où nous nous produisîmes puait et l'atmosphère était étouffante à cause de la foule qui s'y pressait. Les lampes à huile vacillèrent et crachotèrent sous le souffle de plus de deux cents respirations saisies d'étonnement lorsque se leva le rideau de toile qui nous cachait, révélant un éclairage étrange, d'outre-monde, pommelé de lumière et d'ombre, un *chiaroscuro* de bien et de mal, un contraste entre l'humain et le bestial.

Nino tenait dans son poing ganté, aux griffes courbes, la chaîne dorée qui était attachée à mon collier. J'allais et venais tout en parlant, aussi loin que la chaîne me le permettait. Alors Nino me tirait en arrière d'un coup sec en poussant un grognement de gorge. La conclusion de mon baratin (qui était, si je puis me permettre de le dire, sublime) s'inspirait de ma difformité.

– Laissez-moi vous dire autre chose, mes amis. Regardez-moi, regardez-moi bien. Que voyez-vous ? Une pathétique petite silhouette tordue, un infirme, un bossu ! Qui souhaiterait vivre dans une telle prison ? Et pourtant… et pourtant, je n'ai pas toujours été comme ça.

Il y avait des hoquets de surprise. Nino secouait un peu la chaîne et m'attirait plus près de lui. Le premier rang de la foule reculait en hâte.

– Non, je n'étais pas comme ça. Autrefois j'étais grand et fort, aussi grand, aussi fort et aussi droit qu'Adonis lui-même. Alors que s'est-il passé ? Quelle terrible maladie s'est abattue sur moi pour réduire un homme à la taille d'un nain ? Je vais vous le dire : les humeurs pernicieuses et l'air vicié du sombre monde forestier dans lequel je m'étais si imprudemment aventuré. Oui… hélas !…

Je versais quelques larmes avant de me cacher le visage dans les mains.

– Ces effluves mauvais m'ont fait rétrécir, au sens littéral du terme. Voilà la vérité. De même que les peaux qui sèchent au soleil après lavage rétrécissent, j'ai rétréci. Mon corps a perdu ses fluides vitaux, mes os se sont noués, mon sang s'est épaissi, ma peau s'est soudée et a durci, devenant rude et noueuse. J'étais un homme, je devins la moitié d'un homme, un brimborion humain.

Nino s'avança vers la foule. Il y eut des cris perçants, mais personne ne tira l'épée. Ils étaient encore trop sous l'effet du conte d'horreur que j'avais tissé pour être capables de réagir.

– Et maintenant, mes amis, je dois demander aux dames qui sont parmi vous de partir. La bête me demande d'accomplir pour elle un acte trop dépravé pour les yeux féminins. Les gentilshommes qui souhaitent être témoins des profondeurs de ma honte et de l'immensité de la tragédie qui s'est abattue sur mes épaules peuvent maintenant payer un demi-ducat.

Toutes les dames et un seul homme s'en allèrent. Il y avait encore plus de cent personnes dans la tente lorsque je me mis entre les jambes de Nino pour « accomplir l'acte » que je vous laisse deviner. Et, bien sûr, il y avait plus de cent demi-ducats supplémentaires dans le sac de la collecte à la fin de la représentation.

– Je suis aux anges, Courtaud ! s'écria maître Antonio en découvrant d'un rictus ses dents cariées. Regarde-moi ça ! Il doit bien y avoir…

– Vous nous donnerez, à Nino et à moi, un quart chacun de la recette supplémentaire de la première représentation chaque soir… Simplement la première.

Le rictus s'évanouit immédiatement.

– Simplement la *quoi* ?

– Vous avez parfaitement entendu. Un quart chacun de la recette supplémentaire. Vous garderez la moitié de celle du premier spectacle et la totalité de celle des deux suivants.

– Espèce d'infâme petit voleur ! Je vais te fouetter jusqu'au sang, tu vas voir si je ne le fais pas. Un quart chacun ? Tu n'obtiendras rien de moi, bossu.

– Alors il n'y aura plus de spectacles comme celui de ce soir et vous perdrez de l'argent.

– Tu ne peux pas traiter avec moi – tu es à moi, je t'ai acheté, tu te souviens ? Sale petit hérétique sans cervelle…

– Écoutez-moi, Antonio : si vous ne nous payez pas ce que je vous demande, nous ne jouerons plus et vous ne pouvez pas nous y obliger. Cela signifie que vous perdrez plus de cinquante ducats par représentation, car les clients ne voudront plus entendre la diatribe d'Arnoldo Face-de-cul. La tente sera vide. Donnez-nous, à Nino et à moi, un quart chacun de la recette et vous aurez vingt-cinq ducats sur la première représentation et cinquante ducats sur les deux autres. Trois spectacles par soir cela fait cent vingt-cinq ducats dans votre escarcelle. Six soirs par semaine, cela fait…

– Je sais ce que cela fait, répugnant salaud! hurla Antonio.

Mais il voyait très clairement la logique de mon argument.

– En outre, je considère qu'il n'est pas excessif de demander vingt-cinq ducats pour astiquer Nino trois fois par soir. C'est à prendre ou à laisser.

Il prit.

❖

À l'époque dont je parle, l'Italie était déchirée par les guerres et le chaos. En 1498, deux ans après que j'eus commencé à soulager le Singe barbare trois fois par soir, six ans après que Giovanni de' Medici eut été élevé au cardinalat et quatre ans après qu'Alexandre VI Borgia fut monté sur le trône de Pierre, Louis, duc d'Orléans, avait succédé à Charles VIII sur le trône de France et s'était immédiatement proclamé «roi de France, de Jérusalem, de Sicile et duc de Milan». Les Français envahirent de nouveau nos rivages, avec l'intention de prendre Milan. L'une des raisons pour lesquelles notre grotesque caravane se déplaçait continuellement vers le nord était que maître Antonio, en dépit de son intelligence limitée, avait compris que le Sud était beaucoup trop dangereux pour nous car le royaume de Naples, violé par les Français – il n'y avait que trois ans que Charles VIII avait été couronné roi de Sicile et de Jérusalem dans la cathédrale de Naples –, léchait encore ses blessures. Les républiques de Pérouse, d'Urbino et de Sienne offraient des perspectives plus prometteuses. En fait, même si les forces françaises de la première invasion avaient été vite refoulées après le retour de Charles en France, l'inquiétude et la peur continuaient à hanter les campagnes et chacun savait que, dès la prise de Milan, Louis tournerait son regard sur Naples. Ce que personne ne pouvait deviner, c'était que, dans son appétit de pouvoir, César Borgia, le fils bâtard du pape Alexandre, allait mettre la Romagne à feu et à sang. Il reçut pour cela l'assistance et les encouragements de Louis, dont Alexandre avait obligeamment dissous le mariage, le laissant libre d'épouser Anne de Bretagne. César Borgia avait suivi le sillage de Louis jusqu'à Milan, mais l'incendie qu'il allait déclarer couvait encore. L'homme qui allait devenir le pape Léon X, qui allait entrer dans ma vie et changer définitivement son cours, voyageait en Europe, car les Médicis avaient été chassés de leur Florence bien-aimée en 1494 et ils n'y retourneraient que dix-sept ans plus tard.

Rien de tout cela n'affectait gravement le train-train quotidien de notre caravane de monstres, sinon qu'il fallait choisir avec prudence la direction des voyages et que ces menaces créaient parfois une vague atmosphère de mauvais augure qui assombrissait l'humeur de maître Antonio et le rendait exécrable. Les nouvelles de la tourmente politique se répandaient lentement, par bribes frustrantes et incomplètes : un commérage ici, des rumeurs là, un avis collé sur le mur d'un bourg rural, des hypothèses, des conjectures, de l'incertitude. Avec Nino et moi, maître Antonio était immanquablement revêche, ravi de mauvaise grâce de l'argent que nous gagnions pour lui et désagréablement frustré de devoir nous en donner une petite fraction. Tout le monde dans la caravane devint de mauvaise humeur, hargneux, resta sur son quant-à-soi. C'était vraiment dommage car, dans l'ensemble, régnait entre nous une solide amitié, forgée par les liens de nos infirmités – et, à ce sujet, il me semble que c'est le moment de vous parler des autres spectacles montés dans notre caravane.

Luigi était annoncé comme le « Serpent humain » à cause de son crâne, qui, affligé d'une maladie que je n'avais jamais vue auparavant, apparaissait replié dans la demi-lumière. On le grimait, bien sûr, et on lui faisait porter un vêtement ridicule qui lui couvrait les jambes et donnait à penser qu'il avait une « queue ». Luigi me dit qu'il avait violé une nonne et qu'il s'était échappé de prison déguisé en femme, ce qui me parut improbable. Il y avait Beppo, l'« Homme à deux têtes », ce qui n'était naturellement pas le cas. Cependant, on avait façonné une autre petite tête sur la grosse excroissance de chair qui lui poussait dans le cou et, en faisant jouer les muscles de ses épaules, Beppo arrivait à faire « bouger » cette tête factice. Beppo était un matricide. Il insistait pour se faire appeler don Giuseppe, car il avait été prêtre et avait prêché l'hérésie dans l'église de Santa Maria dei Monti à Rome. Il avait été déclaré coupable non seulement d'hérésie mais de blasphème et d'avoir abusé du sacrement de la confession en molestant physiquement ses pénitentes. C'était un homme amer, qui s'apitoyait sur lui-même, et je n'avais pas grande amitié pour lui. Cependant, l'histoire qu'il racontait était remarquable : impénitent, il fut condamné au bûcher mais, avant que les flammes eussent le temps de le dévorer, une tempête aussi violente qu'inattendue s'abattit sur le bûcher et les flammes furent éteintes par des torrents de pluie. Dans la fumée et la confusion générale, il réussit à briser ses liens à moitié consumés par le feu et à s'enfuir. Il rencontra dans une taverne maître Antonio qui lui promit la sécurité contre ses services, consistant à faire « le Crâne » trois fois par soir. Si les flammes, par un décret de la Providence, ne lui avaient pas été fatales, elles avaient néanmoins brûlé la peau de la partie inférieure de son visage, où l'os avait été mis à nu. Quand il montrait les dents (il ne souriait jamais), l'effet était vraiment horrible. Il y avait Antonella, une femme d'environ cinquante ans, qui était exhibée pour elle-même : dans un accès de folie, elle avait tué ses cinq enfants et elle était présentée comme la « Fille de Satan ». Elle était attachée et bâillonnée sur une chaise, sous la tente, un sbire attifé en bourreau montant la garde près d'elle, une torche enflammée au poing. Le but de ce tableau était de rendre crédible le boniment qui l'accompagnait, où elle était sinistrement décrite comme adultère, putain, suceuse de Juifs, comme une misérable qui avait tué ses enfants pour de l'argent (bien qu'on ne vît pas clairement en quoi leur mort pouvait lui rapporter un quelconque bénéfice financier) et une adoratrice du démon. Tous les soirs, trois fois par soir, la foule maudissait, injuriait et crachait sur la pauvre femme. Son visage portait des cicatrices aux endroits où les badauds haineux l'avaient écorché. Mon cœur parfois pleurait pour elle. De façon incroyable, l'accès de folie dont elle avait été victime et qui avait provoqué son crime atroce avait totalement disparu, et elle endurait cette horreur sans fin répétée comme une femme parfaitement saine d'esprit. Ayant toute sa tête, elle se sentait effroyablement coupable et tenta plusieurs fois d'attenter à ses jours. Une fois, elle essaya de s'arracher les seins. Elle ne parlait à personne et, la nuit, nous l'entendions fredonner à voix basse dans son chariot, fredonner, sangloter et marmonner. Maître Antonio l'avait achetée à un magistrat corrompu et cela faisait douze ans qu'elle était avec lui. Je n'arrivais pas à le croire : douze ans d'insultes, de crachats, de coups et de jurons. Je m'étais dit qu'avant d'abandonner à jamais maître Antonio et sa caravane de monstres je lui ferais la charité de la tuer dans son sommeil – à supposer qu'elle dormît.

En dépit de l'annonce, le *Mago Cieco* n'était ni mage ni aveugle. Il s'appelait Luca della Cordina et il disait l'avenir au moyen d'un paquet de cartes spéciales et d'un miroir. Les destins merveilleux qu'il prédisait étaient de pures balivernes, mais cela ne semblait guère avoir d'importance. Son costume, dont il était excessivement fier, était celui d'un potentat oriental. Il n'avait connu qu'un seul problème au cours de sa longue carrière avec maître Antonio, quand le même homme, venu deux soirs de suite, se vit prédire deux destins totalement différents.

– Comment pouvais-je le savoir? gémit le Mago Cieco. Le lundi je lui ai dit qu'il était destiné à entrer dans les ordres et qu'il deviendrait un riche et influent évêque. Le jeudi, je lui ai dit qu'une jeune et belle femme lui donnerait douze enfants.

– Les deux ne vont-ils pas généralement ensemble? demandai-je.

– Le client n'a pas eu l'air de le penser, ce salaud sans esprit. Il a demandé qu'on lui rende l'argent. Je suis sûr que maître Antonio l'aurait soustrait de mes gages, si je n'avais pas protesté.

– Il ne nous paie pas de gages.

– Je sais, mais c'est l'intention qui compte.

Il y avait d'autres petits monstres de moindre importance – nous, les grands monstres, nous les appelions le «menu fretin» – qui ne valent pas la peine d'être décrits. Il y avait également une demi-douzaine environ d'hommes «normaux», excessivement costauds (nous les traitions, avec mépris, de *goyim*), qui surveillaient les bagages et s'occupaient des fauteurs de troubles.

La pensée de Laura et du sort qui lui était réservé continuait à me tourmenter, mais j'avais commencé à apprendre la façon d'endurer cette douleur particulière sans le montrer; parfois, à la fin de la soirée, j'étais trop épuisé pour ressentir du chagrin.

– Te branler me fatigue, dis-je un soir à Nino, alors que nous nous installions dans notre chariot pour dormir.

Quand il enlevait ses jambières munies de griffes, l'odeur de ses pieds sales était insupportable.

– Oui, je le reconnais, dit-il, avec le monstre que j'ai comme bite.

Il fit alors une chose extraordinaire : se penchant sur moi, il posa ses lèvres gercées sur ma joue et m'embrassa avec une dignité et un respect exquis.

– Et puis, chuchota-t-il, je suis heureux que ce soit toi.

Je ne pus arrêter les larmes de couler et ne le souhaitai pas. Moi aussi, j'étais content que ce fût *moi*, car mes trois prestations me permettaient de vivre vraiment le serment que j'avais prononcé en présence de dame Laura : ne céder à la sexualité qu'avec l'intention avérée de la détourner en la bafouant, en la leurrant. C'était exactement ce que je faisais chaque fois que je masturbais Nino sous les yeux de la foule de pervers hypocrites qui bavaient lascivement. Sur un plan, j'étais totalement dégoûté par quelque chose que je trouvais répugnant à l'extrême, sur un autre plan, plus profond, j'exultais car j'accomplissais le serment que j'avais prêté au « seul vrai Dieu ». Ce que je faisais avec Nino exprimait l'immuable mépris pour la chair dans laquelle nous sommes emprisonnés, dont le but répugnant et pervers est d'emprisonner toujours plus d'âmes, et cela devint ma façon à moi de la maudire. Cela devint une malédiction et, je l'espère, une fervente bénédiction pour les pauvres infirmes mutilés que maître Antonio tenait en esclavage, et pour chaque pauvre infirme mutilé du monde.

Me souvenir de mon serment revenait à me souvenir de la vision intérieure de Laura, si bien que l'anathème et la bénédiction, le serment et l'acte, étaient une seule et douce peine, un mélange d'horreur et de joie et une transmutation de l'un en l'autre.

Florence était le grand rêve. Florence était suspendue à l'horizon comme un soleil qui ne se couchait jamais, toute séduction, toute lumière glorieuse d'or et de pourpre, toute séduisante promesse. Sinon que nous étions toujours sur le point d'y arriver et que nous n'y arrivions jamais. Une fois, nous remontâmes dans le Nord jusqu'à Gênes, en passant même par Florence, comme si maître Antonio avait soudain décidé que Florence n'avait plus d'importance. En fait, lorsque nous finîmes par nous y arrêter, il y avait sept longues années que je faisais partie des monstres de maître Antonio. C'était en 1503, une année remarquable par bien des façons. Après une campagne sanglante en Romagne, César Borgia détenait fermement un pouvoir qui, s'il appartenait théoriquement à la France, était en réalité absolument concentré dans ses mains. Il se révéla être un excellent gouverneur et remplaça l'anarchie (qui lui était attribuable en grande partie) par un ordre admirablement réglé. Cependant son père, le pape Alexandre, mourut – à ce qu'on dit après avoir ingéré l'une de ses poudres fatales – et César ne fit pas de vieux os, succombant à un mal mystérieux, probablement lié au poison, ce qui n'est guère surprenant quand on considère la prédilection des Borgia pour les venins. Le nouveau pape, Pie III, vieux et malade, n'appuya son dos osseux contre le trône de Pierre que pendant vingt-six jours. Giulio della Rovere fut élu en octobre 1503 et prit le nom de Jules II.

Léon, toujours cardinal Giovanni de' Medici, dont le destin n'était pas encore lié au mien, était retourné à Rome trois ans plus tôt, espérant des jours meilleurs où Florence permettrait aux Médicis de revenir d'exil. Son frère Pietro était également mort en 1503, ce qui signifiait que Léon était maintenant chef de famille, car son autre frère, le beau Giuliano, était plus jeune que lui.

Et les monstres arrivèrent à Florence. Personnellement,

je n'aimais pas cette ville que je trouvais beaucoup trop hautaine et beaucoup trop imbue de son éclat. Les Médicis étaient en exil, mais il y régnait toujours l'esprit de cette superbe famille, dont tous les membres étaient aussi arrogants que Lucifer, et cela vaut aussi pour mon bien-aimé Léon. L'ombre de Laurent le Magnifique, le père de Léon, était partout.

On a dit (je ne me rappelle plus qui) que, si Cosimo de' Medici, le grand-père de Léon, était le père de Florence, Laurent le Magnifique était son fils. Il grandit dans la ville que Cosimo avait littéralement créée. Cosimo était le grand responsable du renouveau littéraire et artistique que la ville avait connu, et Laurent put cultiver l'amitié des artistes, des hommes de lettres, des poètes et des philosophes qui l'avaient entouré depuis l'enfance. Ce fut Laurent qui encouragea le renouveau de la langue toscane, méprisée par les précédentes générations d'humanistes, et il composa une défense de l'italien qu'il envoya, accompagnée de quelques beaux poèmes, à Federigo de Naples. On ne connaît pas la réaction de Federigo à cette *largesse** juvénile. En fait, Laurent était passé maître en poésie :

Ah, quanto poco al mondo ogni ben dura!
Ma il rimembrar si tosto non si parte[1].

Sentiments que je partage de tout cœur.

Dans le cercle des *intimes** de Laurent, on trouvait Marsile Ficin et Pic de La Mirandole, dont j'ai déjà parlé. Le premier dominait – comme un archiprêtre une liturgie – l'académie platonicienne. Il y avait Cristoforo Landino, qui avait écrit un commentaire sur notre saint père Dante, Poliziano, un poète au talent considérable, érudit de surcroît, le timide

1. «Ah! combien peu dure tout bien en ce bas monde, / Mais le souvenir ne s'en efface pas de sitôt!»

et visionnaire Domenico Ghirlandajo, Sandro Botticelli, obèse et surdoué, qui tenait une cuisse de poulet froid dans une main et son pinceau dans l'autre, et – lorsque Laurent hérita du pouvoir de son père – un jeune homme torturé au front soucieux, Michelangelo Buonarroti, qui avait été présenté à Laurent par le sculpteur Bertoldo.

Laurent s'était totalement identifié à Florence. Il était Florence et Florence était Laurent. Hélas, le serpent dans cet éden était le goût de Laurent pour la tyrannie, abhorrée par l'esprit farouchement indépendant des Florentins. Tous les changements institutionnels qu'il opéra n'avaient qu'un seul but : concentrer le pouvoir dans ses mains. Il prétendait être un citoyen comme les autres, mais c'était loin d'être le cas. Rien que son mariage avec Clarice Orsini rendit impossible de le considérer comme un égal parmi les égaux. Et si les Florentins avaient une passion pour quelque chose, c'était avant tout une passion pour l'égalité. Même avant la mort de Laurent, il y avait eu des grondements de tonnerre et ces grondements se transformèrent en une terrible tempête qui se déversa sur la tête de l'infortuné Piero, le fils de Laurent, que tout le monde appelait «Tête-de-linotte», qui hérita de la position de son père en 1492.

C'était dans cette ville que le réformateur dominicain Girolamo Savonarole avait jeté de l'huile sur le feu en exhortant les foules à abandonner une vie de débauches pour se consacrer à la Croix. Il fit campagne pendant un an et composa un document intitulé *Règles et Gouvernement de la cité de Florence*, dont les grandes lignes étaient une réforme morale équivalant à une théocratie. De grands bûchers furent allumés et les livres égrillards, les écrits des philosophes grecs et même des vêtements de luxe furent jetés dans les flammes dévorantes par une populace hypnotisée. Le vieil Alexandre VI Borgia, rongé par la vérole, ne vit pas cela d'un bon œil et il convoqua Savonarole à Rome en 1495, afin qu'il rendît compte des prophéties qu'il avait énoncées concernant l'Église, la ville de Florence, Laurent le Magnifique (quant à celle-ci, elle se réalisa) et le pape lui-même. Sachant parfaitement ce que signifiait une telle convocation, le démagogue fou de Dieu refusa de se rendre à Rome. Alexandre répondit par la voie habituelle, en l'excommuniant, mais cela eut peu d'effets. Cependant les franciscains, déjà lassés par la piété et regardant avec regret leurs garde-robes et leurs bibliothèques vides, commencèrent à semer la discorde parmi la populace. La jalousie des franciscains envers le prestige du petit dominicain finit par réussir là où les grondements d'Alexandre avaient échoué et, après une brève période d'incarcération, Savonarole fut exécuté sur la place du marché en 1498. On dit que son corps avait été si atrocement déformé par la torture qu'on eut de la peine à le redresser avant de le faire monter sur le bûcher. Tout cela me donne à penser qu'il est dangereux d'éveiller les passions car, la passion une fois passée, la chaleur qu'elle a engendrée suffit en dernier lieu à embraser les fagots empilés sur le bûcher. En outre, Savonarole – comme la plupart des fanatiques religieux – n'a pas compris que rien ne s'éteint plus vite que l'enthousiasme pour le bien. Les Florentins furent obligés de choisir entre leurs beaux vêtements, leurs livres pornographiques, leurs plats de viande et la main de Dieu. Ils choisirent les premiers.

Pas étonnant, au vu de cette luxurieuse histoire, et en dépit de l'exil des Médicis, que j'aie senti l'ombre de Laurent traînant toujours dans la cité, comme l'écho d'une voix lointaine, en arrivant ici avec le reste des monstres.

L'après-midi qui précéda la première représentation, maître Antonio nous rassembla afin de nous faire un discours édifiant. Nous étions tous là, paumés, tordus, velus, balafrés, brûlés, couverts de squames et les mains sur les hanches il s'adressa à nous en ces termes :

– Maintenant, mesdames et messieurs, ce n'est pas parce que nous venons d'arriver dans cette grande cité que vous devez vous mettre martel en tête. Je sais quelles monstruosités vous viennent à l'idée dès que vous êtes lâchés dans le monde des gens normaux. J'ai vu, un jour, l'un de mes freluquets se soûler la gueule, sauter une femme et provoquer une bagarre en même temps. Ne frayez pas avec ces poules florentines aux gros seins et il ne vous arrivera rien. Par le Christ et sa sainte Mère, elles fondront sur vous comme des mouches ! Comment pourraient-elles résister au charme de la bande que vous formez ?

Trouvant sa tirade d'une irrésistible drôlerie, il éclata d'un rire incontrôlé, qui me rappela le jour où ma mère n'avait pu se retenir en riant de moi. Recouvrant son calme avec plus de succès qu'elle n'avait réussi à le faire, il poursuivit :

– Ce soir est le grand soir : je veux un spectacle des plus piquants. Toi, le Crâne, fends-toi d'un vrai rictus – fais-leur peur à les faire chier dans leurs chausses. Vous deux, la Tragédie de Dame Nature (Nino et moi), soyez un peu plus… un peu plus…

– … vicieux ? suggérai-je.

– Exactement. *Vicieux.* Peppe, quand tu branles Nino, assure-toi que tout le monde voit ce que tu es en train de faire. Roule des yeux, gémis, soupire, aie l'air vraiment à ton affaire.

Il s'arrêta un instant, me regarda des pieds à la tête, puis reprit :

– Non, peut-être que j'en demande un peu trop. Écoute, je crois que cela t'aiderait si tu bandais toi-même. Et toi, Nino, quand tu lâches ton foutre, crois-tu que tu pourras réussir à ne pas arroser le premier rang ? Je ne tiens pas à régler des notes de blanchisserie.

Et ainsi de suite. Il passa en revue toute la compagnie, faisant des suggestions (pour la plupart obscènes), offrant les lumières de « vingt-deux ans dans le métier » et ne se privant pas de critiquer les spectacles que nous avions donnés jusque-là. Avant de partir, il dit avec irritation à la Fille de Satan :

– Femme, ne pourrais-tu pas avoir l'air un peu plus diabolique ? Montre les crocs, pour l'amour de Jésus !

Elle le transperça du regard.

Telles que les choses se passèrent, il me semble que nous donnâmes tous « un spectacle des plus piquants », sauf le Mago Cieco que l'on retrouva dans un stade d'ivresse avancée. Il était le seul d'entre nous à pouvoir se promener dans les rues sans attirer de malveillantes intentions. Il avait donc trouvé une taverne de bas étage où s'asseoir et boire tout son soûl. Avant d'entrer en scène, Nino et moi, nous entendîmes qu'il avait prédit à une dame qu'elle concevrait une sorte de second Jésus-Christ à l'usage exclusif des Florentins.

– Par quelle opération ? avait demandé la dame, les yeux brillants, anticipant l'événement avec ardeur. Serai-je couverte par le Saint-Esprit ?

– Pas exactement, ma chère. C'est *moi* qui serai le père de l'enfant.

– Par une sorte d'accouplement spirituel, alors ?

– Non, par la voie normale.

Après s'être dépouillé de ses vêtements, il s'était tenu devant elle, suant et en érection. Elle s'était sauvée en poussant des cris.

« Une tragédie de Dame Nature » attira la foule habituelle et, après la première représentation, tant de femmes souhaitèrent demeurer avec les gentilshommes pour assister au « divertissement privé » que je décidai de les laisser faire. J'étais sûr que maître Antonio ne regretterait pas que le secret fût un brin éventé contre tant de ducats supplémentaires. En outre, j'avais, avec la part qui me revenait, commencé à pondre sur un tas d'or et je me dis que ce serait là une excellente occasion de faire éclore l'œuf sur lequel je nidifiais.

Tard dans la soirée survint un incident qui allait rapidement changer le cours des événements de ma vie. Le Mago Cieco se rendit en hâte à notre chariot pour me dire qu'une « dame » souhaitait me parler. Nino dormait, ronflant doucement.

– Quelle dame ?

– Comment le saurais-je, mon cher ami ? Du moment que c'est une dame, pourquoi, au nom de Dieu, te soucier de savoir comment elle s'appelle ? Si tu veux, je vais lui parler…

– Il n'en est pas question.

– Elles succombent toutes à mon charme naturel, tu sais. Si tu veux que je la chauffe un peu avant que tu te la fasses…

– Tu me répugnes. Fiche le camp.

– Pas besoin d'être agressif, mon cher ami. Je ne faisais que suggérer…

– Fiche le camp !

– C'est l'ennui avec les nains, marmonna-t-il en se retirant. Totalement égoïstes. Petite bite, insatiable appétit.

En la voyant, je la reconnus sur-le-champ. Le contraire eût été difficile car sa cape doublée de fourrure avait glissé, révélant deux mains dodues s'agitant à hauteur des épaules. Elle n'avait pas de bras.

– Je suis venue te chercher, Peppe, dit-elle d'une voix très calme. Nous devons quitter cet endroit le plus tôt possible.

C'était Barbara Monduzzi.

1503…

Discedant omnes insidiae latentis inimici.

Que s'éloignent toutes les embûches de l'ennemi dissimulé.

Le Maître…

Le Maître n'était autre que le père de ma bien-aimée Laura de' Collini. Le Maître était Andrea de' Collini, patricien de Rome. Dire que Barbara m'avait surpris en me donnant cette information serait au-dessous de la vérité. Mais, ce soir-là, les surprises avaient succédé aux surprises, cascadant comme les vagues de la marée montante. À la fin, rien ne fut plus une surprise.

– Regarde, Peppe : vicolo del Fornaio, voilà la ruelle. Sa maison doit être ici.

– En es-tu sûre ?

– Je me rappelle exactement ce qu'on m'a dit.

En remontant le cours des événements comme je le fais maintenant, je dois honnêtement reconnaître que le détail des instructions que l'on m'avait données demeure indistinct. Cependant, j'appris que, comme moi, Barbara n'avait reçu aucune nouvelle de dame Laura et qu'elle avait séjourné chez une tante, dans la solitude sauvage de l'Aventin, assurant le rôle de compagne et d'infirmière et vivant dans une angoisse constante. Finalement, un message d'Andrea de' Collini l'avait sommée de venir à Florence afin de mettre un point final à ces incertitudes intolérables. Il l'informait que je me trouvais déjà en ville et lui demandait d'aller me chercher pour m'accompagner chez lui sous le couvert de l'obscurité. Beaucoup plus tard, je commençai à comprendre que le Maître ne donnait jamais d'ordres, il demandait toujours très poliment et on faisait toujours ce qu'il demandait.

–Tomaso della Croce est en ville, m'avait dit Barbara. Il se rend à Gênes pour examiner une femme du nom de Caterina qui parle avec les âmes en souffrance dans le purgatoire. Elle vole dans les airs, elle se pâme d'extase.

Soudain, sa voix résonna plus clairement dans le silence de la nuit :

– Là ! Voilà la maison !

C'était une grande porte dans l'encoignure de ce qui semblait être un petit palazzo. Le stuc était sale et tombait en ruine, les hautes fenêtres étaient protégées par des grillages de fer noircis par le temps ou la crasse, ou les deux. Je n'aperçus aucune lumière.

– Frappe, ordonna Barbara.

Je me mis à cogner contre le bois à poings nus.

– Nous perdons notre temps... Il n'y a personne ici... Nous allons réveiller tout le quartier !

– Écoute... Écoute !...Voici quelqu'un !

Et il se produisit en effet un bruit sourd quelque part dans les profondeurs de la vieille maison. Je cessai de frapper. J'entendis alors le pas traînant de quelqu'un chaussé de pantoufles, puis le bruit des verrous que l'on tirait.

– Qui est là ? Qui est-ce ? demanda une voix.

La porte s'ouvrit et un homme de haute taille, une lampe à la main, se tint devant nous, le visage invisible dans les ombres vacillantes. Il portait une longue robe sombre avec un col de fourrure.

– Qu'est-ce que vous voulez? demanda-t-il.

La voix était suspicieuse, mais pas désagréable; une voix, je le sentis instinctivement, à laquelle les mots tendres étaient familiers.

– Je m'appelle Barbara Monduzzi, dit mon amie avec une hardiesse qui me surprit. Vous m'avez fait demander... Je veux dire, lui et moi.

– Et je suis Giuseppe Amadonelli.

L'homme parut soupirer – un léger soupir rapide de soulagement ou de joie.

– Enfin, dit-il en élevant la lampe et en reculant d'un pas. Je suis Andrea de' Collini. Soyez le bienvenu dans ma maison.

Barbara et moi franchîmes le seuil et, en le franchissant, nous pénétrâmes dans les dimensions d'un autre univers.

– C'est très simple, mon cher Peppe, je t'ai *acheté*.

– Quoi?

– Je t'ai acheté à maître Antonio et je te prie de ne pas avoir l'impolitesse de demander le prix. Tomaso della Croce vend, j'achète. Antonio Donato vend ou achète selon que l'un ou l'autre lui paraît le plus profitable. Votre présence ici, dans ma maison, ce soir, est le résultat d'un plan mûrement calculé. Imaginiez-vous qu'il pût en être autrement?

Nous étions assis dans la bibliothèque privée d'Andrea de' Collini. La pièce, garnie de livres, était réchauffée par la lumière voilée de nombreuses bougies. Une lampe d'argent ciselé brûlait au centre d'une grande table couverte de damas. Il nous avait donné des coupes d'un vin chaud relevé d'épices et nous le sirotions, avec gratitude.

– Tomaso della Croce n'est pas le seul inquisiteur à faire commerce de vies humaines gâchées. Ce n'est pas commun, mais je sais que plusieurs de ses collègues se livrent au même trafic. La différence entre eux et lui est qu'il ne garde sans doute pas l'argent – je serais enclin à penser qu'il le met directement dans le tronc des pauvres. N'importe, cela ne cause aucun scrupule moral à notre pharisaïque ami. Mais ne parlons pas de lui ce soir.

– Alors nous ne sommes pas en danger ? demanda Barbara.

– Je ne le pense pas.

– Comment pouvez-vous en être sûr ?

– Tout me laisse croire que l'inquisiteur n'est plus à Florence.

– Mais c'est impossible ! s'écria Barbara. Vous m'avez envoyé l'information vous-même.

– Pour des raisons que je ne connais pas, les investigations sur le cas de Caterina Fieschi ont été suspendues. Sa famille a de nobles relations… Il y a peut-être eu des pressions. Tomaso della Croce n'a plus aucune raison de se rendre à Gênes et certainement aucune raison de demeurer à Florence.

– Il a dû retourner à Rome, dis-je.

Le Maître leva les mains en esquissant un geste de désespoir.

– Rome, murmura-t-il. Aux dernières nouvelles, Laura était encore à Rome. Elle a été mise en accusation, mais je ne sais pas si le jugement a eu lieu. Elle est peut-être toujours en prison en train d'attendre.

– Et vous, Maître ? demandai-je d'une voix tremblante.

– Je ne vous ai pas fait venir ici pour rien. J'ai du travail à faire… *nous* avons du travail à faire. Je dois maintenant achever en son nom le travail que j'ai d'abord confié à ma fille.

– Quel… quel est ce travail, Maître ?

– Eh bien, faire de vous de bons gnostiques. Quoi d'autre ? Je resterai donc à Florence pour l'instant. Et, si l'inquisiteur est sur le chemin de Rome, il faut que j'y reste. Il y a quelques années maintenant qu'il a entendu parler de moi et de mes activités et il est lentement rongé par le désir de me détruire. Je suis pour tout ce qu'il déteste et la haine est toujours une maladie fatale. Il me perçoit comme un ennemi de la vérité et le travail de sa vie est de débarrasser le monde des ennemis de la vérité.

– Êtes-vous un ennemi de la vérité ?

– La vérité ne peut jamais être regardée en face, dit Andrea de' Collini. Elle est répercutée dans le prisme de chaque esprit humain, et elle a la couleur du tempérament de chaque homme. Je peux dire : « Aujourd'hui le ciel est bleu et le soleil brille » et tu peux répondre : « Aujourd'hui, il ne pleut pas, mais qui sait combien de temps ça va durer ? » Les deux assertions sont vraies, n'est-ce pas ? Et pourtant chacune exprime le caractère de celui qui l'a prononcée. Telles que je vois les choses, certaines affirmations sont peut-être un peu plus près que d'autres de la réalité des choses. Ce que Fra Tomaso della Croce croit, et ce que croit son Église, est souvent très éloigné de la vérité en dépit du fait que cette Église se prétend issue du Fondateur de la Vérité en personne. Mais della Croce et ses semblables ne tolèrent aucune autre interprétation que la leur, et ils cherchent à détruire ceux qui s'adonnent à des philosophies plus humaines et plus sages. Ils ont peur de la philosophie que je prêche, car elle menace de miner le pouvoir qu'ils se sont approprié et de le montrer pour ce qu'il est à ceux qui sont sous le joug. Oh, nous sommes de vieux ennemis, le dominicain et moi. Ai-je répondu à la question de façon satisfaisante ?

– Oui, dis-je. Et cette… cette philosophie à laquelle nous allons être initiés… le travail que votre fille a commencé et que vous devez accomplir…

– Tu as été choisi pour cela, Peppe. Vous l'avez tous été. As-tu prêté le serment de Renonciation ?

J'approuvai d'un signe de tête.

– Nous avons *tous* prêté serment, dit Barbara.

– Alors je ne vois aucune objection à ce que vous logiez ici et à ce que votre initiation commence immédiatement.

Il se leva.

– Vous devez avoir sommeil maintenant, dit-il. Accordez-moi quelques instants, je vais faire préparer vos chambres.

Puis il nous quitta.

Notre éducation commença aussitôt, sous la forme non seulement de lectures des grands maîtres gnostiques, mais encore de sermons d'Andrea de' Collini et de séances de questions-réponses entre Barbara, lui et moi. Ces séances se déroulèrent dans une petite salle d'étude où le Maître passait des heures à copier et à corriger des textes antiques, penché sur des manuscrits jaunissant à la lumière de chandeliers d'argent incrustés d'étranges motifs sur émail. Il était assis, voûté sur son écritoire, entouré de hautes piles de fascicules, comme un prisonnier dans un cachot de parchemins et, chaque fois que nous entrions, il levait sur nous des yeux brillant d'un éclair de joie intérieure, prêt à nous transmettre avec ardeur la vérité vivante de la philosophie à laquelle il s'adonnait corps et âme.

Nous étions, Barbara et moi, des élèves attentifs. Dame Laura m'avait déjà aiguisé l'esprit jusqu'à un vif degré de réceptivité et elle avait instillé en moi à la fois la capacité et le désir de penser par moi-même. Barbara avait une intelligence vive, même si, parfois, quand elle était déroutée par un point de doctrine, elle avait tendance à se transformer en mégère, agitant ses petits doigts grassouillets, ferraillant pour défendre son point de vue, grognant et poussant de petits cris aigus d'approbation ou de dissentiment. Elle était peut-être excessivement sensible aux arguties mais, selon mon expérience, c'est là un mal endémique chez les femelles de notre espèce. Le Maître déployait infailliblement une patience infinie envers nous.

Par degrés, cette patience infinie nous amena, Barbara et moi, au point où nous fûmes capables de rejeter tous les doutes, tous les oripeaux de la médiocrité, et d'admettre que nous étions des gnostiques convaincus. Ce processus est comparable à la mue d'un serpent – nous avions perdu notre vieille peau au profit d'une belle chair nouvelle – ou à la métamorphose de la chenille en papillon.

Mais, demanderez-vous, quelle est la nature précise du gnosticisme ? Qu'est-ce que c'est exactement ? Et qu'est-ce qu'un gnostique ? En ce qui me concerne, j'aime penser à moi comme à un prosélyte mais pas, je l'espère, comme à un coupeur de cheveux en quatre. J'exposerai donc en très peu de mots les fondements de la doctrine : nous soutenons que l'univers est composé de deux forces égales, la force du bien et la force du mal, qui sont perpétuellement en lutte. Le bien a créé l'esprit, le mal la matière. La matière, l'existence matérielle, les formes corporelles – le corps, la chair – sont les œuvres du mal. Elles emprisonnent l'esprit et le tiennent captif. Nés dans le monde de la matière, nous avons été chassés de notre véritable état spirituel et l'objet de notre existence est d'y retourner. Le démon (ou au moins un démon) a créé ce monde, qui est l'enfer. Tel est le cœur du gnosticisme, sa quiddité dans la paume de votre main. Vous étonnerez-vous que je m'y adonne avec tant d'ardeur, avec le corps maudit qui est le mien ?

Réfléchissez un instant, s'il vous plaît : Dieu a-t-il pu créer quelque chose qui soit sujet à la dégénérescence, à la pourriture et à la mort ? Dieu a-t-il pu créer quelque chose qui soit destiné à ressentir la douleur ? À saigner, à vomir, à chier, à pisser, à ruisseler de pus et d'abcès ? Et même s'il est capable d'un tel acte de création, souhaiterait-il l'accomplir ? Ne vous semble-t-il pas que le créateur de ce monde a pipé les dés ? Peut-être même délibérément ?

Les grands maîtres gnostiques étaient entièrement d'accord sur ces principes, mais ils les ont dilués – noyés – dans des systèmes métaphysiques abscons. Très souvent, ces maîtres étaient enclins à la préciosité et, pour être franc envers vous, cela virait parfois à l'*ignotum per ignotius*[1]. Je suis le premier à admettre que, si la pensée de Valentin[2] est sublime, ses textes, truffés d'équivoques, d'archaïsmes, de lyrisme, de figures de rhétorique et de bile, ne sont souvent pas faciles à comprendre. Je ne sais pas pourquoi les anciens gnostiques étaient si enclins au *recherché**, mais le fait est. Leurs esprits étaient peut-être des instruments ovipares, couvant des œufs mentaux de façon hétérogène, ce qui était sans doute inévitable si l'on songe qu'ils étaient obligés de lutter contre la torpeur et l'obscurité de la grossière erreur qui commençait à se répandre alors que le Maître de la Vérité n'avait pas encore poussé son dernier soupir sur cette croix érigée au sommet d'une colline palestinienne battue des vents. Peut-être étaient-ils obligés de chercher l'or dans le rebut, ici et là – extrayant d'une philosophie une pépite de vérité spirituelle, une seconde d'une autre philosophie, etc. Peut-être étaient-ils éclectiques par défaut, je ne saurais le dire.

Je suis parfois ému aux larmes quand, pour conclure des vêpres solennelles au Latran, les voix des hommes s'élèvent pour louer la bienheureuse Vierge et chantent les paroles :

Ad te clamamus, exules filii Hevae, ad te suspiramus
Gementes et flentes, in hac lacrymarum valle[3]...

Car il est certain que nous ne sommes que pleurs et gémissements dans cette vallée de larmes. Le *Salve Regina*

1. « L'inconnu par des voies plus inconnues encore ».
2. Gnostique d'origine égyptienne (135-160).
3. « Nous crions vers toi, fils d'Ève en exil que nous sommes, nous poussons vers toi des soupirs / Gémissant et pleurant dans cette vallée de larmes... »

est l'un des rares moments où notre sainte mère l'Église est vraiment en accord avec les choses.

Oh, si seulement vous pouviez voir de quoi j'ai l'air, cela me plairait infiniment. Comme vous le savez, maître Raphaël a refusé de me peindre, mais j'aimerais tant pouvoir vous montrer un bibelot, une image de la créature que je suis! En bon gnostique, je ne devrais pas nourrir d'aussi vains désirs, je le sais, mais le cœur entretient fréquemment des espoirs que la tête juge futiles. On dit que ce génie de race inconnue, le divin Plotin d'Alexandrie, quand on lui suggéra de faire exécuter son portrait, répondit : « Quoi? Ne suffit-il pas que je porte mon image? Que voudriez-vous que je fasse de l'image de cette image? »

Je reste confondu devant la stature de ce génie, mais je n'aspire pas – hélas! – à son intégrité spirituelle. Et j'espère – c'est vrai – que, d'une façon ou d'une autre, vous pourrez contempler l'avorton que je suis. Ma taille n'en est pas une, vous le savez déjà. Je vous ai dit, dans le premier chapitre de ces mémoires, que mon regard est au niveau des fesses de maître Raphaël (ce qui fait pâlir Léon de jalousie), mais cela ne vous est d'aucune utilité si vous ne savez pas quelle est la taille de Raphaël. Eh bien, il est grand, très grand. Je n'ai guère de cou – juste quelques plis –, puis vient ma poitrine, qui est horriblement saillante, comme celle de la plupart des nains. Cette déformation donne l'impression que je suis constamment en train d'inspirer – sans expirer en mesure –, comme si j'étais toujours prêt à engager une querelle ou une altercation verbale. Ma bosse est large, hérissée de haut en bas de protubérances osseuses, ce qui me tient lieu de colonne vertébrale. Cela me fait ressembler à une sorte d'oursin irritable. J'ai des bras démesurément longs (ce qui n'est pas une surprise puisque je ne suis que démesure) et des jambes grotesquement torses, qui s'entrechoquent. On m'a dit que j'avais un chaud sourire mais, pour être franc, je dois dire que c'est une acquisition récente car, dans ma jeunesse, je n'ai guère eu l'occasion de savoir ce qu'était un sourire, ni l'occasion d'en faire le moindre. J'ai d'épais sourcils broussailleux, des dents pas très bien plantées. Quand je marche, je suis pris d'une sorte de dandinement, ce qui veut dire que mes cuisses se frottent l'une contre l'autre et qu'elles saignent fréquemment. Pour moi, la mort ne sera que le moyen de me débarrasser de cette carapace de nain. En ce sens, j'ai une longueur d'avance sur ceux qui sont nés grands, forts et beaux. Car vos membres harmonieux et souples seront bientôt aussi noueux et desséchés que les miens. Ce visage d'Adonis sera bientôt couvert de rides, de douleurs et d'années, sera aussi ridé que le mien aujourd'hui. Et le membre joyeux entre vos longues jambes, l'organe dont vous êtes si fier, perdra la moitié de sa taille et deviendra aussi rabougri que le mien l'était à la naissance. Le temps est un tyran procustéen !

Une après-midi, après un repas de légumes relevés aux épices (nous avions tous les deux cessé de manger de la viande), le Maître nous lut un extrait d'un livre qui, je l'appris plus tard, était son livre favori.

– « Car, là où il y a de l'envie et des conflits, il y a un manque, mais là où règne l'unité, là se trouve l'achèvement. Comme le manque est apparu par ignorance du Père de la Vérité, il cesse dès que le Père est connu. Les hommes s'ignorent les uns les autres mais, dès qu'un homme est initié, l'ignorance de l'autre disparaît d'elle-même. De même que l'obscurité disparaît quand apparaît la lumière, de même le manque se transforme en achèvement et, à partir de cet instant – ô instant béni ! –, le domaine des apparences cesse de séduire et de tromper avec l'illusion de la multiplicité, pour se fondre dans la douce harmonie de l'unité.

« Car si nous paraissons maintenant tous épars, l'unité

à venir nous rassemblera en elle et l'un nous purifiera du multiple, la matière en nous sera consumée par le feu, l'obscurité par la lumière et la mort par la vie éternelle. Attendons, donc, avec patience et tranquillité, avec sainteté même, l'avènement de l'unité. »

À ce point, Barbara interrompit le Maître pour demander :

– Est-ce que *toutes* les créatures sont incluses dans cette unité ?

– Bien sûr, répondit gentiment le Maître. Comment pourrait-il en être autrement ?

– Même ceux qui nous persécutent ?

L'espace d'un bref instant, un spasme de douleur apparut sur le visage du Maître, puis disparut.

– Oui, dit-il doucement. Même ceux-là.

– Même Tomaso della Croce ? insista Barbara.

– Même lui. En effet, Barbara, si un seul être vivant est exclu d'une telle unité, elle n'est plus digne de ce nom. Ce qui est tragique chez les hommes comme della Croce, c'est l'ampleur de leur science ! La vivante unité organique des enfants du vrai Père tire son infinité de l'être même du Père. À la fin – Dieu seul sait à travers combien de vies d'ignorance et de souffrances que l'ignorance engendre – chaque enfant du Père quittera les ténèbres de la division pour entrer dans la lumière de l'unité.

– Alors rien ni personne ne sera jamais perdu ?

– Je te l'ai déjà dit : cela ne peut être.

– Je ne parle pas d'une créature vivante exclue de l'unité du Père, poursuivit Barbara en rougissant, les mots se pressant sur ses lèvres, je ne veux pas dire une créature qui serait perdue, mais…

– Annihilée ? Anéantie ?

– Oui ! Anéantie.

– Ce qui est fait ne peut être défait.

– Merci, murmura Barbara sur un ton de voix que je ne

pus identifier – était-ce du ressentiment ? de la résignation ? je ne sais pas.

Le Maître referma le livre et le posa sur son genou.

– Ton amour de la vérité est-il plus grand que la haine que tu éprouves envers lui, ma chère ? demanda-t-il à Barbara.

Sa réponse fut dévoilée par le silence qui suivit la question.

Alors il se tourna vers moi et dit :

– Et maintenant, Peppe, laisse-moi sonder ton intelligence. Pourquoi y a-t-il du mal et de la souffrance dans ce monde et pourquoi le mal surpasse-t-il de loin le bien ?

– Parce que ce monde lui-même est mauvais.

– Comment le monde peut-il être mauvais, alors que les Écritures nous disent qu'il a été créé par Dieu ?

– Il n'a pas été créé par Dieu.

– Alors par qui ?

– Par un demi-dieu, un dieu mineur, un être maléfique qui a désiré le pouvoir absolu de Dieu et a maladroitement singé la créativité divine de Dieu en façonnant un monde de forme et de matière.

– Et qui gouverne ce monde, Peppe ?

– Lui. Son créateur. Il réclame pour lui-même culte et adoration.

– Qui est cet être ? Où peut-on trouver son histoire ?

– Dans les livres des Juifs, où il est nommé Yahvé. Yaldabaoth est l'autre nom qu'on lui donne.

– Quelle est la tâche de ceux qui *savent* – de ceux que l'on nomme gnostiques ?

– De retrouver le Père céleste.

– Comment cela est-il possible ?

– D'abord en menant une vie saine, ensuite en progressant dans la connaissance de la vérité – c'est-à-dire de la source et de l'origine des hommes, de leur destination finale et de leur constitution spirituelle.

– Sur quels principes est fondée une vie droite ?

– Sur la répudiation des actes charnels.

– Ou bien… ?

– Sur leur réalisation afin de mépriser et de dénaturer leurs intentions. Sur l'abstention de toute nourriture à base de viande. Sur la non-violence.

Le Maître s'appuya enfin sur le dossier de son fauteuil et poussa un profond soupir. Son corps entier sembla se détendre.

– Tu as bien travaillé, Peppe, murmura-t-il. Très bien. Il y aura de nombreuses autres leçons. Tu seras bientôt baptisé puis tu commenceras tes initiations.

– Oui, Maître.

– Dis-moi, comment te sens-tu ?

Je réfléchis un moment avant de répondre :

– Presque faible à force de soulagement. Joyeux et triste en même temps. Je sens qu'un grand poids m'a été ôté. Je me sens *libéré*.

– Libéré ! C'est exactement ça ! Jésus lui-même ne nous a-t-il pas dit que la vérité nous libérerait ? Dis-moi, Peppe : pourquoi supportes-tu la douleur et l'humiliation d'un pauvre corps déformé et tordu ?

J'avalai ma salive avec peine. Il me parut difficile de parler, tellement j'étais empli d'une intense émotion libératrice. Mais je réussis à articuler, dans un halètement à peine audible :

– Parce que… J'habite ce corps parce que ce… *ce n'est pas Dieu qui l'a créé.* Dieu souhaite seulement me libérer de cette prison qui est la mienne depuis tant d'années.

Je fus alors secoué d'incontrôlables sanglots. Je me couvris le visage de mes mains. J'avais honte de ma faiblesse.

– Le monde flotte sur un océan de larmes humaines, dit le Maître d'un ton pensif.

Je pensais au pauvre Nino sexuellement humilié soir après soir, point de mire de deux cents paires d'yeux effrontés et cruels. Je pensais à la Fille de Satan. À Barbara, qui n'avait pas de bras. Au Crâne, dont la moitié du visage avait été ravagée par les flammes de l'Inquisition. À tous les infirmes et à tous les monstres qui n'avaient pas, comme moi, réussi à échapper aux bas-fonds des grandes villes. À ma souillon de mère et à son rire sauvage, impitoyable. Aux morts, à ceux qui agonisaient dans les souffrances, aux dépossédés, fous de douleur. À Laura, quel que fût l'endroit où elle pouvait être. Je pensais à tous les pleurs et à tous les cris de douleur humains sur la terre entière et je désirais les soulager de mes larmes, qui devinrent une prière adressée au Père. Pour la première fois de ma vie, je priai en pleurant silencieusement.

Écrit en 1520

De manière irritante, j'ai été interrompu dans la rédaction de ces mémoires. Bref, je n'ai le temps d'écrire que l'après-midi ou le soir, dans l'intimité de ma chambre. Giovanni Lazzaro, autrement connu sous le nom de Serapica, est venu m'annoncer hier après-midi que Sa Sainteté désirait que je l'accompagne au château Saint-Ange pour admirer le carnaval. Serapica (dont vous allez entendre parler) est, comme moi, un chambellan du pape. C'est un petit homme bizarre, et j'ai été déconcerté de découvrir récemment que j'étais un peu jaloux de lui. Je me serais également bien passé de la parade du carnaval que je suis, chaque année, obligé de regarder des hauteurs de Saint-Ange. Je pense parfois que Léon ne peut pas plus se passer des plaisirs vulgaires que de ceux que lui procurent les livres, les enculades et les versificateurs humanistes.

Deux années se sont écoulées depuis que j'ai écrit la première phrase de ces mémoires. Je n'ai pas l'écriture facile et je passe parfois plus d'une demi-heure sur une phrase ou à remanier un paragraphe. Eschyle avait le même problème, je crois. Mais je ne vais pas me comparer au grand tragique grec, si comblé de talent par les dieux qu'il put écrire ces vers sublimes :

Qui veut apprendre en premier doit souffrir ;
Même dans notre sommeil la douleur ne nous quittera pas,
Tombant goutte après goutte sur notre cœur ; dans notre désespoir
Vient, à notre corps défendant, la sagesse,
Par la terrible grâce de Dieu.

Vous ne serez pas entièrement surpris de savoir que j'ai pris ces vers à cœur. Depuis que j'ai embrassé la philosophie gnostique (ce que vous savez déjà) – il y a maintenant de nombreuses années ! –, souffrance et sagesse ont été si intimement mêlées pour moi qu'il me semble difficile de dire laquelle est la cause, laquelle l'effet. Peu importe – le sens et le but sont les mêmes. Je donnerais toute ma collection de bagues pour pouvoir exprimer par la plume de tels sentiments.

Il n'y a que deux mois que l'année a commencé, mais elle a commencé bizarrement. Léon (avec mon encouragement) s'est finalement décidé à publier la bulle *Exsurge Domine* – ce qu'il avait souvent menacé de faire – contre l'hérétique Luther, qui est moins toqué que nous ne l'avions d'abord cru. En fait, il est aussi rusé qu'un renard. La bulle n'a pas produit beaucoup d'effet, et Luther l'a brûlée sur la place du marché, devant une foule en délire. Et d'un contre le pauvre vieux Léon. Pour être tout à fait franc, je ne crois pas que Sa Sainteté a saisi la gravité de la situation. J'ai dans les profondeurs de mes entrailles comme le pressentiment que cette affaire ne va pas partir en fumée ainsi que la plupart des grognes qui se sont élevées contre Rome. Ces fiascos-là se terminent généralement par une bulle suivie du bûcher – procédure que nous appelons « les deux B [1] ». En outre, le

1. Dans son manuscrit original, Peppe dit « les deux F » : *furia e fusco. (NdA)*

soutien que reçoit Luther en Allemagne n'est pas simplement celui d'un défenseur du bien – loin de là. La réalité est que les Allemands en ont plus qu'assez d'envoyer à Rome des coffres d'argent qui proviennent de la vente des indulgences, sans parler du ressentiment qu'ils éprouvent envers leurs corpulents évêques qui passent leur temps à poser leur gros cul au Vatican, ne lisent que des érotiques et sont incapables d'épeler le mot *Allemagne*, à plus forte raison de visiter leurs diocèses. J'espère Dieu me tromper. Même si j'aime Léon et si je méprise l'Église, je n'aimerais pas voir la *Sancta Ecclesia Romana* coupée en deux comme une échine de porc. Ce serait, il me semble, la fin de notre civilisation. Le temps nous le dira.

Alfonsina Orsini (mère de Lorenzo, le neveu de Léon), en qui l'avarice et l'ambition se combinaient au suprême degré, vient de mourir, mais cela n'a pas tempéré l'enthousiasme de Léon pour la semaine du carnaval. Il a versé quelques larmes avant de retourner en vitesse assister au spectacle des remparts de Saint-Ange. Nous avons tout eu : corridas dans les rues (spectacle particulièrement répugnant qui provoque l'hilarité de Léon), courses, luttes, jeux et divertissements musicaux (pour la plupart lascifs), et l'effroyable course de cochons, qui se déroule sur le monte Testaccio et nous a donc été heureusement épargnée. C'est un spectacle d'horreur : des charretées de porcs hurlants, qui se chient dessus de peur, sont hissées au sommet du monte Testaccio, puis sont littéralement précipitées sur la foule qui grouille au pied du mont. Certains des animaux les plus lourds s'écrasent sur les gens, qu'ils blessent gravement ou même tuent. Le temps que s'apaisent les hurlements des pourceaux et les cris de la populace, le pied du mont n'est qu'un amas sanglant de corps d'hommes et de bêtes et l'air devient fétide, rempli de miasmes d'urine animale et humaine. Je n'arrive pas à comprendre comment on peut trouver ce spectacle divertissant.

Nous avons eu droit ensuite à l'humiliante bataille pour rire devant le château Saint-Ange, les membres de la famille du pape spécialement accoutrés de costumes ruineux d'un luxe de mauvais goût; les «armes» étaient des oranges et chacun bombardait l'autre avec une délectation maniaque. J'ai absolument refusé d'entrer dans la danse, malgré les exhortations de Léon.

– Ce n'est qu'un jeu, Peppe! Ne fais pas le rabat-joie.

– Votre Sainteté a-t-elle l'intention d'y participer? Peut-être déguisée en Messaline avec une orange dans le trou du cul?

– Ce serait incongru. Je t'ordonne de participer.

– Je refuse respectueusement d'obéir à l'ordre de Votre Sainteté.

– Je te ferai fouetter et jeter en prison, espèce d'arrogant fils de pute, a-t-il hurlé en frappant du pied, ce qui lui a causé une douleur au bas du dos (l'inflammation ne s'est pas beaucoup améliorée ces deux dernières années, bien que Léon ait cessé de se faire enfiler).

– Je suis désolé, Votre Sainteté, mais je ne le ferai pas.

– Alors je te forcerai à y assister, dit-il en laissant éclater sa colère.

Ce que j'ai fait. Cela ne m'a pas diverti le moins du monde et plusieurs personnes ont été gravement blessées («Nous prierons pour vous», a pompeusement annoncé Léon, bénissant les blessés emportés sur des civières). Il a été tellement enchanté par le spectacle qu'il commanda le même pour le soir suivant.

Le cortège était absolument scintillant et se rapprochait le plus possible de l'ancien style. J'étais assis avec Léon et le gros de la cour papale sur les remparts de Saint-Ange pour le voir passer. Comme je vous l'ai dit, j'avais été interrompu dans l'écriture de ces mémoires par Serapica, précisément pour me rendre au spectacle. Je pense que quelques-uns des invités les plus orgueilleux furent choqués par le plaisir évident que Léon prenait à ces divertissements si vulgaires : je suis par hasard tombé sur une lettre qu'Angelo Germanello était en train d'écrire au marquis de Mantoue. Il l'avait laissée traîner dans l'une des salles de lecture adjacentes à la grande bibliothèque et je ne me gênai pas pour satisfaire immédiatement ma curiosité. Comme vous pouvez vous en douter, j'ai une propension marquée à lire la correspondance d'autrui. J'y détectai des relents de pharisaïsme et un ton légèrement désapprobateur.

« *El Papa sennesta in castello tucto el dì ad vedere le mascare et omne sera se fa recitar comedie, et domane el Sr Camillo Ursino ad la presentia de la sua Sta deve contrahere li sponsalitii con una figliola de Johanpaulo Baglione. Hore è morta madonna Alphonsina cugnata del Papa in Roma in la casa del Papa quando era in minoribus*[1]... »

Associer la mort d'Alfonsina Orsini et la description du pape passant la journée au milieu de la liesse générale était, je pense, tout à fait délibéré.

Le matin du *Giovedì grasso* le cortège partit du Capitole, s'étira tortueusement tout le long de la via de' Bianchi jusqu'au château Saint-Ange (où nous l'attendions et où il ralentit encore l'allure), à la fois par courtoisie envers la présence de Léon et pour que nous puissions le regarder plus longtemps, puis se dirigea vers Saint-Pierre et finit par aboutir piazza Navona au crépuscule.

Cette année, il y avait en tout treize chars, représentant des figures héroïques ou légendaires : Italia, Isis (d'après une statue que possédait Léon), Neptune, Hercule, Atlas,

1. « Le pape se tient au château tout le jour pour voir les masques et toute la soirée il se fait réciter des comédies, et demain le *signor* Camillo Orsino, en présence de Sa Sainteté, doit se fiancer à une fille de Giovanni Paolo Baglione. Décédée : dame Alfonsina, belle-sœur du pape, dans la maison d'enfance de celui-ci à Rome. »

Éole, Vulcain, le Tibre, la Louve du Capitole, Alexandre le Grand (à cheval, s'il vous plaît!). Il y avait également deux chameaux neurasthéniques que quelque fourbe potentat en quête de faveurs avait offerts à Léon – supposant sans doute que nous serions heureux de voir ces bestioles malodorantes traîner autour du Vatican, laissant des crottes partout. Il y avait enfin un gigantesque globe terrestre, sur lequel était périlleusement perché un ange et qui représentait le triomphe de la religion. À la queue du cortège, environ deux cents jeunes gens vêtus à la romaine représentaient les guildes de Rome, ce qui vaut son pesant d'ironie quand on sait que la jeunesse de Rome est connue pour sa fainéantise et ne fait que traîner dans les rues en cherchant des noises. L'Antiquité avait, pour ainsi dire, imprimé sa marque partout, ce qui n'est guère surprenant si l'on songe à la passion de Léon pour la culture de l'ancien monde. Il fut particulièrement heureux (et, je pense, sincèrement ému) de voir une bannière bleu et pourpre, tissée de fils d'or et décorée de pierres précieuses, le dépeignant sous les traits du roi Soleil. Partout fusaient les cris affectueux de *Viva Leone! Viva il Papa!* et cela devint un rugissement, comme issu d'une seule gorge, quand le cortège passa sous les remparts de Saint-Ange. Il fit d'enthousiastes signes et je jure que je l'ai vu essuyer une larme du revers de sa main grasse. Pendant un bref instant il fut comme la splendeur et la gloire de la république rénovée, revêtue des ornements de la sagesse antique, de l'érudition et de l'art. L'âge d'or de Pallas Athéna. L'âge d'or du pape Médicis.

Inévitablement, quelques accidents imprévus provoquèrent l'hilarité. La plupart des participants étaient ivres et avaient probablement bu pendant toute la semaine. Ils grimpaient dans les chars, entraient dans la procession et en sortaient, si bien qu'il était difficile de dire qui en faisait partie et qui était un intrus. Certains participants du sexe masculin (ceux qui représentaient Neptune, Hercule et

Atlas, par exemple) devaient, pour respecter les canons historiques ou mythiques, être aussi peu vêtus que possible et les quelques bouts de tissu qu'ils portaient furent vite arrachés. Des femmes prises de vin se saisirent avec des cris de chouette de la malheureuse feuille de vigne qui couvrait Atlas et la jetèrent à la foule en délire. Et Neptune, émergeant au milieu de vagues d'écume artificielle et entouré de sirènes armées d'un trident, ne put empêcher qu'on lui enlevât son costume d'écailles. Choqué par cette soudaine exhibition d'attributs masculins, l'ange femelle qui représentait la religion faillit glisser du globe terrestre. Et ce ne fut que le début des réjouissances. Dieu seul sait ce qui put se passer jusqu'à l'arrivée de la procession piazza Navona au crépuscule. On dit que le tiers des enfants nés à Rome sont conçus le soir du Giovedì grasso. Je veux bien le croire.

Durant la semaine du carnaval, l'année dernière, nous avons, Léon et moi, assisté au banquet extraordinaire donné par Lorenzo Strozzi, le banquier, frère de Filippo Strozzi, bien connu à Rome (et peut-être au-delà) pour ses goûts épicuriens. Léon était vêtu en cardinal et portait une sorte de loup de velours noir. Personne n'était supposé savoir qu'il était là, mais comme les cardinaux Rossi, Cibo, Salviati et Ridolfi étaient également présents, cette absurde tentative d'incognito avait quelque chose de futile.

On nous mena en haut d'un escalier jusqu'à une porte peinte en noir et nous pénétrâmes dans un grand vestibule entièrement drapé de soie et de velours noirs. Au milieu du vestibule, il y avait une table noire sur laquelle étaient disposés deux flacons noirs emplis de vin et deux crânes humains garnis des mets les plus rares.

– Tu crois que le pauvre homme est déprimé ? me chuchota Léon.

– Non. Il veut nous mystifier ou nous faire peur, ou peut-être les deux.

Après avoir grignoté un moment, tout le monde fut

poussé dans une salle voisine encore plus grande, illuminée de façon aveuglante par des milliers de bougies et d'innombrables lampes à huile, certaines d'exquise facture, d'or et d'argent, ornées de pierres précieuses. Je vis Léon leur jeter des coups d'œil envieux. Nous nous assîmes à la grande table et, au bout d'un moment, nous fûmes surpris – pour ne pas dire choqués – par un grondement sous nos sièges. Une ou deux dames s'évanouirent et le cardinal Ridolfi, en ridicule vieille actrice, bondit sur ses pieds avec un hurlement d'horreur en annonçant :

– L'Apocalypse a commencé !

En fait, c'était le bruit d'un mécanisme dissimulé sous le plancher qui permettait à un grand plateau (invention certes intelligente mais *de trop**) placé dans la pièce de dessous de s'élever et d'atteindre à travers le plancher le niveau de la table où nous étions assis. Sur ce plateau étaient entassés de grands plats de victuailles. Plus soulagés qu'autre chose, certains invités applaudirent à tout rompre. Lorenzo Strozzi se permit l'ombre d'un sourire, comme un magicien ravi du succès de son premier tour, mais sachant qu'il y en a de meilleurs à attendre. Et, en vérité, il y en eut.

Des serviteurs placèrent un plat d'argent ciselé devant chaque hôte, qui découvrit, avec consternation, que son contenu était totalement immangeable. Il y eut des petits cris d'horreur, de ravissement ou de stupéfaction. Il y eut des rires bizarrement forcés. Certains parurent on ne peut plus effrayés.

– Qu'avez-vous dans votre assiette ? demandai-je à Léon.

Il regarda de plus près et renifla.

– Il me semble que ce sont des dessous féminins, dit-il. Bouillis.

– Moi j'ai une saucisse crue.

– Une coquille d'œuf vide ! cria une voix.

– Un crapaud – oh Jésus ! –, un crapaud *vivant* ! cria une autre sur un ton moins enthousiaste.

– Le talon d'une chaussure…

– Un mouchoir, enrobé de pâte à frire…

– Dieu tout-puissant… un pénis ! Non, non, attendez une seconde… ah, une toute petite courgette blanchie, je pense…

Soudain les lumières furent éteintes. Comment Strozzi réussit à le faire, je ne sais pas. Il y avait peut-être des serviteurs cachés derrière les tentures – en fait, quand j'y repense, il n'y avait pas d'autre moyen de le faire. La grande salle se mit à résonner des cris aigus poussés par les femmes et le cardinal Ridolfi. Puis nous entendîmes de nouveau le bruit sourd du mécanisme qui rentrait sous la table afin que le plateau fût regarni et renvoyé. Après cela les bougies furent rallumées (ce qui prit un certain temps) et – regardez ! – la grande table où nous étions assis débordait de victuailles. Cette fois-ci, il y eut un tonnerre d'applaudissements.

Comme premier plat, nous eûmes droit à une soupe de légumes aux *stracciatelli* et à un *potage à la royne**, accompagnés par d'énormes tranches de pain frites à l'huile et à l'ail, tartinées d'un émincé de perdrix et de faisans, décorées de *funghi porcini*, d'artichauts à la juive (après tout, Strozzi était banquier) et de petits oignons. Il y avait aussi un *potage garni** où flottaient toutes sortes d'abats (qui me répugnent mais, dans tous les cas, mes principes gnostiques m'interdisaient de toucher aux viandes).

Le second plat était composé de chevreuil grillé, de toutes sortes de tourtes, de langues pressées, de saucisses piquantes et de salamis servis avec des figues et des tranches de melon, et d'un assortiment de gâteaux aux œufs. Ces friandises furent suivies par d'autres viandes rôties : perdrix et faisans, alouettes (dont les langues, servies séparément, étaient confites au miel et à l'orange avec une pointe de basilic), tourterelles, pigeons, chapons et agneaux entiers. À cela succéda un déploiement de plats à base de beurre, d'œufs et de fromage – des tartes, des flans, des pâtisseries, et j'en passe –, sans oublier les jattes de *melanzane* marinées au vin blanc et parfumées d'un semis d'herbes odorantes, ni les céleris aux petits oignons et au poivre trempés dans l'huile. Les vins coulaient à flots comme la pisse d'un ivrogne.

Après plusieurs heures de ripailles, je commençai à me sentir mal. Je ne comprenais pas comment les autres convives pouvaient continuer à s'empiffrer. Léon, comme on pouvait s'y attendre, ne laissait sa place à personne. Il n'avait pas encore pété (mais je m'attendais à un louf à tout moment), ce qui était une petite consolation. Lorenzo Strozzi, au bout de la table, finit par se lever en chancelant.

– Votre Sainteté – excusez-moi, je veux dire Vos Éminences –, mes très chers hôtes triés sur le volet, je vous offre maintenant le point culminant, l'apothéose, le sommet de cette soirée peu banale.

Il frappa dans ses mains et quatre serviteurs entrèrent dans la salle, portant sur les épaules un plat d'argent massif sur lequel était empilé ce qui ressemblait à la moitié de la crème que l'on pouvait trouver à Rome. Le plat était plus richement décoré que la tiare de Léon, avec des cerises d'un rouge brillant, des pignons bruns, de minces tiges vertes d'angélique, toutes sortes de noix et de baies, et il était bordé par une guirlande de feuilles sèches trempées dans l'or. La compagnie tout entière (y compris moi-même, je l'admets volontiers) retint son souffle.

Strozzi poursuivit, ivre mort :

– Ah, mes chers, mes très chers amis, ne vous méprenez pas : ce n'est pas ce que ça paraît être. Pas du tout. Ce que vous voyez devant vous n'est que le spectre de la chose, les accidents qui occultent et en cachent la substance, comme dirait notre bon Thomas d'Aquin. Vous voyez, Vos Éminences. Je n'ignore pas totalement la reine des sciences. Excusez-moi, je me livre à des digressions. Oui, invisible à vos yeux, mes hôtes très chéris, il y a un délice plus subtil, plus – comment dirai-je, quel terme employer ? –, plus *sensuel* (c'est sûrement le mot qui convient !) que la simple douceur que les pures apparences promettent. Et laissez-moi vous donner une piste, un indice, si vous voulez, du secret qui va bientôt être révélé : pour le découvrir, pour goûter mon exquis cadeau final, servez-vous seulement de la langue.

À ces mots, il s'effondra sur son siège.

Le plat fut tant bien que mal placé au centre de la table. Pendant un moment, nous restâmes tous assis à le contempler. Puis le cardinal Salviati se leva, se penchant aussi loin qu'il le put sur la table, sortit une langue verdâtre et parcheminée dont il plongea le bout dans le tas de crème. Il ferma un instant les yeux, se lécha les lèvres, puis ouvrit de nouveau les yeux en faisant un signe de tête approbateur.

– Délicieux, annonça-t-il. Un vrai délice. Parfumé de *grappa* et de miel sauvage, si je ne m'abuse.

– Bravo, Éminence ! s'écria Lorenzo Strozzi d'une voix pâteuse.

Enhardis par l'initiative de Salviati, plusieurs gentilshommes et deux femmes l'imitèrent. Ils tirèrent la langue en gloussant et en se bousculant pour goûter l'apothéose culinaire de leur hôte. La technique, pour rudimentaire qu'elle fût, ne manqua pas d'avoir du succès. Il échut au cardinal Ridolfi de découvrir le « secret » de cet extraordinaire *dolce* : penché sur la table, la langue frétillante, il ne la plongea dans la masse crémeuse que pour la retirer aussitôt en poussant un cri de femme.

– Ça a bougé ! Par les os de Dieu, je vous dis que ça a bougé ! Ah !...

Il y eut un brouhaha général lorsqu'il devint évident que le gros tas fondant bougeait vraiment. Il frissonnait et se tortillait comme s'il était animé d'une vie propre. De gros grumeaux de crème se détachèrent, cerises et noix se répandirent sur la table. La chose semblait grandir. Ridolfi, à présent en proie à une attaque de nerfs, s'essuyait furieusement les lèvres du revers de la main comme s'il avait ingurgité du poison. Et tel aurait bien pu être le cas, si le banquet avait été offert par le pape Alexandre VI Borgia, dont le souvenir hantait toujours le sommeil de la curie.

Tout le monde était dessus maintenant, léchant et raclant la crème aussi vite que possible. Les gens étaient vautrés sur la table, les plats repoussés ou jetés à terre. Il y avait des cris d'orfraie, des rires et des gestes vulgaires. Je ne crois pas avoir jamais vu autant de langues pendantes, et c'est un spectacle auquel je souhaite ne plus jamais assister. Les êtres humains sont ridicules quand ils tirent la langue. Léon devrait bannir tous les gens qui le font dans l'ensemble des États pontificaux. En fait, j'avais complètement oublié Léon. Il était affaissé sur son siège, les yeux humides, exorbités.

Il y avait une jeune femme enfouie sous ce grotesque monticule de crème. Il devint vite évident, quand apparut d'abord une cuisse, puis un pied, un téton rose, humide et brillant, puis la toison du mont de Vénus, que la jeune femme était entièrement nue. La cacophonie des cris et des éclats de rire augmenta rapidement en volume et les gens se mirent à applaudir. Et toujours les langues étaient à l'œuvre, léchant, se trémoussant et raclant lascivement, s'attardant sur la chair lisse et pâle. Deux hommes – dont l'un était à mon avis encore bien jeune pour ce genre de besogne – léchaient le même sein, visant le petit mamelon durci et se jetant à l'occasion un coup d'œil entendu. À ma grande surprise, c'était une dame (je n'emploie ce terme qu'avec précaution) qui avait la tête enfouie entre les cuisses frémissantes, suçant bruyamment de sa longue langue rapide la fente cachée sous le buisson de poils noirs. J'imagine sans peine le genre de crème qu'elle espérait y trouver. La jeune femme s'étendit de tout son long dans le plat, toujours à demi couverte de grumeaux fondants. Elle se tordait et gémissait et battait des cils sous l'emprise du plaisir. Le liquide colloïdal gargouillait et lui giclait entre les fesses. Puis elle poussa un gémissement sourd.

– Ah… Ah…

Les deux dernières choses que je remarquai furent que le jeune homme qui partageait un sein avec son voisin de table avait sorti son pénis frémissant et le frottait subrepticement contre un pied de table, pendant que l'orante, de l'autre côté, avait fourré une cerise à l'entrée de la grotte velue qui occupait toute son attention, sans doute pour le plaisir de la retirer de nouveau en la suçant.

– Votre Sainteté, dis-je à Léon, il est temps que nous partions.

– Oui, tu as raison, Peppe. Oui, oui.

Tandis que nous franchissions la porte, je remarquai que le cardinal Ridolfi était étendu sur le sol.

– Il a dû s'évanouir, dis-je. L'étalage de toute cette chair féminine, c'était trop pour lui.

Léon me fusilla du regard.

Comme je l'ai dit, c'était l'année *dernière*. À part le carnaval, l'année 1520 a été jusqu'ici plutôt calme.

Demain, je travaillerai de nouveau à mes mémoires.

1505...

J'ai reçu le baptême gnostique le 23 mai de l'an 1505, exactement une semaine après Barbara. Il se déroula dans la petite chapelle privée que le Maître avait fait construire à l'arrière de la maison. L'air était parfumé de douces vapeurs d'encens et la chapelle seulement éclairée par une grosse lampe à huile suspendue au plafond par une chaîne dorée. Sur les murs étaient peintes des images de la lune, du soleil et des étoiles. Derrière l'autel, une grande jarre d'albâtre contenait des fleurs fraîches. Sur l'autel lui-même – une dalle de marbre supportée par deux cariatides – il y avait une grande statue d'une madone noire, assise avec beaucoup de dignité, le divin Enfant sur les genoux. À gauche de l'autel, dans le sol de marbre carrelé en noir et blanc, était encastrée une baignoire bordée d'or remplie d'eau parfumée à l'essence de rose.

Le Maître était vêtu d'une simple robe de batiste blanche, qui lui tombait jusqu'aux chevilles. Il portait sur la tête une casquette de velours blanc sur laquelle avait été cousue une image du soleil en cuir doré. Il tenait une petite cruche d'argent dans la main droite. J'étais entièrement nu.

– Que l'aspirant s'avance, dit-il d'une voix douce, mais ferme et claire.

J'avançai lentement jusqu'au bord de la baignoire.

– Que cherche l'aspirant ? psalmodia le Maître.

Je répondis comme on me l'avait enseigné.

– À être admis aux mystères sacrés de notre Sauveur le Seigneur Jésus-Christ.

– Acceptez-vous son véritable enseignement et embrassez-vous la lumière ?

– Oui.

– Rejetez-vous Yahvé-Yaldabaoth et repoussez-vous les ténèbres ?

– Oui.

– Vivrez-vous votre vie selon les préceptes de Jésus-Christ et de la philosophie gnostique de la vérité ?

– Oui.

– Alors entrez dans les eaux de la vie et demandez la grâce de notre Sauveur Jésus-Christ et le pardon de notre Père du ciel.

Je me plongeai maladroitement dans le bain, les mains appuyées contre les rebords dorés de la baignoire. Quand je fus prêt, je fis un signe de tête à l'intention du Maître. Il se pencha, plongea la cruche dans l'eau, puis se redressa. Lentement, avec soin, il me versa de l'eau sur la tête. En même temps, il se mit à psalmodier la liturgie gnostique d'une belle voix claire, mi-chantant, mi-psalmodiant. Chaque pause était un cantique d'éloquent silence et la pure et tendre mélodie me faisait battre le cœur à tout rompre. Je savais que j'étais sur le point de renaître.

Iesseus-Mazareus-Iessedekeus, le fleuve vivant ;
Les grands maîtres, l'illustre Jacobus et Theopemptos et Isauel ;
L'entité qui dispense la grâce, Zēpeael ;
Ceux qui président aux sources de la vérité, Mikheus,
Mikhar et Mnesinous ;
Celui qui régit le baptême des vivants ;
Le purificateur Psesemmen-Barpharagges ;

Ceux qui gouvernent les vannes du fleuve de la vie, Miseus et Mikhar;

Ceux qui régissent l'ascèse, Seldaō et Elainos;

Les destinataires de la sainte race et de l'incorruptible lignée issue de l'illustre Seth;

Les serviteurs des quatre luminaires – l'illustre Gamaliel, l'illustre Gabriel, l'illustre Samblo et l'illustre Abrasaks;

Ces entités qui gouvernent le cours du soleil levant, Olses, Hymneus et Heurymaious;

Celles qui gouvernent le cours du soleil couchant jusqu'au repos de la vie éternelle, Phritanis, Mikhsanther et Mikhanor; les protecteurs des âmes élues, Akraman et Strempsoukhos;

Le grand pouvoir Telmakhaēl-Telmakhael-Eli-Eli-Mahar-Makhar-Seth;

La grande entité invisible, vierge, innommable et muette; le grand luminaire Harmozēl où se trouve le dieu vivant, créateur de la vérité, là où est Adas l'impérissable être humain;

Oroiael, là où est l'illustre Seth et Jésus à la vie Éternelle, venu pour crucifier les sujets esclaves de la loi;

En trois, Daueithe, où la lignée de l'illustre Seth repose;

En quatre, Elēlēth, où les âmes de la lignée reposent;

En cinq, Ioēl, qui régit le nom de l'être qui sera destiné à donner le saint baptême incorruptible qui est plus grand que le ciel.

Ainsi, par l'action du mystérieux et incorruptible Poimael, pour le salut de ceux qui sont dignes des baptêmes de la Renonciation et des sceaux ineffables, tous ceux qui ont été instruits, préparés et initiés à la connaissance ne goûteront pas la mort.

Ô Iesseus!
Ioeouooua!
Solennellement, si solennellement!
Ô Iesseus-Mazareus-Iessedekeus!
Ô éternelle fontaine!
Ô enfant de l'enfant!
Ô nom de toutes les gloires!

Solennellement, si solennellement!
Ô être éternel!
IIII ĒĒĒĒ OOOOYYYY ŌŌŌŌAAAA!
Solennellement, si solennellement!
EI AAAA ŌŌŌŌ!
Ô être qui contemple les siècles
Solennellement, si solennellement!

A
E E
Ā Ā Ā
I I I I
Y Y Y Y Y
Ō Ō Ō Ō Ō Ō Ō

Ô existant dans les siècles des siècles
Solennellement, si solennellement!
IĒA AIŌ dans les profondeurs de l'âme!
Ô upsilon existant à jamais dans l'éternité!
Tu es ce que tu es!
Tu es ce que tu es!
En vérité je chanterai ta gloire
Car je sais qui tu es;
Et la tienne, Ô Jésus! regarde, Ô éternel oméga
Ô éternel epsilon, Ô Jésus!
Ô éternité, Ô éternité!
Ô dieu du silence, nous te supplions,
Tu es notre royaume de repos.
Ô Fils, Ēs Ēs, l'epsilon!

En sanctifiant ce baptême, fais qu'un être humain accède à la vie en ton nom ineffable et immortel. Fais que le parfum de la vie le pénètre, car il a été plongé dans l'eau des maîtres de la vie. Qu'il vive avec toi dans la paix de tes saints, ô éternel existant dans la vérité même.

Ayant terminé la liturgie, le Maître m'aida à sortir du bain. Il posa sa bouche sur la mienne et je reçus la bénédiction de son baiser de bienvenue. Sur une petite table derrière lui, il prit ma robe baptismale blanche, me la passa sur la tête et en couvrit ma nudité.

– Sois le bienvenu dans la communauté des vrais croyants, Peppe, dit-il doucement.

Et avec la tendresse et la sollicitude d'une mère (la mère, peut-être que je n'avais jamais connue) il me serra contre lui.

– Merci, Maître, répondis-je, subjugué par l'émotion.

En vérité, j'étais de nouveau né.

Écrit en 1520

J'ai une fois de plus été interrompu. Léon est entré comme un ouragan dans ma chambre, serrant un livre dans sa main boulotte, la face rubiconde, les yeux exorbités de colère.

– As-tu lu ce que ce salopard d'Allemand écrit maintenant ? hurla-t-il en agitant furieusement le livre.

– Votre Sainteté, il est presque minuit…

– Par les os de Dieu, je me fiche complètement de l'heure qu'il est ! D'abord il brûle ma bulle sur la place publique. Ensuite il a le toupet de m'envoyer, par l'intermédiaire d'un émissaire obséquieux, une copie de sa dernière diatribe !

– Si Votre Sainteté voulait bien se calmer…

– J'encule le calme ! Écoute, Peppe, écoute les blasphèmes de ce fouille-merde !

Ouvrant le livre, il se mit à lire tout haut en allant et venant, s'étranglant parfois de rage sur les mots.

– Comment l'a-t-il intitulé ? demandai-je avec lassitude.

– *An den christlichen Adel deutscher Nation.* Quel crapaud ! Un lécheur de culs ! Un suceur de couilles ! Comment a-t-il eu l'audace de s'adresser à la noblesse allemande par-dessus ma tête ? Il se prend pour qui, un autre pape ? Mais écoute... écoute, Peppe !

« La canonisation des saints a peut-être été une bonne chose autrefois, mais ce n'est certainement pas une bonne pratique aujourd'hui. Comme bien d'autres choses qui étaient acceptables dans le passé, les jours de fête, la propriété et les ornements de l'église sont de nos jours devenus des scandales. La canonisation des saints, c'est évident, ne sert ni la gloire de Dieu ni le bénéfice spirituel des chrétiens, mais forge les réputations et procure de l'argent. (*Par le sang de Dieu !*) Une seule église veut avoir barre sur l'autre et verrait d'un mauvais œil de partager avec une autre église les avantages qu'elle a. En ces temps troublés, les trésors spirituels ont été gaspillés pour obtenir des biens temporels et Dieu lui-même a été obligé de servir la cupidité. (*Je lui ferai arracher les couilles, à supposer qu'il en ait !*) Un tel pouvoir ne fait qu'encourager les schismes, les sectes et l'orgueil. Une église qui a barre sur les autres les regarde de haut et ne fait que s'exalter. Cependant les trésors divins sont communs à tous, au service de tous, et doivent promouvoir l'unité. Mais le pape aime cet état de choses. (*Espèce de salaud vindicatif et blasphémateur !*) Il n'aimerait pas que tous les chrétiens soient égaux et ne fassent qu'un ensemble.

« Il convient de dire ici que tous les privilèges de l'Église, les bulles, tout ce que le pape vend dans le lupanar qu'il habite à Rome doit être aboli, négligé, ou étendu à tous... Mais, s'il donne ou vend des privilèges, des grâces, des avantages, s'il accorde des facilités à Halle, Venise, Wittenberg et surtout à sa bonne ville de Rome, pourquoi n'accorde-t-il pas tout cela à l'ensemble des Églises ? N'est-ce pas son devoir (*ce fils de pute a l'audace de me dire où est mon devoir !*) de faire tout ce qui est en son pouvoir pour tous les chrétiens, librement et pour l'amour de Dieu, même de souffrir le martyre pour eux ? Expliquez-moi donc pourquoi il donne ou vend à une Église et pas à l'autre ? L'immonde appât du gain fait-il, aux yeux de Sa Sainteté, une telle différence entre les chrétiens qui ont tous le même baptême, la même foi, qui tous croient en Jésus-Christ et en Dieu ? Les romanistes veulent-ils nous rendre aveugles à ces choses, bien que nous ayons des yeux pour voir, et nous croient-ils suffisamment stupides – alors que nous raisonnons parfaitement bien – pour entrer dans ce cercle de cupidité, de manigances et de faux-semblants ? Le pape est un berger, mais seulement tant qu'il y a de l'argent à gratter. Et pourtant les romanistes n'ont pas honte de la façon qu'il a de nous détrousser à coups de bulles. Ils ne s'intéressent qu'à l'argent, l'argent, l'argent et rien d'autre !

« Voici mon opinion : si cette folie ne peut être abolie, chaque chrétien digne de ce nom devrait ouvrir les yeux pour ne pas se laisser mener en bateau par les bulles du pape, les pompes et les fastes de son Église. Qu'il reste chez lui dans sa paroisse et se contente de ce qu'il y a de mieux : son baptême, l'Évangile, sa foi, son Christ et son Dieu, qui est le même partout. Que le pape demeure un guide aveugle pour les aveugles. Ni un ange ni un pape ne peuvent vous donner autant que Dieu vous donne dans l'église de votre paroisse. Le fait est que le pape vous prive des dons de Dieu, qui vous sont accordés gratuitement, pour vous faire payer les siens. Il vous fait prendre du plomb pour de l'or, de la peau pour de la viande, le cordon pour la bourse, de la cire pour du miel, des balivernes pour des biens, la lettre pour l'esprit. Si vous avez l'intention de chevaucher vers le ciel avec ses rênes de quatre sous, l'attelage se disloquera vite et vous serez précipité en enfer, et pas au nom du Dieu vivant ! »

Léon s'arrêta de lire. Il était haletant, hors d'haleine. Son visage était devenu d'un pourpre inquiétant. Je pensai sérieusement qu'il allait être victime d'une attaque. Il jeta furieusement le livre à terre.

– Je vous en prie, Votre Sainteté, dis-je. Ce n'est rien de plus que la rhétorique d'un rustre.

– Je le verrai brûler, je le jure !

– C'est le langage des bas-fonds. Je n'ai cessé de l'entendre pendant mon enfance dans le Trastevere. N'importe quelle putain avinée peut faire mieux.

Je lançai à regret un coup d'œil sur mes mémoires étalés sur la table devant moi. Quel dommage : tout avait si bien marché.

– Je serai là quand il sera rôti vivant, Peppe, soupira Léon qui se calmait un peu. Je le verrai brûler dans cette vie et je chérirai la pensée qu'il brûlera éternellement dans l'autre. Cet homme est un cancer, Peppe. Il doit être extirpé et détruit.

– Oui, Votre Sainteté.

– Qu'est-ce que tu es en train d'écrire, là, sur la table ?

– Rien.

– Rien ? Voilà un chef-d'œuvre littéraire. D'autres ont accompli pareil exploit par accident...

– Comme Luther, dis-je.

– ... Mais toi, c'est à dessein. Comme c'est intelligent. Puis-je jeter un coup d'œil sur ce chef-d'œuvre fait de rien ?

– Je préférerais que Votre Sainteté ne le fasse pas... C'est... purement personnel.

– Comment *rien* peut-il être personnel ?

– Je parlais métaphoriquement, comme Votre Sainteté l'a parfaitement compris.

– Il ne devrait rien y avoir de personnel quand le pape est en cause.

– Dites cela à la curie, Votre Sainteté.

– Oh, j'ai essayé, crois-moi...

Léon me dévisagea curieusement, d'un air vaguement rêveur, et je compris qu'il avait soudain abandonné toute curiosité quant à la nature de mes écrits.

– Votre Sainteté ?

Il sourit.

– Te dirai-je… non, te montrerai-je, plutôt, ce que je pense exactement de ce salopard d'hérétique allemand ?

– Comme Votre Sainteté le souhaite.

Léon dégrafa et enleva sa *mozzetta*, qu'il posa avec soin sur le dossier d'un siège. Il releva son aube et la rentra dans sa ceinture. Puis il baissa son caleçon, et il écarta ses grosses jambes pâles dépourvues de poils, qui tremblaient légèrement au-dessus du livre de Luther qui était toujours par terre, à l'endroit où il l'avait jeté. Empoignant son pénis dans une main, il le dirigea vers le sol.

– Votre Sainteté ! Non, pas dans *ma* chambre !

Vaine protestation. Un énorme sourire éclaira lentement le visage de Léon lorsqu'un jet fumant de brûlante urine dorée jaillit du bout de sa verge et gicla sur *An den christlichen Adel deutscher Nation.* En quelques secondes, l'opuscule fut trempé. Léon grogna en secouant la dernière goutte qui tomba avec un petit bruit d'éclaboussure sur le dos de cuir du livre.

– Si seulement, remarqua-t-il en se rajustant et en se couvrant de nouveau de la mozzetta pourpre, j'avais pu le faire sur la vilaine bobine de ce salaud d'Allemand !

Il sortit en claquant la porte.

1508...

Barbara et moi fûmes finalement admis dans la communauté des croyants au printemps 1508. Comme pour notre baptême, la cérémonie se déroula dans la chapelle privée du Maître. Il y avait plusieurs invités dont une femme portant d'impressionnantes robes liturgiques tissées d'or, brodées de motifs complexes de diverses couleurs. Barbara et moi étions vêtus de blanc. Le Maître se tenait devant la madone noire et l'Enfant, sur l'autel. Près de lui, sur une petite table recouverte d'un drap d'or, il y avait une copie de l'Évangile de Jean le bien-aimé et un petit bol de verre rempli d'eau pure. Il y avait aussi une tavaïolle. Le Maître avait dans les mains son propre exemplaire précieusement enluminé du *Rituel de Lyon* des cathares.

Nous regardant gentiment mais avec gravité, il s'écria :

– Toi, Peppe, et toi, Barbara, enfants aimés du Père et du Seigneur Jésus-Christ, vous qui avez été baptisés en son saint nom : rejetez toutes les idoles et toutes les images et méprisez l'idole la plus blasphématoire de toutes, le corps charnel. Purifiez vos cœurs et débarrassez-les de tous les démons de l'impureté et de l'erreur, afin qu'ils puissent être visités par le Père et emplis de la gloire de sa divine lumière !

Sachez que vous êtes éternels et immortels et laissez la mort elle-même mourir en vous !

Puis le Maître lut plusieurs prières du *Rituel de Lyon* qu'il m'est interdit de donner ici. Quand il eut terminé sa lecture, nous nous avançâmes à tour de rôle et nous nous tînmes devant lui. Plongeant l'index dans le bol d'eau, il nous oignit le front, les paumes des mains et les pieds nus, disant pendant qu'il accomplissait ce geste :

– Enfant de lumière, entre dans la communauté des croyants, maintenant et à jamais. Jésus ! Jésus ! Jésus !

Puis il nous donna à embrasser le livre de l'Évangile de Jean.

Nous menant par le coude, il nous conduisit, moi vers le groupe d'hommes, Barbara vers la femme et nous échangeâmes le baiser de paix. En se penchant avec précaution, chaque homme posa tendrement sa bouche sur la mienne et l'y maintint quelques instants. Puis nous nous étreignîmes. Je vis Barbara et la femme se tenir embrassées. Après cela, sous la conduite du Maître, la compagnie nous couvrit d'applaudissements prolongés et chaleureux. Cela, je le confesse, ne laissa pas de m'émouvoir.

– Ce soir, dit le Maître lorsque nous quittâmes la chapelle, Barbara et toi, vous participerez pour la première fois au rite de la Renonciation. En tant que membres à part entière de cette communauté de croyants, votre présence est non seulement souhaitée mais requise.

Je ne le savais pas encore, mais participer au rite de la Renonciation était me débarrasser du dernier vestige de mon ancienne vie et, en outre, me rendre presque invulnérable aux chocs de l'émotion. Vous allez voir.

Parmi les femmes, je ne reconnus que celle qui avait été présente plus tôt dans la journée à notre profession solennelle nous recevant parmi les croyants. Il y avait quatre autres femmes et six hommes, la plupart plutôt jeunes, dépourvus (à cc qu'il semblait) de toute infirmité. Je me demandai comment Barbara et moi allions prendre la chose. Nous ôtâmes nos vêtements (hommes et femmes mêlés) dans une petite antichambre attenante à la chapelle et nous enfilâmes de longs habits d'argent flottants, frappés d'un signe ou d'un symbole gnostique sur la poitrine. Ces robes étaient serrées à la taille par une ceinture de cuir noire, munie d'une boucle curieusement ciselée :

Plus tard, j'appris que les parfaits chez les cathares portaient des ceintures semblables et que la ceinture du Maître était un original qui avait jadis appartenu à Bertrand Marty, un évêque cathare actif en Languedoc deux cents ans plus tôt. Ma robe d'argent avait à l'évidence été spécialement coupée pour moi, car elle avait exactement la bonne longueur. À moins qu'elle n'eût été faite pour un enfant. Nous ne portions ni chaussures ni sandales.

Il était impossible de ne pas être envoûté par l'intense atmosphère spirituelle tandis que nous défilions deux par deux dans la chapelle artistement décorée de pots et de vases remplis de fleurs fraîches. La madone noire sur l'autel paraissait presque vivante, animée d'une flamme intérieure. Il flottait un subtil parfum d'encens. Les dernières lueurs dorées du soir mourant se fondaient, dans une osmose enchantée, avec l'éclat des bougies, projetant de l'ambre sur nos visages, et les robes d'argent que nous portions miroitaient d'une patine incandescente. Un profond silence sacré nous enveloppait. Il absorbait en lui toutes les craintes et tous les doutes (en tout cas, mes craintes et mes doutes à moi), toute hésitation, toute curiosité muette, comme une éponge absorbe l'eau.

Ce silence fut finalement rompu, tandis que nous formions un demi-cercle autour de l'autel, par la voix melliflue du Maître, notre hiérophante :

– Voici ce que rapporte le saint apôtre Thomas : « Ses disciples dirent : "Quand te montreras-tu à nous et quand pourrons-nous te contempler ?" Jésus dit : "Quand vous serez nus sans avoir honte, quand vous enlèverez vos vêtements comme des petits enfants et que vous les foulerez aux pieds, alors vous verrez l'enfant de la vie. Et vous n'aurez pas peur." »

L'un après l'autre (sauf le Maître) nous dégrafâmes nos ceintures avant de faire passer les robes d'argent par-dessus la tête et de les placer avec soin sous les pieds. J'admets avoir éprouvé de l'appréhension lorsque vint mon tour de me déshabiller, mais je le fis. Marchant sur ma robe, je tentai de me tenir le plus droit possible – moi, petit avorton velu et disgracié. Mais aucun regard ne s'attarda sur moi avec curiosité, aucune bouche ne se tordit avec un sourire de pitié et, à cause de cela, je me sentis un égal parmi les égaux, possédant le même degré de dignité que chaque autre participant. Cela m'émut fortement. Je ne pus m'empêcher de remarquer que Barbara, qui se tenait en face de moi, de l'autre côté de l'autel, avait une paire de seins superbe. En fait, elle était plutôt belle et, en d'autres circonstances, j'aurais pensé qu'il était vraiment dommage qu'elle n'eût pas de bras. Mais à présent il était impossible d'éprouver autre chose qu'un profond orgueil pour ce que nous étions et ce que nous faisions. Il me fallut également admettre qu'il se dégageait de la scène un érotisme discret. Mon adhésion à ce que j'avais jusqu'ici appris de la philosophie gnostique était sans réserve et j'étais tout à fait partisan de renoncer aux plaisirs de la chair, mais il m'était impossible, à la vue de ces seins qui se soulevaient, d'un pénis qui ballottait ici, d'une toison rousse enflammée par la lumière là, de ne pas éprouver un frisson de désir qui, partant de mes entrailles, s'irradiait sur ma peau et me procurait une délicieuse chair de poule. Cela aurait été tout à fait impossible si je m'étais senti repoussant, laid ou physiquement révoltant. Mais, comme tout le monde m'acceptait pour ce que j'étais, j'éprouvais une chaleur qui annonçait une relation authentique (je veux dire que chacun était une partie de l'autre et que nous étions profondément et durablement unis) et, là où l'on trouve une telle chaleur émotionnelle, l'idée d'une relation physique n'est jamais très éloignée. *Ubi caritas et amor*, *Deus ibi est*, mais également la douce saveur du désir contrôlé avec soin. *Erosque ibi est*[1].

– « Le Sauveur dit : "Le corps de chair est changeant, et ce qui est changeant périra et cessera d'être et, à partir de ce moment, il n'y a pas d'espoir de vivre. Car le corps de chair n'est qu'un animal. Ne résulte-t-il pas d'un rapport sexuel, comme celui de tous les animaux ? Si le corps de chair résulte d'un rapport sexuel, comment peut-il être différent du corps animal ? Pour cette raison, nous sommes des enfants jusqu'à ce que vienne la maturité." »

Quand le Maître eut fini de parler (il citait, en fait, *Le Livre de Thomas le Disputeur écrivant au parfait*) nous nous mîmes à tourner lentement en cercle autour de l'autel, froissant et foulant les robes d'argent sous nos pieds nus.

Puis le Maître poursuivit :

– « Et le premier souverain dit aux autres souverains qui habitaient avec lui : "Venez, créons un être humain à l'image de Dieu et à nos images de façon que l'image de l'être humain nous serve de lumière." Et ils accomplirent l'acte de création, chacun selon son pouvoir et ses caractéristiques. Et chacun des souverains façonna la

1. « Là où sont charité et amour, là est Dieu. Et Éros également. »

psyché de cet être selon une caractéristique correspondant à l'image de ce qu'ils avaient vu. Et ils créèrent une entité à l'image du premier être humain parfait. Et ils dirent : "Appelons-le Adam de façon que nous puissions tenir son nom pour un pouvoir incandescent." Et les souverains commencèrent :

« Le premier, la tendresse, fit l'os vivant ;

« Le second, la prudence, fit le tissu conjonctif vivant ;

« Le troisième, la divinité, fit la chair vivante ;

« Le quatrième, la noblesse, fit la moelle vivante ;

« Le cinquième, la royauté, fit le sang vivant ;

« Le sixième, le zèle, fit la peau vivante ;

« Le septième, l'intelligence, fit le cheveu vivant. »

Le Maître qui, jusqu'à ce point, continuait à porter sa robe d'argent, l'enleva et se mit à marcher dessus. J'observai qu'il était mince et musclé et que, si ses cheveux étaient striés de gris, les poils qu'il avait entre les jambes étaient noirs et lustrés.

– « Le premier, Raphaō, commença à faire la couronne de la tête. »

Après chaque intonation, nous observions une pause et touchions de l'index la partie du corps nommée.

– « Arona fit le crâne.

« Meniggesstroeth fit le cerveau. »

(Ici, nous nous touchâmes le milieu du front.)

« Asterekmē, l'œil gauche ;

« Thaspomakha, l'œil droit ;

« Ierōnumos, l'oreille gauche ;

« Bissoumeemi, l'oreille droite ;

« Akiōreim, les narines ;

« Banēnephroum, les lèvres ;

« Amon-ffShata, les incisives ;

« Ibikan, les molaires ;

« Adabani, la nuque ;

« Khaamani, la gorge ;

«Tēbar, l'épaule gauche (*ce ne fut pas facile pour moi*) ;
«Dēārkhō, l'épaule droite (*idem*) ;
«Abitriōon, la main gauche ;
«Euanthen, la main droite ;
«Astrōpsamini, le mamelon gauche ;
«Barrōph, le mamelon droit ;
«Baoum, l'aisselle gauche ;
«Ararim, l'aisselle droite ;
«Phthauē, le nombril ;
«Gēsole, l'estomac ;
«Aggromauma, le cœur,
«Mnashakka, l'orifice rectal ;
«Eilō, le pénis ;
«Sōrma, les testicules ;
«Et Sōrma, le vagin ;
«Ormaōth, la cuisse gauche ;
«Psērēem, la cuisse droite ;
«Akhiēl, le pied gauche ;
«Phnēmē, le pied droit ;
«Boozabel, les doigts du pied gauche ;
«Phiknipna, les doigts du pied droit.»

Puis nous nous arrêtâmes lentement.

– Quelle est l'intention de Yaldabaoth ? s'écria le Maître.

– D'emprisonner la lumière ! répondîmes-nous en chœur.

– Et quels sont notre intention et notre but, nous qui sommes porteurs de lumière ?

– D'empêcher sa volonté !

À ce moment, une jeune femme plutôt belle (nue, comme nous tous) s'avança du fond de la chapelle, portant un calice richement orné sur un coussin de soie pourpre. S'approchant du Maître avec respect, elle s'agenouilla à ses pieds et inclina la tête.

– Qu'elle soit donc empêchée, dit le Maître d'une voix soudain adoucie.

Je fus totalement surpris lorsque je compris ce qui allait se passer car jamais – même dans mes rêves les plus délirants – je n'avais pensé que, pour les gnostiques, la pratique communautaire pût être un corollaire de la croyance collective. En réalité, la nature de la seconde paraissait exclure la première. Ce qui s'était passé entre dame Laura et moi avait été une leçon purement *privée* dans la pratique de la vérité spirituelle. Du moins, c'était ce que j'avais cru. Mais à présent… à présent il me parut que c'était une hypothèse erronée. Dans l'attente, un délicieux petit frisson d'horreur me parcourut.

La femme avait posé le coussin et le calice sur l'autel et elle était de nouveau à genoux devant le Maître. Se redressant, elle s'empara de son pénis, le cajola des lèvres et se mit à l'embrasser avec une grande tendresse, comme si c'était une petite créature vivante douée d'une vie propre – un oiseau peut-être, ou un bouton de rose, une chrysalide. Elle allait et venait doucement sur la hampe et le bout de sa langue rose laissait une brillante traînée humide, comme la trace d'un escargot, sur toute la longueur de la queue. Le Maître gémit doucement – à peine si on l'entendit ! – et leva les yeux, dont on ne vit plus que le blanc, vers le plafond de la chapelle. Son pénis durcissait graduellement, s'agitant en vue de ce qui allait manifestement devenir une impressionnante érection. Le prépuce avait glissé, découvrant le gland, déjà gonflé et pourpre. Elle le massait du bout des doigts, le faisait rouler entre les paumes de ses mains. Puis elle le fourra entre ses seins et se mit à onduler expertement, ce qui dénotait (à mon avis) une longue pratique de dévote.

Sans pouvoir me retenir, je tremblais de tous mes membres. Il faisait soudain très chaud dans la chapelle : l'effet, j'en suis sûr, de notre excitation combinée, de l'éveil d'un désir involontaire, de la chaleur et du pouvoir d'Éros en action, humide et haletant, de l'odeur de peau et de sueur, des irrésistibles effluves d'une animalité liturgiquement contrôlée. Les yeux des femmes étaient vagues et vitreux et leurs seins se soulevaient au rythme de leur souffle. Les hommes avaient les jambes largement écartées. Certains tenaient leur queue dans la main, encourageant l'éveil par de furtifs mouvements rythmiques. Au nom de Dieu, qu'attendait-on de nous ? Ou, au nom de l'ombre, de la folie de Dionysos ? J'étais pris au piège, mais ne souhaitais pas me libérer. Je luttais contre un désir à la terrifiante urgence, contre une pulsion qui me faisait peur, mais je savais pourtant que, par quelque miraculeuse décision de la volonté collective, le pouvoir auquel nous cédions allait être contrôlé, n'était pas notre maître, mais notre serviteur. J'avais l'impression de me noyer dans un vaste océan qui à la fois m'aspirait et répondait à mes ordres : c'était paradoxal, impossible, vivifiant, fantasmagorique, mais c'était ainsi. Nous étions en train de chanter avec notre corps rituellement un péan au sexe, mais – je le compris – pas un péan à sa gloire et à sa louange, seulement une insulte et une condamnation. Je n'avais encore aucune idée de la façon dont cette condamnation allait s'exprimer.

Maintenant la vestale était debout devant le Maître et, prenant son pénis dressé dans la main (il était épais et massif à la racine, veiné, sombre et ridé, dressé, comme un cierge au gland prêt à craquer), elle le faisait aller et venir entre ses jambes frissonnantes, sans l'y faire pénétrer, se caressant avec lui, comme on dit que les lascives filles d'Égypte aimaient à le faire avec des serpents vivants. Et le membre du Maître avait vraiment tout du serpent : se pliant avec souplesse, papillotant près de l'intimité mouillée de la femme, luisant richement dans la lumière dorée, telle la verge de Moïse magiquement transformée en cobra [1], voilà qu'une verge d'homme, docile à l'incantation sexuelle que nous tissions silencieusement par la seule grâce de notre chaleur animale, se transmuait soudain en un long objet vivant quêtant de la

1. Exode, 4, 2-4.

tête à la façon du reptile. C'était une longue et souple verge au terrifiant pouvoir surnaturel, et chaque fois qu'elle s'en frottait le ventre, la faisant passer sur les lèvres charnues de son conin couvert de poils, puis dans la secrète humidité de sa grotte, elle se murmurait doucement quelque chose.

À cet enivrant soupir langoureux répondirent les soupirs de quelques-unes des femmes présentes.

Alors j'entendis, venant de l'autre côté de la chapelle, un cri étouffé immédiatement suivi d'un giclement. En levant les yeux, je vis que l'un des hommes, qui avait sans doute perdu le contrôle de lui-même, avait éjaculé sur le sol. La vestale du Maître se mit à pousser de profonds gémissements de gorge, en faisant rouler sa tête d'un côté à l'autre. Il me sembla qu'ils étaient à un cheveu de l'orgasme, mais était-ce là le but du rituel ? Je ne pouvais le croire. Alors quoi ? Et combien de temps allaient-ils pouvoir prolonger cet étonnant prélude sans s'abandonner complètement ? Je lançai discrètement un regard circulaire dans la chapelle. Je vis que les seins de Barbara se soulevaient et que ses merveilleux petits mamelons étaient raidis. La plupart des hommes étaient à présent en érection. Ils se frottaient rapidement le membre et certains se balançaient d'un pied sur l'autre, comme des chevaux piaffant d'impatience. Moi, encagé dans la prison de mon petit corps déformé, je n'avais pas de manifestation physique de désir, mais !... oh, mon cœur battait à tout rompre et j'avais la bouche sèche – deux signaux incontestables d'excitation sexuelle.

À cet instant, le Maître leva les bras et prononça quelque chose d'incompréhensible (au moins pour moi, et je ne sais pas si les autres comprirent ou non ce que cela signifiait) d'une voix haut perchée et tendue. Immédiatement, la jeune femme se dirigea vers l'autel pour y prendre le calice. Elle le tint à hauteur des reins du Maître et, pressant son pénis tremblant de la paume d'une main, elle le fit entrer dans la brillante coupe d'argent.

Je vis le corps du Maître secoué de spasmes – une fois, deux fois, trois fois, une fois encore – la quatrième –, et dans la chapelle retentit, comme un gémissement ou un soupir, un frissonnant écho de satisfaction et d'approbation. Les yeux du Maître étaient à présent totalement fermés et ses beaux traits étaient tordus par un spasme de plaisir. *Il éjaculait dans le calice.* Je fus choqué, je l'admets. Pourquoi ? Pourquoi dans le calice ? Il ne pouvait y avoir qu'une seule raison et je ne me souciais pas d'entrer dans les détails quand me vint à l'esprit qu'il était évident que nous allions être obligés d'y boire, dans une grotesque parodie de la communion, ce qui provoqua en moi un frisson de répulsion.

Dieu seul sait comment j'aurais réagi si cette évidence s'était réalisée, mais cela demeure un point d'interrogation car le rite ne fut pas achevé. Soudain, dans un moment à jamais suspendu hors du temps, une horreur sans fin attachée à nos basques, les portes de la chapelle s'ouvrirent d'un seul coup – oh, ce bruit atroce ! – et nous fûmes plongés dans le sombre chaos d'un cauchemar.

Quelqu'un cria :

– Achevons ! Nous sommes découverts !

Je le reconnus immédiatement : Fra Tomaso della Croce. Un peu plus vieux, certes, les tempes un peu plus grises, mais les yeux sombres brûlaient toujours du feu d'un fanatisme impitoyable. Il était accompagné par six ou sept hommes armés.

– Hérétiques ! hurla-t-il, les coins de la bouche écumant de bave. Immondes et maudits hérétiques !

Le Maître s'était écroulé contre l'autel et le calice tomba sur le sol avec un bruit métallique, répandant son incroyable contenu. Nous nous démenions tous pour enfiler nos robes, mais il était impossible de dire quelle robe appartenait à qui. J'attrapai la plus proche en essayant frénétiquement de la passer par-dessus ma tête. Certaines femmes avaient commencé à se lamenter.

– N'opposez aucune résistance ! cria le Maître en levant la main.

Alors ils frappèrent. Je vis la pauvre Barbara, toujours nue, s'accrochant à l'un des hommes de Fra Tomaso, essayant en vain de détourner un coup, ses petites mains s'agitant à hauteur de ses épaules. Certains hommes, en dépit de la demande du Maître de ne pas opposer de résistance, faisaient le coup de poing.

– Une indulgence plénière pour chaque hérétique que vous ferez disparaître de ce monde ! cria Tomaso della Croce, les bras croisés sur la poitrine, le visage convulsé de fureur.

Je me couvris la bouche de la main en étouffant un gémissement quand je vis Barbara glisser sur le sol. Son agresseur se pencha sur elle, le bras levé, la lame de l'épée brillant dans la lumière jaune. Il demeura un instant immobile et la regarda tandis qu'un sourire de satisfaction errait sur ses lèvres. Puis le bras décrivit une parabole impitoyable et l'épée entra dans le corps de Barbara, exactement entre ses deux beaux seins. Immédiatement, il y eut du sang partout. Elle n'émit aucun son mais s'affaissa en arrière, agitant toujours ses pauvres petites mains, les paupières convulsivement fermées. La lame ressortit de son corps puis y replongea, cette fois-ci dans l'estomac.

– Peppe !

Le Maître me prit dans ses bras puissants, au moment où je vis quelqu'un d'autre tomber, un poignard plongé dans la nuque.

– Nous ne pouvons rien faire pour les aider, siffla-t-il. Fuyons !

Tout cela était arrivé en quelques instants, comme si une porte de l'enfer s'était soudain ouverte, comme si le monde souterrain s'était vidé en un clin d'œil, vomissant simultanément une myriade de cauchemars variés. Tomaso della Croce n'avait pas eu le temps de nous remarquer, le Maître et moi, comme objets de sa rage meurtrière. Et ce n'était pas vraiment là son intention : nous étions pris au piège, nous étions des hérétiques, cela lui suffisait. Nous réussîmes tous les deux à gagner la porte de l'antichambre de la chapelle avant d'entendre le hurlement de rage et de haine de l'inquisiteur derrière nous. Si un jeune homme ne s'était pas héroïquement jeté dans son dos, nous n'aurions jamais réussi. Dieu seul sait ce qu'il est advenu de lui. Dans l'antichambre, le Maître me posa sur le sol et verrouilla la porte de l'intérieur.

– Vite ! dit-il, hors d'haleine. J'ai des chevaux. Il faut nous dépêcher !

– Était-ce nous qu'il voulait ? criai-je. Est-ce qu'il les massacre à cause de nous ?

– Je ne sais pas : il nous veut tous, Peppe – oh, vite !

1509…

Commendo te omnipotenti Deo, carissima soror.

Je te recommande à Dieu tout-puissant, sœur bien-aimée.

Dans la maison d'Andrea de' Collini, nous étions trois convives attablés pour le souper le soir du 23 avril 1509. Andrea de' Collini lui-même, Peppe le nain de l'ombre, dont vous avez sous les yeux les mémoires, et un jeune néophyte du nom de Vittorino, qui avait reçu le baptême gnostique quelques jours avant Barbara et moi. Vittorino avait réussi à s'échapper de la maison du Maître à Florence avec seulement un bras cassé, mais il sanglota en racontant les détails terribles du carnage qui avait eu lieu dans la chapelle privée de cette maison. À travers son récit, nous revécûmes l'horreur dont nous avions été témoins et nous apprîmes ce qui s'était passé après notre fuite.

Cinq personnes étaient mortes, y compris la pauvre Barbara, et six autres avaient été emmenées par l'Inquisition. Pour ce qu'il en savait, à part nous et lui, une seule autre personne avait réussi à s'échapper.

– C'était effroyable, dit Vittorino en avalant une rasade

de vin et en essuyant ses larmes du revers de la main. Les femmes étaient forcenées. J'en ai vu une qui faisait le tour de la chapelle en courant, comme un poulet sans tête, le bras droit tranché à hauteur du coude. Ô Dieu ! Quelqu'un d'autre – Lorenzo Caldi, il me semble –, nu comme il était, s'est jeté sur le dos de l'inquisiteur et a tenté de l'étrangler. Il n'avait pas l'ombre d'une chance. Ils l'ont arraché comme une sangsue et l'ont taillé en pièces.

– Nous l'avons vu ! m'écriai-je.

– Il nous a sauvés, dit calmement le Maître.

– Deux des hommes de della Croce ont traîné jusqu'à l'autel – l'autel sacré – une femme au visage de cendre ; l'un d'eux lui écartait les fesses de ses grosses mains pleines de sang tandis que l'autre la pénétrait par-derrière.

» – Quelque chose à redire, espèce de garce hérétique ? a-t-il crié quand elle se mit à hurler et à se débattre. Tu n'as encore jamais été baisée par un homme digne de ce nom ?

» C'est horrible, oh ! c'était horrible. Une autre femme était vautrée sur le sol et, doux Jésus, j'espère qu'elle était morte, car l'une des brutes de l'inquisiteur lui ramonait violemment l'anus avec son épée, riant, les yeux brillants de plaisir – mon Dieu, il se frottait le membre ; il l'avait raide et il se branlait en riant pendant que l'épée allait et venait.

– Vittorino, ne…

– Et ils ont arraché les boucles d'oreilles de Barbara en lui déchirant la chair mais, Dieu merci, elle était déjà morte… L'endroit était comme un abattoir, poisseux de sang, le sol était humide de sang et de sperme, les gens hurlaient et se débattaient à coups de poing – comment, au nom de Dieu, j'ai pu me sortir de cet amas glissant de corps, je n'en sais rien… Je ne… Je… Oh non, non…

Maître Andrea passa le bras autour du cou de Vittorino qui sanglotait.

– Cela suffit, dit-il. Cela suffit.

Mais Vittorino continua :

– Il savait que vous étiez là, tous les deux… mais il était trop tard…

– Il me semble que nous n'avions pas grande importance pour lui à ce moment-là, dit le Maître. Peut-être même ne nous attendait-il pas. C'était une liturgie hérétique, cela lui suffisait. Il voulait des victimes et il les a eues.

– Mais vous allez devenir une cible pour lui, maintenant ? dit Vittorino en faisant tourner le pied du verre fumé, empli de vin, entre ses doigts tremblants.

– Oui, dit pensivement le Maître.

Quelques instants de silence suivirent, puis il ajouta :

– Une cible, certainement.

– Moi, c'est sûr, dis-je. Après tout, il m'a déjà eu une fois entre ses griffes et il m'a laissé partir.

– Il ne t'a pas laissé partir, Peppe. Il t'a *vendu*.

– Il m'a vendu à maître Antonio, car il n'avait pas de preuve contre moi. Il en a maintenant, des preuves.

– Vous devez me cacher ! supplia Vittorino. Il va me traquer, moi aussi.

– Il viendra à son heure, dis-je.

Le Maître me lança un regard curieux, un regard où quelque chose qui ressemblait à de la surprise se mêlait à un sinistre pressentiment.

– Oui, Peppe, murmura-t-il, tu as certainement raison.

Je me suis toujours demandé depuis – de façon torturante – si la remarque que je venais de faire n'avait pas déposé une graine de folie dans son âme. Pourtant, ce regard pénétrant plein d'une sombre attente est en lui-même une invitation à la folie, et je n'oserais pas en discuter ouvertement, même avec toi, lecteur inconnu. Je laisse ces analyses pour les heures d'insomnie entre minuit et l'aube.

Le Maître emmena Vittorino dans la chambre préparée pour lui, avec la tendre sollicitude d'une mère pour son enfant malade. Je ne devais jamais revoir Vittorino, mais j'eus parfois plus tard de ses nouvelles et j'appris qu'Andrea de' Collini avait puisé dans ses ressources personnelles pour veiller à son confort et à sa sécurité. Je souhaitais de tout mon cœur n'avoir pas été obligé d'entendre les terribles nouvelles qu'avait apportées Vittorino – car je savais que ces scènes de carnage allaient m'accompagner pendant des années –, cependant je devais en prendre connaissance. Le Maître et moi devions en prendre connaissance pour des raisons purement pratiques, certes, mais aussi parce que la philosophie gnostique professe que la plus grande tragédie (à part celle d'être né dans ce monde) est de vivre dans l'ignorance, dans la mesure où l'ignorance est l'arme de Satan. L'ignorance porte sur trois objets : Dieu, le monde, soi. Dans ce cas précis, ne rien vouloir savoir de ce qui s'était passé dans cette chapelle privée, quelque douloureux que ce cela pût être, relevait des trois sortes d'ignorance à la fois. D'abord l'ignorance de Dieu, puisque ce qui était arrivé à la pauvre Barbara et aux autres révélait la direction de sa sainte volonté. Ensuite, l'ignorance du monde, puisque la volonté pervertie de Tomaso della Croce était illustrée par ses actes meurtriers. Enfin, l'ignorance de nous-mêmes car, en supportant les terribles nouvelles apportées par Vittorino, nous mesurâmes les profondeurs de notre courage. Non, je ne voulais pas les entendre, mais je savais qu'il le fallait.

Comme des brins de paille chassés par le vent, nous étions retournés à Rome, maître Andrea et moi, sans autre dessein que celui que notre retour suggérait. Nous espérions, au moins, avoir quelques nouvelles de dame Laura. En outre il me semblait que, depuis qu'il avait entendu le récit de Vittorino, le Maître caressait l'idée d'une confrontation forcée entre le dominicain et lui.

– Il viendra à son heure, dit-il sombrement, et je frissonnai en m'apercevant qu'il employait mes propres paroles.

– N'est-ce pas le moment de faire tout ce qui est en notre pouvoir pour dame Laura, puis de quitter la ville ensemble ?

– Non. Si nous voulons aider ma fille, il ne faut pas que l'on nous voie nous précipiter à Rome précisément dans cette intention. Nous devons être plus prudents. Nous irons à la chasse aux informations. J'ai quelqu'un ici qui nous aidera. Nous ne savons même pas où elle est détenue. C'est la première chose que nous devons découvrir. Patience, Peppe, même en ces temps amers.

J'étais en colère et bouleversé.

– Patience ! m'écriai-je. Est-ce là votre façon de prendre soin d'elle ?

– Ne me dis plus jamais ça ! Jamais ! cracha-t-il, la voix tremblante d'émotion.

Je fus complètement interloqué par sa véhémence.

– Que sais-tu de l'amour d'un père ? Comment pourrais-tu deviner la douleur qui me broie le cœur nuit et jour, les cauchemars qui tourmentent mon sommeil ? À l'idée de l'avoir perdue, je suis sans cesse sur des charbons ardents.

J'ouvris la bouche mais ne pus dire un mot.

– Non, tu ne dois jamais me dire, à moi, une chose comme ça, Peppe. Je sais combien tu l'aimes, crois-moi, mais ne doute pas une seule seconde que mon amour soit moindre. En réalité, il est infiniment plus grand.

– Maître, je… je suis désolé…

– Je te pardonne, Peppe, dit-il, maintenant plus calme. Je sais que c'est la frustration et non la colère qui t'a fait dire cela. Nous ne sommes ni l'un ni l'autre à blâmer. Je te promets que nous nous occuperons d'elle bientôt.

Il posa une main sur la mienne et me baisa gentiment le front.

– Tu as ma parole, dit-il.

Nous revînmes donc à la maison, d'où il avait été si longtemps absent, attendant jour après jour que le poing de Tomaso della Croce ébranle la porte.

– Vous désirez qu'il vienne, n'est-ce pas ? demandai-je calmement.

– Oui. Le litige entre nous ne peut pas durer éternellement. Plus tôt la confrontation finale aura lieu, mieux ce sera pour nous tous. Je t'ai dit une fois qu'il y avait quelque chose de très personnel dans la haine qu'il éprouve envers moi. Tant mieux. D'une façon ou d'une autre, j'y mettrai fin.

Et ses paroles me firent une fois encore frissonner.

Le soir suivant, je reçus un choc des plus désagréables. En passant devant la porte à demi ouverte du bureau d'Andrea de' Collini, j'entendis sa voix en grande discussion avec une autre voix – et cette autre voix me parut familière.

– Je vous ai demandé de faire une commission, disait le Maître.

– Et c'est ce que j'ai fait.

– Alors, nous sommes quittes, mon ami.

– Non ! cria l'autre voix.

Et soudain je sus qui se trouvait avec le Maître. Cela semblait absolument impossible – car quelle connexion pouvait-il y avoir entre eux ? – et cependant je savais qu'il en était ainsi.

Ouvrant la porte en grand, j'entrai dans le bureau.

– Peppe... dit le Maître, avançant d'un pas comme pour m'empêcher d'aller plus loin, avant de comprendre que c'était trop tard.

» Je suis... je suis occupé...

– Oui, répondis-je froidement. Je vois.

Et je regardai droit dans les yeux l'homme que nous, les monstres, nous appelions le Crâne.

– Eh bien, Peppe, dit-il d'un ton auquel je ne prêtai aucune attention, nous nous rencontrons de nouveau ! Qui aurait pu le croire ?

– Don Giuseppe ! C'est sûr, qui aurait pu le croire ?

– Peut-être nous pardonnera-t-on d'avoir pensé que chacun voyait l'autre pour la dernière fois.

Maître Andrea était manifestement gêné.

– Écoute, Peppe... Je t'expliquerai plus tard. Mais tu dois comprendre que...

– Je vous en prie, aucune explication n'est nécessaire ! Je n'ai pas le droit de savoir qui sont vos amis, ni où ils vont et d'où ils viennent. C'est votre maison. Je ne suis qu'un invité.

– Peppe, ne sois pas en colère contre moi...

– Mais il y a une chose que je réclame comme un droit : celui d'être informé de tout ce qui concerne dame Laura. Vous ne pouvez pas me l'interdire. C'était bien d'elle que vous parliez, n'est-ce pas ?

Le Maître s'assit à son bureau en poussant un soupir de lassitude. Le Crâne, dont le hideux visage en miettes laissa échapper une caricature de sourire, se tourna vers moi et dit :

– Je suppose que c'est pour toi une surprise de découvrir qu'il existe des liens entre ce noble seigneur et des gens de mon espèce. Oh, n'essaie pas de le nier, Peppe ! Nous avons ensemble traîné une existence misérable dans le même enfer ambulant pendant des années...

– Tu t'imagines peut-être que je vais oublier un seul moment de ces années ? Une seule seconde ?

Don Giuseppe secoua la tête.

– Non, dit-il.

– Tu as abandonné maître Antonio, à ce qu'il semble ?

– Pas exactement, petit ami. C'est lui qui m'a abandonné. Je devenais gênant.

– Oh ?

– J'ai trop parlé et à trop haute voix, un soir, dans une taverne... Quelqu'un écoutait, quelqu'un m'a entendu... et a informé l'Inquisition. Contre un bon prix, je n'en doute pas. Je suis toujours recherché, souviens-toi.

– Nous le sommes tous.

– L'Inquisition a la mémoire longue et le bras encore plus long. Antonio Donato m'a trahi. Il m'a vendu.

– Quoi ?

– L'Inquisition m'a de nouveau mis le grappin dessus.

J'entendais la respiration laborieuse – semblable à des sanglots étouffés – de maître Andrea, affaissé sur son bureau.

– Ils m'ont fourré dans les oubliettes de Saint-Ange.

– Mais... mais comment se fait-il... que tu sois ici ? T'es-tu échappé ? demandai-je, étonné.

– À moins d'être en deux lieux à la fois, répondit-il avec une ironie appuyée.

– Tu t'es échappé de cet endroit ?

– Oui. Mais... mais pas avant...

– Giuseppe ! Non ! s'écria le Maître, levant soudain le bras.

Don Giuseppe haussa les épaules.

– Quel est le problème ? dit-il d'une voix lasse. Il finira par le savoir.

– Savoir ? Savoir quoi ? criai-je, incapable de contenir l'excitation qui montait.

– En outre, comme il l'a lui-même dit, il a un certain droit.

– Oh, pour l'amour de Dieu, murmura le Maître.

– Je l'ai *vue* là, dit le Crâne.

Elle ! Laura ! Mon cœur s'arrêta soudain de battre, chaque muscle tendu à se rompre par une douleur torturante où chaque battement se confondait avec le suivant pour former une seule clameur sans fin.

– Tu as vu Laura, m'écriai-je dans tous mes états, tu l'as vue !

– Oui. Elle était dans une cellule proche de la mienne. Je l'entendais pleurer la nuit, pleurer à fendre l'âme.

– Au nom de Dieu, tais-toi, hurla maître Andrea, je ne peux pas le supporter !

– Continue, dis-je, en proie au calme glacial non du sang-froid, mais de la colère mêlée de crainte dévorante.

– Je savais qui elle était, dit don Giuseppe. Elle appelait son père et… et elle t'appelait, petit ami.

– Non…

– Oui. Vois-tu, *je connais Andrea de' Collini depuis longtemps.* Quand j'ai entendu cette créature tourmentée crier son nom dans les profondeurs de la nuit – mais qui sait ce qu'est la nuit et ce qu'est le jour dans ce lieu où la nuit est éternelle –, j'ai compris. J'ai compris qui elle était et, l'ayant compris, j'ai également compris pour quel motif elle avait été incarcérée.

Soudain, avec une rapidité qui me surprit, le Crâne pivota sur les talons, leva les deux mains et les abattit durement sur les épaules d'Andrea de' Collini. Il colla sa face hideuse près de l'oreille du Maître et siffla :

– C'est l'une de tes bonnes habitudes, hein, Maître ? Avoir tes amis et ta famille enfermés par la Sainte Inquisition !

– Ne vois-tu pas que je souffre assez…

– Souffrir ? Toi ? Tu ignores le sens de ce mot. Est-ce toi qui as eu la chair du visage brûlée jusqu'à l'os ? Est-ce toi qui, soir après soir, as été donné en spectacle aux gens, abreuvé de plaisanteries et de crachats ? Est-ce toi qui as langui dans les profondeurs puantes de Saint-Ange ? Non ! Non, non, non ! Jamais *toi*, n'est-ce pas ? C'est *moi* et ton précieux bijou de fille !

Le Maître était à présent secoué d'irrépressibles sanglots.

– Arrête ! criai-je en enlevant les pattes de don Giuseppe des épaules du Maître. Comment vous êtes-vous connus ? Que signifie pareille accusation ?

Don Giuseppe me lança un regard furieux. Il avait les mâchoires béantes, les lèvres couvertes d'écume, et j'aperçus l'os qui luisait dans son visage ravagé.

– J'ai été un disciple du Maître, dit-il d'une voix tremblante. Oh oui ! je m'asseyais à ses pieds et je buvais ses paroles qui m'enseignaient la merveilleuse philosophie gnostique. J'étais si convaincu qu'Andrea de' Collini possédait la vérité, celle qui soulage la douleur et sèche les pleurs du monde, comme une éponge absorbe l'eau, que je me ruai pour la prêcher même dans ma propre église. Quel imbécile ! On m'a arrêté presque immédiatement et j'ai été condamné au bûcher. Cependant, comme tu le sais, la Providence divine m'a épargné ce sort affreux, mais j'ai dû y mettre le prix – ici, il toucha ce qui restait de son menton : Il y a toujours un prix à payer, n'est-ce pas, maître Andrea ?

Andrea de' Collini leva la tête. Je vis que le dos de ses mains était humide de larmes.

– Ce n'est pas la faute de la vérité si tu as été puni en la proclamant, dit-il doucement. C'est la faute de l'ignorance.

– Tu ne pouvais pas m'aider, n'est-ce pas ? Tu les as laissés m'emmener et essayer de me brûler vif.

– Qu'aurais-je pu faire, Giuseppe ? J'étais impuissant.

– Tu aurais dû au moins *essayer*, espèce de salaud !

Le Maître secoua lentement la tête. Puis il demeura immobile.

– Je vous ai entendu parler d'une commission, dis-je, désagréablement surpris par ces révélations et luttant contre une sombre vague de désespoir qui essayait de s'emparer de moi – désespoir et fureur que don Giuseppe, le Crâne, eût vu de ses yeux ma bien-aimée Laura, alors qu'il m'était refusé de contempler sa beauté, rendue insupportablement poignante par les souffrances qu'elle endurait.

– Tu le sais déjà, petit ami.

– Non, je ne le sais pas. Quelle est cette commission que tu as apparemment accomplie ?

Le Crâne soupira.

– Il y a moyen de sortir de cette effroyable forteresse. Il existe quelques issues. Il y a des années, lors de mon premier séjour dans ces lieux, j'en ai découvert une, mais il était trop tard pour en profiter. L'endroit n'a pas changé, croyez-moi – il est seulement plus sale et plus humide. Comme vous le voyez, mes précieux renseignements m'ont servi cette fois-ci.

– Et ?

– Et je suis venu ici. Andrea de' Collini m'a donné de l'argent, m'a chargé de retourner à Saint-Ange et de le donner à quelqu'un qui s'en servirait pour elle. Pour lui assurer une sorte de confort – de la nourriture fraîche, de l'eau pure. Je ne dirai pas que j'y suis retourné moi-même, car je ne l'ai pas fait – il ne faut pas forcer la chance –, mais l'individu que j'ai envoyé à ma place est digne de confiance – je le garantis –, et tout l'argent qui est pour elle lui sera remis.

– Alors la commission est accomplie ?

– En un sens, oui. En un autre, non. J'ai juré à Laura de' Collini que je la ferais sortir de Saint-Ange.

– Tu lui as vraiment parlé ? m'écriai-je.

– Non. Je lui ai envoyé un message par un intermédiaire. Mais je l'ai vue – deux fois – quand on la faisait monter pour… pour les interrogatoires.

– Oh, mon Dieu !

– Mais il ne va pas me laisser tenir ma promesse. Il m'a encore donné de l'argent, de l'argent pour me faire oublier le message que j'ai transmis à sa fille.

Soudain Andrea de' Collini se leva. Il avait les joues empourprées, le regard fixe.

– Ce n'est pas à vous de décider du sort de ma fille, dit-il, d'une voix qui était d'autant plus contraignante qu'elle était contrôlée et calme.

– Mais, Maître ! m'écriai-je.

– Non, Peppe. Non. S'il y a quelque chose à faire, je

le ferai. Mais il n'y a peut-être rien à faire, rien du tout. Tu dois te rappeler que la sécurité de tous les membres de notre fraternité dépend de notre prudence. Je ne permettrai jamais que cette sécurité soit menacée.

– Et donc vous la laisserez encore souffrir? Après tant d'années?

– Ce n'est pas du ressort de ma volonté. Et ce n'est pas non plus mon intention de sauver une vie en mettant en danger de nombreuses autres.

– Même celle de votre propre fille?

– Je ferai tout ce qu'il est possible de faire, crois-moi.

Pendant que je tapais du poing contre le mur, en proie à une rage impuissante, j'entendis le Maître qui disait d'une voix calme :

– Votre présence chez moi ne sert plus à rien, don Giuseppe. Je vous en prie, partez.

Et le prêtre qui avait abusé de ses pénitentes dans l'obscurité du confessionnal, l'homme qui avait publiquement prêché ce qu'il avait cru être une vérité éclatante, la créature au visage ravagé que nous, les monstres, nous appelions le Crâne, quitta silencieusement la pièce.

Plus tard, marchant de long en large dans la bibliothèque en se tordant les mains dans le tourment de l'indécision et du désarroi, le Maître me dit :

– Je ne comprends pas pourquoi, parmi tous les lieux de détention possibles, ils ont choisi de la mettre là. Au nom de Dieu, pourquoi?

– À cause de votre condition, sans doute, suggérai-je.

– Mais cela n'a pas de sens, Peppe. Si je suis un hérétique, je n'ai plus de condition, plus de droits, plus de biens, plus rien.

– Mais vous n'êtes pas officiellement un hérétique – pas encore du moins. Vous avez dit vous-même que la haine de

Tomaso della Croce envers vous était tout à fait personnelle. Peut-être n'en a-t-il laissé aucune trace ? Peut-être veut-il vous garder pour lui seul ? Toutes les preuves pourront être fournies à la fin, quand il vous aura mis aux fers et qu'il pourra se repaître de son succès et se gausser de vous dans la victoire. Mais jusque-là, eh bien, c'est entre vous et lui. Il veut être absolument certain qu'il vous prendra dans une souricière d'où vous ne pourrez pas vous échapper. Alors seulement, il convoquera les scribes et le menu fretin de l'Inquisition. Personne à Rome ne sait ce qui s'est passé entre vous et della Croce – cela n'est-il pas évident ? Vous allez et venez librement, votre maison est ouverte, vos amis vous rendent visite.

– Et Laura ?

– Laura ne l'intéresse pas le moins du monde, sauf comme un cancer dans le corps de notre sainte mère l'Église, quelque chose qu'il faut arracher et détruire.

– Il doit être fou, dit maître Andrea.

– Il *est* fou. Fou du Nom de Dieu.

– Il viendra, Peppe. Je le sais.

Même à présent, il m'est douloureux de vous dire que nous n'eûmes pas à attendre la venue de Fra Tomaso della Croce pour être submergés par l'horreur qu'il avait déclenchée. Elle arriva le lendemain soir, quand nous apprîmes que Laura Francesca Beatrice de' Collini avait été déclarée coupable d'hérésie sous douze chefs d'accusation, qu'elle avait refusé d'abjurer et qu'elle avait été condamnée par le tribunal de l'Inquisition qui l'avait remise au bras séculier. Elle allait être brûlée vive sur le Campo dei Fiori le lendemain matin.

Le matin, dont j'avais souhaité dans mes prières qu'il serait avalé dans la nuit sans fin, arriva bien assez tôt. La matinée était froide, claire et brillante – un temps parfait pour un bûcher. Les jours de vent, il y avait toujours le risque que le feu échappe au contrôle – le Crâne m'avait une fois raconté que les brandons de « son » bûcher, emportés par les rafales, avaient détruit plusieurs maisons, les flammes lui dévorant la moitié du visage avant qu'il pût s'enfuir sous un soudain déluge de pluie.

– Ils n'arrivaient pas à savoir ce qui les divertissait le plus. Moi en train de brûler ou les maisons en flammes. Infâmes salauds !

J'ai supplié, plaidé, menacé, hurlé, pleuré et imploré, mais maître Andrea n'a pas voulu (ou pas pu) m'écouter. Je sais maintenant que je n'ai pas compris l'intensité du choc qui le paralysait. Sur le moment, il me paraissait si résigné, si passif que cela me révoltait. Je suis également convaincu que ce choc était beaucoup plus profondément enraciné que la répugnance qu'il avait à mettre en péril la vie des autres. L'aspect rationnel de cette répugnance n'était qu'un masque dont son âme assiégée essayait de se servir pour recouvrir la grouillante horreur irrationnelle qui me minait de l'intérieur. C'était comme essayer de verser l'océan dans un flacon de parfum. Il y avait également une autre raison pour son inertie et, cette raison, je ne la découvris que bien plus tard. Vous la connaîtrez en temps voulu.

– Pour l'amour de Dieu, il faut essayer ! criai-je.

Mon petit corps pathétique se tordait convulsivement, ce qui me faisait ressembler à une marionnette folle dont les ficelles s'étaient inextricablement emmêlées.

– Non, rien.

– Pour l'amour du Christ, nous sommes en train de parler du bûcher de Laura !

– Que pourrions-nous faire ? Nous serions pis qu'inutiles.

– Andrea, s'il vous plaît, cessez de répéter la même chose.

– Mais c'est vrai, répondit-il d'une voix blanche.

C'était sans espoir. Il était affalé sur un siège, fixant ses mains d'un air morose et tripotant inutilement le fil d'or qui bordait sa robe.

En un sens, il avait absolument raison. À moins de lever

une armée de courageux amis, il n'y avait rien à faire pour sauver Laura. Autant dire qu'elle était morte. D'un autre côté, je croyais (et je crois toujours, même si je comprends maintenant qu'il était beaucoup plus profondément choqué qu'il ne le laissait paraître) que le désespoir fataliste dans lequel nous avions sombré était loin d'être pour nous une aide.

– J'irai au Campo dei Fiori, dis-je, cherchant à reprendre haleine après mon terrible éclat. Ils me laisseront peut-être la voir pour la dernière fois – ou même lui parler...

– Ne t'attends pas à ce que je t'accompagne. C'est au-dessus de mes forces. Ils vont la brûler, mais ils ne peuvent pas me forcer à assister au spectacle.

– Alors, restez ici. Vous ne m'arrêterez pas, dis-je.

– Peppe, tu... tu la regarderais brûler? As-tu déjà assisté à un bûcher? C'est trop terrible pour être exprimé par des mots.

– Alors, elle doit être sauvée. Don Giuseppe nous aidera...

– Peppe, non!

– Vous avez entendu ce qu'il a dit : lui sait! Il connaît une issue pour sortir de l'endroit...

– Trop tard, pauvre rêveur stupide! Trop tard...

Andrea de' Collini se leva soudain de son siège, et les beaux traits de son visage se tordirent, devinrent un masque démoniaque convulsé de rage et de douleur. Il avait les yeux exorbités, les veines des tempes et de la gorge tendues comme des cordes. L'espace d'un instant, ses bras battirent furieusement l'air, tandis qu'il serrait et desserrait les poings avec une grande rapidité.

Et il poussa un cri : un hurlement à donner la chair de poule, un cri rauque totalement désespéré.

– Laura, oh Laura, Laura!

Puis rien d'autre. Il demeura silencieux.

À mon arrivée, il y avait déjà foule sur le Campo dei Fiori, des misérables et de la racaille. Les nouvelles du bûcher s'étaient rapidement répandues, même pour ceux qui étaient incapables de lire les affiches collées par les autorités. C'était comme un jour de marché : de nombreux Trasteverini avaient franchi le fleuve, gesticulant et poussant des jurons, volant des fruits aux étalages et prompts à faire les poches. Je frissonnai en les observant, ces miasmes d'une maladie ancienne. Avais-je réellement été l'un d'entre eux? Était-il possible que la femme qui se faisait passer pour ma mère fût également là? C'était le genre de spectacle qui lui ferait traverser le fleuve. Ils étaient vils, ces gens – à peine des gens, à peine mieux que des sauvages attendant de se repaître des souffrances de quelqu'un d'autre en se réjouissant lascivement d'y avoir échappé. C'était le sentiment que l'on éprouve quand quelqu'un glisse et tombe dans la rue : le naturel élan de pitié est coupé à la racine par la satisfaction de savoir que ce n'est pas soi – mais un sentiment mille fois amplifié, exposé en pleine lumière, aiguisé et affiné par les subtils effluves d'un érotisme noir. Je sentais qu'étaient à l'œuvre leurs secrètes glandes sexuelles, qu'elles pompaient le fluide, qu'elles se gonflaient et se dégonflaient, se lubrifiaient et s'éveillaient, et cela formait un nuage nocif qui m'étouffait : excitation, satisfaction, attente, surexcitation d'avoir barre sur un autre être humain, infects relents de perversion méchante – tout cela s'alliait et se mêlait pour composer un plat hautement épicé. Tout ce que je pouvais faire, c'était essayer de ne pas vomir.

J'écoutais des bribes de conversations.

– … mérite son sort, cette saleté de patricienne!

– Non, je n'ai jamais assisté à un bûcher, c'est mon premier. Est-ce qu'on pourra voir d'ici?

– … nous trouver une paire de putains juteuses avant que les choses commencent à chauffer, ha! ha! – elle trouvera ça trop chaud à son goût, tu peux en être sûr…

– J'ai entendu dire qu'elle baisait avec des chiens.

– N'a-t-elle pas nié le pouvoir de la Croix ?

– Tu sentiras l'odeur de la peau quand elle commencera à brûler...

– Cette peau de lys, elle va brûler comme de l'amadou !

– ... jamais travaillé un seul jour de sa vie, cette petite putain !

– Pas seulement avec des chiens... Christ, on dit qu'elle a le con assez large pour s'enfiler un taureau !

– Qui va allumer les fagots ?

– Jésus, attends que cette garce à la peau blanche commence à hurler...

On me poussait, on me bousculait, la foule était trop excitée par le spectacle pour remarquer un nain contrefait aux yeux ruisselants de larmes.

Le bûcher avait été dressé au centre du Campo dei Fiori. Les cordes qui allaient la lier pendaient. Les fagots de bois sec avaient été empilés sur une grande hauteur : ainsi l'on serait certain que les flammes lui brûleraient rapidement les pieds avant de lui lécher le corps. Il n'y avait pas un souffle de vent. Je n'en étais plus certain, mais le Crâne m'avait dit que la plupart des victimes étaient asphyxiées par la fumée et qu'elles étaient inconscientes quand les flammes se mettaient à l'œuvre. Je priai avec ferveur qu'il en fût ainsi. Je priai pour de nombreuses choses sans grand espoir que mes prières seraient exaucées : pour qu'un soudain déluge éteignît le feu, comme cela avait été le cas avec le Crâne. Pour un sursis au dernier moment. Pour une révolte de la foule, prise de pitié par la vue de la victime. Pour une sorte de miracle qui dissiperait l'horreur et n'en ferait qu'un cauchemar. Je priai même pour la grâce d'une mort rapide, mais les historiens nous disent que la *Pucelle** avait hurlé le nom de Jésus vingt minutes durant avant de céder sa vie aux flammes.

Je n'étais pas prêt à voir la procession si vite. Elle pénétra dans le Campo dans un silence presque total, ayant sans doute suivi la berge du fleuve après être sortie de Saint-Ange. En tête marchait un frère dominicain, tenant un crucifix dressé et lisant dans un livre. Quoi ? Je n'en sais rien. Derrière lui venaient d'autres frères dont les habits blancs étincelaient dans la lumière brillante du soleil. Puis le magistrat, qui paraissait incongrûment gentil, vêtu d'un somptueux manteau de brocart lamé, doublé de fourrure au col. Et puis – oh ! –, et puis suivait la charrette dans laquelle Laura Francesca Beatrice de' Collini était à genoux, attifée du grotesque san-benito que les victimes de l'Inquisition étaient obligées de porter en se rendant au bûcher. C'était une cruauté étudiée. Laura ! Elle avait la tête penchée et ses cheveux d'or lui tombaient sur les épaules comme une cascade dans le soleil de printemps. Les mains liées dans le dos, elle était parfaitement immobile. Derrière la charrette s'avançaient les acolytes, les thuriféraires, le porteur de croix et un ramassis d'ecclésiastiques mineurs – pour rehausser la liturgie blafarde du rite mortuaire. Oh oui, puisqu'il allait y avoir un spectacle, au moins qu'il fût bon ! La foule pourrait en prendre plein les mirettes ! Pourvu que l'on entendît hurler la garce ! Enfin, à l'arrière, venaient les deux porteurs avec leurs torches enflammées, la tête couverte d'une cagoule de cuir noir qui ne laissait voir que leurs petits yeux brillants. Les frères se mirent à psalmodier, et je me bouchai les oreilles pour ne pas entendre ce bruit affreux. Moi, dont les soupirs de plaisir avaient été son hymne nuptial, j'étais à présent obligé d'écouter le thrène plaintif qui annonçait l'heure de sa mort.

Ils la firent sortir de la charrette et la traînèrent sur les fagots. Elle paraissait totalement molle et sans vie, la tête inclinée, les jambes comme des poids morts. Ils la soulevèrent pour l'attacher avec les cordes et je vis alors, par une déchirure du san-benito, sortir son beau sein laiteux. Les pieux miaulements des frères furent noyés par les rugissements salaces de la *canaille**. Les hommes applaudissaient et levaient les mains en l'air pour faire des gestes lubriques. Dieu seul sait comment la foule aurait réagi si elle avait vu l'infirmité de Laura.

Je tentai de me frayer un chemin jusqu'au premier rang. Certains me prirent pour un enfant et me libérèrent le passage. Je vis le porte-croix élever le crucifix doré placé au bout d'une longue perche de bois et le mettre directement sous les yeux de la victime. Les porteurs de torches se tenaient de chaque côté de la pile de fagots. J'étais maintenant suffisamment proche pour voir son visage – le visage de ma Laura –, et il était enflé, couvert de bleus. Sa lèvre inférieure avait éclaté et du sang séchait aux commissures de sa bouche. Elle avait les yeux fermés. On lui avait barbouillé une marque couleur de cinabre sur le cou, comme une malédiction qui attestait qu'elle ne s'était jamais repentie de son erreur.

La foule était maintenant très bruyante et le frère qui lisait la sentence, un homme chauve et obèse, aux mains tremblantes, dodues et blanches, dut crier pour être entendu :

– «Attendu que Laura Francesca Beatrice de' Collini a été reconnue coupable d'hérésie par le tribunal sacré de la Très Sainte Inquisition; attendu que ladite Laura Francesca Beatrice de' Collini a persisté dans ses erreurs sans les abjurer; attendu que ladite Laura Francesca Beatrice de' Collini a été livrée au bras séculier pour être punie, notre sainte mère l'Église ne cessant de supplier le bras séculier d'avoir pitié de sa brebis perdue, que le bras séculier livre maintenant son corps aux flammes. Et notre sainte mère l'Église, la plus compatissante et la plus douce des mères, intercède auprès de son époux divin, Notre-Seigneur et Sauveur Jésus-Christ, le suppliant que l'âme de cette femme ne brûle pas éternellement dans les flammes de la vie à venir. Malgré tout cela, puisque ladite Laura Francesca Beatrice de' Collini a obstinément et perversement persévéré dans ses fausses croyances et dans ses erreurs pernicieuses, qu'elle soit, en vertu de la divine justice du Très-Haut, qui rend à chaque créature son dû, livrée aux flammes préparées par Notre-Seigneur et Sauveur Jésus-Christ pour le diable et les anges déchus, depuis le commencement des temps jusqu'à la fin des temps et des âges sans fin. »

Le magistrat lut la sentence du bras séculier, qui n'était qu'une brève répétition de l'hypocrite litanie entonnée par le frère replet : ma Laura adorée devait être brûlée vive.

Les deux porteurs de torches, en cagoule, s'approchèrent. La croix dorée oscillait devant les yeux fermés de Laura. On vérifia une dernière fois les cordes. J'étais suffisamment près pour toucher les fagots de la main, mais je n'osais pas, je ne pouvais pas, lui faire signe.

Un hurlement poussé à pleine gorge jaillit de la poitrine d'un salaud dans la foule.

– Brûlez cette sale putain !

Puis il y eut un rugissement lorsque les torches furent insérées dans les fagots. Elles prirent immédiatement et, animées d'une vie cruelle, les flammes rouges s'élevèrent avec des craquements et des sifflements.

Le Maître m'avait une fois dit que, chez les cathares, les parfaits se rendaient au bûcher en chantant. La récitation du *Rituel de Lyon*, le soir précédent, leur donnait le pouvoir de supporter la douleur des flammes. La tête enfouie dans les mains, je me récitai silencieusement le même *Rituel* – dont j'avais appris par cœur des passages. J'espérais contre tout espoir que, par quelque processus d'osmose ou transfert psychique, le miraculeux pouvoir du *Rituel* passerait de moi à elle. Les mots se bousculaient furieusement dans ma tête et je devais lutter pour m'y accrocher, pour me concentrer (car le bruit de la populace était maintenant assourdissant), mais j'arrivai bientôt au bout des prières et je ne pus m'en rappeler d'autres. Je restai là, muet, désolé, abandonné, comme un exilé dans une terre étrangère où chaque visage, chaque voix, chaque nuage à l'horizon, chaque grain de poussière sous les pieds était irrémédiablement hostile.

Oh ! Oh, alors je l'entendis pousser un cri – et c'était un cri de pure douleur. Immédiatement, un silence tomba sur la foule et, incapable de me retenir, je levai les yeux.

Le san-benito était en flammes. Ses cheveux brûlaient en grésillant, la moitié inférieure de son corps était une tache qui noircissait, un foyer d'étincelles de fragments de chair carbonisée et de furieuses langues de feu qui fouaillaient, une horreur vivante en rouge et noir. Les gens gémissaient comme des bêtes – de sourds gémissements de plaisir en vue d'une sombre jouissance obscène. C'était comme s'ils faisaient l'amour avec le feu lui-même. Les femmes s'étreignaient les seins, les yeux grands ouverts de surprise. Les hommes bougeaient sournoisement les mains avec des gestes salaces.

Elle était une salamandre humaine et, dans cette inimaginable douleur, sa beauté exigeait, semblait-il, la vénération des flammes elles-mêmes, qui jaillissaient, bondissaient et la léchaient comme des langues folles de désir, se nichaient au creux des contours les plus secrets, crachaient d'amoureuses brûlures et se consumaient dans la séduction de caresses mortelles. Puis elle devint la déesse de quelque exotique panthéon, un esprit que les dévots adoraient avec de vivantes images de la mort, avec le soleil, la lune et les étoiles pour vêtement, et elle marchait en souriant au cœur du feu. Puis une étoile, un orbe lointain étincelant entre de ténébreux espaces dans lesquels ne s'étendait pas le vaste éther des cieux, mais l'appétit dévorant d'une inhumanité qui se gorgeait et se rassasiait de la lumière qu'elle dispensait. Puis… Oh ! et puis – elle ne fut plus qu'une pauvre fille mourante liée au bûcher de l'Inquisition.

– Laura ! criai-je de toutes mes forces, Laura, Laura, Laura !

Elle leva la tête, baignée dans une auréole de flammes, et ouvrit les yeux. Ils semblèrent se dissoudre dans la chaleur du brasier et elle fut immédiatement aveugle.

– Laura !

Mais elle m'avait *entendu*, car du feu sortit une main ! Lumineuse, incandescente, comme si elle tenait le cœur du soleil, la paume tournée vers le haut, les doigts recourbés, et un frisson passa sur la foule, une sorte d'orgasme sourd, un « aahhh » qui s'éleva puis décrut tel le froissement des feuilles mortes dans une allée solitaire battue par le vent.

Un pouce et un doigt se joignirent pour former un cercle – le signe de la perfection, de l'accomplissement et de l'infini –, et je compris sans l'ombre d'un doute qu'il m'était destiné. Puis la main retomba et disparut. Elle avait entendu ma voix et elle avait répondu.

Le feu devint un enfer au rugissement semblable à celui des ailes de l'ange de la Mort.

Il ne vous sera pas indifférent de savoir que, pendant que j'écris ces lignes, plus de dix ans après le bûcher sur lequel Laura Francesca Beatrice de' Collini fut brûlée vive, la page sous ma main tremblante est humide de larmes.

INCIPIT SECUNDA PARS

Écrit en 1521

Mon bien-aimé Léon est mort.

Vous souhaiterez sûrement savoir ce qui s'est passé dans les années qui ont suivi le bûcher de Laura Francesca Beatrice de' Collini et comment je suis entré au service de Léon, quand il n'était encore que le cardinal Giovanni de' Medici. Je vous donnerai toutes les explications nécessaires. Cependant, il me semble que la disparition d'un homme comme Léon mérite la première place. Léon X, le pape Médicis, est mort à minuit, soit au dernier coup de l'horloge du 1er décembre, soit au premier coup du 2, cela dépend de votre degré de méticulosité chronologique. Je suis moulu de tristesse et de douleur et j'ai décidé que le meilleur moyen d'y échapper était de me plonger dans la suite de ces mémoires, car le présent est impuissant contre l'évocation des souvenirs.

Je trempe donc ma plume dans l'encre et j'écris :

1511...

Perduc eum, Domine, quaesumus, ad novam vitam.
Conduis-le, Seigneur, nous t'en prions, à une nouvelle vie.

Au commencement de cette année, une grande fête se déroula sur la piazza devant ce qui restait de la vieille basilique Saint-Pierre et les fondations de la nouvelle pour célébrer la victoire, deux ans plus tôt, de la ligue de Cambrai sur la république de Venise. En fait, c'est en 1510 seulement que le pape Jules avait non seulement fini par assurer la liberté du commerce et de la navigation, mais encore obtenu confirmation des droits de l'Église sur la république. Les troupes papales avaient également reconquis Rimini et Faenza. Ainsi, même avec beaucoup de retard, un spectacle avait été prévu pour célébrer cette victoire. Que cette commémoration fût ou non adéquate était une autre question, car Venise était maintenant officiellement alliée à la papauté, avec l'Espagne (et bientôt l'Angleterre) dans la Sainte Ligue contre la France. Jules avait également pris Modène au duc de Ferrare, partisan des Français. La Sainte Ligue était soutenue (moralement, en tout cas) par presque toute l'aristocratie romaine, car Jules (dont la diplomatie reposait sur le *suaviter in modo, fortiter in re* [1]) avait réussi le tour de force de réconcilier les Orsini et les Colonna, qui jouissaient d'une grande influence. Les tergiversations de Sa Sainteté avaient rendu la situation plus que complexe, mais les Romains n'avaient jamais été hostiles aux divertissements, et ce depuis les jours où la foule pissait d'excitation dans l'arène trempée de sang.

La fête eut lieu la dernière nuit de mon séjour à Rome. Il m'était impossible d'y rester après la mort atroce de Laura. Maître Andrea avait congédié ses serviteurs, fermé sa maison et il m'avait gratifié d'une coquette somme d'argent.

– Va où tu veux, Peppe, dit-il avec une grande lassitude. Quant à moi, je ne sais pas. Nous nous retrouverons bientôt, j'en suis sûr. Dieu y pourvoira le moment venu. Que ma bénédiction t'accompagne.

Oh, je comprenais ses raisons. Comme je l'ai dit, je ne souhaitais pas rester à Rome. Mais je fus surpris par son attitude résignée.

– Je partirai demain matin, lui dis-je.

– Tu sais où ?

Je fis non de la tête.

– Peut-être à Florence, Maître.

– Alors je te donnerai une introduction pour quelqu'un que je connais. Il sera heureux de t'offrir un logement confortable.

Et ce fut tout. Pas plus qu'Andrea de' Collini, je ne doutais que le sort nous réunirait de nouveau, mais quand et comment, j'étais bien incapable de le deviner.

Donc, la célébration de la victoire.

C'était pour moi une ironie cruelle, tandis que je

1. « Gentiment pour l'apparence, fermement pour l'action », notre « main de fer dans un gant de velours ».

déambulais parmi la foule, de savoir que la plupart des gens avaient été sur le Campo dei Fiori, se rassasiant avec un infernal appétit du spectacle de Laura brûlée vive. Ils étaient maintenant venus assister à un spectacle d'un autre genre, mais le même désir trouble de se divertir et se griser à tout prix se lisait sur les visages stupides de la canaille avec le signe de la Bête, la marque de Caïn imprimée en rouge sur chaque front. Je les détestais de toutes mes fibres. J'avais envie de les frapper l'un après l'autre à coups de poing, partout où je pourrais. J'avais envie de les faire souffrir comme ils m'avaient fait souffrir. Je désirais leur infliger de la *douleur* et j'avais vaguement et sombrement conscience que la souffrance intérieure que je ressentais n'était qu'une ordalie psychique destinée à me préparer au moment (qui viendrait sûrement) où je l'infligerais avec une violence impitoyable.

Le divertissement offert était un remarquable *tableau vivant** représentant le mouvement des planètes. Une énorme estrade avait été dressée supportant une grande *scena* de bois recouverte de velours noir, impossible à distinguer contre la masse sombre de la basilique, à demi en ruine, à demi reconstruite. On ne voyait qu'une série d'ouvertures, éclairées par-derrière au moyen de bougies et, dans chacune de ces niches, se tenait une créature humaine qui représentait une planète particulière ou une étoile. Vénus, par exemple, était une jeune femme à la beauté éblouissante, les seins nus, le bas du corps enveloppé d'argent brillant. Le Soleil était représenté par un jeune homme entièrement peint en or, portant un orbe de verre dans une main, un sceptre dans l'autre. Et ainsi de suite. Je dois reconnaître que c'était impressionnant. Surtout quand les « planètes » et les « étoiles » commencèrent à bouger. Comment ? Je ne sais pas. Sans doute grâce à un mécanisme qui faisait tourner les personnages célestes à travers les ouvertures de la scena ; Vénus disparut et le Soleil se leva. Diverses étoiles déclinèrent et réapparurent dans une autre niche. Et quand la Lune se montra à l'extrême gauche du tableau, la foule applaudit : elle était incarnée par une fille vêtue de bleu et d'argent assise sur un grand croissant blanc, le front orné d'une couronne d'étoiles, une cascade de poussière céleste lui tombant sur les genoux.

Derrière la scena, on avait dû travailler dur pour faire tourner les engrenages et les roues qui actionnaient le mécanisme. Mais les grincements et les grondements de la machinerie étaient noyés dans le chant du chœur de la Sixtine qui entonnait un motet de Luigi Ferrari en l'honneur de la gloire de Dieu apparu dans le firmament.

Le pape Jules II observait la scène de sa fenêtre. J'entrevoyais le visage revêche et la longue barbe luxuriante du vieillard. Il avait l'air irrité. En sortant de la piazza grouillante de monde, j'entendis quelqu'un dire :

– C'est une invention de Léonard, mais il n'est pas là.

– Pourquoi ?

– Il ne peut pas supporter d'être dans la même ville que maître Michel-Ange.

C'était, me sembla-t-il, très naturel. Buonarroti et Vinci en même temps, c'était comme deux reines dans la même ruche.

L'homme qui allait devenir si important dans ma vie – le cardinal Giovanni de' Medici – avait subi des fortunes diverses. Le 1er septembre 1511, alors que je vivais depuis un certain temps à Florence dans une maison appartenant à « celui » auquel maître Andrea m'avait recommandé (vous connaîtrez bientôt son identité), le cardinal de' Medici avait été nommé par Jules II légat pour Bologne et pour la Romagne. Non seulement afin que la formation de la Sainte Ligue contre la France fût rapidement conclue, mais parce que Jules II tenait à l'œil la république de Florence, laquelle soutenait le concile des cardinaux schismatiques à Pise. Je vous l'ai déjà dit, ce concile fut convoqué pour réduire la puissance de Jules. Le pape favorisa donc les Médicis en exil. Cependant, le futur Léon lambina dans l'accomplissement de ses devoirs militaires, ce qui ne fut pas du goût du bouillant Jules et, après avoir traîné pendant plus de six mois, il put à peine se justifier devant le pape soldat sans perdre sa dignité. En outre, la roue de la fortune lui infligea une nouvelle humiliation et, le 11 avril 1512, les troupes espagnoles alliées à celles de la papauté subirent une sévère défaite à Ravenne, où le cardinal de' Medici fut fait prisonnier et emmené à Milan. Pauvre Léon ! Durant sa captivité, Jules lui donna pouvoir d'accorder l'absolution aux hommes des troupes françaises qui l'avaient capturé et il se retrouva dans la situation paradoxale et, sans aucun doute, intenable de devoir accorder un secours spirituel à ses ennemis. Pourquoi les brutes françaises embrigadées dans ce troupeau voulaient cette grâce, je n'en ai aucune idée, mais elles la voulaient.

La bataille de Ravenne se déroula le dimanche de Pâques, le 11 avril 1512, donc : les deux armées se rencontrèrent sur les rives du Ronco à environ deux milles de Ravenne. Les troupes françaises (également composées d'Allemands et d'Italiens), commandées par Gaston de Foix, comptaient environ vingt-cinq mille hommes. Celles de la Sainte Ligue, environ vingt mille. La bataille débuta par un tir d'artillerie, sous le feu des canons du duc de Ferrare, ami de longue date des Français. Je cite une lettre de Jacopo Guicciardini à son frère Francesco, l'envoyé florentin en Espagne :

« C'était effroyable : les boulets dévastaient les rangs des hommes d'armes, faisant voler les heaumes (et les têtes à l'intérieur) en même temps que les bras et les jambes. Quand les Espagnols comprirent qu'ils allaient être taillés en pièces, ils se lancèrent à l'assaut pour se battre d'homme à homme. La lutte désespérée dura des heures et, à la fin, seuls les courageux soldats espagnols continuèrent à résister avec obstination. Mais ils finirent par être piétinés par la cavalerie. »

La bataille fit rage de huit heures du matin à quatre heures de l'après-midi, et ce fut l'endurance des Allemands qui combattaient aux côtés des Français qui décida de son sort. Il y avait plus de dix mille cadavres sur le champ de bataille, y compris celui de Gaston de Foix, le jeune chef des Français. Fabrizio Colonna et le marquis de Pescara furent faits prisonniers, ainsi que le cardinal Giovanni de' Medici, hors d'haleine et tremblant de toute sa graisse. La guerre ne fut jamais son fort. Ravenne fut atrocement pillée et des rumeurs d'étranges naissances monstrueuses se répandirent : on raconta qu'une femme avait mis au monde un enfant qui avait un furoncle géant à la place du nez, qu'une autre se retrouva mère de triplés liés entre eux par les pieds.

Les nouvelles de la défaite atteignirent le pape Jules le 14 avril et Rome tout entière fut frappée de panique. On dit que le spectre de Gaston de Foix frapperait Jules à mort et placerait un nouveau pape sur le trône de Pierre. Jules lui-même songea à fuir, mais son tempérament guerrier finit par prendre le dessus et il invectiva de ses fenêtres les foules tremblantes, promettant sa tiare s'il n'arrivait pas à chasser d'Italie les Français. Il maudit la lâcheté des cardinaux et les fit passer de Charybde en Scylla, de la peur des Français à la terreur de sa colère. Giulio de' Medici, envoyé à Rome grâce à un sauf-conduit français délivré par le cardinal Giovanni de' Medici, toujours prisonnier, raconta au pape que les pertes françaises avaient été énormes, que le nouveau commandant de l'armée, La Palice, était à couteaux tirés avec le hautain cardinal Sanseverino, que les Français n'étaient pas en état de marcher sur Rome et que

Ravenne avait été une victoire à la Pyrrhus. Pour préparer sa riposte, Jules s'appuya sur l'aristocratie romaine, qu'il avait miraculeusement réussi à rassembler, en particulier les Colonna et les Orsini.

Le schismatique concile de Pise – désormais installé à Milan –, enhardi par la victoire des Français, déclara que Jules devait être suspendu de tout pouvoir temporel et spirituel, et qu'il devait être déposé. Mais ce ramassis de nigauds égoïstes et désœuvrés n'avait pas grand poids, et même Louis XII, le roi de France, ne le tint que pour un épouvantail destiné à intimider Jules – ce qui ne fut pas le cas, même une seule seconde. En outre, les schismatiques furent obligés de subir l'humiliation de voir plusieurs centaines d'hommes appartenant aux forces d'occupation se jeter à genoux devant le cardinal de' Medici, implorant l'absolution des péchés qu'ils commettaient automatiquement en guerroyant contre le pontife suprême. Celui-ci prit les devants en ouvrant le cinquième concile du Latran (afin de contrer celui de Pise) et il le fit avec toute la pompe et tout le cérémonial souhaités. Cela se déroula le 3 mai. L'Angleterre avait à présent rejoint la Sainte Ligue et, tout en présidant le concile du Latran, Jules trouva le temps d'envoyer une précieuse «toque d'honneur», ornée d'or et de perles, au cardinal Schinner et à ses troupes suisses, d'une indéfectible loyauté envers le pape ainsi qu'envers notre sainte mère l'Église, et de leur accorder un libre passage à travers les États pontificaux assorti d'un copieux approvisionnement en vivres. Tandis que l'armée suisse, conduite par le cardinal Schinner, se déversait en Italie, l'empereur Maximilien, pour lors moins désireux de maintenir des liens d'amitié avec la France, rappela la piétaille allemande, qui avait joué un rôle décisif à la bataille de Ravenne.

Les Français étaient dans une position intenable. Le 14 juin, Pavie se rendit aux troupes suisses et, sous le siège de l'armée papale commandée par le duc d'Urbino, des

Vénitiens et des Espagnols, le duché de Milan se souleva et se révolta contre la domination française. Sur la sellette, les cardinaux schismatiques se réfugièrent à Asti. De là, ils s'enfuirent à Lyon où ils se perdirent dans un dernier hoquet de théologie fétide et de vent politique. Gênes répudia son allégeance à la France et Giovanni Fregoso fut élu comme doge. Rimini, Cesena et Ravenne retombèrent dans l'escarcelle du pape. Enfin, le 20 juin, Ottaviano Sforza, évêque de Lodi, entra dans Milan comme lieutenant de Jules. Louis XII avait tout perdu, y compris la ville d'Asti, qui appartenait à sa famille. De Pavie, le cardinal Schinner écrivit à Jules avec jubilation, détaillant les miraculeuses séries de victoires, et Rome ne fut plus qu'une explosion de liesse et de célébrations victorieuses. Le cri hystérique de *Jules ! Jules !* résonna à travers la Ville éternelle. L'envoyé vénitien eut ce commentaire :

« Jamais aucun empereur ou général victorieux n'a été autant honoré à son entrée dans la Ville éternelle, que Sa Sainteté l'a été aujourd'hui. À présent, nous n'avons plus rien à demander à Dieu, nous n'avons plus qu'à lui rendre grâces pour ce triomphe. »

Le cardinal Giovanni de' Medici, que les Français voulaient emmener en France après avoir abandonné Milan, réussit à s'échapper pendant la traversée du Pô et se réfugia piteusement à Bologne. En se dandinant comme un canard, sans aucun doute. Pas en courant.

Au milieu de tous ces événements, tandis que Rome passait rapidement de la panique à des célébrations orgiaques, je vivais seul dans la maison d'un étranger absent, seulement occupée par deux domestiques. « Celui » dont maître Andrea m'avait dit qu'il serait heureux de me loger était un homme du nom de Giovanni Lazzaro de' Magistris, surnommé Serapica à cause de sa petite taille. Il était chambellan dans la suite du cardinal Giovanni de' Medici et avait partagé son exil.

Dans ma solitude, je ne cessai de ruminer. Je pleurais l'infortunée Laura. Je souhaitais ardemment la présence d'Andrea de' Collini. Je priais pour l'âme de Barbara Monduzzi. En outre, je réfléchis longuement sur la nature de la philosophie gnostique que j'avais épousée. Je l'avais épousée, je n'en doutais pas un seul instant, de tout mon corps et de toute mon âme, car elle répondait à tout ce dont j'avais besoin pour regarder la vie en face. Elle expliquait si bien les choses ! Oh, je ne sais pas si les noms et les titres fantastiques que nous égrenions dans nos liturgies dithyrambiques se référaient à des êtres vivants, ou s'ils n'étaient qu'une façon poétique de désigner des entités et des forces, dont la connaissance était essentiellement *ultra vires* [1]. Il n'en reste pas moins que je sais que le bien et le mal se partagent notre existence matérielle et que la vie sur cette planète, dont la marque est la douleur, la souffrance et la brièveté, est l'œuvre de ce dernier. Je sais que celui que nous appelons le « seul vrai Père » transcende le royaume de la chair, dans laquelle nous sommes emprisonnés, et qu'il nous demande sans cesse de regagner par l'ascèse son éternel giron, d'où nous avons été arrachés.

Je sais que rejeter la tentation du plaisir charnel est le seul moyen de sortir de cet enfer. Oui, la chair procure du plaisir et son créateur a voulu qu'il en soit ainsi afin que les malheureux enfants victimes de ce leurre puissent se perpétuer sans fin. Et, tandis qu'ils pataugent dans le mucus et la fange, Yahvé-Yaldabaoth (ou quel que soit son nom) se tient au-dessus d'eux en criant comme une orfraie : « Adorez-moi ! Inclinez-vous devant moi ! N'adorez que

1. « Au-delà des forces (humaines). »

moi, moi, moi ! » C'est lui qui m'a donné ce corps infirme, car il est inconcevable que le seul vrai Père ait voulu m'affliger d'un tel fardeau. Je suis donc attentif aux délices que la chair peut procurer et je les rejette, soit par abstinence, soit par abus. Je ne peux oublier que, même lorsque la sifflante obscurité de la nuit est peuplée par les gémissements et les râles d'extase des membres noués par le plaisir sexuel, chaque matin la clochette tintinnabulante de la mort retentit comme une élégie pour accueillir le jour nouveau. Que les lèvres qui se pressent contre une cuisse ou un sein dans l'ardeur de la passion avant longtemps trembleront comme du parchemin desséché en exhalant les miasmes du dernier soupir. Les amants se perdent peut-être dans le plaisir, mais ils se perdront de nouveau dans la fosse noire et rectangulaire creusée dans le sol. Tels sont les faits, et c'est sur ces faits que repose mon adhésion aux principes gnostiques.

(Oh, je viens juste de relire ces lignes ! Je deviens morbide en vieillissant !)

Ce fut Jules II, le pape soldat, qui mit fin à mon existence solitaire, car il ouvrit les hostilités contre la république de Florence, qui avait soutenu les Français tout au long de leur campagne contre la papauté, et le cardinal Giovanni de' Medici prit de nouveau la tête des troupes papales assistées par des hommes d'armes espagnols. Réellement effrayés maintenant, les Florentins cédèrent et, en septembre, les Médicis posèrent de nouveau le pied sur leur sol natal. D'abord vint Giuliano, puis le cardinal, mais ils furent tous les deux précédés par Serapica.

Ce fut une sensation terriblement étrange de rencontrer un homme qui n'était pas vraiment un nain, mais qui s'en approchait suffisamment pour me faire sentir, bien qu'il eût un corps parfaitement formé, qu'il aurait pu en être un. Il irradiait une sorte de délicatesse surnaturelle qui était extrêmement attirante. Sa longue chevelure noire encadrait de façon parfaite sa peau nacrée, qui avait la couleur de l'albâtre. Il me dit plus tard qu'il se baignait chaque matin le visage avec un mélange de crème et de sperme de jeune garçon, mais je n'ai jamais réussi à imaginer comment il se procurait des réserves de ce dernier ingrédient, et je n'y crus guère. C'était, je pense, l'une des choses que Serapica s'amusait à faire croire aux gens. L'impression qu'il donnait était celle d'un homoncule éthéré, d'une exquise fleur rare, excessivement fragile, entretenue avec précaution dans une serre d'élégance et de raffinement.

– C'est donc vous, Peppe? demanda-t-il avec emphase. J'espère que vous vous êtes senti aussi à l'aise chez moi que si vous étiez chez vous, cher! J'ai été absent si longtemps qu'habiter cette maison a dû être une épreuve. Les serviteurs se sont-ils bien occupés de vous?

– Parfaitement bien. Je ne sais comment vous remercier…

– Oh, pas besoin de remerciements, cher! Tout ami d'Andrea de' Collini est le bienvenu ici.

Nous étions assis autour d'une table ronde dont le marbre couleur de pêche était soutenu par trois pieds de bronze aux complexes torsades couvertes de vert-de-gris. Sur la table avaient été disposés un pichet de céramique contenant du vin doux, des verres et une coupe remplie de dragées.

– Je les adore, expliqua-t-il en en glissant une dans le bouton de rose de ses lèvres et en la suçant bruyamment. Vous êtes ici dans ma résidence privée, bien sûr. J'ai d'autres logements chez Son Éminence.

– Son Éminence? dis-je en écho. Laquelle?

– Cher, Giovanni de' Medici, naturellement! Je les ai précédés, Giuliano et lui, afin de tout préparer. Il a été si longtemps éloigné – le croiriez-vous? –, exilé de la cité que son grand-père a pour ainsi dire fait naître. Il s'est passé des choses terribles ici, n'est-ce pas?

– Oui, la cité a été sens dessus dessous, dis-je.

– Sens dessus dessous? Cher, vous voulez dire que les

pères de la cité ont fait dans leur culotte ! Bien sûr, personne ne voulait que Son Éminence marche sur la ville, d'autant plus qu'elle est à la tête de ces brutes d'Espagnols – j'ai entendu dire qu'à Prato, ils ont violé les hommes autant que les femmes –, aussi lui ont-ils apporté les clés de la ville sur un plat. Les Florentins ont la mémoire très courte, vous savez. Quoi qu'il en soit, j'ai des monceaux de choses à faire avant qu'ils arrivent, Giuliano et lui. Il faudra que vous m'aidiez, naturellement. Son Éminence me fait absolument confiance, comprenez-vous ? Elle est faite d'un autre bois que ce vieux crabe de Sanseverino.

– Le cardinal Sanseverino ? Celui qui a voulu déposer Jules ?

– Lui, oui. Il m'avait promis une carrière et m'a nommé chef de meute. Vous imaginez ? Je ne suis jamais arrivé à venir à bout de ces chiens malodorants – ils me pissaient sans arrêt dans les jambes. Et, cher, le bruit ! Faire l'amour à une femme (du moins je me *l'imagine*) doit être à peine moins horrible. Les satiristes me peignaient comme l'objet d'un ridicule constant, si bien que j'ai fini par en avoir assez et que je suis passé d'une Éminence à l'autre, ce qui me fut très facile et que je n'ai jamais regretté. Giovanni est absolument *adorable* et je sais que vous allez être contaminé. C'est lui qui détiendra le pouvoir, ici, à Florence. Giuliano n'est qu'un fantoche.

Il gloussa et battit des mains, lesquelles étaient passées chez la manucure.

– Tout va redevenir une fête ! s'écria-t-il.

Je sirotai quelques gorgées de vin doux, puis je dis :

– Comment avez-vous connu Andrea de' Collini ?

– A-t-il été accusé de sorcellerie ? demanda-t-il, soudain en alerte. Je n'en serais pas surpris le moins du monde. Il est tout le temps plongé dans d'étranges vieux grimoires, je ne le sais que trop.

– C'est un très cher et très tendre ami, dis-je rapidement.

– Oh oui, bien sûr, cher, je ne voulais rien dire de fâcheux ! C'est simplement que…

– Sa fille a été brûlée pour hérésie à Rome.

– Exactement. Pas de fumée sans feu, comme on dit. Oh, mon Dieu, pardonnez-moi ce jeu de mots ! Mais je suis sûr que l'Inquisition n'a rien trouvé contre Andrea, n'est-ce pas ?

– Non.

– En outre, même si on avait trouvé quelque chose, il a beaucoup trop d'amis influents pour craindre l'Inquisition.

– Vous ne m'avez toujours pas dit comment vous l'avez connu.

Les longs cils sombres de Serapica battirent.

– Il m'a prêté de l'argent, autrefois. Une grosse somme. Tout en travaillant pour Son Éminence, je mène mes propres affaires – sur le plan de la finance, je veux dire. Andrea de' Collini m'a aidé à débuter. Il m'a même recommandé à des clients importants. Je lui dois nombre de faveurs. Il y a quelques années que je ne l'ai vu.

– Il porte le deuil de sa fille.

– Oui, j'imagine.

Soudain, il bondit de sa chaise.

– Mais ce n'est pas le moment de faire grise mine ! s'écria-t-il avec moult trilles. Fêtons le retour des Médicis à Florence !

Serapica était un homme plein de mansuétude, ce qui explique peut-être pourquoi le cardinal de' Medici l'avait pris à son service. Autant que je pus le comprendre, il avait une charge très générale, mais il tenait aussi les livres de comptes de Son Éminence, et il avait apparemment le don étonnant de mettre les chiffres en équilibre alors qu'ils disaient clairement le contraire. Ses propres « affaires » consistaient en premier lieu à accomplir le même miracle de thaumaturgie numérique pour d'autres riches clients, en second lieu à de discrets prêts d'argent. Je n'avais aucune envie de fourrer mon nez dans l'une ou l'autre de ces entreprises. Pourquoi l'aurais-je fait? Cela ne me regardait pas. Par ailleurs, il m'avait manifesté, à moi qui étais un étranger, un empressement immédiat et j'avais toutes les raisons de lui en être reconnaissant. J'avais l'usufruit complet de sa maison. J'étais libre d'aller et venir à ma guise, de profiter de tout et il devint rapidement évident qu'il avait l'intention de m'introduire dans son cercle d'amis. C'était un acte totalement désintéressé de pure charité humaine. Tout simplement, il n'aimait pas me laisser seul. Il ne fit jamais la moindre allusion à ma grotesque apparence physique. Cela venait, je pense, de la considération naturelle qu'il accordait aux autres, et ne devait rien à la conscience amère de son propre physique de petit homme. Ce n'était pas de l'empathie. Je mesurais parfaitement l'ironie de tout cela car, comme vous l'avez déjà compris, je devins honteusement jaloux de lui. Ma jalousie n'a jamais eu le moindre fondement car, si quelqu'un peut être accusé d'usurper l'attention de Léon, c'est moi. Vous jugerez vous-même, le moment venu.

Si je ne m'intéressais pas aux tractations financières de Serapica, lui ne manifesta pas la moindre curiosité à propos de mes liens avec Andrea de' Collini. Je crois qu'il disait la vérité en affirmant que maître Andrea lui avait autrefois prêté de l'argent et qu'il lui avait mis le pied à l'étrier en le recommandant à une clientèle privée. J'y pense maintenant, je ne me souviens pas d'avoir entendu Serapica proférer un mensonge. Il n'y avait rien d'équivoque en lui, sauf peut-être les insinuations sexuelles de son humour insolent. Il aimait, bien sûr, les hommes – ce qui ne me gênait pas le moins du monde – et c'était peut-être également pour cela que le cardinal de' Medici l'avait engagé dans sa suite.

Un soir, pourtant, survint un incident curieux. D'un côté

de la maison, presque tout le second étage était occupé par la collection de statues antiques de Serapica. Il y avait seize ou dix-sept pièces de très grande valeur, pour la plupart grecques et presque toutes (étant grecques) représentaient la nudité masculine dans des poses athlétiques ou exotiques. J'avais pris l'habitude, à la fin de la journée (au cours de laquelle je n'avais pas fait grand-chose), de me promener dans la galerie qui courait sur toute la longueur de la pièce, car l'équilibre et l'harmonie des figures me procuraient un calme qui soulageait jusqu'à un certain point le tumulte de mes souvenirs à vif. Parfois, je leur parlais, chuchotant à ces oreilles marmoréennes tous les secrets de mon petit cœur triste, persuadé que si *elles* ne pouvaient pas m'entendre, quelqu'un, quelque part, le pouvait.

Ce soir-là, je me promenais dans la galerie un peu plus tard que d'habitude et la lumière commençait à décroître. Mes silencieux amis de marbre projetaient de longues ombres. Leurs muscles, figés dans une série d'exploits sportifs jamais réalisés, se mêlaient dans un chiaroscuro de crépuscule et d'ombre.

Soudain, tandis que je les regardais, il me sembla détecter du coin de l'œil un mouvement furtif et rapide. Je n'y crus pas, sachant trop bien les tours que joue le demi-jour, puis cela recommença, sans que cette fois-ci subsiste le moindre doute : quelqu'un ou *quelque chose* bougeait. Je fus naturellement très inquiet. Un voleur avait-il réussi à s'introduire dans les lieux ? Un étranger malintentionné m'attendait-il pour me tendre un piège ? Il me vint même à l'idée que c'était un émissaire de Tomaso della Croce.

Fasciné et horrifié (car l'horreur fascine toujours), j'observai un bras qui dessina lentement une parabole, un pied qui se souleva langoureusement du socle où il aurait dû être fixé.

– Qui est là ? Qui est-ce ? criai-je en essayant de ne pas paraître effrayé.

La réponse fusa immédiatement.

– Ce n'est que moi, cher, s'écria-t-il d'une voix flûtée. Pensez-vous que j'aie l'air divin ?

Serapica sauta légèrement du piédestal et me regarda, les mains posées sur ses hanches minces. Il était absolument nu, le corps enduit d'une sorte de poudre blanche (de la stéatite, me dit-il plus tard, seyant à la pâleur nacrée de sa peau, que j'avais remarquée dès notre première rencontre) et il portait une couronne de laurier décolorée sur sa jolie tête.

– Ne vous en faites pas, cher, tentèrent de me rassurer ses trilles. Une petite fantaisie. Je les tiens pour mes compagnons de jeux.

– Mais que *faites*-vous ?

– Faire ? mais, rien ! Je ne fais pas, je *suis*. Je reste une demi-heure sur le piédestal, me sentant terriblement grec et merveilleusement athlétique en si agréable compagnie. Quand il commence à faire froid, je mets fin au jeu.

Plus tard, il me donna cet *éclaircissement* * :

– Ces statues appartiennent à Son Éminence – ces pièces exquises sont trop chères pour moi. Il y a quelque temps que Sa Sainteté Jules II a commencé sa collection au Vatican, et Son Éminence n'aime pas être dépassée quand il s'agit de l'amour de l'Antiquité – ou, bien sûr, des nus masculins auxquels Jules est indifférent, sauf si le nu brandit une épée, auquel cas il fera plus attention à cet outil guerrier qu'à celui qu'il a entre les jambes.

»Je ne sais pas pourquoi j'aime faire cela. Je suppose, Peppe, que pendant quelque temps je me sens quelqu'un d'autre – quelqu'un de spectaculaire, de totalement admirable, d'inaccessible aux incursions du temps. J'envie énormément la *permanence*, voyez-vous. C'est peut-être pour cela que je m'intéresse à l'argent, je ne sais pas. L'argent est toujours là, n'est-ce pas ? Tout le monde s'en sert constamment, en a besoin, déteste ne pas en avoir. L'argent change de mains, mais il ne change jamais, si vous comprenez ce que je veux dire.

– Je crois que oui.

– La plupart du temps nous sommes menacés par le changement, au point que l'on se demande s'il existe quelque chose de durable. Les républiques passent, les démagogues vont et viennent, les hérétiques prêchent et sont brûlés, les pactes, les alliances, les ligues se forment et se dissolvent à une rapidité qui donne la nausée. Même la mode est sujette aux fluctuations et, croyez-moi, cher, j'ai toujours pris soin d'être à la pointe de la mode ! Parfois, tout cela fait tourner ma pauvre tête.

»Bon, éloignons de nous tout tracas. Demain soir Son Éminence sera là pour dîner et je vous promets, mon petit ami, que la soirée ne sera pas triste !

Le lendemain matin, Son Éminence le cardinal Giovanni de' Medici, accompagné de son frère Giuliano, passait les portes de la ville dans un triomphe étrangement muet.

Écrit en 1521

Je reviens des funérailles du pauvre Léon. Quelle sale affaire, honteuse, indigne et nauséabonde ! Évidemment, le vitriol et les abus ont commencé à déferler dès que la nouvelle de sa mort a été connue. Cela me rend malade de penser que tous ces flatteurs, tous ces courtisans, tous ces suceurs de bites qui, autrefois, lui léchaient les bottes dans l'espoir de ramasser un ou deux ducats supplémentaires, se mettent maintenant à gratter comme des fous et à répandre dans toute la cité leurs répugnantes épigrammes. Les panégyristes d'hier sont aujourd'hui les pourvoyeurs de scandale et de mensonges. Toutes sortes d'accusations ont été portées contre Léon. Cela ne m'importe guère, mais les choses qui sont vraies – comme son penchant à être sodomisé par de jeunes hommes bien membrés – sont à peine mentionnées, alors que des accusations sans fondement – par exemple qu'il était près de ses sous – prolifèrent à présent comme des orgasmes dans un bordel. Il ne retenait pas plus ses ducats qu'il ne retenait les pets de son cul – c'est-à-dire qu'il était d'une générosité prodigue.

Ce matin, j'ai lu par hasard cette pasquinade bilieuse :

Intravit ut vulpes, vixit ut leo, mortuus est ut canis [1].

Antonio da Spello a prononcé l'éloge funèbre et on ne peut pas dire qu'il ait été prolixe – ce qu'il aurait dû être, car c'est la loi du genre. Léon méritait de la périphrase en veux-tu en voilà, mais il n'a eu droit qu'à un discours très sec portant sur le fait indiscutable qu'il était mort. À un moment, j'ai même détecté un soupçon de *suggestio falsi* [2].

– Évidemment, il est bien connu que Sa Sainteté s'est montrée d'une extrême prudence dans le domaine de la politique étrangère, à la différence de son bouillant prédécesseur, dit le vieux renard. Une grande qualité, la plupart du temps, c'est certain. Le livre des Proverbes loue la prudence, et nous savons tous que Sa Sainteté était un homme qui aimait et chérissait les Saintes Écritures, bien qu'elle n'aimât point donner de prompte réponse aux questions d'importance internationale.

Certes, Léon était un homme « prudent », mais il est entièrement faux de dire que c'était l'âne de Buridan.

L'omniprésent Paris de Grassis, le maître des cérémonies du pape (qui allait sans nul doute l'écrire dans le vademecum qui lui tient lieu de journal), me chuchota :

1. « Il entra (dans la vie) comme un renard, vécut comme un lion, mourut comme un chien. » On sait que « Léon » est une autre forme de *lion*.

2. « Insinuation du faux », figure par laquelle on affirme avec d'autant plus de force qu'on veut laisser planer le doute.

– *Ipse sermo fuit brevis, compendiosus et accommodatus* [1], n'est-ce pas ?

– Oh, fiche le camp et laisse-moi seul.

Quant à l'enterrement, *parturiunt montes* [2]*!* Le pauvre Léon était un homme corpulent, mais il est sûr que six porteurs bien bâtis auraient pu maintenir la bière droite. À un moment, elle s'est mise à pencher vers le sol et le corps de Léon a légèrement glissé. Il a perdu sa mitre et ses vêtements sont remontés sur ses cuisses, révélant deux genoux potelés et creusés de fossettes. J'en aurais pleuré pour lui. En fait, j'ai pleuré, plus tard. Le grand pape Médicis, l'inaugurateur de l'âge d'or de Pallas Athéna, fut relégué dans un coin obscur – une simple tombe dans la basilique Saint-Pierre. La sépulture de Léon offrait un contraste dramatique avec la magnificence de son règne. Il est vrai que d'autres papes avaient été plus insultés encore – Alexandre VI Borgia, par exemple, dont le corps avait doublé de volume sous l'effet du poison et de l'écrasante chaleur d'août, fut abandonné à la puanteur, tandis que ses chambellans s'emparaient de tout ce qui leur tombait sous la main – mais que signifie cela pour moi ? Léon, qui brillait comme le soleil de ma vie, n'aurait pas dû être laissé pour compte comme une chandelle qui goutte et meurt.

Où est la splendeur rayonnante que fut Léon X ? Où sont la passion du savoir, la dévotion à l'Antiquité, aux arts et à la culture qui firent sa grandeur et sa gloire ? Disparues dans un dernier souffle fétide, comme l'un de ses fameux pets. Pauvre Léon !

Serapica a été arrêté ce matin et accusé de détournements de fonds. Ce petit salaud a évidemment continué à exercer son génie de la finance en travaillant comme trésorier privé de Léon – mais je ne suis au courant de rien, car je n'ai jamais fourré mon nez dans les tractations financières de

1. « Le discours en lui-même a été bref, concis, comme il faut. »
2. « Les montagnes sont en travail » (Horace, *Satires*).

Serapica avec Léon. J'ignore où il est détenu, mais une fleur de serre comme Serapica est destinée à se flétrir et à périr entre les quatre murs humides et sombres d'un cachot. J'essaierai de savoir où et je lui enverrai une boîte de ces dragées aux amandes dont il raffole.

1512...

Le matin où le cardinal Giovanni de' Medici était entré à Florence, j'avais reçu une lettre d'Andrea de' Collini. Elle n'était pas datée, mais apparemment envoyée de Rome. Je fus à la fois surpris et troublé. La mort de Laura, brûlée vive, avait été une catastrophe et une horreur dépassant l'imagination. Cependant, elle ne semblait pas avoir frappé le Maître de douleur, mais de confusion. Je n'arrivais pas à comprendre cela. Ni à concilier l'inertie pathétique qui s'était emparée de lui avec le courage et la force de caractère que je lui connaissais. Je déchirai le ruban de la lettre et brisai l'épais cachet de cire. Voici ce que je lus :

« Peppe, mon ami et disciple !

« Reçois le salut de ton Maître blessé et la bénédiction du seul vrai Dieu.

« J'ai décidé qu'il devait mourir. Tu sais de qui je veux parler. Je suis en train de découvrir comment, en employant la justice – oui, la justice, pas la vengeance ! J'ai tellement de choses en tête, à présent – quelquefois, je suis à peine capable de penser. Mais mon âme est fortifiée. Cela peut être fait, cela doit être fait et cela sera fait !

«Prie pour moi, Peppe.

«A. »

Mon cœur battait la chamade. Quels moyens allait-il employer ? Comment allait-il réduire au silence Tomaso della Croce ? Il parlait de justice, pas de vengeance, mais ce n'était guère convaincant, car la voix qui s'exprimait dans cette lettre était celle du fanatique, pas du juge. J'étais enclin à croire que l'inertie et la confusion avaient été remplacées par quelque chose de pire, mais c'était là le tour que prenaient les événements. J'étais en proie à ces sombres ruminations quand je rencontrai l'homme qui allait devenir la personne la plus importante de ma vie.

Je ne fus pas impressionné quand mes yeux se posèrent pour la première fois sur Son Éminence le cardinal Giovanni de' Medici. « Pour sûr, me dis-je, c'est un homme vraiment gros ! » Évidemment, l'épithète *gros* évoquait bien d'autres choses : du sybaritisme, de la paresse, un esprit têtu et avide de gain. Il me semble qu'il se passe la même association d'idées quand on voit un nain comme moi. Être un nain signifie nécessairement être stupide, ignorant, coléreux, fourbe et sexuellement pervers.

Serapica avait organisé ce qu'il appelait une « soirée romaine ». Cela voulait dire que nous étions allongés dans une sorte de *triclinium* [1], appuyés sur le coude, tendant la main vers les mets disposés sur la table, à la façon antique. Naturellement, c'était un peu difficile pour moi, et je mangeais moins que je ne l'aurais voulu. Nous étions absurdement vêtus de toges bordées de pourpre et nous portions

1. La salle à manger romaine, où les convives s'installaient sur des *lits* groupés par *trois*, d'où le nom du local.

des couronnes de laurier d'or sur la tête. La mienne ne cessait de glisser. Les servantes étaient vêtues comme des esclaves – c'est-à-dire ne portaient pratiquement rien. L'une d'elles, une femme d'âge mûr à l'allure disgracieuse, ne cessait de jeter à Serapica des regards meurtriers, furieuse qu'il l'eût obligée à porter une tenue indigne d'elle.

Les yeux globuleux de Son Éminence s'embuèrent tandis qu'elle sirotait une coupe de verre fumé remplie de vin de Falerne. Le cardinal fit sensuellement claquer ses lèvres charnues et les essuya avec sa serviette. Sous la toge, il avait un ventre énorme, qui semblait animé d'une vie propre chaque fois qu'il bougeait pour trouver une position plus confortable.

– Serapica me dit que vous avez vécu un certain temps chez lui, me dit-il en m'enveloppant d'un regard pénétrant.

– Oui, je lui suis reconnaissant de son hospitalité.

– Hmm. Nous avons été longtemps absents, bien sûr.

– Oui, Éminence. Je me réjouis que les pieds des Médicis soient de nouveau fermement plantés dans leur sol natal.

– Cher, intervint Serapica, êtes-vous obligé d'être si pompeux ?

– Le compliment est accepté, dit le cardinal de' Medici. Que mangeons-nous, Serapica ? Je ne vois pas bien.

La pièce n'était éclairée que par quelques lampes à huile en forme de poisson (pour respecter l'exactitude historique, naturellement) et par une torchère suspendue au plafond. En outre, Léon n'avait pas très bonne vue.

– Des rougets, répondit Serapica. Dans une sauce à la cerise. Vous n'aimez pas ?

– C'est très bon. Je me demandais simplement ce que c'était. C'est ce que les Romains mangeaient ?

– Ils en raffolaient, Éminence. Tout est authentique, ce soir.

Un sourire erra sur les lèvres de Léon.

– Pas tout, dit-il.

– Oh ?

– À l'époque, les esclaves étaient complètement nus.

Serapica se souleva sur le coude, les yeux écarquillés.

– Vraiment, Éminence ?

– Certainement, je te l'assure.

L'espace de quelques instants, une terrible bataille silencieuse se déroula entre Serapica et la servante. Il était évident que, fût-ce au prix de la vérité historique, elle considérait que se dépouiller de ses vêtements d'esclave – déjà très légers – signifierait la fin d'une relation déjà en grand danger. Chacun l'entendit presque défier Serapica de lui donner l'ordre de se dénuder, l'un et l'autre sachant que ce serait le dernier qui viendrait de lui.

Finalement, Serapica secoua la tête.

– Il faut, marmonna-t-il, faire quelques petites entorses. Du vin !

Il me sembla qu'il était déjà plutôt ivre.

Le cardinal de' Medici me demanda soudain :

– Et vous, Peppe, que pensez-vous des ambitions politiques du pape ?

– La plupart d'entre elles paraissent avoir été réalisées, répondis-je diplomatiquement.

– Mais *vous*, qu'en pensez-vous ? Quelle est votre opinion sur la politique étrangère de Sa Sainteté ?

– Il me semble, dis-je, que les ambitions du pape lui appartiennent aussi sûrement que sa barbe et que tant sa barbe que ses ambitions sont également impressionnantes. Sans elles, il ne serait plus Jules. Elles sont un embellissement de sa personne et de sa haute charge.

Son Éminence, enchantée, frappa dans ses mains grasses.

– Bravo ! s'écria-t-il. Une analogie subtile. Je l'apprécie, Peppe, et je vous apprécie. En outre, j'ai toutes les raisons d'être reconnaissant à Jules, même si sa tentative de me transformer en soldat a lamentablement échoué.

– Cette tentative-là a peut-être échoué, dis-je, mais pas les desseins qu'il nourrissait à votre endroit. Il est évident que même si vous n'avez pas un tour d'esprit militaire, vous avez un talent considérable pour le commandement. Sa Sainteté et Votre Éminence sont deux personnages entièrement différents, chacun doté d'une intelligence et d'un talent uniques, dont l'Église ne peut se priver. Un manuscrit ancien a-t-il moins de signification qu'une cuirasse ? Pas le moins du monde ! Il vise un but mais remplit une fonction différente et doit être ce qu'il est, et rien d'autre. À mes yeux du moins, le manuscrit est infiniment plus intéressant, mais c'est affaire de goût personnel.

Giovanni de' Medici poussa un hoquet de surprise et de joie.

– Vous me comprenez parfaitement ! s'écria-t-il, ses bajoues flasques tremblant d'émotion. Oh, j'aimerais l'avoir dit comme ça moi-même ! J'aimerais avoir dit cela à Jules. Peppe, je vous applaudis. Et je vous remercie.

Je baissai modestement les yeux.

– Jules s'est épuisé, bien sûr, poursuivit Son Éminence. Même un géant au cœur de lion comme lui ne peut pas toujours compter sur ses forces physiques. En outre, ses ambitions politiques (et ses succès), dont vous dites très justement, Peppe, qu'elles sont aussi impressionnantes que sa barbe, lui causent une anxiété sans fin. De même que les Suisses ont été son poing fermé, les Espagnols ont été son bras droit, mais je pense que maintenant Sa Sainteté craint la puissance de l'Espagne et cela la pousse à maintenir des relations amicales avec l'empereur. En fait, le soutien de l'empereur est vital pour que le concile du Latran suive son cours et que la France soit isolée. J'étais présent quand le conseiller de l'empereur a fait son entrée à Rome.

– Mathias Lang ? roucoula Serapica. On dit qu'il est absolument renversant. Est-ce vrai ?

– C'est quelqu'un qui a de la *hauteur* *, répondit le

cardinal. Et le sens de la pompe. Il s'est conduit comme s'il était lui-même un empereur. Il a cette pâle et austère beauté du Nord, de longs cheveux, le corps bien fait…

– Ah ! soupira Serapica.

– … et des traits très agréables. Jules brûlait de le rencontrer, bien sûr, puisque tant de choses dépendent de l'établissement de relations cordiales. Lang a passé sa première nuit à Rome au Vatican. Son entrée dans la ville a été triomphale. Leurs Éminences Bakócz et Grosso l'ont accueilli au pied du monte Mario (les autres membres du sacré collège rechignaient devant une si grandiose réception) et, au ponte Molle, le sénateur de Rome était là en personne pour souhaiter la bienvenue à ce beau jeune homme. Les rues étaient en liesse, je vous le dis ! Au Vatican, Jules s'est entretenu avec lui de longues heures durant.

– Les gens étaient venus admirer son visage, dit rêveusement Serapica.

– Des nèfles. C'étaient des lèche-culs. Sur l'ordre de Jules, les canons de Saint-Ange ont fait trembler le château sur ses bases. Sa Sainteté avait décidé de conclure une alliance secrète avec l'empereur Maximilien et, à ce que nous en savons, elle est conclue. Ce sera le coup mortel porté au concile schismatique, qui vacille déjà sur ses jambes.

– Et Venise ? demanda Serapica en avalant une gorgée de vin.

– Hélas pour Venise ! répondit Son Éminence, Jules a promis de soutenir Maximilien contre la République avec des armes à la fois spirituelles et temporelles si elle refuse de rendre Vérone et Vicence et de payer un tribut aux fiefs impériaux. Comme tout le monde s'y attendait, Lang a été élevé au cardinalat ; enfin, le concile du Latran est sauvé.

– Cela ne prouve-t-il pas, dis-je, que Jules n'est pas seulement un politicien avisé ? Il est également impliqué dans la réforme de l'Église.

– Absurde ! s'écria Serapica. Le Latran n'a été convoqué

que pour contrer Pise et tout le monde sait que Jules n'a requis le soutien de l'empereur que parce qu'il craint la puissance de la France. Il hait la France.

– Je ne suis pas d'accord, dit le cardinal de' Medici. Il est vrai que Jules exècre les Français : il a de bonnes raisons, de même qu'il exécrait les Borgia. Mais le Latran n'est pas simplement un amuse-gueule contre Pise – non, le pape désire être considéré comme un réformateur. Il ne sera totalement heureux que lorsque les schismatiques auront été anéantis, mais le Latran est un concile de plein droit. N'oubliez pas cela. Je ne peux pas dire s'il vivra suffisamment longtemps pour voir la fin du schisme. Il est souffrant depuis quelque temps, et particulièrement enclin aux fièvres, ce qui a considérablement affaibli sa constitution de fer. Paris de Grassis m'a informé que le pape n'allait plus officier lors des cérémonies solennelles.

– Pensez-vous ! coupa Serapica. Il était présent à la procession du vendredi saint, n'est-ce pas ?

– Oui, et il l'a payé d'une nouvelle attaque de fièvre. Il paraît si impatient ces jours-ci, changeant sans cesse de résidence, comme si quelque chose le poursuivait. Ce n'est sûrement pas le spectre de ses propres échecs.

– Quiconque succédera à Jules, dis-je, devra supporter le poids de sa mémoire.

– Oh, murmura Son Éminence en frissonnant un peu, ne parlez pas de *cela*.

Serapica – qui n'était pas, je pense, le moins du monde jaloux de l'affection que m'avait manifestée le cardinal de' Medici (il était probablement lassé de toute cette conversation à la gloire de Jules) – bondit du triclinium avec un petit cri.

– Le divertissement ! annonça-t-il d'une voix imprécise et haut perchée. J'ai organisé pour vous un divertissement *spécial*.

– Quel genre de divertissement ? demanda Son Éminence.

– Quelque chose, mes chers, qui m'a tout l'air d'être une *trouvaille* *. Je n'ai rien vu de semblable auparavant et je sais que vous allez *adorer* ça. C'est une légende vivante. C'est scandaleux et choquant. Cela fait fureur en ce moment.

– Mais qu'est-ce que c'est ? demanda le cardinal de' Medici dont la voix, d'excitation, monta d'un cran.

– C'est une sorte de démonstration d'une *monstruosité de la nature*, dit Serapica. Une *tragédie de Dame Nature*.

À cet instant, je fus certain que mon cœur avait glissé entre les barreaux osseux de sa cage et qu'il était tombé au fond de mes entrailles, où il faisait des embardées et battait comme un malade.

– Oh ?

– Oui, mes chers.

Il chuchota quelque chose à l'oreille d'un serviteur, qui sortit immédiatement de la pièce.

– Ne vous inquiétez pas, dit Serapica, je ne lui ai rien suggéré d'obscène – il est juste allé les chercher. Je les ai découverts qui voyageaient dans une sorte de caravane pleine de monstres. Apparemment, ils ont donné des spectacles dans toute l'Italie et ils sont absolument merveilleux. Je me suis arrangé avec le propriétaire de la caravane pour qu'il les libère ce soir et qu'ils donnent une représentation privée. Maintenant, mes chers, prenez vos aises et préparez-vous à un vrai divertissement.

Je fis des prières, des souhaits, des vœux. Je me dis que cela n'allait pas arriver, que ce n'était pas *possible*. Je fermai les yeux pour ne pas croire ce que j'allais voir. Mais, oh ! chaque fibre de mon être savait ce qui allait se passer. Et je ne fus pas déçu.

Nino n'avait pas changé. Il ne paraissait même pas beaucoup plus vieux. Sous sa crinière, dans ses jambières et ses gants pourvus de griffes, il était exactement tel que je me le rappelais. Au bout de la chaîne dorée qu'il tenait dans son poing de singe, il y avait le collier criard et, emprisonné dans le collier, le cou d'un homme que je n'avais jamais vu. Les yeux humides du cardinal étaient écarquillés d'étonnement, les lèvres sensuelles étaient entrouvertes, les plis de chair brillaient de sueur et les doubles mentons tremblaient.

Nino s'arrêta de gronder quand il me vit. Il eût été excessivement étrange qu'il ne me reconnût pas sur-le-champ, ce qui fut certainement le cas. Il était manifestement abasourdi.

– Commencez ! Commencez ! cria Serapica.

Pendant tout le boniment de son comparse, Nino ne me quitta pas des yeux. Même quand il tendit un bras velu pour faire semblant de s'emparer de Giovanni de' Medici, qui s'enfonça dans les recoins du triclinium en poussant un petit cri d'horreur. Je dois dire que le boniment était beaucoup moins bon que le mien, même si Son Éminence et Serapica étaient sous le charme. Cela manquait de *finesse** (c'est l'un de mes mots favoris), de vernis, de style. Il parlait à contrecœur, d'une voix assourdie, et j'étais incapable de dire si c'était dans le dessein de mettre l'accent sur son destin tragique, ou s'il avait vraiment honte de jouer ce rôle. Et puis l'apothéose :

– Oui, nobles sires, je suis l'esclave de ses désirs indécents. Je suis obligé de lui faire des choses qu'aucun chrétien craignant Dieu n'a jamais osé rêver. Des choses sales…

Sales ? *Sales ?* Où était le *frisson** dans cette diatribe ? L'éveil secret de l'obscur désir jailli de la poitrine qui se soulevait, entre les cuisses trempées de sueur ? Cet idiot bousillait le spectacle. Ne pouvant le supporter plus longtemps, je me levai d'un bond du triclinium, dégrafai le collier et me le plaçai autour du cou. Je vis le visage de Nino s'épanouir de plaisir. Il se mit à grogner, à marmonner et à gesticuler d'ardeur. C'était la vieille équipe, de nouveau sous le harnais !

– Oh oui, mes bons et nobles gentilshommes ! m'écriai-je.

Le cardinal de' Medici n'était plus qu'un gros tas

frissonnant de stupéfaction, la toge remontée jusqu'à la ceinture, les yeux exorbités. Devant le tour imprévu que prenaient les événements, Serapica, déjà sous l'empire du vin, était excité comme une puce.

– Oui, cette tragédie est la mienne ! Regardez-la bien, cette bête puante au teint olivâtre ! Car l'apparence extérieure n'est que la manifestation de la corruption intérieure ! Pouvez-vous imaginer les affreuses rêveries qui traversent cet esprit enfiévré ? La dégradation, la honte, la profondeur de leur perversité ? Non, c'est impossible. Et le miracle, gentilshommes, le miracle, c'est qu'il *pense* ! Oui, il pense, réfléchit et raisonne comme nous le faisons. C'est là que réside le revirement le plus choquant de la nature, le phénomène qui est le plus contraire, comme chacun doit en convenir. Oui, la bête *sait* ! Elle sait comment donner une forme rationnelle aux aveugles pulsions muettes qui s'éveillent dans ses reins, qui pénètrent dans la noirceur de son cœur et s'accumulent dans son cerveau dégénéré ! Elle ne sait pas parler. Elle est incapable de prononcer des paroles et ne sait pas ce que les mots signifient, elle ne peut donc pas nous *dire* quel est l'objet de son désir. Mais, oh, elle ne le *sait* que trop ! Elle n'est pas possédée par ses désirs, comme les autres bêtes, mais elle les manipule, elle intensifie leur douceur immonde, porte à incandescence la joie ignoble qu'ils procurent en les faisant passer dans sa conscience. Ils sont non seulement les enfants de sa nature dégénérée, mais les produits de sa représentation mentale. Et moi, malheureux que je suis, je dois m'y soumettre !

»Ah, oui, messeigneurs, je suis l'esclave infortuné de son insatiable appétit de plaisir charnel, du sombre abîme où bouillonnent ses troubles aspirations ! Regardez ses yeux ! Ne les voyez-vous pas luire ? Ne sentez-vous pas la chaleur qui suinte par chaque pore de sa peau malodorante ? Ne me critiquez pas, plaignez-moi ! N'appliquez pas à mon état les critères de décence et les règles de morale chrétienne qui sont les vôtres, car ils ne *peuvent pas* s'appliquer à quelqu'un qui, comme moi, a été brisé par cette tragédie ! Non, gentilshommes, ayez pitié, car j'ai sombré dans des profondeurs ignobles. Regardez ! Regardez ! L'appétit de la bête s'éveille et je suis de nouveau souillé, humilié, dégradé par la tâche que je dois accomplir !

Avec un superbe instinct d'à-propos, sentant que c'était le moment, Nino m'attrapa par les épaules et poussa un rugissement. J'entendis crier le cardinal de' Medici et je le vis de ses mains tremblantes se voiler la face. Serapica était affalé sur le triclinium, bavant comme la foule vulgaire qui peuplait habituellement notre tente. En fait, où était la différence ? La lubricité est l'un des grands niveleurs de l'existence.

Nino me fit pivoter et enfouit mon visage dans sa fourche. C'était le grand moment, je le savais, et je me mis à le travailler avec ardeur. Cela lui procura un plaisir manifeste. Il rejeta la tête en arrière et rugit, leva en l'air ses bras velus et se mit à faire des moulinets en agitant ses poings griffus tout en oscillant lascivement sur ses hanches.

– Ayez pitié de moi, ayez pitié de moi, gentilshommes ! m'écriai-je soudain.

Nino se baissa et me souffla à l'oreille :

– Recule, mon vieux, ça va gicler… Oh !…

Il poussa un hurlement terrible, le corps entier secoué de spasmes et, décrivant un arc brillant, un jet de semence s'éleva puis atterrit sur la tremblante bedaine de Son Éminence le cardinal Giovanni de' Medici.

– Eh bien, cher ! je ne savais pas que vous aviez ce talent, dit Serapica, le souffle coupé. Comment diable ? Je veux dire…

– C'était une performance renversante, dit Giovanni de' Medici, qui n'était pas encore complètement remis de son excitation. Mais pas destinée à un public mixte, je pense.

– Certainement pas, Votre Éminence, dis-je.

Nino n'avait à aucun moment donné à penser qu'il me connaissait, menant la danse avec force clins d'œil et gesticulations. Quand, chacun à notre tour, nous lui serrâmes la main pour le féliciter du spectacle, je la retins un peu plus longuement que n'avaient fait les autres et la pressai gentiment. Je savais qu'il comprenait. Je suggérai également à Serapica d'ajouter quelque chose, pour Nino et son comparse, à ce qui avait été convenu avec maître Antonio, que j'appelais le « propriétaire de la caravane ».

– J'en serai ravi, répondit généreusement Serapica, en appelant un serviteur.

Il leur donna vingt ducats chacun.

– Vous transmettrez la gratitude de Son Éminence et la mienne à votre maître, dit-il.

– Dites-lui, ajoutai-je, que Son Éminence tient à ce que deux acteurs aussi doués que vous soient bien soignés.

Alors, à ma grande surprise, Nino me souffla à l'oreille :

– La taverne de Marco Saletti, demain soir, Peppe. Ton précieux Maître nous a *achetés* – tous les trois ! Souviens-toi, chez Marco. Sois-y !

Et il disparut.

– Il s'agissait seulement de savoir ce qui allait se passer, dis-je plus tard à Serapica, qui insistait pour avoir une explication.

– Oui, mais *comment* le saviez-vous ?

Je laissai la réponse évidente lui venir à l'esprit, ce qui fut rapide.

– Oooh ! cria-t-il. Petit fourbe ! Petit cachottier !

– Quoi, quoi ? dit le cardinal de' Medici.

– N'est-ce pas lumineux, Éminence ? Peppe, comme moi, avait déjà assisté au spectacle...

Je portai un doigt à mes lèvres.

– Nous avons tous nos petits secrets, dis-je.

Ce soir-là, Son Éminence m'invita à rejoindre sa suite comme chambellan. J'acceptai sans hésitation.

Il était clair que le cardinal de' Medici raffolait de moi. Pendant que Serapica s'occupait des comptes et de ses affaires privées, je suivais partout Son Éminence comme une sorte de mascotte en le faisant rire avec mes plaisanteries *risquées** (qu'il préférait, je crois, à la conversation efféminée et franchement lubrique de Serapica), rehaussant son prestige dans les banquets clinquants et lui rendant mille et un petits services qui le laissaient libre de jouer au grand homme d'État et au prince de l'Église. Il en vint à considérer mon avis comme inestimable, alors que ce n'était qu'un avis de bon sens. Non que Son Éminence en manquât – loin de là –, mais cela la libérait de l'inconvénient d'avoir des choses à faire par elle-même.

Ce fut pendant que j'étais au service du cardinal Giovanni de' Medici que je rencontrai Léonard de Vinci qui, en route pour la France, passait par Florence. J'appris plus tard que Léonard « ne faisait jamais que passer, de peur de tomber sur Michel-Ange ». Ce qu'il y a de sûr, c'est qu'il avait des liens avec Florence, car son père y avait été notaire et lui-même, dans sa jeunesse, avait étudié quelques années avec Andrea del Verrocchio. Plus tard, le *maestro* était devenu itinérant. Milan était, bien sûr, la ville qu'il préférait, mais il n'y avait pas vécu longtemps depuis l'invasion française en 1499.

Je n'aimais pas du tout Léonard de Vinci. La première fois que je l'ai vu, c'était un vieil homme approchant la soixantaine, grand et voûté, avec une crinière de cheveux blancs et sales et une longue barbe mal tenue qui sentait le vomi. Ses vêtements paraissaient incrustés de miettes de nourriture à demi mastiquée. Du moins, c'est ce que je crus – je n'arrivais pas à imaginer ce que cela pouvait être d'autre. À part le vomi, il émanait de sa personne une odeur désagréable. Sur le moment je ne la reconnus pas, mais Laura m'avait dit un jour que, au fin fond des Indes orientales, poussait le durian, fruit d'aspect splendide mais à l'odeur si repoussante – un mélange de sueur humaine et de fumier – qu'on devait se boucher le nez pour le manger. À la réflexion, je me dis que c'était cette odeur-là qui émanait de Léonard de Vinci, seulement il était loin d'être beau à voir. En fait, cette odeur s'était collée à lui quand il avait commencé ses « expériences » sur les cadavres en décomposition.

Il avait une voix sèche, curieusement haut placée, l'équivalent sonore d'un fil de fer rouillé, un son nasillard, irritant, qui portait sur les nerfs. Il était également enclin à l'élision.

– J'ai d'cidé d'passer ce qui reste de ma pauvre vie en France. Le climat convient mieux à ma const'tution.

Son Éminence espérait, bien sûr, convaincre le vieil homme d'entreprendre un projet, mais Léonard ne voulut pas en entendre parler.

– C'est une question de temps, Ém'nence. J'ai d'autres pr'jets pour m'occ'per l'esprit. Comme Votre Ém'nence le sait, je suis d'abord et surtout un *savant.* Je suis un expér'mentateur. Je travaille en ce moment sur une nouvelle version de ma m'chine volante – oh, je suis sûr qu'elle *peut* fonctionner ! L'homme *peut* im'ter les oiseaux des airs. Ce n'est qu'une question de j'stesse dans les c'lculs…

– Mais, maestro, gémit le cardinal, et votre *art* ? Qu'en faites-vous ? Votre *Dernière Cène* dans le réfectoire du couvent à Milan… est un chef-d'œuvre incomparable !

– Votre Ém'nence est trop bonne. Mais ma m'chine volante…

Léonard ne manifestait pas le même enthousiasme pour parler des machines de guerre qu'il avait également inventées. Quant à ses « expérimentations »… en toute franchise, je me dis qu'il était probablement un suppôt du diable. Quel vieillard désagréable et malodorant !

Plus tard, tandis que nous grignotions des *biscottini* au ratafia, Léonard me dit d'un air entendu :

– Tu dois venir voir ce à quoi je travaille dans mon atelier, Peppe. Je crois que cela t'intér'ssera.

– Oh ?

– Viens ce soir. Ne r'fuse pas à un vieillard une si p'tite faveur.

– Entendu, dis-je.

Il croqua son biscuit entre ses dents cariées et sourit.

Son atelier était encore plus puant que lui – Dieu sait comment sa logeuse arrivait à s'en tirer. La pièce était obscure et dans un désordre inimaginable : manuscrits, livres, coupelles et bols contenant d'étranges liquides, bouilloire, bouts de chandelles traînant un peu partout, instruments tout à fait spéciaux donnant l'impression que la tâche à laquelle on les destinait était désagréable, pots contenant des pigments pour élaborer les couleurs fondamentales, matériel pour écrire, vase de nuit non vidé – et j'en passe. Comment pouvait-il *vivre* dans ce bordel ? On aurait dit les écuries d'Augias. Et partout, *partout*, des dessins éparpillés au petit bonheur – des douzaines et des douzaines de dessins.

– Un petit rafraîch'ssement, Peppe ?

– Non, merci.

– Oh si, j'siste.

Il extirpa des décombres deux petits gobelets de verre fumé qu'il emplit d'un liquide couleur de gomme-gutte, contenu dans un petit pot en céramique qui traînait près de son grabat.

– Qu'est-ce que c'est ? demandai-je.

– Essaie, dis-moi si tu aimes ça.

– Oui, mais c'est *quoi* ?

– Quelque chose que j'ai appris à fabriquer moi-même, dans mes voyages. C'est très pop'laire en Arabie, à ce qu'on m'a dit. Bois, Peppe !

Il me tendit l'un des gobelets. Je le humai, puis me risquai à boire une gorgée. C'était un breuvage vraiment très agréable, quelque chose qui ressemblait à une liqueur de fruit – de fraise, par exemple.

– C'est bon, n'est-ce pas ?

– Pas mauvais, dis-je. C'est distillé à partir de quoi ?

– Aha ! Mettons que ce soit mon petit secret.

– Comme vous voudrez, répondis-je en haussant les épaules. Peu importe comment vous l'appelez. Je comprends, en tout cas, que les fils du Prophète ne doivent pas boire de liqueurs alcoolisées – n'est-ce pas interdit par leurs Écritures ?

Le vieil homme sourit désagréablement.

– La Bible interdit la forn'cation, dit-il, mais cela n'empêche pas les gens de forn'quer.

Soudain, il plongea une main osseuse dans la bouilloire et en sortit quelque chose qu'il tint entre le pouce et l'index.

– Qu'est-ce que c'est ? demandai-je, intrigué.

– Un œil humain.

– *Quoi ?*

– Un œil humain, il provient d'un... d'un spéc'men que je me suis procuré. Il faut le faire bouillir si on veut en exam'ner l'intérieur. Comme ça, regarde...

Il prit un couteau à la lame redoutablement fine et, tenant l'œil dans la paume de la main gauche, il le coupa en deux avec une grande précision, mettant à nu l'ichor durci.

– Regarde ! siffla-t-il, une expression d'intense concentration plissant ses traits de saurien, regarde les filaments nerveux, les couches de pigment de l'iris... Ah, la voilà, cette petite noisette sans valeur de tissu humain... rien ! et, cependant, c'est elle qui fait des miracles, une énigme abs'lue : je tiens dans ma main tout ce qui la const'tue et je ne sais pas comment elle fonctionne. Je suis comme un enfant devant une formule math'matique compl'quée, avec toutes les poss'bilités de la résoudre, et pourtant j'en suis incapable.

Il était enfiévré d'enthousiasme. Ses mains noueuses tremblaient tellement, il appuyait si fort sur l'œil du bout de l'index, que les deux moitiés encore conjointes par un lambeau de tissu se séparèrent soudain comme un bouchon qui saute et des globules d'une substance gélatineuse éclaboussèrent son pourpoint déjà souillé par d'autres saletés.

– Hé là ! dit-il.

J'étais sur le point de vomir. Il poursuivit, la voix tremblante :

– Oh, Peppe, l'expér'mentation est ma passion. Cet œil humain, par exemple. Si quelqu'un pouvait découvrir la nature précise de son fonctionn'ment et construire une m'chine pour l'im'ter… il n'y aurait plus besoin de barbouilleurs comme moi. Les peintres seraient une race en voie d'extinction. Et les portraitistes seraient les premiers à disparaître. Car qui voudrait avoir son portrait figé dans l'huile et la couleur, alors qu'il pourrait être fait de pure lumière ? Qui voudrait prendre le risque d'avoir un nez trop gros, une bouche trop mince, un menton de travers alors qu'il pourrait avoir une image parfaite ? Je *rêve* d'une telle m'chine, Peppe… Oui, j'en rêve ! D'une façon qui, pour l'instant, dépasse notre entend'ment, elle *doit* être possible. Une m'chine qui peint des tableaux avec de la lumière ! J'ai même pensé à lui donner un nom : *Phaosdeon* – une *lieuse de lumière*, une invention mir'culeuse qui capture et utilise la lumière.

Pour conclure cette laborieuse rêverie, il poussa un long soupir en frissonnant.

– Oh oui, oui, murmura-t-il doucement, cela *doit* être possible.

– C'est un rêve, répondis-je. L'homme ne peut rêver imiter le…

Soudain sur le qui-vive, Léonard me lança un regard perçant. J'allais dire « Démon » car, en bon gnostique, je croyais que c'était Satan, l'esprit du mal, qui avait créé les formes matérielles. Mais je me retins juste à temps et je dis :

– … imiter l'œuvre de son Créateur.

– Peppe, j'ai une faveur à te demander.

Je commençai à me sentir vraiment mal à l'aise. Il ne me semblait pas exclu de l'entendre me dire : « Puis-je avoir l'un de tes yeux ? Je suis à court. » Il ne me demanda pas cela, mais me dit quelque chose d'aussi ahurissant.

– *Je veux ton corps, Peppe.*

– Vous voulez dire : sexuellement ? réussis-je à articuler péniblement.

Léonard fit une grimace.

– Bien sûr que non ! Pour… pour mes projets.

– Vous voulez dire pour l'expérimentation ?

– Oui, oui, pour cela. Tu as un corps des plus inhabituels, évidemment…

– J'en suis bien conscient.

– Les possib'lités m'int'ressent.

– Quelles possibilités, précisément ?

Il approcha son vieux visage ridé du mien et, d'une voix rauque à l'haleine chargée de vomi, il me dit sur un ton presque lascif :

– La déc'verte ! Les possibilités de déc'verte ! Trouver pourquoi tu as cette forme, quelles difform'tés elle cache, quels turgescents fluides noirs ont rampé à contretemps dans tes viscères…

J'étais non seulement mal à l'aise, mais je commençais à me sentir insulté.

– … quelle pression étrangère, et de quelle source, a tordu, écrasé et tassifié…

Tassifié ?

– Il vous faudra attendre longtemps, le coupai-je rapidement. Et vous êtes un vieil homme…

– Les nains ne vivent pas longtemps, affirma-t-il avec

une irritante franchise. Nous pourrions passer contrat, si tu veux… Je te paierais tout de suite, évidemment…

– Je n'ai pas besoin d'argent, merci…

– Et quand ton heure viendra, je récupérerai les restes…

– Non, maestro. C'est une offre qui ne me tente pas.

– Mais les possib'lités d'expér'mentation ! s'écria-t-il avec une inquiétude qui me donna la nausée, car elle était totalement sincère.

– Allez vous faire voir avec votre expérimentation ! m'écriai-je, à présent en colère. Je ne suis pas un œil géant que vous pouvez réduire en gelée dans votre bouilloire.

Léonard s'appuya contre le dossier de sa chaise, les mains levées dans un petit geste de résignation.

– J'avais espéré que cela te plairait, dit-il. Apparemment, ce n'est pas le cas.

– Non.

– N'importe, c'était une offre faite pour la gloire. Sur le plan scientifique, j'ai d'autres sources pour mes spéc'mens.

– Je ne suis *pas* un spécimen, maître Léonard.

– Tu aurais pu en être un… et de premier ordre. Que t'importe ce qui arrivera à ta carcasse après ta mort ?

– Je pense, dis-je avec autant de calme que possible, que je serai mieux sous terre que dans vos cornues.

– Comme tu veux, Peppe. Mais tu m'as déçu.

– Désolé.

Il revint soudain à la charge, mettant toute son énergie dans une ultime tentative pour me convaincre.

– Ne serait-il pas possible de n'avoir que quelques restes ? Les parties les plus *grotesques** ? Songe, Peppe, songe à toutes les merveilles qui pourraient être déc'vertes !

– Non. Non, non et non. En outre, comme vous le voyez, *tout* en moi est grotesque.

– Tout à fait. Tu veux encore un peu de liqueur ?

– Non, maestro. Il faut que je rentre. Je dois lire quelque chose à Son Éminence ce soir.

Léonard se retourna, s'empara d'une petite assiette d'argent et en renifla précautionneusement le contenu. Il ne se donna même pas la peine de me souhaiter le bonsoir. Pour être parfaitement honnête, je n'arrivais pas à comprendre comment un homme capable d'accomplir des œuvres d'art aussi achevées, aussi sensibles et aussi grandioses, pouvait passer son temps à disséquer des yeux bouillis et à demander aux gens de lui faire don de leur corps. Quoi qu'il en soit, je tiens à dire que ma première rencontre avec Léonard de Vinci fut aussi la dernière. Peu après, il partit pour Paris, collectant sans nul doute de nombreux *spéc'mens* en chemin.

À ce moment-là, Florence était dans une période de troubles et il y avait sans cesse des rumeurs disant que des groupes de citoyens mécontents allaient de nouveau chasser les Médicis. En fait, Son Éminence et Giuliano de' Medici étaient totalement sous le contrôle de la *Signoria*. L'époque de Laurent le Magnifique était révolue, la ferveur et l'adulation avaient cédé la place à une tolérance tacite qui rendait parfois la vie difficile. Son Éminence me fit remarquer un jour qu'elle avait l'impression de vivre dans une cité de spectres.

Enfin, nous eûmes des nouvelles précises d'un complot destiné à renverser Giuliano et Giovanni. C'était certainement lié au fait que la république de Venise venait de leur conférer le statut de patriciens. Son Éminence était dans tous ses états.

– Je ne pourrais pas le supporter, Peppe ! Pas un autre exil !

– Calmez-vous, Éminence, conseillai-je.

Mais il courait dans tout le palais, cherchant un endroit où se cacher et il poussait des gémissements à fendre l'âme. Cela me rappela l'empereur Claude qui, apprenant que sa femme Messaline et son amant avaient ourdi un complot pour le déposer, s'était écrié : « Suis-je encore l'empereur ? Le *suis*-je ? » Il l'était, bien évidemment, et Giovanni de' Medici était toujours prince de l'Église. Je me dis que sa conduite manquait de dignité.

– C'est une épreuve terrible, me fit-il remarquer quand le complot se fut mal terminé et que quelques conspirateurs se furent fait vider comme on vide les poulets.

– Quoi, Éminence ?

– Ne jamais savoir.

– Savoir quoi ?

– De quoi demain sera fait. Savoir si j'aurai encore le pouvoir.

– Les Médicis auront *toujours* le pouvoir, dis-je.

– Oh, Peppe, tu le penses vraiment ?

– Le pouvoir, d'une façon ou d'une autre. J'ai lié mon destin à celui de leurs boules.

– Je te demande pardon ?

– Je parle des boules qui figurent sur vos armoiries, Éminence.

– Ah !

– Pour le meilleur et pour le pire, ma vie est liée à la vôtre, comme le sait parfaitement Votre Éminence.

Je savais que Giovanni de' Medici était devenu le personnage le plus important de ma vie. Gros, voluptueux, débauché, rongé d'ulcères, enfantin, ridicule et totalement fascinant, il était la pierre angulaire de mes jours.

Finalement, vint un autre choc.

Giovanni sortait de son lit, à peine éveillé d'une longue *siesta*, lorsqu'un messager fut introduit.

– Qu'est-ce que c'est ? hurla-t-il. La ville est prise ? Par le Christ, que sont devenues les promesses de Jules ? Attends, attends, laisse-moi rassembler mes bijoux.

Il se rua dans la chambre et en ressortit quelques instants plus tard en se dandinant, les mains pleines de bibelots brillants – chaînes, pendentifs, pierres précieuses taillées ou non, pièces d'or –, semant partout des bagues comme un ange de la poussière d'étoiles.

– Éminence, je vous en prie…

C'était un spectacle indigne pour le messager.

– Pour l'amour de Dieu, je dois emporter quelque chose. Comment ferai-je autrement pour survivre ?

– Vous êtes en sécurité, Éminence.

– Tu veux dire que la ville n'est pas prise ? Alors quoi ? Au nom du Christ, *quoi ?*

– Sa Sainteté le pape Jules est mort.

Il y eut un infinitésimal atome de silence qui s'étendit vers l'éternité. Puis Giovanni de' Medici murmura :

– *Quoi ?*

Et ce fut comme la voix de Dieu brisant le vide primordial.

– Le pape est mort, Éminence. Votre présence à Rome est immédiatement requise.

– Redis-moi ça…

– Le pape est mort. Votre présence…

– Non, non, arrête ! J'ai entendu ce que tu viens de dire.

Puis il s'affaissa sur le sol, évanoui.

Serapica et moi, nous accompagnâmes Son Éminence à Rome comme conclavistes. Avec la mort de Jules s'était achevé un glorieux pontificat et le monde doutait que quelqu'un fût capable, même de loin, de prendre la place du vieux géant. Inutile de dire que de nombreux princes de l'Église pensaient qu'ils étaient idéalement placés pour le faire.

À la mort de Jules, le sacré collège était composé de trente et un membres, dont une vingtaine étaient déjà présents à Rome. Cinq autres arrivèrent pour le conclave, si bien que vingt-cinq cardinaux participèrent à l'élection, y compris le vieux guerrier Schinner qui, presque à lui seul, avec son armée de vaillants mercenaires suisses, avait fait basculer le sort des armes en faveur de Jules. Le hautain cardinal Bainbridge, Anglais sourcilleux, était également présent. Les cardinaux schismatiques, réfugiés à Lyon où se mourait leur concile, écrivirent à Maximilien pour qu'il intercédât en leur faveur auprès du sacré collège, mais en vain. Le cardinal Carvajal, en particulier, fit de son mieux pour soutenir leur cause. Cependant les précautions militaires de l'Espagne les empêchèrent de participer à l'élection.

❖

La période de la *sedia vacante* fut particulièrement calme. À Rome, l'atmosphère était celle d'une siesta prolongée. Je suppose que cela était dû à la poigne de fer avec laquelle Jules avait gouverné, mais c'était également une marque de respect car le peuple l'avait beaucoup aimé. Le cardinal de' Medici souffrait d'une douloureuse attaque à la « fistule » (ainsi nommait-il l'ulcération de son cul) et nous fûmes obligés de le déplacer dans une chaise à porteurs.

– C'est *prophétique* ! roucoula Serapica.

– Qu'est-ce que tu veux dire ? Aïe ! Mon cul !

– Mais, cher, cela ressemble à la *sedia gestatoria*.

– Oh, tais-toi ! La douleur est atroce.

Serapica lui lança un regard noir.

Le conclave se déroula au second étage du palais du Vatican et le serment fut prêté en présence des gardiens dans la chapelle de Nicolas V. Dans la chapelle Sixtine avaient été aménagées trente et une petites cellules sombres (même les absents avaient peur, sauf les cardinaux schismatiques) qui la faisaient ressembler à une prison. Giovanni de' Medici gémit.

– Ne vous inquiétez pas, Éminence, dit Paris de Grassis

sur un ton apaisant. On vous a trouvé quelque chose de plus agréable à cause de votre *problème*.

Serapica gloussa avec effronterie.

La chambre préparée pour le cardinal était assez confortable, pourvue d'un lit particulièrement moelleux. Le cardinal Sisto Gara della Rovere était si malade qu'on dut le transporter au conclave. Quand il vit cela, le cardinal Giovanni de' Medici soupira et me dit :

– Je ne suis pas aussi malade, Dieu merci, mais je profite de leur considération. Cette chambre me convient parfaitement.

Serapica et moi étions logés à proximité de la Cantoria, tout près du cardinal Soderini, qui allait tremper dans le complot destiné à empoisonner Léon X.

Paris de Grassis et Blasius de Martinelli étaient les maîtres de cérémonies.

La messe du Saint-Esprit fut célébrée par le cardinal Bakócz dans la chapelle de Saint-André avant l'ouverture du conclave, qui ne put se dérouler sur les lieux de la tombe du prince des apôtres à cause des travaux de rénovation de la basilique Saint-Pierre. Le discours d'ouverture fut prononcé par l'évêque espagnol Petrus Flores.

– Je vous exhorte, très éminents seigneurs, s'écria-t-il d'une voix maussade, à veiller à ce que le Saint-Esprit vous guide pour élire comme successeur de Jules un homme qui apportera la paix à la chrétienté… la paix, la paix que le divin Maître a prescrite à ses disciples ! Et qui d'autre que le vicaire du Christ sur terre devrait nous servir de guide sur les chemins de la paix ?

– L'ombre de Sa Sainteté ne doit guère apprécier ce laïus, me glissa Serapica dans le creux de l'oreille. Jules ne comprenait pas le sens de ce mot. La paix ? De la pisse !

– Malgré les injonctions du Seigneur pour la paix, poursuivit Flores, le successeur de Jules devra continuer de lutter contre les Turcs. Si les fils du Prophète manient le glaive de la conquête, nous le manierons aussi ! La chrétienté doit à tout prix être protégée contre les infidèles. Hélas, que les lieux saints de l'Orient si chers à notre foi soient profanés et souillés par la barbarie des païens est une honte pour la sainte Épouse du Christ !

Et ainsi de suite. Et pendant un temps considérable. Au bout d'une demi-heure, je vis un ou deux cardinaux qui commençaient à s'agiter et le cardinal de' Medici, les yeux exorbités, devint tout rouge.

– Il essaie d'étouffer un pet, dit Serapica. J'ai déjà vu ça. Il va lui arriver malheur un de ces jours. Pourquoi ne le lâche-t-il pas ? Cela clouerait le bec à ce vieil imbécile de Flores.

L'évêque Petrus Flores mena jusqu'à son terme son incertaine période et, lorsqu'il prononça « l'Amen » final, j'entendis non seulement le soupir de soulagement que poussèrent les cardinaux, mais le sifflement rapide du pet longtemps retenu par le cardinal de' Medici.

Puis le conclave commença.

Leurs Éminences, qui avaient présente à l'esprit la volonté de fer, souvent arbitraire, de Jules, commencèrent à élaborer une charte préliminaire, sur laquelle ils prêtèrent serment le 19 mars. Elle était composée d'un grand nombre d'articles, dont certains ne devaient pas être rendus publics, incluant la guerre contre les Turcs, la réforme de la curie et l'exemption d'impôts des membres du sacré collège. Il était également stipulé qu'il fallait une majorité des deux tiers avant qu'une action punitive fût entreprise contre un cardinal. Le nouveau pape, semblait-il, aurait les mains liées avant même de monter sur le trône. Parmi les articles tenus secrets, l'un concernait les revenus : tout cardinal ne possédant pas un bénéfice d'au moins six mille ducats recevrait une rente mensuelle de deux cents ducats. Mais il apparut très vite qu'il était contraire au droit canon et la charte fut abandonnée aussi vite qu'elle avait été élaborée. Quelle farce !

La bulle de Jules contre la simonie fut lue avant le début du vote.

Au premier tour, l'Espagnol Serra eut quatorze votes, mais chacun savait qu'un compatriote d'Alexandre VI Borgia n'avait aucune chance de monter sur le trône de Pierre. L'Église avait eu suffisamment de papes qui forniquaient, folâtraient et n'y allaient pas de main morte avec l'arsenic. Gara della Rovere obtint sept voix et piqua une crise de dépit. Accolti et Bakócz en obtinrent chacun sept, Raffaello Riario aucune.

– Quelqu'un a voté pour *moi*, dit Léon, légèrement surpris.

Il avait en effet eu une voix.

– Êtes-vous sûr que ce n'est pas vous ? chuchota Serapica.

– Certainement pas !

À la fin de la journée, il était évident que le cardinal de' Medici allait être élu pape. Beaucoup pensaient que sa mauvaise santé et sa corpulence en feraient un pape de transition, un succédané qui permettrait à l'Église de prendre le temps de trouver quelqu'un de vraiment digne de cette haute charge. On pourrait dire, en fait, que Giovanni de' Medici fut élu à cause de sa « fistule ». Cette nuit-là, il lui fut impossible de trouver le sommeil.

– Tu crois *vraiment* que ce sera moi ? demanda-t-il comme un enfant à qui on a promis un bonbon.

– Mais oui, cher ! s'écria Serapica. C'est inévitable maintenant.

– Comment ? Pourquoi ?

– Ne me posez pas cette question ! Je crois qu'ils pensent tous que vous avez un pied dans la tombe à la place d'un ulcère au cul. Ils veulent un pape intérimaire, doux comme un mouton.

– Charmant.

– Pour l'amour du ciel, ne soyez pas mauvais coucheur !

Peu importe *pourquoi* ils vous font pape, du moment que c'est fait.

Le lendemain matin 11 mars, les votes recommencèrent en bon ordre et le cardinal Giovanni de' Medici fut élu vicaire du Christ sur terre. Il prit le nom de Léon X.

Il serait un peu abusif de dire que Léon fut élu grâce à son cul, même si le fait qu'il fût obligé de subir une opération au milieu du vote parut indiquer que son règne serait bref. Du moins, c'est ce que pensèrent Leurs Éminences. Personnellement, je trouve ridicule de croire que quelqu'un puisse avoir un pied dans la tombe à cause d'un problème de fesses. À ce qu'il semblait, le sacré collège était à peu près divisé en deux camps : l'un, celui des vieux cardinaux, l'autre, celui des plus jeunes. Ces derniers avaient apparemment décidé de voter pour Léon depuis le début (car il partageait leur jeunesse), mais ils avaient tenu secrètes leurs intentions. Résultat : seul le vieux cardinal Schinner avait voté pour lui au premier tour. Le fait que Léon fût un Médicis avait également compté, ainsi que sa carrière sous le règne de Jules. Les jeunes cardinaux étaient attirés par ses manières affables, sa courtoisie naturelle et sa réputation de générosité.

Le Hongrois Bakócz avait nourri des ambitions, comptant sur la république de Venise pour soutenir sa candidature, mais deux facteurs avaient joué contre lui : d'abord, il n'était pas italien et la populace romaine aurait préféré avoir une crotte de chien sur le trône qu'un non-Italien. Ensuite, il était extrêmement riche, ce qui, aux termes de la bulle de Jules contre la simonie, pouvait suggérer qu'il avait acheté son élection même si tel n'était pas le cas.

Le secrétaire privé du cardinal de' Medici, Bernardo Bibbiena, qui nous avait accompagnés au conclave, avait également (cela transpira plus tard) œuvré clandestinement à l'élection de son maître. J'aimais beaucoup Bibbiena et j'étais en excellents termes avec lui, mais Serapica et lui étaient constamment à couteaux tirés. Il y avait même des jours où ils ne s'adressaient pas la parole, ce qui irritait au-delà du possible le cardinal, lequel tentait sans cesse de les réconcilier. Mais aucune réconciliation ne paraissait vraiment envisageable, car leur acrimonie ne trahissait rien de moins qu'une incompatibilité d'humeur.

Très bizarrement, ce fut le cardinal de' Medici, en tant que cardinal diacre le plus ancien, qui lut à haute voix les bulletins de vote, ce qu'il fit très modestement, d'une voix ferme. J'étais très fier de lui.

Ainsi, alors qu'il n'avait pas encore atteint l'âge de trente-huit ans, le cardinal Giovanni de' Medici devint le pape Léon X. Il fut ordonné prêtre le 15 mars, consacré évêque le 17. Son couronnement fut fixé au samedi 19, fête de saint Joseph, afin de pouvoir pleinement assumer sa charge avant le début des grandes cérémonies de la semaine sainte.

Il faut *absolument* que je décrive le cortège de Léon quand il prit possession du Latran ! Ce fut un moment inoubliable.

D'abord, les rues avaient été décorées de façon extravagante et tout ce qui était antique (ou même ancien) fut exhibé pour contribuer à la plus grande gloire du pape Médicis. Le temps était superbe : c'était l'une de ces journées parfaites où le ciel de Rome est d'un azur sans défaut, sous un agréable et chaud soleil. Le duc de Ferrare (Léon avait levé les sanctions ecclésiastiques prises contre lui par Jules afin qu'il pût participer à la procession) mena le cheval que montait Léon jusqu'au centre de la place Saint-Pierre, où il fut relevé de sa charge par le duc d'Urbino, Giovan' Maria da Varano, et par Lorenzo de' Medici, le neveu du pape. La procession se mit alors en route vers le Latran.

Deux cents lanciers à cheval étaient en tête, suivis par les membres du sacré collège des cardinaux et la suite du pape – dont Serapica et moi, ainsi que Bernardo Bibbiena –, et cela devait faire un étrange spectacle : un nain contrefait revêtu d'une livrée aux couleurs papales, le blanc, le rouge et le vert, portant sur la poitrine les armes des Médicis. Derrière nous venaient les étendards des huissiers pontificaux et les gardiens de la bannière de l'Université qui portaient un chérubin couleur de flamme ressemblant à une grande mare de sang frais au milieu du blanc et de l'or. L'étendard de Rome était porté par Giovan' Giorgio Cesarini, qui marchait avec le procurateur de l'ordre des chevaliers Teutoniques – dont l'emblème était une bannière blanche surmontée d'une simple croix noire –, le prieur des chevaliers de Saint-Jean et le capitaine général des troupes de l'Église.

Ensuite venait le sénéchal du pape, accompagné de neuf étalons blancs harnachés de pourpre et d'or, suivi des chambellans d'honneur, deux d'entre eux portant la mitre de Léon qui était, inutile de le dire, une superbe œuvre d'art : les perles et les gemmes réfléchissaient la lumière du soleil, explosant en flammes multicolores qui éblouissaient le regard. Deux autres chambellans portaient la tiare richement incrustée de joyaux précieux. Derrière la mitre et la tiare venait un groupe des plus spectaculaires : l'aristocratie de Rome et les membres de la noblesse florentine – les Colonna, Orsini, Savelli, Conti, Santa Croce, Medici, Soderini et Strozzi. Des coqs arrogants magnifiquement attifés ! Marchant comme des dieux, la tête redressée, le cou tendu ! Je ne crois pas avoir jamais vu autant d'arrogance rassemblée au même endroit. Lucifer doit avoir plongé du ciel dans les ténèbres éternelles pour moins que cela ! En même temps que ces familles, dont le trait distinctif était la *hauteur**, venait le corps diplomatique : les envoyés des provinces et des villes appartenant aux États pontificaux, les ambassadeurs de Venise, de Florence, d'Espagne et de France.

Derrière les diplomates, les membres de la cour papale étaient également impressionnants à voir : les ostiaires, les sous-diacres apostoliques (portant une brillante croix d'or), les palefrois blancs qui transportaient le tabernacle où logeait le saint sacrement, entourés de vingt-cinq garçons d'écurie avec des torches. Ensuite, le chœur pontifical, puis deux cent cinquante abbés, évêques et archevêques, derrière lesquels s'avançait le reste des cardinaux, chacun accompagné de huit chambellans. Entre le cardinal Gonzaga et le cardinal Petrucci marchait Alfonso de Ferrara, revêtu de son lourd manteau ducal tissé d'or et incrusté de perles. Enfin, la garde suisse, dont l'armure polie brillait sous les rayons du soleil, précédait le pape.

Sous un dais richement ouvragé porté par des citoyens romains, Léon X chevauchait un étalon turc. Par une ironie du sort, il montait la même bête quand il avait été fait prisonnier par les Français à Ravenne. Revêtue de tous les insignes de la papauté, la corpulence de Léon rehaussait sa dignité. Assis à la table d'un dîner, il aurait simplement paru *gros*, mais chevauchant un étalon à la fin de ce fantastique cortège, il était *majestueux*.

Léon était suivi par le *maestro di camera* et par plusieurs chambellans qui jetaient des pièces d'or et d'argent à la foule. Fermant le cercle, venaient quatre cents cavaliers.

Les rues étaient bourrées de monde, et l'enthousiasme délirant : *Palle! Palle!* criait la foule – car c'était là le nom des boules qui ornaient les armes des Médicis (seuls les esprits chagrins pensèrent que c'était une allusion à autre chose). Près du pont Saint-Ange se tenaient les représentants de la communauté juive de Rome qui offrirent au pape le rouleau de la Loi, en hommage à son rejet de la mauvaise lecture prétendue qu'en faisaient les Juifs ; à l'extrémité du pont s'élevait le premier d'une série d'arcs de triomphe, spécialement érigés pour l'occasion, qui portait l'inscription : « À Léon X, instigateur de l'unité de l'Église et de la paix entre les nations chrétiennes ». Le deuxième arc s'élevait à l'entrée de la via Giulia et une série d'autres arcs jalonnaient la route qui menait au Latran. Les rues étaient décorées de tentures de soie et de velours, de guirlandes de feuillage aux riches couleurs et de fleurs fraîches. À leurs fenêtres, les gens criaient des hourras, remerciaient Dieu de leur adresser l'aube d'une ère nouvelle. Sans cesse on entendait crier : *Leo ! Leo ! Palle !*

Les plus élaborés des arcs de triomphe avaient été dressés par les riches banquiers. Agostino Chigi, par exemple, en avait érigé un près de sa maison sur la via del Banco di Santo Spirito, où étaient gravés les mots : « À Léon X, heureux rénovateur de paix ! » Cet arc de triomphe était décoré de toutes sortes de figures païennes, certaines incongrues : Apollon, Mercure, Pallas, des nymphes, des ondines et j'en passe. Entre ces figures une banderole portait ces vers :

D'abord régna Vénus. Puis vint le dieu de la Guerre.
Maintenant, illustre Minerve, l'aube de ton règne pointe !

Les deux premières références concernaient Alexandre VI Borgia et Jules II. Le pauvre cardinal Piccolomini, dont le règne avait été éphémère sous le nom de Pie III, était totalement oublié. L'arc érigé par le chambellan Ferdinando Ponzetti était orné de représentations de Persée, d'Apollon, de Mercure et de Diane. Perché au sommet, un garçon lançait des fleurs sur la foule. Personne ne semblait le moins du monde dérangé par le mélange de paganisme et de christianisme. L'évêque qui devint plus tard le cardinal Andrea della Valle était allé jusqu'à couronner la façade de sa maison de statues antiques : Bacchus, Mercure, Hercule et une Vénus à l'air salace, tenant son sein dans sa main comme une indécente invite. Tout cela se référait à l'amour bien connu de Léon pour les arts, la culture antique et l'érudition. Quand la procession passa devant la maison du banquier génois Sauli, un bel enfant parut au balcon et déclama des vers latins qui louaient cette passion, perçue comme un antidote à la discipline militaire qui avait caractérisé le règne de Jules, certainement patron des arts, mais plus encore adorateur de l'autel de Mars. Dès les premiers jours de son règne, Léon fut adulé comme amoureux de la paix et du savoir. La mémoire – encore toute fraîche – de la rudesse du caractère de Jules rehaussa la gentillesse naturelle de Léon sans qu'il dût pour cela fournir un effort particulier. Les humanistes dont, comme cardinal, il avait été le patron proclamèrent que l'âge de fer avait cédé la place à l'âge d'or, l'âge doré de Pallas Athéna.

Après les cérémonies prolongées du Latran, l'immense cortège revint lentement au palais du Vatican. Les rues étaient à présent illuminées de milliers de bougies et de lampes, et le peuple festoya une grande partie de la nuit. En s'asseyant pour la première fois sur l'un des sièges pontificaux, Léon se débarrassa de ses chaussures rouges en laissant échapper un profond soupir d'épuisement. Serapica, Bibbiena et moi, nous étions assis à ses pieds.

– Bien, dit-il enfin. Dieu nous a fait don de la papauté. Profitons-en.

Puis :

– Par les os de Dieu ! j'ai terriblement envie de pisser.

1513…

Esto eis, Domine, turris fortitudinis a facie inimici.

Sois pour eux, Seigneur, la tour de vaillance devant la face de l'ennemi.

– Quel nom, déjà ?

– Tomaso della Croce, Votre Sainteté.

– Tu dis que cet homme est responsable de bien des souffrances ?

– Oui.

– Après tout, c'est l'un de mes inquisiteurs, soupira Léon – puis il poursuivit : L'Inquisition est un corps très autonome. Même moi, je ne sais pas tout. Je ne suis pas responsable de…

– Je ne dis en aucun cas que Votre Sainteté est responsable de la ruine de ma vie et de la cruelle disparition d'une autre.

– La fille a-t-elle été jugée coupable selon la procédure habituelle ?

– Oui, Votre Sainteté.

– Alors, je ne crois pas pouvoir faire grand-chose. Même pour toi, Peppe.

– Mais vous êtes le pape ! m'écriai-je, frustré et contrarié par le manque de chaleur de Léon.

Franchement, cela me surprit… Je n'avais parlé de cette affaire que parce qu'il m'avait semblé qu'il serait facile de mettre Tomaso della Croce sur la sellette. J'étais déterminé à *faire* quelque chose, ne serait-ce que pour prévenir une action téméraire d'Andrea de' Collini. Si Léon ne pouvait ou ne voulait rien faire pour moi maintenant, je décidai de le harceler à chaque occasion jusqu'à ce qu'il pût ou voulût faire quelque chose.

– Et le pape est las de cette discussion, dit-il d'un air irrité, très conscient de m'avoir déçu. N'en parlons plus.

Dans les premières années de son règne, il y eut de nombreuses matières dont Léon eût aimé « ne plus parler », mais les exigences de la politique l'obligèrent à leur prêter une attention considérable. Il apprit vite à se montrer prudent, ce que certains, comme vous le savez, interprétèrent comme de l'indécision. Au tout début, cependant, avant que les complots des nations et les ambitions des royaumes l'obligent à apprendre l'art du subterfuge et de la stratégie au service de notre sainte mère l'Église, il s'occupa essentiellement de sa famille.

Nous, les Italiens, nous sommes des gens naturellement enclins à l'amour du foyer et de la famille (l'une des raisons pour lesquelles mon enfance fut si misérable, car je les haïssais l'un et l'autre), mais chez Léon c'était une véritable obsession. Son frère Giuliano et son cousin Giulio vinrent immédiatement à Rome après le conclave où il fut élu, tout comme Lorenzo, son neveu, fils de son frère Piero. Léon leur conféra immédiatement le titre de patriciens de Rome, en grande pompe, au Capitole. Laurent le Magnifique, le père de Giuliano, avait pensé qu'il ferait carrière dans les armes, mais il n'avait pas une très bonne santé (et n'était pas très doué en la matière) ; aussi Léon le garda-t-il près de lui à Rome et lui conféra-t-il le titre purement honorifique de « général de l'Église ». À Lorenzo, qui n'avait que vingt et un ans, revint la tâche de gouverner la république de Florence, et il prit le chemin de cette cité le 10 août 1513, la première année du pontificat de Léon. Naturellement, il revint bourdonner autour du pape comme une mouche à merde, ramassant tout ce qu'il pouvait chaque fois qu'il se rendait dans la Ville éternelle.

À cette époque, la république de Florence était gouvernée comme au temps de Laurent le Magnifique. Deux conseils légiféraient sur tout : l'un était composé de soixante-dix membres élus à vie, l'autre d'une centaine de membres qui changeaient tous les six mois. Cependant, disciples, partisans, adulateurs et lèche-bottes des Médicis avaient la majorité dans les deux conseils, ce qui signifiait que tout ce que Lorenzo voulait, Lorenzo l'obtenait. Il résidait dans un beau palais de la via Larga, dispensant des largesses et accordant des faveurs au monde entier comme un monarque – ou, pourrions-nous dire, comme un pape. L'indépendance de la République était purement formelle, car la maison de Médicis avait le pouvoir suprême. En septembre 1513, la fête de Côme et Damien, saints patrons des Médicis, fut déclarée jour férié à Florence.

Lorenzo paraissait posséder tous les atouts requis pour faire de lui le digne neveu du pape Médicis, et il était en outre poussé par sa mère Alfonsina Orsini, qui avait pour lui les ambitions les plus folles, y compris celle de s'emparer de la principauté de Piombo. Elle brûlait de voir une couronne sur la tête de son fils, peu importait laquelle. Avec une surprenante intégrité, Léon résista de toutes ses forces à cette idée. Il me semble que, se fiant à une intuition qu'il ne comprenait pas totalement, Léon apercevait en Lorenzo le futur déclin des Médicis.

Passons maintenant à Son Éminence le cardinal Giulio

de' Medici ! Il avait tranquillement vécu en Lombardie comme pensionnaire au prieuré de Saint-Jean, mais l'élévation de Léon au trône de Pierre mit précipitamment fin à cette obscurité. Le 9 mai 1513, il fut fait archevêque de Florence et, après que l'on eut expédié en vitesse la question de sa légitimité (son « père » avait été assassiné par les Pazzi), il fut élevé au cardinalat le 23 septembre de la même année. Je n'ai jamais aimé Giulio. Même avant de les entendre, Lorenzo et lui, comploter contre Léon dans ce corridor, je n'ai jamais pu l'encaisser. Je n'ai pas confiance en lui, et je crois que Léon est stupide de lui faire confiance, mais, comme je l'ai dit au début de ces mémoires, il est aveugle quand il s'agit de sa famille. Les gens me disent que Giulio est un homme aimable, un peu faible de caractère, mais je ne souscris pas à ce jugement. Il est enclin à la mélancolie, c'est vrai, mais ce n'est pas en soi le signe d'une bonne nature et je suis convaincu qu'il ne fait que ruminer sur ce qu'il convoite et sur ce qu'il a déjà obtenu. Cette attitude introspective (c'est *là* l'impression qu'il donne) n'est en fait rien d'autre qu'une méditation continuelle sur ses ambitions. Il est toujours en train de ruminer des complots, particulièrement avec le neveu du pape, Lorenzo, qu'il a initié au vice. Chaque fois que Lorenzo vient à Rome, Giulio veille à ce qu'il s'adonne à la débauche. Alfonsina a prévenu son fils de l'influence néfaste de Giulio, mais Lorenzo lui a vertement répondu :

– *Io mi voglio dare piacere hora ch'io sono giovane et ch'io posso per haver un papa* [1]...

On dit qu'Alfonsina lui a donné un coup de pied dans les couilles.

Bernardo Dovizi, que l'on appelait Bibbiena en l'honneur de sa ville natale, fut également fait cardinal au cours

1. « Je veux me donner du bon temps, maintenant que je suis jeune tout en ayant un papa / pape » (c'est le même mot en italien).

de la première année du pontificat de Léon. Comme je crois l'avoir déjà mentionné, j'avais beaucoup de sympathie pour Bibbiena, mais Serapica et lui étaient à couteaux tirés, ce qui rendait souvent glaciale (c'est le moins qu'on puisse dire) l'atmosphère de la maisonnée du pape. Bibbiena était depuis longtemps l'intime des Médicis. À Florence, c'était lui qui avait supervisé les études du jeune Giovanni, avant de devenir son secrétaire privé. Il avait également partagé l'exil des Médicis et âprement défendu les intérêts de Léon devant le pape Jules. Comme vous le savez, Bibbiena, avec un zèle inlassable, œuvra secrètement pour Léon durant le conclave – comme Serapica d'ailleurs, mais pour ainsi dire sans que jamais l'un adressât la parole à l'autre. Au cours des cinq premières années du règne de Léon, l'étoile de Bibbiena ne cessa de monter. Il pouvait voir le pape à n'importe quel moment, de jour comme de nuit. C'était également le cas pour Serapica et pour moi, mais Bibbiena avait maintenant la dignité et le rang de cardinal, ce qui donnait de l'urticaire à Serapica.

Sous le règne d'Innocent VIII le *segretario intimo* était le *capo* des secrétaires privés du pape. Tout passait par lui et il connaissait tous les secrets pontificaux. Cette charge extraordinaire, source de maints abus, était hystériquement convoitée par les autres secrétaires. Bibbiena persuada Léon de réorganiser le système et le poste de segretario intimo perdit beaucoup de son importance. En fait, Bibbiena se plaça entre le pape et le segretario intimo de l'époque, Pietro Ardinghello. Plus tard, Bibbiena fut remplacé par Giulio de' Medici. Beaucoup de gens (outre Serapica) étaient terriblement jaloux du pouvoir et de l'influence de Bibbiena, surtout après son élévation au cardinalat : les secrets d'État lui étaient confiés à lui seul, et Giulio écumait dans tout le palais en crachant des jurons et en se plaignant que Bibbiena n'était qu'un vulgaire « suce-couilles » du pouvoir et un « perfide sodomite ». En fait, il n'était rien de tout cela : il adorait les belles femmes et ses liaisons devinrent un scandale, même à la cour papale, qui pourtant en avait vu d'autres. C'était certainement un homme du monde, amoureux (comme Léon) des lettres et des arts, mais il ne dédaignait pas les divertissements plus piquants. Comme organisateur de soirées un peu épicées, Bibbiena n'avait pas son pareil, et Léon l'aimait pour cela. Même lorsque son étoile commença à pâlir et celle de Giulio à briller, on l'appelait toujours l'*alter ego* du pape. Un dignitaire vénitien en visite déclara crûment : « Bibbiena est tout et fait tout. »

Léon, Bibbiena, Serapica et moi dînions souvent ensemble dans les appartements privés du pape. Léon était foncièrement un homme pacifique, et il brûlait de réconcilier Bibbiena et Serapica, mais, comme je l'ai déjà dit, puisqu'il s'agissait d'une véritable incompatibilité d'humeur, il n'y avait pour ainsi dire rien à faire. Il persista cependant dans ses efforts et l'intimité de ces *soirées à quatre* était souvent pénible.

– Alors, comment s'est passée la journée ? s'enquérait maladroitement Léon, tel le deuxième couteau d'un drame historique de troisième ordre.

– Votre Sainteté ferait mieux de le demander à Bibbiena. Après tout, c'est *lui* qui l'a organisée.

– Je voulais dire *ta* journée, Serapica.

– Sans problème.

– C'est du poisson frais ?

– Votre Sainteté ferait mieux de le demander à Bibbiena – c'est lui qui a engagé le cuisinier.

– Oh, pour l'amour du Christ, tais-toi, finissait par dire Bibbiena.

– Qu'est-ce que vous savez du Christ ?

– Je t'*interdis* de parler comme cela à ma... à *notre* table !

– Votre Sainteté ne devrait-elle pas consulter Bibbiena avant de donner un ordre ?

Alors descendait un silence glacial, seulement parfois

rompu par un pet de Léon. Une fois, après que Léon eut lâché une juteuse explosion de gaz, Serapica regarda Bibbiena en face de lui à table, eut un sourire angélique et dit :

– Vous disiez quelque chose, cher?

Quant à moi, j'avais suffisamment d'autres occupations pour ne pas me laisser déprimer par ces bisbilles et ces coups bas, et pour me distraire des constantes allées et venues de Giulio, Lorenzo et autres membres mineurs du clan Médicis qui ne songeaient qu'à leurs propres intérêts – particulièrement à leurs intérêts financiers. J'avais un appartement au Vatican, comme Serapica, mais Bibbiena et lui avaient une maison ailleurs – Bibbiena, au Belvédère, où il pouvait échapper à la langue de vipère de Serapica. Il m'était donc très nécessaire de pouvoir me plonger dans un autre monde, moins claustrophobe, et c'était celui de la confrérie gnostique.

Je m'étais, bien sûr, rendu au rendez-vous que m'avaient fixé Nino, Beppo et le Crâne à la taverne de Marco Saletti, et Nino m'avait confirmé les nouvelles qu'il m'avait brièvement glissées dans le creux de l'oreille : Andrea de' Collini s'était attaché leurs services en les achetant à maître Antonio. J'en fus d'autant plus surpris que je n'avais pas reçu d'autres nouvelles du Maître lui-même. Puis, un matin, alors que Léon était à la chasse, Serapica se coula auprès de moi et murmura :

– Il est de retour à Rome, cher!

– Qui?

– Votre ami – Andrea de' Collini.

– Vous voulez dire *notre* ami? rétorquai-je, quelque peu irrité.

– Mais oui, bien sûr! C'est simplement que... comment dirai-je?... nous ne sommes pas en mesure de...

– Merci pour l'information, dis-je aussi froidement que possible.

Il sortit sur la pointe des pieds.

Je n'avais aucune idée de ce que le Maître avait pu ou non méditer depuis que je l'avais vu pour la dernière fois. Mes sentiments envers lui étaient maintenant teintés d'ambiguïté – je continuais de l'aimer pour tout ce qu'il m'avait donné (ne m'avait-il pas ouvert le cœur et l'esprit à la vérité ?) et parce qu'il était le père de Laura, mais, pour être tout à fait franc, je commençais à me sentir, à la cour papale, dans une position *durable* (pour employer une expression favorite de Serapica) et je ne souhaitais pas que cette position douloureusement acquise fût le moins du monde entamée. Était-ce une attitude égoïste ? À la réflexion, je fus obligé d'en convenir, mais que faire contre les sentiments que l'on éprouve ? Il faut s'en accommoder.

Le Maître avait beaucoup changé quand je le vis de nouveau. Il était complètement *obsédé* par Tomaso della Croce et semblait incapable d'accorder la moindre attention à un autre sujet… Savoir qu'il avait Nino, Beppo et le Crâne à sa disposition intensifiait la crainte que cette obsession éveillait en moi. Même dans cet état d'esprit, il ne manquait pas de disciples sincères et dévoués et je n'en fus pas surpris : après tout, il enseignait que, si ce monde est l'enfer, il n'y a nul besoin de vivre dans la crainte et les tremblements d'un enfer théologique de flammes et de tortures dans le monde à venir. Si ce monde est l'enfer, ni la douleur ni la durée ne sont éternelles. C'est un enfer dans lequel la personne humaine peut être obligée d'endurer les profondeurs de l'humiliation et de la souffrance, mais, en même temps, la plus douce des brises marines, par les jours d'été sans nuages, transporte à l'intérieur des terres la senteur des clématites pourpres. Un enfer où la crasse, la pauvreté et la corruption sont omniprésentes, mais où, dans l'arrière-printemps, les frondaisons des cerisiers en fleur tapissent la terre comme une robe de mariée.

Bref, un enfer qui offre une surabondance de souffrance et une plénitude de beauté. Si cette vie marque l'extrême limite de notre séparation de Dieu – limite impossible à franchir – et si elle est le début d'un long voyage de retour vers lui à travers des séjours progressivement plus lumineux, plus supportables, plus allégés de la douleur, alors la philosophie gnostique qui enseigne ces vérités est par-dessus tout suprêmement optimiste. C'est peut-être pourquoi la lumière qu'elle répand dans nos ténèbres commençait à attirer un flux régulier d'adeptes qui désiraient être admis dans la confrérie gnostique. Andrea de' Collini vivait toujours dans sa maison, tenant régulièrement des réunions consacrées au culte et à la discussion philosophique, et il entretenait un petit groupe de fidèles qui allaient finalement recevoir le baptême gnostique. La campagne de haine engagée par Fra Tomaso della Croce semblait être retombée et il régnait – pour le moment – un calme inexplicable. Je savais par mes informateurs que le dominicain était souvent à Rome, mais Andrea de' Collini n'était pas inquiété. Pensait-il que le bûcher de Laura avait été une punition suffisante ? Je ne le crus pas un seul instant : della Croce ne serait pas en paix avant qu'Andrea lui-même eût subi le même sort. J'eus plutôt l'impression que l'attention de l'Inquisition était trop accaparée par Luther et les événements d'Allemagne pour prendre la peine de s'intéresser au menu fretin de la confrérie gnostique. Sur un plan purement personnel, Tomaso della Croce *méprisait* Andrea de' Collini – j'en étais plus certain que de toute autre chose –, et il l'aurait méprisé même si le Maître avait été un modèle d'orthodoxie catholique, mais l'inquisiteur était un fanatique trop intègre pour agir sous le prétexte de motifs purement personnels.

Je fréquentais de nouveau chaque semaine la maison d'Andrea de' Collini, mais sans recevoir d'enseignements nouveaux, plutôt poussé par le désir de découvrir ses intentions envers Tomaso della Croce. Je devais toujours me montrer extrêmement prudent car j'étais, à l'époque, connu comme étant un intime du pape. Avec l'allure que j'ai et assistant à la plupart des fonctions papales, comment pourrais-je passer inaperçu ? Une fois seulement, j'eus la désagréable sensation que Bibbiena me tenait à l'œil. Si tel était le cas, c'était sûrement dû au fait que je favorisais Serapica, car Bibbiena n'avait aucune curiosité pour ma vie privée.

Non, Andrea de' Collini n'était plus l'homme que j'avais connu. Lui qui avait été tout autorité, tout feu et tout flammes, marchait maintenant d'un pas traînant, parlait tout seul et oubliait les paroles de la liturgie qu'il connaissait autrefois par cœur. En outre, il était obsédé par ce qu'il appelait la « science des nombres », ce qui semblait être en rapport avec son désir de provoquer un affrontement final entre Tomaso della Croce et lui. Personnellement, j'étais incapable de suivre les spéculations obscures et subtiles auxquelles il tenta de m'intéresser, car elles me semblaient folles et fondées sur les principes les plus abstrus et les plus incertains, ne servant qu'à enfiévrer son cerveau et à embrumer son intellect autrefois aussi clair que du cristal.

Tout cela était terriblement triste. Je me dis que le jour viendrait bientôt où l'on me demanderait d'être le Maître de notre confrérie. Je n'avais aucune idée de la façon dont Andrea de' Collini prendrait la chose au cas où cette éventualité se présenterait, mais j'étais prêt à assumer la relève afin de préserver non seulement notre confrérie mais le credo gnostique lui-même.

Le Maître s'arrangea pour ne répondre à aucune de mes questions concernant « l'achat » des trois monstres. Il ne parut pas non plus le moins du monde embarrassé par le fait que j'eusse découvert la transaction passée avec maître Antonio ni par celui que je *susse* qu'il éludait mes questions.

– Tu vois, Peppe, me dit-il un soir, après la dispersion

du groupe, c'est une science *exacte*. Il n'y a pas de possibilité d'erreur, de possibilité d'illusion ou d'échec. Quand on a établi les séries numériques et trouvé le rapport de cause à effet qu'elles indiquent, le résultat final est assuré. Garanti !

» Regarde : le nom de Tomaso della Croce donne une combinaison totale de 8. C'est le nombre suprême du désastre ! Il est gouverné par Saturne, par le sombre et imprévisible Saturne, qui apporte le chaos, l'infortune et le malheur ! Della Croce est voué à une fin sinistre, crois-moi, Peppe. Dans l'affrontement final que je vais machiner, sa matrice numérologique est porteuse de destruction. La mort est inévitable.

– Comment diable arrivez-vous au nombre 8 ?

– Ici, ici, laisse-moi te montrer !

Son visage brûlait d'une fièvre intérieure et une terrible obsession faisait briller ses yeux tandis qu'il se livrait pour moi au calcul suivant :

T O M A S O	D E L L A	C R O C E
4 7 4 1 3 7	4 5 3 3 1	3 2 7 3 5

– Tu vois ? Là ! Tu vois, tu comprends ? Le nom « Tomaso » donne un total de 26, que nous réduisons à 8 – le nombre de Saturne ! Nous avons déjà une indication de ce qui va se passer. « Della » et « Croce » donnent respectivement 16 et 20, que nous réduisons à 7 et à 2. Ensuite, l'addition de 8, 7 et 2 donne 17, ce qui donne 8 une fois encore. 8, Peppe ! Oh, je n'aurais pu espérer une réduction plus parfaite !

» Le nombre 7 indique le voyage. Il nous donne l'image d'un homme qui ne tient pas en place, toujours en mouvement, un individu gouverné par les marées de Neptune, dont le flux et le reflux sont sans fin. La marée n'est jamais immobile, Peppe, pas plus que notre ami Tomaso della Croce. Il est sans cesse poussé par une soif de mouvement.

Sans cesse en voyage, aujourd'hui dans un lieu, demain dans un autre – à la poursuite de quelque pauvre créature qu'il a décidé de torturer et de détruire. Telle est notre première indication : manque de point fixe, fluidité, impossibilité de tenir en place. Cela, nous le savons d'expérience, doit être interprété comme une façon de vivre axée sur les voyages. Ainsi, les nombres me disent que je dois maîtriser ce trait si je dois l'affronter face à face.

» Le nombre 2 révèle l'âme d'un homme sous le charme d'un idéal romantique. 2 est gouverné par la Lune – la planète des rêves, des feux nocturnes, des sortilèges, des enchantements et de l'idéalisme ! Et c'est le cas : della Croce est lié par son rêve d'idéal de pure vérité orthodoxe, qu'il défendrait, j'en suis sûr, au prix même de sa vie. Il n'est pas guidé par d'autre lumière que celle de la lune de son rêve de doctrine parfaite et inviolée. Cependant, 2 n'est pas seulement le nombre du rêveur et du poète, c'est aussi celui du fanatique. C'est 2 qui l'a incité à torturer d'innombrables créatures en désaccord avec sa notion de la vérité. C'est 2 qui alimente le feu, qui empile les fagots, 2 qui le pousse à faire preuve d'une extrême cruauté au service de sa foi.

» Puis *Croce* donne de nouveau le nombre 8. Saturne ! Oh, Peppe, quel heureux mariage du nom et du nombre ! Car la croix est obscurité, souffrance et mort, et il connaîtra les *trois*. Comme pour confirmer la vérité des indications qui nous ont été données, la somme totale de *Tomaso della Croce* donne le 8 omniprésent.

– Mais que *signifie* tout cela ?

Il me dévisagea comme si j'étais un imbécile.

– Ce n'est pas clair pour toi ?

– Pas vraiment.

– Comprends : ces indices, ces allusions, ces indications me donnent les *moyens* de l'amener à moi. Et, cela fait, de m'assurer que l'issue de notre dernier combat sera pour moi la victoire. La victoire, Peppe !

Il avait la respiration haletante et rapide, le regard presque aveugle, les yeux fixés sur une vision intérieure à laquelle je n'avais pas accès, et cette vision l'ensorcelait.

– D'abord, dit-il, je dois mettre fin à ses errances et le forcer à venir dans cette ville en faisant appel à son dévouement fanatique pour ce qu'il croit être la vérité religieuse.

– Comment ?

– Très simple ! *Roma* donne le nombre 14, que nous réduisons à 5. Je dois donc le joindre d'une façon qui l'expose au nombre 5 – une lettre anonyme, peut-être, l'informant que le cinquième membre d'un infâme groupe d'hérétiques vient d'arriver à Rome, ou un nom dont le total numérique est 5 – et il sera incapable de résister au désir de venir ici. Le reste sera simple.

Tout cela n'était pour moi qu'une sorte de charabia incantatoire, mais je me gardai de le dire. Quand je le quittai, il était toujours penché sur son bureau, le visage tordu dans un spasme d'intense concentration. Je souffrais en silence d'avoir perdu l'homme que j'avais connu et que j'aimais : la noble âme s'était transmuée en un fou obsédé par les nombres, les runes et les ruminations mystiques.

Pendant ce temps, quand Léon n'était pas ensorcelé par l'obsession du clan Médicis, il se retrouva projeté au centre de la scène d'un drame politique sans fin.

S'étant réconcilié avec Rome, le roi de France, Louis XII, avait commencé à faire des ouvertures au roi Ferdinand d'Espagne. Comme prix de l'alliance, il offrit la main de sa fille Renée (une sale garce) à l'un ou l'autre des petits-fils de Ferdinand (celui qui serait le plus heureux d'être marié à une garce, je suppose), la possession de Milan et de Gênes, et le renoncement à tous ses droits sur Naples. Apparemment Ferdinand ne trouva pas cette offre alléchante : il la rejeta, mais une année de trêve fut conclue entre la France et l'Espagne. Le pauvre Léon, sous le choc, fut complètement pris au dépourvu par le tour que prenaient les événements. Il souhaitait à tout prix séparer la France de l'Espagne et craignait la suprématie de l'une ou l'autre puissance en Italie. Comme Italien, il détestait l'idée d'une présence étrangère importante dans la péninsule et, comme pape, il était obligé de garantir l'indépendance spirituelle et temporelle du Saint-Siège. Il concentra donc immédiatement tous ses efforts pour empêcher que Naples et Milan ne dépendent du même souverain. Il était également consterné d'avoir, d'un seul coup, perdu tous les avantages que lui avaient procurés les hostilités entre la France et l'Espagne.

Il envoya ici, là, partout, d'urgentes épîtres, condamnant le mariage proposé entre Renée et l'un des petits-fils de la maison royale d'Espagne. Comme je l'ai dit, cette offre resta sans suite mais, à ce moment-là, Léon ne pouvait pas le savoir. L'ambassadeur florentin, Roberto Acciaiuoli, fut envoyé en France pour tenter d'influencer Louis. En fait, craignant plus la suprématie de l'Espagne que celle de la France, Léon exécuta une *volte-face** étourdissante et se fit tout sourire envers le représentant de Louis à Rome, qu'il avait jusque-là traité avec le mépris le plus total. Cela n'arrangea pas les négociations prolongées entre le cardinal Lang, le représentant de Maximilien, et la république de Venise, qui tentait depuis longtemps de parvenir à un accord. Lang, que je vous ai déjà décrit, était un homme avare et hautain, infatué de sa propre grandeur et, au milieu de ces négociations aussi délicates qu'infructueuses, il demanda soudain à être nommé légat permanent en Allemagne. Léon n'avait pas l'intention de lui octroyer cette charge, mais il ne souhaitait pas la lui refuser personnellement, car Maximilien avait envoyé une lettre persuasive afin de soutenir la demande de Lang. Le pape, avec beaucoup d'astuce, fit part au consistoire des cardinaux, qui se tint le 10 mai, des conséquences exactes auxquelles ils devaient s'attendre s'il accordait cette faveur (pour commencer : une perte considérable des revenus de la curie) et laissa à Leurs Éminences le soin de la rejeter, ce qui fut fait. Lang prit congé de Léon lors d'une audience d'adieu au cours de laquelle il fit hautainement l'éloge de ses propres talents (qu'il considérait à présent comme perdus pour la papauté) et, vexé, partit le 11 mai pour Lorette, où se trouvait pour lors Bibbiena, léchant les blessures infligées par la langue de Serapica, aussi tranchante qu'une épée.

La situation était absurdement compliquée. Traités et antitraités, alliances conclues et alliances rompues volaient dans l'air de toutes parts ; rumeurs, commérages, confidences d'espions remplissaient les appartements pontificaux de l'odeur nauséabonde de la traîtrise et de la duplicité, autant que les pets de Léon les remplissaient de la puanteur du gaz expulsé. Parfois, toute cette activité devenait si fiévreuse que Léon était obligé, pour ne pas perdre la tête, de s'adonner uniquement, pendant quelques jours, à la poursuite du plaisir, qui requérait le plus souvent les services de jeunes étalons des bas-fonds de Rome. Le temps passant, comme les diverses crises internationales s'accentuaient, on racontait en ville que Sa Sainteté était si rongée d'inquiétude qu'elle n'en dormait pas de la nuit. Je peux confirmer que Léon passait ses nuits sans dormir, mais que cela n'avait rien à voir avec l'inquiétude.

Les choses prirent un tour nouveau et imprévisible à la mort de Louis XII, quand François Ier monta sur le trône de France. François était jeune, doué, plein d'ambition et complètement sous l'influence de sa mère, Louise de Savoie, une vieille mégère avide de pouvoir. Déjà sous le règne de Louis, Philiberte, la sœur de Louise, avait été proposée en mariage à Giuliano, le frère du pape. Cependant, Giuliano et Philiberte furent en fait mariés le 25 juin 1515. Le grand problème de Léon était celui-ci : devait-il publiquement et officiellement s'allier à la France ou à l'Espagne ? Entre ces deux extrémités du spectre, une douzaine environ de principautés, de puissances, de trônes et de petits tyrans lui demandaient à grands cris de choisir son camp une fois pour toutes. Giuliano, devenu l'époux de la tante de François Ier, poussait naturellement Léon en faveur de la France. Mais Bibbiena avait jeté les bases d'une coalition entre la papauté, Maximilien, le roi d'Espagne, Milan, Gênes et les Suisses pour mater le pouvoir et l'ambition du roi de France. Léon entra dans une longue période qui fut, par certains, qualifiée d'« hésitation » mais qui me sembla plutôt un art consommé de la temporisation. De fait, il déclara les termes de la ligue ratifiés, mais il continua de négocier avec François.

Cela ressemblait beaucoup à la guerre. Léon tenta par deux fois de faire renoncer François à ses droits sur Naples. Une fois par le truchement de Ludovico di Canossa (un diplomate de premier ordre), une fois par le truchement de l'ambassadeur français, Montmaur. Les deux tentatives échouèrent. Léon décida de se livrer à des préparatifs militaires. Les protagonistes de la Ligue étaient le pape, l'empereur, l'Espagne, Milan et les Suisses (mais pas Gênes, qui s'était ralliée à la cause française). Les accords, préparés par Bibbiena, furent enfin pleinement ratifiés, mais Léon en retarda la proclamation publique. Ce ne fut que le premier coup de canon tiré par le jeune et inexpérimenté duc de Guise qui le décida. Mais Léon avait tellement temporisé que personne ne le crut. J'entendis Bibbiena dire à l'ambassadeur vénitien que le pape avait donné aux orateurs espagnols l'édit de la ligue tout prêt.

Ce fut tout ce que l'on put savoir sur ce que Léon avait fait pour de bon.

– Qu'avez-vous fait pour de bon ? Qu'avez-vous fait précisément ?

– Oh, toi, ne commence pas, gémit Léon en se grattant

l'estomac. Je sens que je vais avoir une éruption. Crois-tu que cela pourrait être quelque chose que j'ai mangé ?

– Ou quelque chose que vous avez attrapé, dis-je.

– Cochon. Toujours aussi indifférent. Pourquoi ne m'amuses-tu pas ? Tu n'as pas organisé de divertissements antiques, ces jours-ci.

– À ce qu'il semble, Votre Sainteté les organise elle-même, remarquai-je.

Léon me lança un regard furieux, puis ses yeux humides s'emplirent d'incertitude.

– Il *faut* que je fasse les choses à ma façon, s'écria-t-il, sur la défensive. Que veut-on que je fasse ? Que je me précipite dans les bras de la première alliance venue ? Il faut, en ces matières, se montrer très prudent – mais que sais-tu de tout cela ? Tout le monde m'accuse de m'agiter sans but et de changer d'avis.

– Je ne vous accuse de rien de semblable, le coupai-je. Moi, au moins, je sais que ce qui paraît être de l'hésitation n'est, comme vous dites, que de la prudence. Je me demande simplement pourquoi vous avez tant tardé à rendre publique cette déclaration…

– J'ai toujours gardé l'espoir de persuader François de changer d'avis, dit Léon. Même à la dernière minute.

– Eh bien, Votre Sainteté, la dernière minute est passée.

Léon poussa un profond soupir et s'enfonça dans son siège.

Enfin, il murmura :

– J'ai une mission privée pour toi, Peppe.

– Une préférence particulière ? demandai-je.

– Bien bâti, bien sûr…

– Bien bâti ou bien *membré* ?

– Les deux, naturellement.

Le reste, vous le connaissez maintenant, j'en suis persuadé.

François avait une armée de trente-cinq mille hommes rassemblée à Lyon, soixante canons et une centaine de couleuvrines. Comme généraux, il y avait Trivulzio, La Trémoille et Robert de La Marck. Cette armée franchit les Alpes au col d'Argentière, faisant sauter des rochers et jetant des ponts sur les précipices à mesure qu'elle avançait, et prit totalement par surprise la cavalerie milanaise, commandée par Prospero Colonna. Très vite, les Français s'emparèrent de l'ouest du duché de Milan et plongèrent les troupes suisses dans la plus totale confusion. L'armée pontificale, sous le commandement de Lorenzo de' Medici, fit mollement quelques manœuvres de diversion, mais ne se donna même pas la peine de franchir le Pô.

Léon se mit immédiatement à parler de fuite.

– J'irai à Gaète, annonça-t-il.

– *Impossible*, Votre Sainteté.

– Pourquoi ? Non, d'accord, alors Ischia. Ce sera très agréable d'être à Ischia à cette époque de l'année.

– Pour l'amour du ciel !

– Je vois déjà les Français occuper Rome !

Serapica se mit à pleurer d'une manière éhontée.

– Ils vont abîmer ma collection de statues et voler tous mes objets antiques. Vous savez ce que sont les Français – des barbares ! Cette garce de Philiberte sera littéralement aux anges... oh !

Léon se mit à pleurer à son tour.

Il avait été étonné par la victoire française : comme les Suisses gardaient les passes dans les Alpes et que Prospero Colonna était un chef militaire de grand talent, il s'était dit que tout cela était plus que suffisant pour contenir l'avance ennemie. Bibbiena, envers lequel je commençais à me sentir plus que désolé, pissa dans ses chausses en apprenant la nouvelle. Ce n'était vraiment ni un politicien ni un diplomate, et l'effort pour tenter de réconcilier son appartenance à la maison de Médicis et son dévouement à l'Église aux prises avec une conjoncture politique difficile commençait à lui peser.

– Tout est sa faute ! hurla Serapica en pointant un doigt tremblant vers un Bibbiena rouge d'indignation.

– Petit salaud sans cervelle ! Comment oses-tu !

– Taisez-vous, pour l'amour de Dieu ! beugla Léon, qui se mit à danser entre les deux.

Et ils finirent par se tourner autour et danser une petite *allemande** de suprême indignation. C'était si absurde que j'éclatai de rire. Ah, si les yeux des princes, des rois et des prélats avaient pu voir ce que je voyais ! On ne me croirait jamais.

Le cardinal Giulio de' Medici, que Léon avait nommé légat des troupes pontificales commandées par Lorenzo, fut ensuite sur la sellette. Léon avait personnellement ordonné à Giulio de protéger les villes de Modène et de Reggio, que convoitait l'avare duc de Ferrare et, au nom de Giulio, Bibbiena dut démontrer l'inutilité de lui avoir imposé ce fardeau supplémentaire. Léon se montra très sévère.

– Je n'aurais jamais dû le nommer légat, dit-il. Chaque jour je ne cesse de recevoir des lettres de récriminations. Il ne fait que bougonner contre les dangers et les difficultés. Par le précieux sang du Christ, est-ce qu'il s'imagine que je reste assis sans rien faire, le plus confortablement du monde, sur mon cul ? Je continue à blâmer Giulio et Lorenzo pour la piètre performance de mon armée. Je n'écouterai aucun argument pour sa défense.

Étant donné l'amour aveugle et obsessionnel que Léon portait à sa famille, voilà qui était difficile à dire. Mais il le dit. En fait, pour être honnête, Giulio savait parfaitement que, pendant ces événements, Léon continuait effrontément à négocier en secret avec François, ce qui n'était pas de nature à enflammer son zèle sur le champ de bataille. Il survint cependant un événement étrange : depuis un certain temps le roi Henri VIII d'Angleterre demandait à Léon d'élever Thomas Wolsey au cardinalat. Jusqu'ici, le pape avait refusé. À présent, afin de s'assurer au moins *un* soutien au cas où tout le monde se tournerait contre lui, il procéda à la nomination de Wolsey au consistoire du 10 septembre 1515. La surprise fut générale, on peut le dire.

L'armée de François Ier était maintenant dans les environs de la capitale lombarde et avait établi son camp à Marignan. Le redoutable et féroce vieux cardinal Schinner, qui paraissait toujours en train de combattre quelqu'un quelque part, fit tout ce qu'il put pour fanatiser les troupes suisses, qui réussirent à repousser les Français, mais la bataille cessa à la tombée de la nuit. On raconta à Léon que François lui-même dormait sur un affût de canon.

– Peut-être, mais avec une putain, rétorqua Léon sur un ton acide.

Le lendemain, les Suisses furent défaits par les Français, qui avaient reçu le renfort d'une troupe de cavaliers vénitiens. Comme les nouvelles se propageaient très lentement, cela causa un embarras considérable. D'abord, par l'intermédiaire de Lorenzo nous parvint l'information que Schinner avait repoussé les Français et chacun, Léon excepté, sauta de joie. Bibbiena fit le tour de la ville en carriole, fondant sur tous les Vénitiens et sur tous les Français qu'il put trouver en leur criant des obscénités. Puis filtra la nouvelle que les Suisses, en dépit de leur héroïsme, avaient été mis en pièces et chacun fut plongé dans la tristesse. L'ambassadeur vénitien, Mario Giorgi (il était toujours en train de fourrer son nez dans les affaires des autres, ce qui le rendait insupportable), se présenta immédiatement au Vatican à une heure incroyablement matinale, dans toute la pompe des robes de cérémonies officielles. Serapica fut le premier à le rencontrer.

– Je dois parler à Sa Sainteté, dit Giorgi.

– Sa Sainteté est encore au lit. Elle dort.

En fait, Sa Sainteté *était* au lit, mais qu'elle dormît ou non était une autre paire de manches, car un jeune homme amené par mes soins la nuit précédente partageait sa couche.

– Il faut réveiller Sa Sainteté, insista Giorgi.

– Certainement pas, répondit Serapica en haussant le ton de façon dédaigneuse.

– J'insiste pour parler à Sa Sainteté !

J'entrai dans la chambre de Léon, où je trouvai Zeus et Ganymède endormis tous les deux et, après que j'eus fourré le jeune homme éberlué, nu comme un ver, dans un placard, Giorgi fut autorisé à voir le pape, tandis que Serapica et moi lambinions pour écouter ce que l'ambassadeur s'apprêtait à dire. Il allait se rengorger, cela ne faisait pas de doute.

– Qu'est-ce que vous voulez ? siffla Léon, en tirant les couvertures sur ses doubles mentons.

– Saint-Père, à l'exemple du Christ, je vous rendrai le bien pour le mal. Hier, Votre Sainteté m'a donné de mauvaises et de fausses nouvelles. Aujourd'hui, je lui apporte en échange de bonnes et vraies nouvelles : les Suisses ont subi une défaite.

– Nous connaissons également ces nouvelles, répliqua courageusement Léon. Mais c'est une défaite très légère.

– Votre Sainteté saura la vérité en lisant cette dépêche, dit onctueusement Giorgi en tendant au pape la lettre officielle qu'il avait reçue et celle de l'envoyé de Venise auprès du roi de France.

Léon fut secoué, mais il tenta de n'en rien laisser voir à Giorgi. Sa bouche molle s'ouvrit et se referma comme celle d'un poisson cherchant l'eau, puis elle laissa échapper un bâillement prolongé. Ce fut, à mon avis, une belle preuve de virilité.

– Avec la permission de Votre Sainteté, dit l'ambassadeur,

je vais me retirer afin que Votre Sainteté puisse faire sa toilette.

Et il se retira, mais pour se ruer auprès de Bibbiena et des autres cardinaux et les informer. Giorgi ne se montra pas au Vatican de quelques jours car la garde suisse était si enragée qu'elle menaça de lui couper les couilles et de les faire frire dans une poêle pour dîner si elle mettait la main sur lui. Il se présenta quelque temps plus tard à une audience au cours de laquelle Léon – humblement et tristement – lui dit :

– Nous allons nous jeter dans les bras du Roi Très-Chrétien afin d'implorer sa mansuétude.

– Très Saint-Père, répondit Giorgi, si vous faites cela, ce ne sera ni à votre détriment ni à celui du Saint-Siège. Le roi est un vrai fils de l'Église.

Léon se mit immédiatement à préparer sa réconciliation avec François. Je n'avais jamais vu le pauvre vieux cher homme aussi abattu. Bibbiena était pour la reprise des hostilités avec les forces combinées du Saint-Siège, de l'empereur, de l'Espagne et des Suisses, car il s'accrochait désespérément à la Ligue qui partait en quenouille, mais Léon ne voulut pas en entendre parler. Même Alfonsina Orsini mit son grain de sel, écrivant à Lorenzo que Bibbiena allait, pour la seconde fois, nous mener à notre perte.

Les négociations de paix furent longues, mais François, étonnamment généreux. Probablement parce qu'il craignait qu'une coalition entre Maximilien et Henri VIII d'Angleterre (qui était un solide allié du pape depuis que Léon avait élevé Thomas Wolsey au cardinalat) ne lui volât les fruits de sa victoire avant que les papes eussent une chance de les confirmer. Les Vénitiens furent des plus inquiets quand ils connurent les termes du traité, qui semblait totalement ignorer les intérêts de Venise. Personnellement, j'en fus ravi, car j'étais depuis longtemps convaincu que la hautaine, arrogante et perfide République méritait une bonne leçon. À ce que l'on raconta, Mario Giorgi était au bord de l'apoplexie, mais je ne pus – hélas – assister personnellement au spectacle.

La pilule la plus dure à avaler était le renoncement du pape à tous ses droits sur Parme et Plaisance. C'était une pilule amère, mais Léon l'avala. Il espérait en outre qu'en acquérant Modène ce territoire serait de nouveau uni aux États de l'Église. En fait, ce fut précisément ce qui arriva.

François Ier fit une entrée triomphale dans la capitale lombarde le 11 octobre 1515. Sous prétexte de prendre des vacances d'automne, Léon se retira à Viterbe et nous l'y accompagnâmes, Serapica et moi. Pendant notre séjour, semé de divertissements à notre façon, nous apprîmes que François désirait se rendre à Rome pour avoir une audience personnelle du pape. Cela nous étonna, je puis vous le dire ! Cependant, comme Léon ne voulait à aucun prix que François se rendît à Rome, il lui proposa une rencontre à Bologne, que le roi de France accepta. Nous fîmes donc nos bagages pour partir vers le nord, avec une étape à Florence, la ville natale de Léon, avant de rejoindre Bologne.

La ville nous fit honneur. Léon ne cessa de grogner en chemin, car son cul rongé d'ulcères le faisait souffrir, mais il réussit à esquisser un sourire quand il vit l'accueil qui nous avait été réservé. Des artistes de la stature de Jacopo Sansovino, d'Andrea del Sarto et de Pontormo avaient rivalisé entre eux pour concevoir des décorations qui étaient une heureuse combinaison d'architecture, de sculpture et de peinture. Douze arcs de triomphe avaient été érigés, ornés non seulement de reproductions des plus fameux exemples de l'architecture de la Rome antique, mais encore d'inscriptions qui chantaient éloquemment les louanges du premier pape Médicis. Sur la façade lisse du Duomo, Andrea del Sarto avait peint un merveilleux tableau en chiaroscuro.

Nous fûmes accueillis en musique à notre entrée dans la

ville par la porte Romaine et Léon demanda plusieurs fois de faire halte afin d'admirer les décorations et les œuvres d'art peintes sur les murs, dont certains avaient été égalisés pour la circonstance. L'ordre et le détail du cortège avaient été minutieusement mis au point par Paris de Grassis, orfèvre en la matière. Dix-huit cardinaux prirent part à la procession, avec Lorenzo de' Medici et la municipalité florentine. On aurait pu penser que c'était François qui capitulait devant Léon, et non l'inverse. Le cardinal Giulio de' Medici dit la messe dans le Duomo, puis Léon donna sa bénédiction. Après cela, il fut temps de passer aux affaires.

Léon consulta Paris de Grassis sur les cérémonies par lesquelles François allait être accueilli à Bologne. Il désirait que le roi de France reçût un présent magnifique, et Grassis suggéra une déesse de la Paix ornée de joyaux, mais Léon rejeta l'idée. Il finit par se décider pour une croix d'or pur sertie de pierres précieuses, qui avait appartenu au cardinal Ascanio Sforza. Elle provenait du trésor de Jules II, ce qui ne manquait pas de piquant, car les Français haïssaient Jules pour les humiliations qu'il leur avait fait subir. S'il avait su cela, le pauvre vieux Jules se serait retourné dans sa tombe. Après avoir parlé affaires avec Grassis, Léon dit la messe à San Lorenzo avec beaucoup d'émotion, puis il s'agenouilla en larmes devant le sarcophage de porphyre qui contenait le corps de son père, Laurent le Magnifique. Il rendit également visite à son frère Giuliano, sérieusement malade et cloué au lit au palais Médicis.

Le 7 décembre, nous arrivâmes à Bologne, où l'accueil fut glacial. Léon avait trop souvent favorisé les ennemis de la ville pour qu'elle se montrât chaleureuse envers le pape Médicis. Comme les Bentivoglio le détestaient, nous passâmes dans les rues au cri de *Sega! Sega!* car ils portaient une scie sur leurs armoiries. Outrés par l'animosité des Bolonais, les cardinaux qui nous accompagnaient demandèrent à Léon de faire halte pour marquer son déplaisir, mais il refusa, préférant continuer d'avancer, un rictus aux lèvres, comme s'il ne s'était aperçu de rien.

François Ier entra en grande pompe à Bologne le 11 et les cloches de toutes les églises sonnèrent à toute volée en son honneur. Dix-neuf cardinaux l'attendaient à la Porta San Felice. Le cardinal Riario prononça un bref discours d'accueil, pendant lequel les autres cardinaux se découvrirent. Également tête nue, François répondit en français. La suite du roi déçut les milliers de personnes venues la voir, car les dignitaires n'étaient pas en armes et très simplement vêtus. Léon observa les Français d'une fenêtre du Palazzo Pubblico.

La rencontre du pape et du roi traîna tellement en longueur qu'elle devint ennuyeuse. Il y eut également des moments de grande absurdité. La salle du second étage du Palazzo Pubblico était tellement pleine de monde, grouillante de cardinaux, de prélats, de représentants de la noblesse et de spectateurs de moindre rang, que le parquet se mit à craquer et à gémir douloureusement, comme s'il allait s'écrouler. Je me dis que Léon, secrètement, le souhaitait. Je dois dire qu'il avait fière allure. Il portait une tiare sertie de joyaux, un manteau brodé d'or et de perles, et sur chaque mule était fixé un énorme rubis. François eut quelque difficulté à s'approcher du trône pontifical, tellement la foule était dense. Il y eut quelques malheureuses bousculades quand le maître de cérémonies essaya de se frayer un chemin et, à un moment, la pointe de son épée déchira le pourpoint multicolore d'un vieux beau efféminé qui tentait de s'approcher du roi pour mieux le voir.

– Regarde ce que tu as fait, espèce de maudit bougre ! hurla-t-il – et des gauloiseries fusèrent dans cette partie de la salle.

– C'est Orlando qui m'en a fait cadeau…

François fit les trois génuflexions protocolaires devant le trône de Léon et s'agenouilla. Le pape le releva de ses mains gantées de blanc et l'étreignit avec chaleur. Ils se souhaitèrent réciproquement la bienvenue, le roi en français, le pape en latin. Puis le chancelier, du Prat [1] le bien nommé, se lança dans un éloge extravagant et ridicule de la sagesse et de la prudence, de l'intelligence, de l'indulgence, de la miséricorde, de la bravoure et de la gloire des Médicis, de Léon en particulier, sur lequel il fanfaronna :

– Dieu lui a confié la barque sacrée de Pierre afin qu'à travers maints récifs périlleux il la mène à bon port.

Puis il fit l'éloge des rois de France qui :

– ... depuis longtemps ont surpassé tous les autres princes chrétiens dans leur dévotion envers le Saint-Siège. Suivant leurs traces, Sa Majesté François Ier, sourd aux conseillers qui ne partageaient pas son avis, a franchi monts et vaux, forêts et rivières, afin de jeter son gant aux Suisses pour rendre hommage au pape, vicaire du Christ, et, en tant que fils aîné de l'Église, déposer tout ce qu'il possède à ses pieds.

Tout cela, évidemment, ne voulait rien dire. Des milliers d'hommes morts, mutilés ou blessés gisaient sur les champs de bataille, jonchant le nord de l'Italie, uniquement afin que le roi pût, en donnant l'accolade au pape, déguiser son appétit de conquêtes en un exercice d'hypothétique piété. Il suffit d'un pauvre préambule traînant en longueur pour faire oublier à tout un chacun les traîtrises et les machinations, les malédictions et les imprécations, les rivalités et les ambitions et, par-dessus tout, l'impardonnable et funeste gâchis de vies humaines. Personnellement, je trouvai cela incroyable, mais je ne suis qu'un vieux nain gnostique.

François et Léon se rencontrèrent deux fois le lendemain, mais rien ne transpira de ces entrevues, qui sont encore secrètes aujourd'hui, car seuls les interprètes étaient présents.

1. En latin, pourrait se dire *de prato*, « du pré », qui fait immanquablement référence à *asinus*, l'âne.

Le 13 décembre, Léon célébra une grand-messe dans l'église San Petronio et, bien que François fît montre d'une très courtoise attention envers le pape, offrant même de lui porter sa traîne, il ne reçut pas la sainte communion de ses mains. Durant la messe, un gentilhomme français, en proie à un subit accès de piété, se leva d'un bond en criant qu'il souhaitait que le pape entendît sa confession, s'accusant d'avoir combattu Jules II avec acharnement, au mépris de la sentence d'excommunication. François s'accusa immédiatement du même péché et supplia Léon de l'absoudre. Magnanime, le pape s'exécuta. Ses mains grasses tremblaient lorsqu'il les leva en prononçant les paroles d'absolution. Alors, inopinément, François dit d'une voix émue :

– Votre Sainteté ne doit pas être surprise que nous haïssions tant Jules, car c'était notre plus grand ennemi. Dans toutes les guerres que nous avons menées, nous n'avons pas eu d'ennemi plus féroce, car Jules était un grand général, beaucoup plus fait pour guerroyer que pour être pape.

Après François, toute sa suite baisa la mule de Léon. Il y eut tant de baisers que l'un des fils d'or n'y résista pas. Un vieux dignitaire tenta même d'arracher le rubis qui l'ornait avec ses dents, geste qui ne parut pas inspiré par la piété. Ce soir-là, François dîna en privé avec Léon. Le cardinal Giulio de' Medici, Bibbiena, Serapica et moi étions également présents. Je ne souhaite rien dire de ce dîner, sauf pour remarquer qu'il fut somptueux, un vrai cauchemar de gloutonnerie. Malgré moi, j'étais en proie à une émotion intense, car je n'arrivais pas à me sortir de la tête qu'il était étrange qu'un infirme des bas-fonds du Trastevere finît par dîner avec le roi de France. N'est-ce pas ?

Le 15 décembre, Léon accorda une audience d'adieu à François et le roi s'en alla, laissant le duc Charles de Bourbon le représenter en Lombardie.

– Quittons cette ville inhospitalière, me dit Léon.

Le 18, nous partîmes pour Rome, effectuant un détour de quelques semaines par Florence, afin que Léon pût voir son frère Giuliano, qui était mourant. Nous fûmes de retour à Rome le 28 février 1516, au milieu de la liesse générale, qui s'exprima seulement en termes religieux car c'était le carême. Le 17 mars de la même année, le frère de Léon, Giuliano, rendit l'âme et Philiberte, qui était aussi acariâtre que laide, retourna chez sa sœur Louise, mère de François Ier.

Il faut maintenant que je vous parle du complot contre la vie de Léon auquel j'ai fait allusion dans le premier chapitre de mes mémoires. Il fut conçu, organisé et dirigé par le cardinal Alfonso Petrucci, l'un des plus opulents princes de l'Église, qui n'avait d'autre but dans la vie que d'accumuler le pouvoir et les richesses. Petrucci avait une raison particulière de haïr Léon car, en mars 1516, peu après notre retour de Bologne via Florence, Borghese Petrucci, frère du cardinal, avait été banni du gouvernement de Sienne avec l'assentiment du pape. Après cela, Alfonso Petrucci se mit à ruminer une sombre vengeance. Consumé par une haine insensée, il pensa d'abord à tuer le pape de sa propre main pendant qu'il était à la chasse. Mais, l'exécution en étant difficile et dangereuse, il abandonna le projet, qui aurait soulevé une vague d'horreur dans la chrétienté tout entière. En fait, Petrucci, qui était encore jeune, n'était plus qu'un vieillard fou.

Il finit par se décider pour le poison et soudoya Battista da Vercelli pour l'aider dans sa besogne. Vercelli était un médecin de grande réputation, venu de Florence à Rome dans l'espoir de traiter la « fistule » de Léon et, au cours du traitement, il devait introduire le poison dans le corps rebondi de Léon. Très drôle : les poisons sont généralement ingérés par voie orale, et Léon allait ingérer le sien par le cul.

Battista da Vercelli fit répandre le bruit qu'il avait découvert un remède pour soigner le pape et qu'il l'appliquerait lui-même sur le postérieur sacré. Si Léon avait accepté cette offre, c'eût été pour lui le bout (excusez ce jeu de mots facile) du chemin, mais il refusa («une intuition, un pur pressentiment», me dit-il plus tard).

Le cardinal Petrucci écuma de rage. Pestant et jurant, il fut victime d'une attaque de bile et déclara qu'il serait le libérateur de ce collège de méprisables esclaves, les cardinaux, qui étaient devenus le pot de chambre de Léon. Sans prendre congé du pape, Petrucci se retira dans un domaine du Latium qui appartenait aux Colonna et se mit à intriguer ouvertement avec son frère, lequel vivait à Naples. Léon lui-même lui écrivit, l'avertissant de sa folie, mais Petrucci, avec une périlleuse arrogance, continua d'ourdir ses machinations aux yeux de tous, entretenant une correspondance privée avec son secrétaire, Marc Antonio Nino, qui était toujours à Rome. Par l'entremise de Nino, Petrucci suggéra à Battista da Vercelli de s'offrir de nouveau à soigner le postérieur du pape et à lui injecter le poison dans le cul. Petrucci devait être fou d'écrire tout cela. Chaque mot précipita sa perte. Il suggéra même d'impliquer Serapica dans le complot.

– Cher, vous *imaginez* ? hurla Serapica, fou de rage. Je ne m'approcherais pas du cul de Léon avec un piquet de tente, encore moins avec une fiole de poison.

Marc Antonio Nino fut arrêté et soumis à la question. Plus précisément, on lui brûla le prépuce avec des pinces chauffées à blanc, ce qui eut pour effet de lui délier la langue. Hurlant comme une hyène en chaleur, il avoua tout ce que l'on voulut et même plus. Il admit par exemple avoir eu un rapport sexuel avec une vache, à la surprise des tortionnaires, qui ne le lui demandaient nullement, et cet aveu fut déclaré hors sujet. Le cardinal Petrucci avait reçu la promesse d'être restauré dans ses droits sur Sienne s'il venait à Rome en personne mais, tout en ignorant les aveux de Nino qui n'avaient pas été rendus publics, il hésitait à le faire. Léon l'attira en lui faisant miroiter un sauf-conduit et il revint à Rome le 18 mai. Le lendemain, il arriva au Vatican en compagnie du cardinal Sauli, un ami intime, et ils furent arrêtés sur-le-champ. Convoquant immédiatement le consistoire, Léon informa les cardinaux des mesures prises contre Petrucci et Sauli. En même temps, des brefs furent expédiés aux princes et aux principicules les plus connus pour les informer des nouvelles.

Les rumeurs les plus folles commencèrent à se répandre dans la ville et elles atteignirent leur apogée quand on vit que le Vatican était gardé et rempli de troupes en armes. Certains cardinaux protestèrent contre le fait que Petrucci et Sauli eussent été incarcérés au «Maroc», le cul-de-basse-fosse le plus profond et le plus infect de Saint-Ange, mais Léon ne voulut rien entendre. Battista da Vercelli fut arrêté et torturé, ainsi que certains autres individus suspectés de complicité, y compris un serviteur de Petrucci, nommé Pocointesta. Un second consistoire fut convoqué le 29 mai et, pendant que les participants s'assemblaient au Vatican, Léon envoya chercher le cardinal Accolti. Ils parlèrent un moment dans les appartements privés du pape, où se tenait une garde militaire. Puis les cardinaux Riario et Farnese firent leur apparition, apparemment détendus et joyeux. J'attendais dehors. Dès que Riario et Farnese furent entrés, Léon sortit en hâte et me siffla dans le creux de l'oreille :

– Ferme la porte, Peppe ! Vite ! Ferme vite la porte !

Je m'exécutai, et Léon demanda à Paris de Grassis de remercier le consistoire. Le visage rouge et couvert de sueur, il tremblait et paraissait être dans tous ses états. Riario fut arrêté. On apprit plus tard que Petrucci et Sauli l'avaient impliqué dans la conspiration. Le 4 juin, il fut transféré au château Saint-Ange – en fait, il était tellement paralysé par la peur qu'on dut le transporter dans une litière – et, dès qu'il fut descendu dans cette tombe, le Maroc, il avoua sa faute.

Au cours d'un troisième consistoire, le 8 juin, Léon informa les Éminences affolées que deux d'entre elles faisaient également partie du complot et il leur demanda de lui chuchoter leur loyauté à l'oreille. Pendant que le cardinal Soderini le faisait, Léon l'accusa à haute voix d'être l'un des deux. Soderini se jeta aux pieds du pape, implora son pardon, imité par le cardinal Castellesi, le second conspirateur. Léon accorda immédiatement son pardon, mais le consistoire imposa à chacun une amende de douze mille cinq cents ducats et leur ordonna de tenir l'affaire secrète. Léon reçut ensuite les ambassadeurs d'Allemagne, de France, d'Angleterre, d'Espagne, du Portugal et de Venise et les informa que les cardinaux impliqués dans le complot avaient tous été pardonnés, sauf Petrucci, Sauli et Riario. Soderini se réfugia plus tard à Palestrina, chez les Colonna, et Castellesi, déguisé, fila vers Naples en passant par Tivoli. On raconte qu'il se déguisa en femme vendant des oranges, mais je ne peux le confirmer. On raconte aussi qu'il fut violé par le fils d'un fermier, un solide gaillard qui le prit pour ce qu'il paraissait être, mais cela non plus je ne puis (hélas!) le confirmer.

Au cours du procès, Petrucci, Sauli et Riario furent déclarés coupables. On les dépouilla de la dignité du cardinalat et on les remit au bras séculier – la même sentence que celle prononcée contre ma bien-aimée Laura, ce qui est, vous le savez maintenant, un euphémisme pour une exécution. Lors du long et orageux consistoire final (je n'y assistai pas, bien sûr) tenu le 22 juin, certains cardinaux protestèrent contre la rigueur de la sentence, mais Léon rejeta leurs objections. Le 27 juin, Battista da Vercelli et Marc Antonio Nino, après avoir été sévèrement torturés, furent pendus puis écartelés dans des flots de sang. Comme je l'ai relaté dans le premier chapitre de ces mémoires, la sentence de mort fut prononcée contre Petrucci, et ce fier-à-bras, ce coupeur d'oreilles, devant l'ultime expérience de la vie, celle qui met fin à la vie elle-même et à laquelle nous serons tous un jour obligés de nous soumettre, se mit à pleurnicher comme un lâche.

D'un peu partout, d'urgentes suppliques intercédèrent en faveur de Sauli et de Riario. Le cardinal Cibo et la ville de Gênes plaidèrent la cause du premier, ainsi que le roi de France, avec autant d'éloquence que d'émotion. L'ambassadeur vénitien (encore lui) intercéda en faveur de Riario, dont les parents écrivirent même au roi Henri VIII d'Angleterre. Finalement, le pardon fut accordé à de très strictes conditions : Riario dut reconnaître qu'il avait été légalement déposé et qu'il ne devait sa restauration qu'à la mansuétude pontificale. Il dut publiquement promettre qu'il serait désormais le loyal et dévoué serviteur du pape et qu'il n'entretiendrait plus avec les princes et les cardinaux d'autres relations que privées. Il dut payer l'amende colossale de cent cinquante mille ducats garantie par des banquiers amis, des officiers de la curie et par les ambassadeurs d'Allemagne, d'Angleterre, de France, d'Espagne, du Portugal et de Venise. Il ne devait jamais quitter son domicile sans la permission expresse du pape, et les cardinaux qui avaient voté sa déposition furent chargés de veiller à ce que ces promesses fussent tenues. Restauré quelques jours après Riario, Sauli dut payer une amende de vingt-cinq mille ducats. Il fut assigné à résidence au Vatican pour le reste de sa vie et, bien que réinvesti de la dignité de cardinal, il fut privé du droit de vote.

Sauli apparut devant Léon vêtu comme un simple prêtre, reconnaissant humblement son crime et demandant pardon. Comme Riario, il promit d'être à l'avenir un loyal et fidèle serviteur du pontife. Avec une grande irritation (car il faisait peu de cas de Sauli, qu'il suspectait de tendances récidivistes), Léon répondit :

– Espérons que vos actes correspondront à vos paroles, bien que je sois persuadé que personne ne sera surpris quand vous retomberez dans les voies du péché.

En fait, triste et brisé, Sauli mourut en mars de l'année suivante. Léon eut le beau geste de le faire enterrer avec tous les honneurs dans l'église de Santa Sabina.

Quant à Soderini, qui avait quitté Palestrina pour Forli, il ne revint à Rome qu'après la mort de Léon. Castellesi, qui avait fui à Naples déguisé, trouva refuge à Venise. Il aurait dû y vivre tranquille, si le cardinal Wolsey d'Angleterre n'avait convoité ses bénéfices et harcelé Léon pour qu'il le traînât en justice. Le pape convoqua le cardinal à Rome, mais Castellesi refusa de venir et, le 5 juillet 1518, il fut dépouillé de toutes ses dignités et poursuivi pour complicité dans le complot de Petrucci. J'ajouterai que ce malheureux continua de vivre en paix à Venise, se dévouant à la prière et à l'étude dans un appartement du palais de son ami Giacomo da Pesaro. Après la mort de Léon, il fut obligé de revenir à Rome pour le conclave, mais il disparut en chemin et, à l'heure où j'écris ces lignes, on assure qu'il fut assassiné par un serviteur perfide.

Sic transit gloria hominum[1].

J'ai maintenant conscience d'avoir bouclé la boucle : j'ai atteint l'année 1518, celle où ces mémoires furent commencés. En me mettant au travail, j'écrivais, bien sûr, au présent : maintenant je jette un regard en arrière sur tous les événements advenus jusqu'à la mort de Léon. Ils sont au passé, comme les ombres des rêves, comme les pétales racornis et séchés, vestiges d'une floraison autrefois glorieuse. Ils me reviennent comme des bouffées de musique curieusement étrangère, mi-remémorée, mi-oubliée, parlant de gens et de lieux qui *semblaient* m'avoir été familiers. Certains événements sont en fait proches de moi dans le temps, mais comme ils me semblent loin maintenant ! Tant de choses

1. « Ainsi passe la gloire des hommes. » (On dit d'ordinaire : *mundi*.)

semblent si éloignées depuis la mort de Léon. *Tout* était lié à lui. Léon était l'horizon vers lequel s'étendait le paysage de ma vie – un paysage sans fin, comme je l'ai pensé une fois ! Je l'aimais profondément. Il me manque cruellement. Et pourtant… pourtant… mais non, ce n'est pas le moment de tisser les derniers fils dans la tapisserie de mon récit. Il vous faudra patienter encore un peu.

Maintenant que j'ai bouclé la boucle, il me semble approprié de parler de nouveau du personnage qui a occupé une place de choix dans les premières pages de ces mémoires. Je veux parler de Martin Luther. Mais auparavant, je dois vous relater un autre incident, qui engendra des événements terrifiants. Qui fut à ces événements ce que la cause est à l'effet ou le feu à la chaleur. Je savais, tout au fond de moi, que *quelque chose* allait arriver, une sombre apothéose qui pourrait être différée un court moment, mais je n'avais jamais imaginé sa nature, ni la façon dont elle finit par se révéler. Tous les points d'orgue sont sans doute imprévisibles, sauf l'orgasme qui est toujours le même au même moment.

Il arriva précisément ceci : j'appris qu'Andrea de' Collini avait, *in absentia*, fait passer en jugement Tomaso della Croce, que l'inquisiteur avait été déclaré coupable et que le Maître avait prononcé la sentence de mort. Inutile de dire que c'était de la pure folie, mais que pouvais-je faire ? Andrea de' Collini était hors de portée, au moins pour le moment. Une mince et fragile flamme d'espoir vacillait *toujours* quelque part au fond des ténèbres, l'espoir que – fût-ce l'espace d'un instant – le Maître recouvrerait la raison et serait de nouveau sensible à l'amour que je continuais de lui vouer. C'était cette flamme que je protégeais et que je nourrissais du mieux que je pouvais. C'était cet amour qui me tenait à cœur. Le sort de Tomaso della Croce ne me troublait pas le moins du monde. La prière qui, sans trêve ni repos, résonnait dans mon cœur était qu'Andrea de' Collini ne sombrât pas dans l'abîme de la folie.

1518...

Ut Ecclesiam tuam sanctam regere et conservare digneris, te rogamus.

Nous te prions de daigner diriger ta sainte Église et la sauver.

Ce furent les indulgences qui mirent le feu aux poudres. Selon la coutume, dès qu'il monta sur le trône de Pierre, Léon révoqua toutes les indulgences accordées par son prédécesseur, à l'exception de celles accordées par Jules II pour l'avancement des travaux dans la nouvelle basilique Saint-Pierre. Oh, voilà qui fut une erreur coûteuse ! Les Allemands avaient toujours grogné en voyant l'incessant flux d'argent qui partait pour Rome mais quand, le 22 décembre 1514, Léon étendit l'indulgence de Saint-Pierre aux provinces ecclésiastiques de Cologne, de Trèves, de Salzbourg, de Brême, de Besançon et d'Uppsala – et, en même temps, aux possessions d'Albert, archevêque de Mayence et de Magdebourg (qui n'avait d'autre désir que d'être archevêque de Partout) –, on peut dire qu'il cherchait les ennuis. Comme je vous l'ai annoncé dans le premier chapitre de ces mémoires, ledit Albert, ayant été élu archevêque de Mayence, voulait rester archevêque de Magdebourg et de Halberstadt, ce qu'il était déjà. Normalement, il aurait dû abandonner ces deux évêchés après son élévation sur le trône de Mayence – cela vous donne une idée de l'avarice de ce vieux coquin. Il réalisa son ambition, mais cela lui coûta très cher : pour être confirmé dans les trois sièges, il dut payer la somme exorbitante de quatorze mille ducats, plus un impôt extraordinaire de dix mille ducats, la totalité de la somme étant avancée par la banque Fugger, présidée par ce rusé filou de Jacob Fugger. Pour payer sa dette, Albert de Partout fut chargé de proclamer l'indulgence de Saint-Pierre dans les provinces de Mayence et de Magdebourg, y compris le diocèse de Halberstadt, et dans tout le territoire de la maison de Brandebourg. La moitié des fonds collectés allaient au pape (officiellement pour la construction de la nouvelle basilique) et il gardait l'autre moitié, avec laquelle il remboursait Fugger. Cette combinaison devait contenter tout le monde.

Cependant, un grand nombre de gens étaient profondément mécontents et avaient toujours été mal à l'aise à propos de la vente des indulgences – car ce n'était pas autre chose que cela, une vente, en dépit des rubans théologiques qui enrobaient la tractation financière. L'idée était très simple : le pécheur payait son indulgence en espèces sonnantes et trébuchantes et ses péchés étaient remis – ou, plus précisément, la punition de ses péchés était levée. Naturellement, divers péchés donnant lieu à diverses punitions, il y avait divers prix. Par exemple si, dans un accès de folie, vous aviez assassiné votre mère parce que la soupe était froide ou trop salée, le châtiment encouru risquait d'être très sévère, soit dans cette vie, soit dans l'autre. La rémission de ce châtiment coûtait les yeux de la tête. D'un autre côté, si vous aviez simplement batifolé avec la femme du boulanger, pendant que votre épouse transpirait dans les champs, vous relever de ce fardeau spirituel n'était pas ruineux. Mieux encore : si votre charmant vieil oncle Heinrich avait satisfait jusqu'au jour de sa mort son appétit pour les jeunes filles à la peau claire, vous pouviez être sûr qu'il languissait dans le feu du purgatoire, sa vieille bite ratatinée, cause de tous ses malheurs, non plus léchée par la langue des filles mais par des flammes cruelles. Maintenant, si, par amour pour le vieux renard, vous désiriez le soulager de ses souffrances dans l'autre monde, il vous suffisait d'ouvrir votre bourse, de lui acheter une indulgence et *pronto !* (comme nous disons, nous, les Italiens), l'âme de l'oncle Heinrich, miraculeusement brillante et d'une blancheur immaculée, s'envolait sur-le-champ dans le royaume des bienheureux. Certains petits malins achetaient même des indulgences pour des péchés qu'ils n'avaient pas commis, mais qu'ils avaient certainement l'intention de commettre. Il était facile de glisser une pièce dans la boîte du collecteur avant d'aller passer la nuit au bordel du coin (ce qui n'était pas un plaisir particulièrement coupable, puisque le clergé local y passait ses journées).

Ce que visa Martin Luther en clouant ses quatre-vingt-quinze articles sur la porte de l'église du château de Wittenberg, c'était cet affairisme grotesque et impie et pas le dominicain Tetzel, qui prêchait avec grande éloquence les indulgences de Saint-Pierre. Luther n'avait aucun grief personnel contre Tetzel. Le dominicain était certainement un prédicateur de grand talent, mais ses pouvoirs furent surestimés aussi bien par ses amis que par ses ennemis. En outre, je suis enclin à croire que les accusations d'immoralité (on dit qu'il avait sodomisé plus de mille jeunes garçons) accumulées contre lui par les partisans de Luther n'avaient aucun fondement. Ce ne fut pas Tetzel mais, comme je l'ai dit, le système qui joua le rôle du gredin dans la pièce. Toutefois ce fut Tetzel qui, en déclarant que les indulgences pouvaient être appliquées aux morts, écopa de ces vers maintenant infamants :

Dès que dans les coffres les ducats se collent,
Des flammes du purgatoire l'âme s'envole.

En fait, après le début des attaques de Luther, Tetzel cracha encore quelques flammes puis, à la fin de l'année 1518, il se retira au couvent dominicain de Leipzig, car prêcher les indulgences était devenu virtuellement impossible, si hostile était l'accueil qu'on leur réservait.

Au début de l'année, l'archevêque Albert de Partout envoya à Léon une lettre l'informant de la propagation des «nouvelles doctrines» que prêchait Luther. Le 3 février, Léon ordonna à Gabriele della Volta, vicaire général des augustiniens, de faire des remontrances au trublion, soit par lettre, soit par l'entremise d'un envoyé. Mais Luther résista à tous les efforts pour lui faire plier l'échine. J'ai déjà rappelé dans la première partie de ces mémoires que cette résistance exaspéra Léon. Fidèles partisans de Tetzel, les dominicains, qui ouvraient toujours l'œil, attirèrent l'attention de la curie sur le danger qui menaçait, mais personne ne les écouta. J'ai fortement l'impression que c'est la raison pour laquelle Andrea de' Collini fut laissé libre de ses mouvements : l'Inquisition, les yeux fixés sur les événements d'Allemagne, avait d'autres chats à fouetter. Les dominicains avaient dans les narines l'odeur âcre du bûcher et de la chair qui grésille et, dès que leur parvient une bouffée de cette odeur, ils deviennent pires que des molosses assoiffés de sang.

Au début du mois de juillet 1518, Luther fut convoqué à Rome pour rendre compte de ses doctrines «hérétiques» et du mépris ostensible qu'il affichait envers le pape et la cour papale. Luther répliqua par un biais, traitant ses adversaires d'Italiens et de thomistes. La première épithète suscita plus de fureur que la seconde, bien sûr, car elles étaient toutes les deux déprécatoires. Il reconnut la suprématie et l'infaillibilité des seules Écritures et maintint que les conciles et les papes étaient sujets à l'erreur. Cependant, très curieusement, il dit également que l'Église romaine avait toujours détenu la vraie foi et qu'il était nécessaire que tous les chrétiens s'unissent à Rome.

– Si cela veut être un plaidoyer pour mon pardon, remarqua Léon, je crache dessus.

– Pourquoi gâcher votre salive ? dit Serapica. Pissez dessus, cher.

– Pourquoi gâcher de la pisse ? dis-je. Chiez dessus.

Luther écrivit également à Maximilien en lui demandant de défendre l'honneur de son université de Wittenberg, mais Maximilien n'avait aucune envie d'être impliqué dans l'affaire. Léon envoya une lettre à Frédéric, l'électeur de Saxe, en lui demandant de l'aider à livrer Luther au cardinal Cajetan (un autre dominicain) qui avait été nommé légat à la diète d'Augsbourg, mais Frédéric refusa de se soumettre et il exprima le désir que le cas de Luther fût examiné en Allemagne. En fait, Frédéric n'était pas entièrement convaincu que les doctrines du moine fussent hérétiques, et il voulait s'en rendre compte par lui-même. Il suggéra, comme compromis, que Luther et Cajetan se rencontrent à Augsbourg, ce qu'ils firent.

Le parcours du cardinal Cajetan témoigne à l'évidence que l'argent n'est pas le seul moyen de faire rapidement carrière : une langue d'or n'est pas un mince atout, et c'était ce que Cajetan possédait. Il s'était une fois lancé dans une joute amicale avec Pic de La Mirandole et il avait écrasé le soi-disant philosophe Pomponazzi, qui niait l'immortalité de l'âme. Cajetan (dont le nom latin signifie « l'homme de Gaète ») était un thomiste intransigeant, et il partageait les vues de Thomas d'Aquin sur la suprématie du pape. Il fit plus d'une fois remarquer que, s'il y avait un mauvais pape sur le trône, tout le monde devait le supporter avec le sourire, puisque l'autorité du pape, qu'il soit bon ou mauvais, est absolue. Il me semble également juste de dire que Cajetan comprenait mal le vrai *Zeitgeist* du peuple allemand qui, pensait-il, était blessé mais essentiellement pieux et fidèle à Rome.

Monté sur un palefroi blanc caparaçonné de pourpre, Cajetan fit une entrée de grand style à Augsbourg. Il demanda que les pièces mises à sa disposition fussent tendues de satin pourpre et qu'un rideau de soie pourpre protégeât la table où il dînait du regard des curieux et du vulgaire. Le vil Ulrich von Hutten en fit des gorges chaudes, disant que Cajetan se plaignait que la viande allemande fût dure, le vin allemand aigre et le pain allemand grossier. Tout cela ne fit rien pour aider la cause du pauvre Cajetan. Il était tout à fait vrai que le cardinal n'aimait pas l'Allemagne – c'était un petit homme cultivé qui se languissait du soleil de la Méditerranée et gelait sous les climats moins hospitaliers du Nord.

Cajetan et Luther se rencontrèrent trois fois, mais rien d'intéressant ne sortit de ces entrevues. Cajetan se montra paternel et bien disposé, Luther d'une surprenante humilité. Cependant, malgré maintes promesses superficielles des deux côtés, Luther refusa de rétracter les thèses qui niaient que les mérites du Christ et des saints constituaient le «trésor» de l'Église et cette phrase des *Résolutions* qui affirmait que le bénéfice des sacrements dépendait de la foi de celui qui les recevait. C'était un petit jeu de qui n'ose rien ne gagne rien et, dans l'affaire, rien ne fut gagné. Luther comprit la futilité de ces rencontres et se réfugia à Wittenberg. Frédéric, l'électeur de Saxe, rejeta la requête de Cajetan, qui lui demandait d'expulser Luther de son territoire afin de le traîner de force à Rome.

Cajetan revint dans la Ville éternelle pour rendre compte de sa mission à Léon lui-même et fut invité à un dîner privé où nous étions présents, Serapica et moi.

– C'est un paysan, bien sûr, remarqua Cajetan en

mâchant un morceau de veau un peu dur qu'il finit par retirer de sa bouche avec les doigts.

– Ce ne sont pas des nouvelles, dit Serapica. Cher, nous savons tous que c'est un paysan.

– Avec une astuce de paysan, poursuivit le cardinal. N'oubliez jamais cela. Il sait exactement ce qu'il fait, croyez-moi. Quand je l'ai vu pour la première fois, j'admets avoir été surpris – je m'attendais à quelqu'un de plus tonitruant, de plus sûr de lui. En fait, c'est un homme plutôt timide. Il se déplace très lentement, d'un pas pesant, comme s'il calculait exactement l'endroit où poser un pied devant l'autre quand il marche. Honnêtement, je ne crois pas qu'il soit très brillant. Il était habillé fort simplement, en noir, portait des sandales de bois et ses chausses étaient trouées au talon. Et vous savez quoi ? Il empestait l'urine. Un rustre bourru, grand et lent, puant la pisse.

– Votre Éminence, dis-je, à votre avis, est-il honnête ?

Cajetan réfléchit quelques instants et dit :

– Malheureusement, oui. Complètement et totalement honnête – en ce qui concerne ses convictions, du moins. Oh, il est capable de duplicité – nous le sommes tous –, mais il est désastreusement sincère dans ses convictions. Il n'a aucunement l'intention de devenir pape, si c'est ce que tu veux dire. Il n'a pas de motifs inavoués. Il pense que ce qu'il prêche est vérité d'Évangile. L'ennui, c'est que – professeur ou pas – ce n'est pas un érudit, et ne pas être un érudit est un obstacle quand il s'agit de percevoir la vérité. C'est pourquoi il faut dire la vérité aux masses. Luther ne voit pas cela, bien sûr, ou ne veut pas le voir. Il a également un problème avec son père.

– Oh ?

– Je le pense, en tout cas. À un moment, au cours de notre second entretien, il n'a cessé de répéter : « On ne peut pas plaire à Dieu par ce que l'on fait. Rien de ce que l'on est capable de faire par soi-même ne peut lui plaire. On ne peut pas gagner l'amour de Dieu, il est gratuit.» Puis, soudain, sa langue a fourché : «On ne peut pas plaire au *père.*» Il s'est immédiatement repris en poursuivant : «L'amour et le pardon du Père sont librement accordés à qui lui plaît.» Mais je n'étais pas dupe, il faisait allusion à son propre père.

– Cher, murmura Serapica, êtes-vous vraiment en train de me dire que tout ce scandale est le résultat de l'incapacité de Luther à faire plaisir à son père?

Cajetan haussa les épaules.

– Je n'en sais rien, mais je pense que cela a un lien avec sa condamnation des bonnes œuvres. Après tout, il n'est pas déraisonnable de penser que, si Luther ne peut plaire à son propre père en faisant le bien, il doit se dire qu'il ne peut pas non plus plaire à Dieu en faisant la même chose. J'ai vainement essayé de lui en faire dire plus au sujet du vieil homme mais, chaque fois que nous commencions à parler de lui, Luther se ruait aux latrines. «Je crois que mes boyaux vont se lâcher», disait-il. Dégoûtant. Apparemment, il a des problèmes de constipation.

– Des figues, dit Serapica. C'est un remède infaillible – du moins à ce qu'on dit.

– Les figues ne poussent pas en Allemagne, le coupa Léon. Enfin, pas vraiment, du moins à ce qu'on dit.

– N'est-ce pas renversant? dis-je. Sa Sainteté a vraiment quelque chose en commun avec le moine fou.

– Oh? marmonna Léon, d'un air menaçant. Et quoi, s'il te plaît?

– Des problèmes au cul.

Le cardinal Cajetan toussa discrètement dans la paume de sa main et Léon refusa de m'adresser la parole pendant le reste du repas.

– J'ai essayé de lui faire entendre raison, poursuivit Son Éminence, mais, comme tous les fanatiques, Luther est incapable de cet effort. Et c'est un fanatique, il n'y a aucun doute. Vous n'avez qu'à regarder ce visage maigre, ces yeux profondément enfoncés dans les orbites, cette expression hantée! Il ne tenait aucun compte ni de mon savoir ni de la logique de mes arguments. Pour dire la vérité, je me sentais plutôt humilié d'avoir à discuter avec cette tête de mule. J'avais beau exiger : Abjure! Abjure! Ne me rencontre de nouveau que pour abjurer! Il ne savait faire autre chose que rester là, puant l'urine, les chausses trouées, et me dire – à *moi* ! – qu'il ne fallait croire que ce que l'on trouvait dans les Écritures. «Est-ce que l'on trouve des champignons dans les Écritures, m'écriai-je, frappé par l'absurdité de sa pensée, ou des amandes enrobées de miel? Et si l'on n'en trouve pas, doit-on mettre en doute leur existence?»

»J'ai pressé Staupitz de faire abjurer Luther, car il me semblait que Staupitz était un homme de bon sens, mais il a toujours éludé la question, ne me disant ni oui ni non. Il a même prétendu que l'intelligence de Luther était supérieure à la sienne (ce qui était une pure absurdité), mais que lui-même se soumettait humblement en tout au jugement de l'Église. De façon très incongrue quand on pense à cette soumission avouée, il eut même le culot de me dire que j'avais été envoyé "pour répandre le sang innocent de Luther". Je vous le dis, ce moine les tient tous en son pouvoir! Il a une étrange influence magique. Ils adorent le sol où il pose les pieds. Il y a, sans aucun doute, autant de sorcellerie que d'hérésie dans l'air.

– Plus tôt nous le brûlerons, mieux cela vaudra, dit Léon.

– Ah! mais c'est que le coquin joue les filles de l'air. On ne sait jamais où il se trouve.

Luther eut le toupet d'envoyer au pape une lettre pleine de mauvaise foi. Il écrivait notamment que, s'il avait traité Léon d'Antéchrist, il ne savait plus maintenant s'il était l'Antéchrist ou simplement son émissaire.

– Un pet de scribe! fulmina Léon.

– Une paronomase ! m'écriai-je.

– Une quoi ? dit Serapica.

Léon mima l'action de se torcher le cul avec l'insolente missive.

Ainsi, fastidieusement, avec beaucoup de bruit de part et d'autre, l'affaire continua. La fameuse controverse entre Luther et Johann Eck eut lieu à Leipzig en juin et juillet 1519 et, quelque temps plus tard, Eck vint à Rome, où il prit part à la rédaction de la bulle *Exsurge Domine*. Pendant ce temps, Luther, acceptant le fait que la sécession totale avec l'Église de Rome était maintenant inévitable, fit alliance avec les humanistes révolutionnaires d'Allemagne, particulièrement avec Ulrich von Hutten, un voyou assoiffé de sang. Le débat, qui en dépit de son acrimonie avait été jusque-là purement théologique, prenait à présent un tour explicitement et sinistrement politique. Sous l'influence de von Hutten, Luther développa des idées nationalistes et révolutionnaires, écrivant des pamphlets et prêchant la révolution au peuple, non seulement sur le plan théologique mais aussi sur le plan politique. La populace hurla son approbation : *Terre natale ! Liberté ! Évangile !* Tel fut le mélange incongru de cris qui parcourut tout le pays. Cette situation nouvelle, explosive, inspira la rédaction et la publication d'*An den christlichen Adel deutscher Nation von des christlichen Standes Besserung*, cet opuscule de Luther sur lequel Léon pissa de rage avec un immense soulagement.

Le 1er juin 1520, *Exsurge Domine* fut lue en plein consistoire et publiée environ deux semaines plus tard. En août, Eck arriva en Allemagne avec la bulle pour découvrir que, depuis la traîtrise d'un officier romain, son contenu était déjà connu. À Leipzig, le malheureux Eck fut menacé et malmené par les étudiants de Wittenberg, et la copie de la bulle qu'il avait avec lui fut souillée d'ordures et déchirée. La même chose se produisit à Torgau et à Döbeln. Le recteur de l'université de Wittenberg refusa d'accepter la bulle et l'université d'Erfurt fit de même. Celle de Vienne ne l'accepta qu'après que l'empereur l'y eut obligée et l'université d'Ingolstadt l'imita avec grande répugnance. Même les évêques hésitèrent à la publier, certains par manque de loyauté envers Rome, d'autres par crainte.

Le suprêmement dédaigneux cardinal Mathias Lang, archevêque de Salzbourg, n'avait, depuis le début, jamais prononcé le moindre mot contre Luther et ne publia la bulle que du bout des lèvres. Le duc de Bavière incita les évêques du duché à adopter la même attitude. Comme la Bavière était résolument catholique, cette attitude montrait bien à quel point on ne mesurait pas la gravité de la situation. Personne, même à ce stade, ne pensait que le moine fou allait réussir à diviser en deux la chrétienté. C'était impensable, même s'il était devenu un trublion gênant. La bulle d'excommunication *Decet Romanum Pontificem* fut publiée le 3 janvier 1521, excluant définitivement de l'Église Luther et ses partisans : la maladie avait enfin été diagnostiquée, et il n'y avait pas de remède. C'était une maladie mortelle. Je remercie le vrai Dieu, le Père du ciel, que Léon n'ait pas vécu assez longtemps pour voir la blessure béante qui coupait son Église en deux moitiés douloureuses pleines de haine et de sang. Peu après la sortie de la bulle d'excommunication, l'ignoble von Hutten envoya une copie de l'un de ses pamphlets révolutionnaires à Rome, mais Léon était trop malade pour le lire. Cependant, moi, je l'ai lu, et voici ce qu'il disait :

Den Aberglauben tilgen wir,
Die Wahrheit wiederbringen hier,
Und d'weil das mit mag sein in gut,
So musz es kosten aber Blut[1].

1. « Les hérétiques, nous les exterminerons, / Ici on leur apporte la vérité perdue, / Et, comme cette besogne ne peut se faire sans mal, / Il faudra bien que le sang coule. »

N'est-ce pas que l'allemand est une langue particulièrement laide ? C'est ce que j'ai toujours pensé.

Pendant ce temps, en plein commencement de la fin de la chrétienté telle qu'elle avait été connue depuis près de deux mille ans, j'étais de plus en plus préoccupé par les intentions d'Andrea de' Collini et par les déplacements du dominicain Tomaso della Croce. C'était une autre maladie mortelle et j'étais déterminé à ce que la mort ne fût pas celle d'Andrea de' Collini. Chaque fois que je voyais le Maître, je le trouvais toujours plongé dans des manuels de magie et de numérologie, toujours obsédé par les nombres 7, 2, 5 et, surtout, par le sinistre 8. Il faisait d'interminables et incompréhensibles calculs, murmurant et marmottant, en proie aux délices ou au désespoir selon l'humeur du moment. En certaines occasions, il semblait avoir totalement oublié la parodie de procès à laquelle della Croce avait été soumis, à d'autres moments il en était obsédé. Parfois il me regardait avec, dans les yeux, quelque chose qui ressemblait à de l'amour, mais l'instant suivant il me tombait dessus en crachant et en jurant. Quant à moi, je ne doutais pas une seconde de la conviction de Nino : le Maître était en chasse, il allait tuer sa proie. Il s'agissait simplement de savoir où et quand. C'était cela qui me troublait tant. Il était devenu tristement évident que son obsession de vengeance avait pris le pas sur ses devoirs envers la confrérie ; l'entretien de la flamme fragile de la vérité gnostique lui paraissait moins important que la tâche qu'il s'était assignée : l'affrontement final avec Tomaso della Croce. Il ne me restait qu'à espérer et à prier que quelque chose pût être fait pour le dominicain avant que l'affrontement eût lieu, afin de libérer le Maître du sombre démon qui avait infecté son âme et de lui donner l'occasion de reprendre ses esprits. En fait, vous le savez déjà, j'avais décidé de mettre la main sur l'inquisiteur avant le Maître. Tomaso della Croce une fois disparu, pensai-je, le Maître n'aurait plus besoin des nombres pour ourdir de meurtriers complots. C'était à moi de faire quelque chose.

Je méditai longuement, ruminant tard dans la nuit, collationnant les faits, rassemblant miette par miette tout ce que je savais du tour d'esprit d'Andrea de' Collini et du caractère de Tomaso della Croce, afin de m'en faire une image claire, cohérente et intelligible. Et devant cette image je réfléchis longtemps, passant au crible les dilemmes et les possibilités, mesurant les chances, pesant le pour et le contre, jaugeant les probabilités de succès ou d'échec. J'en vins finalement à arrêter un plan qui, je le pensais – *ultime espoir !* –, avait une chance d'aboutir. Sachant que le temps ne travaillait pas pour moi, une fois ma décision prise, je franchis le Rubicon sans perdre une seconde : je demandai une audience au cardinal Cajetan, qui était toujours à Rome, à ruminer sans aucun doute les déboires que lui avaient valus ses rencontres avec Martin Luther.

– Tomaso della Croce est un prêtre très doué et un précieux inquisiteur, dit le cardinal en m'offrant une coupe de son meilleur vin de Sicile. Goûte une de ces friandises. On les appelle les mamelons d'Adonis. Elles sont exquises.

– Merci, Éminence, dis-je en mordant dans la confiserie, d'un crémeux à vous soulever le cœur.

– Tu as quelque raison d'en vouloir à cet homme ?

– Je désire simplement savoir où il se trouve, dis-je.

– En mission privée pour l'Inquisition. En outre, tu as l'oreille du pape. Pourquoi ne le lui demandes-tu pas, à lui ?

– Sa Sainteté préfère ne pas discuter de cette question, répondis-je prudemment. Comme elle me l'a par ailleurs expliqué, elle ne peut s'attendre à savoir tout ce qui se passe dans son Église.

Cajetan suça bruyamment sa friandise.

– Les choses pourraient aller plus vite, dit-il lentement d'un air pensif, si je savais pourquoi tu as besoin de cette information.

– Je n'en ai pas besoin, Éminence, mais il me la faut. Cependant, je peux toujours attendre que Tomaso della Croce soit de retour à Rome.

– Ce n'est peut-être pas pour demain.

Je haussai les épaules.

– Je ne suis pas pressé, dis-je.

– Bois une autre coupe de vin. J'espère que tu le trouves bon.

– Très bon, Éminence.

– Écoute, petit ami, j'ai une proposition à te faire.

– Ah ?

– Oui. Reviens dans trois jours, lorsque j'aurai consulté certaines… personnes… au sujet de ta requête. Si, lors de notre prochaine rencontre, tu acceptes de me rendre un service particulier – ne me demande pas lequel maintenant –, je serai heureux de te donner l'information que tu désires. Qu'en penses-tu ?

– C'est énigmatique, dis-je. Plutôt mystérieux.

Cajetan eut un petit rire.

– Peut-être que je suis quelqu'un de mystérieux, murmura-t-il.

Telle fut la conclusion de l'audience.

– Peppe, dit Léon, penses-tu que j'ai mis fin trop tôt au concile du Latran ?

Le concile du Latran, vous le savez, avait été convoqué par Jules, en partie pour contrer le concile schismatique de Pise, en partie pour réformer les mœurs de l'Église. Le 16 mars 1517, Léon l'avait clôturé en grande pompe. La plupart des réformes publiées étaient déjà lettre morte.

– Pourquoi Sa Sainteté me demande-t-elle cela ? dis-je. Je ne suis pas théologien. Je ne suis même pas prêtre.

– Ta vie ici avec moi est aussi privilégiée que celle de n'importe quel cardinal, et tu le sais très bien ! aboya Léon. Réponds à ma question : ai-je clôturé le concile trop tôt ?

– Le concile était une idée de Jules, Votre Sainteté.

– Oui. Mais Jules est mort et j'ai dû achever l'œuvre qu'il avait commencée. Par le Christ, c'était comme si on me demandait de compléter l'une des statues de Michel-Ange. Impossible !

– C'est-à-dire, commençai-je du bout des lèvres, avec cette affaire de Luther sur les bras…

– Doit-il se glisser dans chaque discussion ?

– J'allais dire, Votre Sainteté, que si les réformes promulguées par le concile avaient *vraiment* contribué à une réforme en profondeur de l'Église, Luther n'aurait peut-être pas pu remuer la boue qu'il remue à présent.

– Tu as raison, Peppe, dit Léon d'un air maussade. Tu n'es pas un théologien.

Pour être franc, je pense que le concile du Latran avait fait ce qu'il pouvait en matière de réformes, mais il ne pouvait pas grand-chose. La tâche était herculéenne. Comment pouvez-vous prêcher la chasteté à une femme qui a fait la putain toute sa vie ? La plupart des règles édictées par le concile n'étaient que d'anciennes recommandations formulées de manière plus sévère. Elles furent envoyées partout mais, à part l'Italie, elles ne furent mises en pratique qu'en Espagne et au Portugal. La plupart furent totalement ignorées. Par exemple, la coutume grotesque d'accorder des bénéfices et des dignités ecclésiastiques à des enfants persista en dépit des décrets conciliaires. C'était une source de revenu trop lucrative pour que la curie songeât à l'abandonner. Il y avait seulement trois ans, le petit Alfonso, l'infant du Portugal, qui n'avait que quinze ans, avait été déclaré capable de diriger un évêché et un archevêché ! Vous imaginez la scène ? Un marmot se dandinant dans les palais du Portugal, une mitre incrustée de pierreries précairement posée sur sa tête de linotte ? En fait, Léon lui-même ne cessa de transgresser les recommandations du concile. La plupart des évêques, qui n'avaient même pas assisté aux sessions, retombèrent dans leurs anciennes pratiques. Cela me fait mal de le dire, mais le cardinal Giulio de' Medici fut l'une des rares exceptions : il prit la peine de convoquer un concile provincial à Florence afin de mettre en pratique les décrets du Latran, mais ce ne fut qu'une goutte d'eau dans la mer. Après tout, en y repensant, peut-être que Martin Luther n'avait pas *totalement* tort… mais je n'ai pas osé le dire à Léon.

– Alors ? dit Léon. Oui ou non ?

– Oui ou non quoi ?

– Ai-je clôturé le concile trop tôt ?

Je poussai un soupir.

– Non, dis-je en prenant ma voix la plus sincère. Bien sûr que non.

Léon ne se tint plus de joie, tandis que je murmurais entre mes dents :

– Le vrai problème est qu'il a été ouvert trop tard.

❖

Comme il me l'avait demandé, je retournai trois jours plus tard chez le cardinal Cajetan. Il était, cette fois-ci, d'excellente humeur. Il me traita presque d'égal à égal, pas comme un larbin, ainsi qu'il l'avait fait lors de notre première rencontre.

– Tu seras heureux d'apprendre que je suis maintenant en mesure de te fournir l'information que tu m'as demandée, dit-il en souriant.

– Où est-il ? Où est Tomaso della Croce ?

– Ici, à Rome.

– Comment ! À Rome ? dis-je, stupéfait.

– Oui.

– Mais alors… je veux dire, pourquoi… ?

– Fra Tomaso, en ce moment, n'est pas en liberté.

– Il n'a pas la liberté de quoi faire ?

– Tu ne m'as pas compris, Peppe. Il n'a pas la liberté de faire quoi que ce soit. Je veux dire qu'il n'est pas un homme libre.

– Il est prisonnier ?

Le cardinal soupira avec indulgence.

– Connais-tu autre chose qui s'oppose à la liberté que l'emprisonnement ? dit-il d'une voix douce.

– Mais je ne comprends pas !

– Comment le pourrais-tu ? Depuis trois semaines, Tomaso della Croce a été placé en garde à vue.

J'arrivais à peine à en croire mes oreilles.

– Pourquoi est-il en prison ? demandai-je, les yeux écarquillés, parvenant à peine à ciller.

– Certaines… pour être franc avec toi, Peppe… certaines accusations ont été portées contre lui.

– Par qui ?

– Un personnage insignifiant.

– De quoi l'a-t-on exactement accusé ?

– D'abus de pouvoirs inquisitoriaux. Il a été dit qu'il disposait d'une manière peu orthodoxe de certains individus qui n'avaient pas été jugés coupables par le tribunal.

Maître Antonio !

Je tentai de contrôler l'émotion de ma voix en demandant à Cajetan :

– Son accusateur ne serait-il pas, par hasard, Antonio Donato ?

Ce fut au tour de Cajetan d'être surpris.

– Comment sais-tu cela ? jeta-t-il sèchement.

– Seriez-vous choqué d'apprendre que je fus l'un de ceux dont Tomaso della Croce disposa de façon « peu orthodoxe » ?

– Très choqué.

– C'est la vérité. Oh, ne me demandez pas de vous la raconter, c'est une trop longue histoire ! Mais elle est vraie.

Le cardinal Cajetan se renfonça dans son siège, le bout des doigts posé sur les paupières, comme s'il était soudain en proie à une grande lassitude.

– Nous ne pouvons nous permettre un scandale, dit-il. Pas en ce moment. Pas dans mon ordre ! C'est la raison pour laquelle nous devons maintenir Tomaso della Croce en garde à vue, jusqu'à ce que l'on prouve la fausseté des accusations. Nous ne pouvons pas nous autoriser le moindre signe de laisser-aller, surtout en ce moment avec les événements d'Allemagne. Cela ne servirait qu'à attiser le feu qu'a bouté ce paysan dément. Je dois même dire que, déjà, l'incendie fait rage.

– Et que pensez-vous que je puisse faire, moi ? demandai-je.

– Je veux que tu voies cet homme, Antonio, et que tu le persuades de retirer sa plainte. C'est ce que j'allais te demander de faire. La tâche me semble maintenant d'autant plus facile que tu le connais.

– Antonio Donato m'a acheté à Tomaso della Croce, dis-je.

– Le bât te blesse-t-il encore ?

– Non, non, plus maintenant.

– Alors tu feras ce que je te demande ?

Je restai silencieux quelques instants avant de répondre :

– Oui. Cela convient à mes desseins.

– Et quels sont tes desseins, Peppe ?

– Sauver l'âme et la raison d'un homme que j'aime.

– Alors je te charge très volontiers de cette mission.

– Où Tomaso della Croce est-il détenu ?

– Dans l'église de la Minerva. Mais tu dois d'abord parler avec l'homme qui se fait appeler maître Antonio.

– Où le trouverai-je ?

– Dans un logement bon marché. Je vais t'écrire l'adresse.

– Vous allez également me donner votre permission écrite de rendre visite et de parler à Tomaso della Croce.

Le cardinal Cajetan leva la main droite, les doigts écartés, et la contempla quelques instants en silence. Puis il retira son anneau – une grosse améthyste sertie de perles fines – et me le tendit.

– Voilà, dit-il d'une voix douce, cela aidera. Ils le reconnaîtront. Je te donne aussi un ordre écrit.

– Merci, Éminence.

Cajetan me regarda un moment d'un air pensif, les yeux brillants.

Puis il dit :

– J'espère que ton but et le mien tendent vers la même fin.

Là-dessus, je pris congé.

Maître Antonio vivait avec une grosse veuve malodorante, dans un deux-pièces bon marché, au bord du quartier juif. Je me dis qu'il ne la payait pas seulement en espèces pour ce luxe car, tandis qu'elle nous servait du vin blanc tiède et suret, elle lui fit outrageusement de l'œil et je vis sa poitrine généreuse avec envie quand elle se pencha par-dessus son épaule pour poser le vin sur la table.

– Parfait, maintenant, laisse-nous, lui dit-il avec irritation.

Elle le regarda comme un chien fidèle pourrait regarder le maître qui le bat sans cesse mais qu'il continue d'adorer.

Hochant la tête en direction de la porte par où elle venait de disparaître, Antonio me fit remarquer :

– Cette grosse vache en fait toujours trop. Un homme ne doit pas être soigné aux petits oignons, hein ?

– Je suppose que non.

Ses yeux devinrent rêveurs.

– Elle a une de ces paires de cuisses ! Que de la chair ! Ça me coûte un demi-ducat par semaine.

Il se versa du vin, l'avala goulûment et me regarda de la tête aux pieds.

– Eh ben, mon petit ami, tu n'as pas l'air d'avoir perdu ton temps, hein ?

– Ça veut dire quoi ?

– Ça veut dire que je ne t'ai jamais vu habillé comme le mignon d'un évêque quand tu travaillais pour moi, hein ?

– Mon style de vie a changé, je le reconnais.

– À tu et à toi avec les princes, à ce que j'ai entendu dire.

– Non ?

– Si.

– Qui dit cela ?

– Personne ne le dit, Peppe, mais tout le monde le sait. Tu es devenu un petit prince, tout le temps fourré dans les jupes de Sa Sainteté, avec des bagues aux doigts et des clochettes aux pieds.

– Pour qu'il entende de la musique partout où il va.

– C'est vrai, non ?

– Oui, c'est vrai.

– Alors pourquoi viens-tu parler à des gens comme moi ? Si tu es venu me dire que tu vas m'envoyer la garde suisse m'arracher les couilles à dents nues, si tu es venu ici pour savourer ta vengeance…

– Pas pour cela, malgré tout le plaisir que cela me donnerait.

– Alors pourquoi ?

Je pris une profonde inspiration.

– Je suis venu te demander de retirer ta plainte contre Tomaso della Croce.

Antonio siffla entre ses dents cariées.

– Ça alors, dit-il, en se renfonçant dans sa chaise, voilà qui m'épate ! Bizarre que tu veuilles voir ce salaud en liberté ! Je n'aurais jamais cru que tu puisses lui vouloir du bien.

– Je ne lui veux aucun bien, répondis-je. Mais je veux que tu retires ta plainte.

– Toi, ou quelqu'un d'autre ? Quelqu'un de plus haut placé que toi par exemple ?

– Peut-être.

Il partit d'un gros rire.

– Malgré tes grands airs, tu n'es qu'un putain de messager, mon garçon.

– Absolument pas. Il est vrai que la demande que je te fais émane de quelqu'un d'autre, mais j'ai mes propres raisons pour te la faire, autrement je n'aurais jamais accepté cette mission.

Il regarda sournoisement ma main droite.

– Où as-tu trouvé cet anneau ? demanda-t-il à voix basse. Il doit valoir une petite fortune.

– Il appartient au cardinal Cajetan.

De surprise, Antonio haussa les sourcils.

– Aussi *haut placé* que ça, hein ?

– Aimes-tu cette bague ? demandai-je.

– Évidemment ! Qui ne l'aimerait pas ?

– Elle est à toi si tu retires ta plainte.

– Combien, exactement, es-tu autorisé à m'offrir ?

– Je ne suis pas autorisé à offrir quoi que ce soit, répondis-je. Mais j'ai des pouvoirs discrétionnaires et je peux en user. Alors ?

– Je ne pourrai jamais vendre une telle bague. On voudra savoir comment je l'ai obtenue. Qu'est-ce qui est gravé dessus ?

– Les armoiries de Son Éminence.

– Chapitre clos. Je ne veux pas de la bague.

Nous reprîmes tous les deux du vin – si semblable à la piquette que ma mère vendait ! Mille et un souvenirs amers se mirent à frapper aux portes de mon esprit, à chaque gorgée de ce breuvage encore plus amer, mais je les empêchai d'entrer.

– Pourquoi as-tu porté plainte ? demandai-je.

– Ce sale avare m'a trompé !

– Explique.

– Il m'a vendu un morveux pour cinq ducats, juste le genre de gamin qui attire la sympathie, qu'il m'a dit, juste le genre de gamin dont j'avais besoin pour remuer les foules. Ce qu'il ne m'a pas dit, c'est qu'ils l'avaient tellement battu qu'il n'a pas survécu longtemps. Il est mort trois jours plus tard. Cinq ducats pour trois sales journées ! Personne ne trompe maître Antonio, je peux te le dire. Ça faisait longtemps que je le voyais venir. J'ai juré de lui river son clou, maintenant c'est fait.

J'avais tout au fond de moi, sans parvenir à y voir clair, l'intuition que maître Antonio mentait. Ou, du moins, qu'il ne me disait pas toute la vérité. Mais quelle était la vérité ?

– Il n'y a encore eu aucun procès contre lui, dis-je.

– Je suis un homme patient. Le procès viendra nécessairement à son heure. Les charges ne s'évaporent pas, n'est-ce pas ? Je suis en train de faire des affaires aux abords de la ville en ce moment.

– Le spectacle est de retour à Rome ?

– Exact. Tu veux le voir ? Je t'offre une place de choix, au premier rang et gratis, comme à un vieil ami.

Il gloussa bruyamment, le vin lui coulant aux commissures des lèvres, la sueur perlant sur ses traits empourprés. Je le méprisais.

– C'est une invitation que je dois à regret décliner, dis-je.

– Dites-moi ! *C'est une invitation que je dois à regret décliner*, répéta-t-il d'une voix de castrat.

– Pourquoi as-tu permis qu'Andrea de' Collini achète les services de Nino, de Beppo et du Crâne ? demandai-je.

Ma voix était calme, mais je tremblais intérieurement.

– Il les a achetés à mi-temps, Courtaud. Et ce n'est pas ton affaire.

– C'est devenu mon affaire.

– Tant pis pour toi. C'est un arrangement privé, vois-tu. Est-ce que je pouvais laisser tomber cinq cents ducats ? C'était un marché : je les garde, mais il s'en sert quand il en a besoin.

– Mais pour quoi faire ?

– Pourquoi ne le demandes-tu pas toi-même à ce vénérable gentilhomme, Courtaud ?

Je ne répondis pas.

– Bon, dit-il, est-ce la fin de notre délicieux petit tête-à-tête ? Si oui, il faut que je retourne à la caravane. On donne un spectacle ce soir.

– Il y a quelque chose que tu ne me dis pas, n'est-ce pas ?

Il s'appuya contre le dossier de sa chaise avec un sourire affecté.

– Oh ? dit-il lentement en savourant le plaisir d'avoir le dernier mot. Et qu'est-ce que cela pourrait bien être ?

– Je ne sais pas... Quelque chose que je n'arrive pas à saisir...

– Quelque chose, Courtaud ?

– Oui. Cette histoire d'avoir été trompé par Tomaso della Croce... À supposer qu'il t'ait trompé, ce dont je doute fortement. Ce n'est pas logique. Il t'a été utile dans le passé ; tu ne te serais pas soudain retourné contre lui comme ça. Tu connais les pouvoirs qui sont les siens.

Je luttais pour tenter d'y voir clair, saisir le petit fait évident qui se dérobait et me narguait en me regardant droit dans les yeux.

– Je n'ai pas peur de ce pieux salaud, dit maître Antonio.

– Tu sais qu'il peut t'envoyer au bûcher.

– Sur quelle accusation ? Tu oublies que c'est *moi* qui ai porté plainte...

Bien sûr ! Accusation... procès... verdict et sentence... oh, bien sûr ! La compréhension huila soudain le mécanisme rouillé de mon cerveau.

– Andrea de' Collini t'a payé pour porter plainte contre Tomaso della Croce, n'est-ce pas ?

Le visage de maître Antonio m'avertit immédiatement que j'avais touché juste.

– C'est ce que tu penses ? dit-il, désormais sur la défensive.

– C'est ce que je sais ! Quel imbécile je suis de ne pas l'avoir vu plus tôt ! Écoute-moi, Antonio Donato : tu vas retirer ta plainte, et tu vas la retirer *immédiatement*...

– Et si je refuse ?

– Je ferai fermer ton spectacle.

– Non, tu n'as pas autorité pour cela. Si le spectacle avait dû être interdit, il l'aurait été depuis longtemps par quelqu'un qui a le bras plus long. Ils n'ont pas osé. Ils savent que je remuerais tellement de boue que le nom de leur précieux inquisiteur en serait à jamais souillé.

– Si tu les fais attendre trop longtemps, tu finiras dans une ruelle avec un couteau dans les tripes.

– Je n'ai besoin de personne pour veiller sur moi, Courtaud.

– Retire ta plainte, dis-je.

– Pourquoi le devrais-je ?

– Pour de l'argent.

Il hésita avant de demander :

– Combien ?

– Plus que ce qu'Andrea de' Collini t'a payé pour la déposer. Que dis-tu de cinq cents ducats ? Pour toi, c'est beaucoup d'argent.

Il emplit de nouveau son verre et se mit à siroter le vin. Il commençait à être légèrement ivre.

– Dis-moi quelque chose avant que je te donne ma réponse.

– Que veux-tu savoir ?

– Est-ce toi qui as tué la Fille de Satan ?

– Oui.

Je ne m'étais pas préparé à sa réaction. Il se leva en chancelant, me jeta le vin à la figure et se mit à hurler comme un possédé :

– Salopard d'assassin ! Tueur de femmes ! Assassin et truand !

Je tentai de reprendre mon souffle, tandis que le vin ruisselait sur mon visage et trempait mon col de loutre, mais je restai assis, m'efforçant d'afficher une impassibilité de fer.

– Pourquoi ? Pourquoi, au nom du Christ, pourquoi ? gémit-il en s'effondrant de nouveau sur sa chaise.

– J'avais mes raisons.

– Tes raisons ? Pour l'amour de Dieu, tes raisons ? T'avait-elle jamais fait du mal ?

– Jamais.

– Alors pourquoi l'as-tu tuée ?

– Y a-t-il une chance que tu comprennes ce que je veux dire, si je te dis que c'était un acte de compassion ?

– Non, pas une chance. Non, non, non, non ! Tu n'es qu'un salaud d'assassin.

– Retireras-tu ta plainte pour cinq cents ducats ?

– Dis-moi pourquoi tu l'as tuée.

– Cela fera-t-il quelque différence ?

– Peut-être. Dis-moi comment tu l'as tuée, Courtaud. Je veux le savoir.

Je laissai mes pensées revenir à cette nuit-là : les feux brûlaient encore et je sentais l'odeur de la viande rôtie qui avait été servie pour le dîner commun. Quelqu'un riait derrière le chariot de provisions – l'un des goyim, sans nul doute, qui prenait son plaisir avec une putain de la ville. Personne ne me vit et je ne vis personne.

– La nuit où j'ai quitté la caravane, dis-je. Quelqu'un était venu me chercher, mais je l'ai fait attendre un peu. J'ai trouvé la femme dans le chariot, mais elle ne dormait pas. Il y avait une odeur puante d'urine et de sueur. J'entendais sa respiration.

» – N'ayez pas peur. Vous n'aurez plus jamais peur.

» Elle s'est mise sur le dos et, levant légèrement la tête, elle m'a regardé de ses yeux tristes et sombres.

» – Savez-vous qui je suis ? Je suis le nain. Il y a longtemps, longtemps que je vous observe. Je suis venu tenir une promesse que j'ai faite il y a des années, quand j'ai vu pour la première fois ce que l'on exigeait de vous. Comprenez-vous ce que je dis ?

» Mon cœur a commencé à battre la chamade quand j'ai vu, oh, à peine un mouvement, à peine une ombre d'assentiment passer dans son regard, et j'ai su qu'elle comprenait. Alors j'ai posé les mains autour de son cou malpropre et j'ai commencé à serrer. J'ai serré aussi fort que je le pouvais mais, même alors, elle n'a pas opposé la moindre tentative de résistance. C'était un terrible effort pour moi. Les yeux ont commencé à lui sortir de la tête. Elle les a fermés puis, de nouveau, ouverts. Elle avait des bulles de salive au coin des lèvres. Avec un profond gémissement de gorge, elle a tourné la tête vers la gauche.

» – Ne bougez pas ! Ne bougez pas ou je n'y arriverai jamais.

» Je sentais mes doigts s'enfoncer dans sa chair, comme s'ils travaillaient de la pâte. J'avais les deux genoux appuyés contre son estomac et je l'ai entendue lâcher un pet tonitruant. Inspirant profondément, j'ai serré, serré. Un filet de sang a coulé de sa bouche et son visage a commencé à changer de couleur. Oh, j'avais un bruit de tonnerre dans les oreilles, comme si la mer elle-même était à l'intérieur de ma tête, la houle furieuse montant et déferlant contre les brisants de mon crâne !

» Puis elle a tourné ses yeux exorbités vers moi et ses paupières ont vacillé. Elle était maintenant immobile, le bout de la langue sorti, saillant de bave sanglante qui lui teignait les lèvres. Elles étaient bleues. Je n'étais pas en train de lui faire mal, je ne voulais pas qu'elle souffre – je voulais simplement qu'elle meure, qu'elle ne souffre plus jamais. Les veines de son cou étaient aussi épaisses que des cordes, je le jure. Infusées de sang. Je ne cessais de serrer et de serrer encore, pantelant sous l'effort. Elle a émis un long souffle rauque, semblable au sifflement de l'eau qui se transforme en vapeur sur des briques chaudes. Puis, enfin, silence. Elle était morte.

Antonio Donato était complètement immobile. Comme pétrifié.

– Alors ? dis-je, la voix légèrement tremblante d'émotion au souvenir de cette nuit, n'as-tu rien à me dire ?

Enfin, d'une voix moqueuse, il murmura :

– Tu n'es pas meilleur que nous, hein, Courtaud ? Habille l'histoire comme tu voudras, tu n'es qu'un meurtrier de sang-froid.

Je ne répondis pas.

– D'accord, je vais prendre ton argent de merde.

– Tu seras obligé de signer une déclaration, devant témoins. Ou d'apposer ta marque.

Il leva la tête et me regarda d'un air sinistre, les yeux chassieux et ourlés de rouge.

– Je suis parfaitement capable d'écrire mon putain de nom, Courtaud.

– Parfait. On va préparer ta déclaration, et l'argent te sera remis dès que tu auras signé.

– Oh, pour l'amour du Christ, fous le camp et laisse-moi seul.

Dès que je fus sorti de cette pièce qui puait la sueur, je m'appuyai contre le mur et je vomis.

– Il est d'accord pour signer la déclaration, dis-je une fois de retour, au cardinal Cajetan.

– Parfait, j'en suis ravi ! Dès qu'elle sera rendue publique, Tomaso della Croce sera remis en liberté.

– *Non.*

– Pardon ?

– J'ai dit non.

– Je ne comprends pas, Peppe. Tout le succès de l'opération…

– Elle a *réussi*, coupai-je. La déclaration sera publiée, maître Antonio touchera cinq cents ducats et vous n'entendrez jamais plus parler de lui.

– Et della Croce…

– … mourra.

Cajetan me regarda comme si j'étais fou à lier…

– Je crois que j'ai mal compris ce que tu viens de dire, balbutia-t-il.

– Vous avez très bien compris. Tomaso della Croce doit mourir. Je m'occuperai des détails.

– Mais c'est absurde !

– Pourquoi ? Au moins, il mourra innocent, bien qu'il soit loin de l'être. Ce qu'il faut, c'est blanchir son nom, n'est-ce pas ? Pour éviter un scandale ? Ce sera possible dès qu'Antonio aura signé la déclaration et reçu l'argent. Il n'y a rien de scandaleux à ce qu'un homme meure ; ça arrive tous les jours.

– Je n'arrive pas à croire que tu puisses dire…

– Mais je le dis, Éminence…

– Cette… cette effroyable idée… est-ce le but que tu vises ? Manigancer sa mort ?

– Oui.

Pris d'inquiétude, Cajetan se leva de son siège doré et se mit à arpenter la pièce.

– Tu demandes trop, Peppe. Tomaso della Croce est prêtre, membre de l'ordre des dominicains… Il est… Tu exiges un assassinat !

– Oui.

– Ne compte pas sur moi. Jamais.

– Alors Antonio Donato ne signera pas la déclaration.

– Qu'Antonio Donato aille au diable. Je le ferai…

– … assassiner, Éminence ? Quelle différence y a-t-il entre le propriétaire d'une caravane de monstres et un prêtre dominicain ?

Cajetan s'assit de nouveau. Son visage était pâle.

– Comment ? siffla-t-il à voix basse. Comment vas-tu t'y prendre ?

– J'ai toujours votre anneau. Il me permettra d'entrer à la Minerva.

– C'est toi qui vas le tuer ?

– Non, Éminence, c'est *vous*.

L'espace d'une minute, le cardinal Cajetan fut incapable de prononcer un mot. Il avait le visage crispé, les muscles tendus pour lutter contre l'indignation et l'horreur. Puis il dit d'une voix tremblante :

– Tu as osé suggérer cela ? Tu as osé ?

– Pour être plus précis c'est un document portant votre signature qui le tuera.

– Je… je ne comprends pas.

– Tomaso della Croce est un fanatique, un monstre d'honnêteté. Il remuerait ciel et terre pour traquer et brûler un hérétique, mais il ferait exactement la même chose pour protéger quelqu'un qui ne l'est pas. Il est logique avec lui-même, c'est son drame. Si je peux lui donner la preuve qu'il a détruit quelqu'un qui n'était pas un hérétique mais un fidèle enfant de notre sainte mère l'Église, l'horreur de son acte lui sera insupportable. Il se sentira obligé de payer sa faute de sa vie.

– Et d'envoyer son âme immortelle en enfer ? murmura Cajetan.

– Je n'en sais rien. Je sais seulement que c'est un maniaque obsédé.

– Comment peux-tu être sûr qu'il le fera ?

– Je n'en suis pas sûr. J'ai longuement médité sur cette affaire, croyez-moi.

– Un suicide… mais on ne pourra pas le déclarer comme tel…

– Bien sûr que non. Ce sera la faute de celui qui l'a accusé... Un homme innocent, victime d'accusations fausses, angoisse intolérable, dérangement mental, tout ce que vous voulez... Enterrez-le en grande pompe, avec tous les honneurs dus à son rang. Enterrez-le et oubliez-le. Oubliez cette terrible affaire.

– Et le document ?

– Il devra déclarer que dame Laura Francesca Beatrice de' Collini, brûlée comme hérétique, était innocente de toutes les charges relevées contre elle.

– C'est impossible si le tribunal l'a déclarée coupable !

– Signez personnellement le document. Personne d'autre, à part Tomaso della Croce et moi, ne le verra. Je le lui apporterai en main propre. Après, vous pourrez le détruire.

– C'est un plan audacieux, dit Cajetan.

Je vis qu'il l'avait déjà accepté. En réalité, je savais qu'il l'accepterait. Il n'avait pas vraiment le choix.

– Le plan réussira.

– Et si Tomaso della Croce ne se tue pas ?

Je haussai les épaules.

– Je n'envisage pas cette éventualité, Éminence. Écrivez le document et confiez-le-moi. Je ferai le reste.

Cajetan se leva et posa sur moi un regard triste et pensif.

– Je me méfie plus de toi que de Martin Luther, dit-il d'un ton calme.

Et il se dirigea vers son écritoire.

Il n'avait pas changé : les mêmes yeux de braise, le port altier, les gestes nerveux, tendus, les cheveux coupés court maintenant plus gris que jamais. Sa « cellule » était en fait une vaste pièce bien meublée. Il y avait des livres, de quoi écrire, un prie-Dieu, une statue de la Vierge, un matelas épais sur le sol de pierre.

– Je n'avais jamais pensé que nous nous rencontrerions de nouveau, petit homme, dit-il du ton glacial et monotone qui était le sien.

L'entendre me fit frissonner.

– Je vous ai dit un jour, il y a longtemps, que tel serait le cas.

– Vraiment ? Je ne m'en souviens pas. Pourquoi es-tu ici ?

– J'ai quelque chose pour vous.

– Oh ?

– De la part de Son Éminence, le cardinal Cajetan.

Il écarquilla un instant les yeux, puis fit un mouvement, comme pour se lever de sa chaise.

– La plainte ! dit-il. La plainte a été retirée !

– Je n'en sais rien. Je ne crois pas.

Il demeura de marbre.

– Alors, quoi ? demanda-t-il.

– C'est un document qui atteste que vous avez détruit une âme innocente.

Tomaso della Croce éclata d'un rire sans joie.

– C'est impossible ! Je ne livre que les coupables à la justice, jamais les innocents. C'est le but de toute ma vie.

– Laura de' Collini était innocente.

– Elle ?

– Oui, elle.

Il dit d'une voix pensive, comme si lui revenait le souvenir d'un événement oublié et totalement insignifiant :

– Je me rappelle ce nom. Une amie à toi, je crois.

Il prononça le mot *amie* d'un ton méprisant, en faisant comprendre que c'était un euphémisme pour quelque chose de répugnant.

– Je l'aimais, dis-je. Vous l'avez détruite.

– Brûler les hérétiques n'est pas un acte de destruction, petit homme, mais un acte de guérison. C'est comme enlever un cancer affligeant le Corps du Christ, l'Église. Les sentiments personnels n'entrent pas en ligne de compte.

– Je l'aimais.

– Tu l'as déjà dit.

Il se pencha sur la table, approchant du mien un visage soudain tordu par un rictus de malveillance et d'obsession. Son haleine sentait l'ail.

– T'est-il jamais venu à l'idée que je t'ai rendu un service inestimable en débarrassant le monde de cette catin sacrilège ? As-tu songé un seul instant qu'elle aurait entraîné ton âme en enfer ? En enfer ! Là où les flammes ne s'éteignent jamais et où les tourments sont éternels. Comparées à un tel brasier, les flammes du bûcher ressemblent à un bain d'eau froide ! Et c'est là que ta jolie petite hérétique à présent se tord en hurlant ! Si j'avais pu lui épargner cela, je l'aurais fait. Si j'avais pensé que la douleur était nécessaire à son salut, je n'aurais pas hésité à lui infliger les souffrances les plus atroces pour le restant de ses jours. Qu'est-ce que la douleur du corps comparée à l'éternelle agonie de l'âme ?

» Ne crois pas que je la haïssais, je ne la haïssais pas. Ce que je méprisais et haïssais de toutes mes forces était l'erreur et la corruption spirituelles qui s'étaient emparées de son esprit et de son cœur. C'est l'hérésie que je poursuis, jamais l'hérétique. Si je ne peux sauver qu'une seule âme humaine en l'arrachant aux griffes de l'hérésie, je continuerai à torturer et à brûler des corps humains par milliers, sachant que Dieu lui-même me presse de le faire.

» Laura de' Collini a refusé d'abjurer. Elle a persisté dans son erreur et mérité le châtiment suprême. Mais laisse-moi te dire ceci : je serais moi-même entré dans les flammes si j'avais pensé une seule seconde que cela aurait pu la faire revenir dans le giron de notre sainte mère l'Église. Peux-tu en dire autant, toi qui prétends l'aimer ? En fait, en l'aimant, tu l'as encouragée dans son erreur.

Moi, en lui appliquant la loi du Christ, je n'ai songé qu'à sauver son âme de l'éternel tourment. Maintenant, dis-moi une chose : lequel de nous deux l'a vraiment aimée ?

Mon esprit était à peine capable d'assimiler l'horreur de ses paroles.

– Laura Francesca Beatrice de' Collini était innocente du péché d'hérésie.

– C'est impossible.

– Pourquoi ? Ne pouvez-vous pas admettre que vous vous êtes trompé ?

– Non ! En ce cas, ce serait l'Église qui aurait commis une erreur, ce qui est impossible puisqu'elle est guidée par le Saint-Esprit. Admettre cela serait introduire le chaos dans l'ordre. Dès lors, quelle certitude pourrions-nous avoir, quelle garantie, quelle sécurité ?

– La vie n'est qu'une suite d'incertitudes, dis-je.

– Non, mon ami, c'est faux. Qui pourrait survivre dans ces conditions ? En outre, crois-tu que je n'aie pas fait d'enquête approfondie ? Je sais que Laura de' Collini était une hérétique. Je sais quelles réunions elle tenait, quelle philosophie elle enseignait, quels rites obscènes pratiquait son père. Me prends-tu pour un simple d'esprit ?

– Et, cependant, vous n'avez pas poursuivi Andrea de' Collini.

Tomaso della Croce baissa les yeux, presque sournoisement, pour ne pas dévoiler un secret.

– C'est mon affaire. Je ne l'ai pas oublié, crois-moi.

– Lui non plus.

– Je n'en doute pas, petit homme.

– Malgré la perversité de votre logique, Tomaso della Croce, je suis venu introduire le chaos dans l'ordre que vous semblez vouloir préserver quel qu'en soit le prix.

Il me regarda avec circonspection.

– Que veux-tu dire ?

– Je suis venu vous dérober la certitude, la garantie, la sécurité que vous prisez tellement.

– Œuvre de Satan !

– Non ! La vôtre, car c'est vous qui êtes dans l'erreur.

– Tu dois être fou, dit-il.

– C'est exactement ce que j'ai toujours pensé que vous étiez.

– Tu penses que je suis fou parce que je défends la cause de la vérité ? L'hérésie est insidieuse car elle refuse de connaître autre chose que ses demi-vérités, ses opinions et ses mensonges pernicieux. Mais la vérité est objective, elle a été révélée par Dieu, elle est enseignée et gardée par notre sainte mère l'Église, et il n'est pas question d'en détourner un iota à des fins personnelles. Quel genre d'anarchie régnerait si chaque homme enseignait sa propre interprétation de la vérité ?

– Peut-être, dis-je, que ce qui est vrai pour un homme ne l'est pas pour un autre.

– Cela contredit toute mon expérience. Et je ne suis pas dupe de ta rhétorique fallacieuse. On dit que Satan a une langue d'or.

– Et qu'il infecte les rangs de l'Église que vous aimez…

– C'est pour attaquer l'Église du Christ que tu es venu ici ?

– Laura Francesca Beatrice de' Collini était *innocente*.

– Tu mens ! Cette sorcière méritait d'être brûlée ! N'as-tu pas vu son père présider ce sabbat obscène qu'il appelle une liturgie ? J'aurais dû tous les tuer. Tu étais l'un d'eux, comme tu le sais.

– Oui, j'étais l'un d'eux. Oui, je le sais. Pas elle. Elle ignorait complètement les activités de son père.

– Impossible. Vous vous rencontriez chaque semaine chez elle.

– Pas chez elle, chez son père. Nous étions ses hôtes *à lui*.

– Je… ne te crois pas… C'est impossible…

– Lisez vous-même, dis-je en jetant le document sur la table, devant lui.

Il le prit dans ses mains tremblantes et se mit à lire, lentement, formant les mots de ses minces lèvres pâles, comme une femme en prière. Puis le parchemin lui échappa du bout des doigts en voletant.

– Vous avez torturé et mis à mort un être humain innocent, dis-je doucement. Que ressentez-vous pour cet acte ? Vous avez mis fin à une vie pure et sans tache. Vous l'avez condamnée à une mort atroce et elle n'était pas coupable du crime dont vous l'avez accusé. À cause de vous, notre sainte mère l'Église a perdu un de ses enfants. Qu'est-ce que Dieu vous dit maintenant, Tomaso della Croce ?

Il ne répondit pas. Ses yeux aveugles regardaient fixement le document étalé sur la table.

– Vous préférerez sans aucun doute être seul pour contempler votre faute, dis-je.

Mais il était à présent sourd et aveugle.

Je refermai tranquillement la porte derrière moi.

Le lendemain matin, j'attendis fiévreusement la nouvelle de la mort de Tomaso della Croce. En vain. J'appris en revanche quelque chose qui me stupéfia : grâce à un plan soigneusement conçu où se mêlaient la corruption, les faux renseignements et la force, l'inquisiteur avait été enlevé. Les ravisseurs étaient au nombre de quatre, et trois d'entre eux furent décrits comme « mi-hommes, mi-bêtes ». Un jeune moine, qui s'occupait de della Croce, avait été sauvagement assassiné.

Andrea de' Collini. Le Maître. Il s'était montré diaboliquement patient, ruminant son plan, le peaufinant dans les moindres détails, se rengorgeant de sa propre astuce, enivré par le sombre manteau de secret dont il avait recouvert ses véritables intentions... La folie, donc, s'était pleinement déclarée. Je voyais maintenant en pleine lumière ce qui avait couvé dans ce cerveau enfiévré, aussi clairement que je voyais ma propre nonchalance.

Il fallait une fois pour toutes mettre un point final à tout cela.

1520-1521

Ecce, in culpa natus sum, et in peccato concepit me mater mea.

Voici, je suis né dans la faute, et ma mère m'a conçu dans le péché.

Au début de l'année 1520, j'étais, me semblait-il, entièrement seul dans mon monde intérieur – un monde où se mêlaient la dérision irréelle d'une farce et la présence très réelle du sang et de la mort. J'avais encore Léon – mais pas pour longtemps. Serapica était soudain devenu étrangement vieux : il ne caracolait plus en minaudant à travers les secrets d'État, mais restait dans son coin à ruminer sombrement. L'étoile de Bibbiena avait depuis longtemps pâli et c'était le cardinal Giulio de' Medici qui menait la danse, se conduisant comme un second pape, accordant des « audiences » à qui mieux mieux, sans oublier de s'enrichir au passage.

Mais je dois aussi parler d'une mort qui laissa des traces : celle de maître Raphaël. Son dernier chef-d'œuvre était *La Transfiguration du Christ*, commandée par le cardinal Giulio de' Medici pour la cathédrale de Narbonne. Il ne doit pas être facile de donner l'impression qu'un corps humain s'élève dans les airs sans le revêtir des traits qui en font un spectre ni le faire paraître vraiment bête. Je ne suis ni un artiste ni un connaisseur des techniques complexes de la représentation des formes, mais il me semble que maître Raphaël a réussi là quelque chose de parfait. Le Christ rayonne d'un inimaginable mélange de majesté et d'humilité, d'activité et de passivité, de gloire et de douceur. Sa réalité est d'autant plus remarquable qu'elle est totalement *plausible*. Étant gnostique, je suis également quelque peu mystique, et je peux vous dire que cette peinture de Raphaël est *l'œuvre d'un mystique*. On ne peut pas simplement la regarder, on est invité à entrer dans le monde qu'elle met en scène, et l'observateur devient un acteur. On est *pris*, si vous préférez, car le pouvoir d'attraction de ce tableau est irrésistible. Il est également parfaitement adapté à son temps, car c'est une magnifique affirmation de la foi dans le Christ (celle qui est la mienne et apparemment pas celle de l'Église), et il fait beaucoup pour échauffer la rage des chrétiens contre les usurpations des Turcs infidèles. En fait, après la défaite des Turcs à Belgrade en 1456, le pape Calixte III avait déclaré que la fête de la Transfiguration aurait lieu chaque année le 6 août dans toute la chrétienté et cet événement était toujours présent à l'esprit de beaucoup de gens. Maître Raphaël termina seulement la moitié supérieure du tableau (moitié qui, en tout état de cause, est son essence et son cœur) car, au cours de la dernière semaine de mars, il attrapa une de ces fièvres pernicieuses qui pullulent à Rome, ce qui affaiblit terriblement ses forces vitales, par ailleurs épuisées par le travail. Il mourut le 6 avril, jour du vendredi saint. Le chef-d'œuvre inachevé fut posé sur sa bière. Il avait trente-sept ans.

Je dois maintenant dire que, moi, j'ai connu un aspect plus sombre de la personnalité de Raphaël, un Raphaël plus diabolique et plus ténébreux que le pâle angelot mourant, le beau génie que je viens de décrire. J'en remercie Filiberta, une fille jolie mais grosse, qui travaillait dans les cuisines du palais pontifical. Filiberta avait certainement dû surprendre les bribes d'une conversation entre Serapica et moi, au cours de laquelle nous avions discuté des attributs de maître Raphaël, aussi bien physiques que spirituels. Je ne sais plus comment cela était venu, mais, avec Serapica, nous butions l'un sur l'autre dans les corridors et les antichambres, où nous échangions des commérages. Serapica était un incorrigible gobe-mouches. Nous discutions fréquemment de la passion inassouvie que Léon éprouvait pour Raphaël – surtout les soirs où il avait été invité à dîner avec nous.

Un après-midi, la fille nommée Filiberta se glissa près de moi et me chuchota au creux de l'oreille :

– Sa Sainteté languit, mais moi, ça ne va pas tarder.

– Quoi ?

– Vous avez très bien entendu. Dix ducats que je me le fais demain soir. Vous pourrez regarder si vous voulez, rien que pour vous en assurer.

J'hésitai une fraction de seconde avant de répondre :

– Comment oses-tu suggérer une chose pareille ?

Elle répondit avec impudence :

– Ne montez pas sur vos grands chevaux ! Je dis seulement que *Votre Grâce* pourrait faire un petit pari.

– Je ne suis pas Votre Grâce.

– Alors qui êtes-vous ?

– Je me le demande.

– Dix ducats que j'avalerai demain soir ce grand pinceau qui pend entre les jambes de Raphaël.

– Tu es répugnante, dis-je. Où ?

– Où vous voulez. Il couche ici cette semaine, n'est-ce pas ? Alors dans ses appartements privés. Je l'aurai là.

– Tu n'*oserais* pas, sifflai-je.

– Dix ducats ?

– Tu ne manques pas de culot. Tu sais que je pourrais te faire fouetter pour cela ?

– Oui. Mais vous ne le ferez pas. Vous êtes l'un d'entre nous.

– Ça veut dire quoi ?

Elle me regarda des pieds à la tête d'un œil critique avant d'ajouter :

– Pas l'un d'entre *eux*.

Le soir suivant, pendant que maître Raphaël était en audience avec Sa Sainteté, je me cachai dans son appartement derrière une petite table de jeu. J'attendis presque une heure avant de les entendre arriver

– Je n'arrive pas à imaginer ce qu'un noble gentilhomme comme vous peut vouloir à une pauvre fille de cuisine comme moi, dit Filiberta avec une timidité abominablement affectée.

– Alors pourquoi t'es-tu offerte ?

Il y avait dans la voix de maître Raphaël une froideur impitoyable que je n'avais encore jamais entendue.

– Dois-je me déshabiller ici ?

– Oui.

– Promettez de ne jamais rien dire à personne. Cela pourrait me coûter ma place.

– Cela pourrait également me coûter ma santé, je n'en doute pas.

– Quoi ? Suggérez-vous que j'aie attrapé quelque chose qu'aucune fille décente n'attrape ?

– Exactement. Enlève ta robe !

– J'aime ce badinage.

– Dépêche-toi de te déshabiller !

Sa voix n'était pas maintenant seulement dure, mais urgente, impérieuse.

Ils étaient tous les deux nus sur le sol, les membres enlacés teintés de rose dans la lumière dorée du feu mourant. Le corps mince et musclé du garçon – dont les fesses opalescentes, couvertes d'un fin duvet, étaient animées d'un mouvement secret – s'enfonçait dans l'*embonpoint** de la fille, dans le havre grassouillet de ses cuisses et de ses seins lourds comme des melons, les deux corps s'étreignant dans un damier de désir.

Mais la passion ne fut pas longue à s'éveiller ! Une effusion d'urgent désir, une *émeute** des sens, un raz de marée. J'avais entendu dire que Raphaël était l'élément moteur mais, à le voir ainsi accroupi derrière la petite table de jeu, caché dans les ombres dansantes, il me sembla que c'était elle qui menait la danse, elle qui l'exhortait par ses gémissements, elle qui faisait chauffer la colle, tandis que lui, presque passif, se nourrissait languissamment de la chaleur de son corps. Ils s'embrassaient maintenant, se mangeant les lèvres et la langue avec gourmandise, se léchant et se suçant bruyamment. Il encercla ses mamelons – visiblement en érection, comme deux girandoles jumelles couleur de noix – du bout des doigts et elle se mit à onduler sous lui en gémissant voluptueusement.

– Mon beau garçon… oh, mon beau chéri.

Il s'appuya sur les coudes et je vis sa queue d'une longueur incroyable, à la hampe épaisse et au gland pourpre et brillant, frémir contre son ventre dodu. Elle regarda le membre avec convoitise.

– Oh, regarde ! Le voilà ! Mon monstre, mon Goliath ! La reine des queues !

La passion lui faisait dire des choses absurdes. L'espace d'un instant, une question me traversa l'esprit : « Que fais-tu ici, à regarder cette grosse vache vulgaire se faire tringler ? » Mais je l'écartai, car la curiosité que j'éprouvais envers la performance de maître Raphaël était plus forte que mon sens du ridicule – en cet instant, du moins.

Glissant une main sale et tavelée entre ses cuisses, elle se mit à se branler le buisson en haletant légèrement et en secouant la tête. Puis elle s'empara de ses couilles et les tint dans la paume de sa main.

– Tu sens le poids qu'elles ont ? dit-elle en hennissant.

– Oui, dit Raphaël, tous les jours.

Puis il la couvrit – ou mieux, la pénétra, et en deux sens : d'abord perdu, îlot d'une *terra firma* d'os et de muscles dans la généreuse opulence de sa chair, le gâteau crémeux de son corps, puis, fourrant sa verge dans le doux fourreau soyeux qu'elle avait entre les cuisses, lentement, jusqu'à la racine.

– Oh mon Dieu, oh mon Dieu ! gémit-elle.

Je remarquai alors qu'elle avait un petit kyste brun sur la hanche gauche, le signe du diable, paraît-il. Je me pris à imaginer qu'elle pouvait jeter des sorts au nom de Satan en chantonnant au clair de lune et en allaitant un démon familier. C'était vraisemblable. Il y avait eu des rumeurs dans les cuisines...

– Fourre mon sillon ! Ramone ma ruelle ! Gicle sur ma toile !

Puis, coincée dans la spirale des métaphores, elle poussa un cri haut perché, le cri surnaturel qui signifiait qu'elle était en route vers le *nec plus ultra* de la passion.

Ce qui arriva ensuite fut spectaculaire. Comme vous le savez par mes penchants gnostiques, je ne suis pas un *fidus Achates* [1] de Priape, mais je fus tout de même impressionné : quand la Filiberta eut atteint l'orgasme, gémissant encore de plaisir rassasié, maître Raphaël retira sa verge et, toujours en érection, se mit à califourchon, jambe deçà, jambe delà, sur les formes opulentes de la servante.

Elle ouvrit les yeux et le regarda avec incrédulité.

– Lève-toi, ordonna-t-il d'un ton bourru.

Elle le fit, la chair tremblotant comme de la gelée, les cuisses poisseuses de lubricité, s'assurant de son équilibre en plaçant ses mains sur les hanches.

– Mon beau garçon... commença-t-elle.

1. Personnage de *L'Énéide*, de Virgile, Achate s'attacha aux pas du héros Énée avec une « fidélité » qui passa en proverbe.

Mais il la poussa brutalement contre le mur et, lui pinçant les seins, il la pénétra de nouveau, allant et venant furieusement, la fourrant avec frénésie, insatisfait, toujours en érection, cherchant une satisfaction que l'étonnement qui se peignit sur les traits mous de la fille disait qu'elle n'atteindrait pas.

– Oh, oh, maestro…

Il la prit de nouveau sur le sol, puis deux fois debout au milieu de la pièce, sans atteindre l'orgasme. Elle haletait d'épuisement, mais il n'en avait cure. Quand il l'enfila pour la cinquième fois, il y eut comme une note de panique dans sa voix.

– Écoute, couina-t-elle, il me semble que…

– Écarte les cuisses, sale garce !

Je me fis une petite objection mentale contre le texte de Juvénal, qui nous dit que Messaline, la putain qui était la femme de l'empereur Claude, n'était pas satisfaite par ses nuits de débauche. Car, si Filiberta était une Messaline de notre temps, elle n'était certainement pas à la hauteur de cet énergumène.

– Oh Raphaël, s'il te plaît…

Mais il la cloua sur le sol et la pénétra de nouveau. Elle était à présent totalement passive, subissant son insatiable appétit, l'absorbant en elle comme une éponge absorbe l'eau, les yeux fermés, la bouche ouverte, les cuisses tremblant de temps en temps – de plaisir ou de douleur, je ne saurais le dire – tandis qu'il continuait de lui emmancher le con. Il lui mordit le mamelon du sein gauche et elle gémit.

Il finit par atteindre l'orgasme avec ferveur et furie et – j'observai cela avec grande curiosité –, ce faisant, il s'appuya sur la paume d'une main et lui flanqua une claque de l'autre. Puis encore une claque, plus forte.

– Oh, mon Dieu, non, dit-elle.

– Oh oui, oui, oui, murmura-t-il.

Le signal que la séance touchait à sa fin. En ce qui me concerne, je n'aurais pas été surpris si ce n'avait été qu'un *entracte**.

Plus tard, Filiberta vint chercher sa récompense.

– J'ai dit que je l'aurais, ricana-t-elle.

– Au contraire, répondis-je. C'est lui qui t'a eue. Plusieurs fois.

– Mais j'ai fait face, non ?

– Oui, dis-je en lui glissant l'argent dans la main. Si l'on veut.

Tel était le génie sublime qui a peint *La Transfiguration*. Y avait-il une connexion essentielle entre les deux Raphaël ? Quelque chose qui m'échappait ? Qu'avait-il en tête quand il chevauchait Filiberta et cela avait-il un rapport avec ce qu'il avait en tête quand il créait, avec ses couleurs et son pinceau, la mystérieuse et aérienne image du Seigneur ? Il me semble que c'est une question d'énergie vitale et de la manière dont on l'utilise. Si l'on considère les extrêmes qui ont écartelé cette merveilleuse créature, je pense que si quelqu'un est né gnostique, c'est maître Raphaël. Il ne l'a jamais su et je n'ai jamais eu l'intention de le lui dire. Quand je l'ai revu, le lendemain matin, il était de nouveau tout lumière, tout grâce et tout douceur. Il était impossible de croire que son âme venait d'être secouée par un noir ouragan de désir.

– Pensez-vous qu'il a été empoisonné ? me demanda Serapica en chuchotant avec une pointe de curiosité vulgaire.

– Non, bien sûr. Qui aurait bien pu vouloir l'empoisonner ?

– Cher, la moitié des maris de Rome, bien sûr.

– Et la moitié des filles de cuisine de Rome les en aurait empêchés.

– Quoi ?

Je lui contai l'histoire.

– Vous les avez *observés*, s'écria-t-il, scandalisé.

– Oui. Je vous l'ai dit, c'était un pari.

– Alors peut-être que c'est cette Filiberta qui l'a empoisonné ? Vous dites qu'elle avait la marque du diable sur le corps ?

– Un kyste sur la hanche, pour être précis. Non, elle ne l'a pas empoisonné. Par le sang de Dieu, soupçonne-t-on toujours le poison chaque fois qu'un dignitaire ou que quelqu'un d'important rejoint le Seigneur ?

– Cher, répondit Serapica, ne savez-vous pas maintenant qu'aucun dignitaire ne meurt de mort naturelle dans cette ville ?

Ces paroles, vous le comprendrez, allaient se retourner ironiquement contre moi, et je me les répétai plus d'une fois.

– Ce que je vous ai dit, déclarai-je à Serapica, doit demeurer un petit secret entre nous.

– Ce ne sera pas longtemps un secret dans les cuisines de Sa Sainteté, je vous l'assure.

– N'empêche.

– N'empêche quoi ?

Je haussai les épaules.

– N'empêche, répondis-je.

– Je me demande si Léon s'est jamais douté des frasque de son bien-aimé. Et dans le palais pontifical, en plus !

– Je ne crois pas que cela l'aurait beaucoup gêné, et vous ?

– Peut-être pas. Léon est luxurieux, mais pas possessif.

– C'est un pur sybarite, dis-je.

– De toute façon, pour maître Raphaël, je suis sûr que même Filiberta était préférable au baveux postérieur pontifical.

– Absolument. Y a-t-il quelque chose de plus triste qu'un amour contrarié ?

Serapica renifla d'un air hautain.

– Cher, dit-il, pourquoi me le demander ? Ça ne m'est jamais arrivé.

– Jamais arrivé d'aimer ?

– D'être contrarié dans mes amours. Tous mes petits émois ont été entièrement partagés, je suis heureux de le dire.

– Sauf dans le cas de maître Raphaël, dis-je.

– Je ne mordrai pas à cet hameçon-là, cher. Je n'ai jamais eu la langue pendante pour ce *rara avis* [1], pas le moins du monde. Oh, je l'adorais, bien sûr, comme nous l'avons tous adoré, mais je ne me suis jamais épris de lui, si vous voyez ce que je veux dire. Je savais qu'il avait une ravissante hétaïre quelque part en ville. Sa versatilité, j'en ai peur, se limitait à son pinceau.

– Les choses ne seront plus les mêmes sans lui, dis-je, maintenant anxieux de mettre fin à la conversation, qui commençait de ressembler aux cancans de deux harengères prises de vin dans un *estaminet*★.

– Il me manquera beaucoup, dit Serapica. Je vais m'enfermer quatre jours de suite dans ma chambre et je me déchirerai la poitrine comme Niobé.

Il disparut en voletant, tel un papillon friand de nectar à la recherche de la prochaine fleur de commérages.

Le chagrin de la cour pontificale – et de Léon en particulier (pour ne rien dire des trois quarts des dames romaines) – fut profond et sincère. À sa façon, Léon avait aimé Raphaël. Je pense qu'il l'avait vraiment aimé, indépendamment de l'attirance qu'il éprouvait pour certaine (légendaire) partie de son anatomie. La plupart des poètes de renom (Bembo, Arioste, Tebaldeo et consorts) rivalisèrent entre eux pour célébrer en vers la gloire de Raphaël. L'opinion la plus répandue en ville était que, s'il avait vécu, il aurait atteint la grandeur de Michel-Ange Buonarroti, mais je pense que ce

1. « Oiseau rare » (latin).

n'est pas juste : il a *vraiment* atteint la grandeur de Michel-Ange, mais l'expression et la manifestation de son génie ont pris un autre tour. Après tout, à qui viendrait l'idée de dire qu'un rubis est plus beau qu'une émeraude, une jacinthe plus belle qu'une rose ? C'est absurde. Quant à ces deux artistes, l'un n'est pas plus grand que l'autre – ils sont *différents**. Michel-Ange, c'est le visage parfaitement serein des jeunes hommes, les cuisses musclées, la grandeur semi-divine du corps humain. À l'inverse, Raphaël est transparence, fluidité, spiritualité, paix. Ils sont ce qu'ils sont, on ne peut pas les comparer. Du moins, c'est mon opinion. Maître Raphaël a été enterré au Panthéon (selon son désir), et son ami Lorenzetti a exécuté et mis en place une très belle statue de la Vierge, ainsi qu'il le lui avait demandé.

– Je deviens vieux, Peppe, me dit tristement Léon. Tous mes amis sont mourants ou morts.

– C'est drôle que Votre Sainteté me dise cela... Je ressens exactement la même chose. Mais nous pouvons compter l'un sur l'autre, n'est-ce pas ?

Léon me regarda curieusement. Puis il dit avec un petit soupir :

– Hum. Oui, je crois. Enfin, nous verrons.

Charmant.

Comme Serapica, il avait un coup de vieux. Il était plus gros que jamais et avait pris l'habitude ridicule de faire alterner des diètes sévères et des repas pantagruéliques, ce qui avait dû lui ravager l'estomac. Il suait abondamment presque tout le temps et il était obligé de se déplacer entre deux serviteurs – marchant à pas lents et mesurés – au cas où il aurait besoin d'aide. Autant la façon qu'il avait autrefois de se dandiner était drôle, autant cette démarche *lentissimo* était triste. Il avait cessé de se faire enfiler par les voyous des bas-fonds, car son postérieur était maintenant dans un triste état et ni les herbes rares ni l'urine de vierge n'y pouvaient plus rien.

– Penses-tu que je suis en train d'être puni pour mes péchés, Peppe ?

– Ce n'est pas à moi d'en juger, Votre Sainteté.

– Mais le *crois*-tu ?

– Eh bien, puisque vous me le demandez…

– Si tu dis oui, je ferai transformer ton cul en bouillie à coups de fouet.

– Ah.

Non, je ne croyais pas qu'il était puni pour ses péchés (vous savez ce que je pense de la morale sexuelle) mais qu'il payait le prix de sa négligence envers lui-même.

Seul un tiers de la nouvelle basilique Saint-Pierre était achevé. Raphaël, en dépit de tout son génie, n'avait guère progressé dans son œuvre. Cela conforte ce que j'ai déjà dit dans ces mémoires : un grand peintre n'est pas forcément un grand architecte. Le pauvre Raphaël avait dirigé le projet pendant six ans, les mains sans cesse liées par le manque de fonds. Léon avait originellement assigné une dotation annuelle de soixante mille ducats prélevée sur la vente – pardon, sur le « prêche » – des indulgences, mais l'impopularité de cette mesure était allée croissant. Partout, et pas simplement en Allemagne, les gens commençaient à comprendre que les indulgences n'étaient qu'un trafic illicite. Même le cardinal Ximenes d'Espagne (souvent encore plus catholique que le pape) protesta contre l'indulgence de Saint-Pierre. Les extravagances de Léon ne firent rien pour arranger l'affaire. L'argent affecté à la construction était fréquemment dépensé pour acheter des livres rares, des manuscrits et – bien sûr – des bagues, qu'il ne portait, pour ainsi dire, jamais. Je crois qu'il aimait simplement les regarder. À un moment, la rumeur courut que le pape avait donné des sommes provenant de la vente des indulgences de Saint-Pierre à sa sœur Maddalena. Je puis cependant vous assurer que c'est entièrement faux. Pas la moitié, en tout cas – plus probablement le quart.

La nouvelle basilique devint un sujet de plaisanterie. J'ai par hasard lu la copie de la lettre (ne me demandez pas comment, car je n'ai pas l'intention de vous le dire) écrite par l'envoyé de Ferrare, qui contenait cette phrase : « Le maître s'est souvent montré très étrange depuis qu'il a pris la place *du Bramante*... »

Je me demande ce qu'il voulait dire par « étrange ». Il est certain que Raphaël était la proie de ce que l'on pourrait appeler des « crises d'introspection », mais je considère qu'elles étaient entièrement provoquées par les frustrations et les difficultés de sa tâche. Je veux dire ceci : la cause de l'« étrangeté » n'était pas le manque de progrès, mais le manque de progrès la cause de l'« étrangeté », quelle que fût précisément sa nature. Je pense tout simplement qu'il était déprimé. Certaines personnes ont dit qu'il était si malade et si fatigué de n'aboutir à rien avec Saint-Pierre, qu'il y a mis un point final en mourant, car c'était la seule façon de s'en débarrasser. Je suis enclin à le croire. Quoi qu'il en soit, Raphaël a emporté un peu de Léon dans sa tombe.

Quant à moi, je passais la plupart de mon temps à chercher désespérément le lieu où les ravisseurs séquestraient Tomaso della Croce et ce qu'ils avaient l'intention de faire. Ou plutôt ce qu'Andrea de' Collini avait l'intention de faire de lui, ce qui, j'en étais sûr, se terminerait en tragédie pour nous tous. C'était comme s'il avait totalement disparu de la surface de la terre. Je vivais dans un état de crainte permanente.

La situation politique était absurdement compliquée. Le pauvre Léon était de nouveau assis sur une palissade bancale et il savait qu'il devrait tôt ou tard sauter d'un côté ou de l'autre. Cela ruinait sa santé et le mettait la plupart du temps de très mauvaise humeur. Le choix était entre la France et l'empereur (c'était presque toujours entre la

France et l'empereur, ou entre la France et l'Espagne). Le pieux, simplet, honnête et arrogant Maximilien était mort et Léon avait été obligé de supporter l'élection de Charles V sur le trône impérial. Cependant, après le sacre de Charles, Léon craignit plus que jamais sa lignée. Les Hohenstaufen avaient toujours été très avares et attirés par l'idée de suprématie comme le fer par un aimant. Plus que jamais, Léon avait conscience que, pour préserver l'indépendance du Saint-Siège et la liberté de l'Italie telle qu'elle était, il devrait lui-même maintenir un équilibre fragile et parfois impossible entre Charles V et François Ier, qui prétendaient tous les deux à ses faveurs.

Léon avait déjà signé avec l'ambassadeur français Saint-Marceau un traité secret par lequel le pape s'engageait à défendre les intérêts de la France avec des armes tant spirituelles que temporelles, et à refuser à Charles de coiffer la couronne de Naples en même temps que celle de l'empire. Ce document avait été signé le 22 octobre 1519 et Charles n'en savait rien. Cependant, Charles V envoya un nouvel ambassadeur qui fit, en grand style, son entrée à Rome le 11 avril 1520 et Léon le reçut très chaleureusement. Le cardinal Giulio de' Medici l'invita à séjourner dans le palais de la Chancellerie et les mauvaises langues racontent – enfin, Serapica raconte, et je le crois – qu'ils y firent bombance toute la nuit. L'ambassadeur, Juan Manuel, un Castillan dédaigneux, apporta avec lui le brouillon d'un traité que Charles voulait que Léon signât sans en changer un seul mot : *« sin mudar palabra »*, dit Juan d'une voix de stentor, pleine de pompe (mais non dénuée de charme).

L'infortuné Léon, qui avait déjà signé un traité secret avec François, était maintenant sommé d'en signer un autre avec l'empereur. Pas étonnant qu'il tergiversât. Il finit par le signer, mais seulement parce qu'il croyait que cela simplifierait les choses en Allemagne : Charles V avait promulgué un édit contre Luther selon les vœux du pape. François commença à faire des siennes au début de l'année 1520 en prétendant mettre Catherine de' Medici sous tutelle. Bibbiena réussit à aplanir les angles, mais l'harmonie n'allait pas durer longtemps. Après avoir demandé que la charge de légat en France du cardinal Gouffier de Boissy fût prolongée pour cinq ans, le roi interdit, le jeudi saint, la proclamation de la bulle anti-Luther en France, ajoutant cette curieuse menace : quiconque tenterait de la proclamer serait noyé. Avec une étonnante arrogance, François demanda ensuite à Léon d'élever au cardinalat son cousin Jean d'Orléans, archevêque de Toulouse, et il tempêta pour que la même dignité ne fût pas accordée à l'évêque de Liège, ainsi que l'empereur en avait fait la requête. Après s'être arraché les cheveux pendant des semaines, Léon finit par accéder à la demande de François d'élever Orléans à la pourpre cardinalice, mais pas l'évêque de Liège ; imaginez sa surprise et sa colère quand François lui-même, sur ce dernier point, changea d'avis.

– C'est vraiment comme s'il essayait de me chercher querelle, émit Léon.

– Cela m'en a bien l'air, Votre Sainteté, dis-je.

– Cher, intervint Serapica, les Français sont aussi insupportables comme alliés que redoutables comme ennemis.

(Plus tard, Léon répéta cette remarque qui lui fut attribuée, au grand dam de Serapica.)

– Je ne tolérerai pas que cet arrogant petit suceur de couilles m'apprenne ce que je dois dire et ne pas dire dans mon propre consistoire, hurla Léon, maintenant très en colère.

– *A basso i Francesi !*

Nous assumions désormais, Serapica et moi, le rôle du chœur grec, commentant les pensées, les paroles et les actes de Léon. Nous étions ensemble comme trois vieux pingres trottinant sur la scène, dans une tragédie domestique hors de propos, interminable et pleine de bons sentiments, pendant qu'autour de nous – sous nos yeux pour ainsi dire –

les spectateurs, loin de prêter attention à ce qui se passait, ne connaissaient plus aucun frein. C'était une sorte de farce triste, qui finissait par porter sur les nerfs.

C'est environ à cette époque que Léon tourna définitivement le dos aux Français. Même Bibbiena abandonna la tâche périlleuse de défendre leur cause et de promouvoir leurs intérêts. En outre, à mesure que les jours passaient, Léon comprit l'urgence de demander l'aide de l'empereur pour mater la révolte luthérienne en Allemagne. Les nouvelles devenaient vraiment inquiétantes. Juan Manuel, l'ambassadeur impérial, avait déjà conseillé à Charles de ne montrer aucune marque de faveur à un « certain moine connu sous le nom de frère Martin », ni à Frédéric, l'Électeur de Saxe. L'épreuve de Luther et le comportement étonnant de François ne pouvaient manquer de jeter Léon dans les bras de Charles. Et c'est exactement ce qui arriva. Dans l'intervalle, Charles avait loyalement promulgué la bulle antiluthérienne à travers les Pays-Bas et, lors de son couronnement à Aix, le 23 octobre, il jura « de défendre la sainte Église catholique héritière des apôtres et de se soumettre fidèlement à l'autorité du pape et du Saint-Siège à Rome ». D'une manière pompeuse, mais avec de bonnes intentions, Léon écrivit à Charles une lettre où l'on pouvait lire :

« De même qu'il y a des astres jumeaux dans le ciel, le Soleil et la Lune – dont l'éclat éclipse celui des autres étoiles –, il y a de même deux grands dignitaires sur terre, le pape et l'empereur, auxquels tous les autres princes de moindre rang doivent fidélité et obéissance. »

Charles V était un jeune homme. Il avait le teint pâle et un menton énorme comme si Dieu, ayant d'abord oublié de le façonner, lui avait collé sur le visage une poignée de matière première. Il avait des yeux endormis aux lourdes paupières et, pour être honnête, quand il inclinait la tête d'une certaine façon, il avait vraiment l'air d'un crétin. À mon avis, c'était simplement « l'air » Hohenstaufen. On raconte que lorsqu'il lut la lettre de Léon que je viens de citer un filet de salive lui coula au coin des lèvres, dégoulinant sur la vaste plaine qui lui tenait lieu de menton – un filet de pur plaisir.

Le 3 janvier 1521, la bulle d'excommunication contre Luther, *Decet Romanum Pontificem*, fut publiée et le pape demanda à l'empereur de promulguer un édit pour qu'elle fût mise en application dans toute l'Allemagne. L'alliance avec Charles, qui avait d'abord répondu à des considérations politiques, était à présent entièrement centrée sur les actions qu'il allait entreprendre contre Luther. Léon commençait à s'éveiller de son rêve : il ne s'agissait plus du songe de l'éternelle durée de l'autorité pontificale, mais de la réalité d'une chrétienté divisée par le sang et par le glaive d'une hérésie (couronnée de succès, à ce qu'il semblait) qui luttait pour devenir la nouvelle orthodoxie. Étrange que le sommeil produisît le rêve rassurant, et le réveil le terrifiant cauchemar.

Finalement, craignant les conséquences de la révolte luthérienne en Allemagne (conséquences qui se réalisèrent plus tard), exaspéré par les piques de François, Léon, le 8 mai 1521, signa une alliance offensive (par opposition à une alliance purement défensive) avec Charles.

Aux termes de cette alliance « les deux véritables têtes de la chrétienté s'unissaient pour la purifier de toute erreur, pour établir une paix universelle, pour combattre les infidèles et pour améliorer partout l'état des relations ». De nobles idéaux, n'est-ce pas ?

Très bizarrement, Charles froissa Léon chaque fois qu'il tenta de lui plaire. Il convoqua Luther à la diète de Worms, alors que Léon pensait que c'était là une prérogative qui lui était réservée. Luther se vit également offrir l'occasion d'un débat religieux, alors que Léon y était totalement hostile :

pourquoi donner à un hérétique condamné et excommunié la chance de faire étalage de ses croyances hérétiques? En cette occasion, Charles prit entièrement le parti de l'orthodoxie catholique et prouva à Léon qu'il n'avait aucunement l'intention de tirer avantage des événements d'Allemagne. Le 18 avril, après la première mise en examen de Luther, Charles envoya Raffaello de' Medici à Rome, afin de soumettre au pape le brouillon du traité d'alliance. Léon couvrit Charles de louanges et, après que le traité eut été conclu, la guerre avec la France devint inévitable.

Afin de déjouer le plan de Girolamo Morone, vice-chancelier de Maximilien Sforza, qui voulait rassembler une armée avec les Milanais qui avaient été chassés de Milan par les Français, le frère du gouverneur, Lautrec, envahit le territoire du Saint-Siège en marchant sur Reggio et en demandant que «l'armée» milanaise lui soit rendue. Cette invasion procura à Léon l'occasion qu'il attendait pour se déclarer ouvertement contre les Français. L'alliance avec Charles, jusque-là secrète, fut rendue publique et Léon commença ses préparatifs pour lever une armée pontificale. François, soudain conscient de la tempête qui le menaçait, tenta de reconquérir la faveur du pape, mais en vain. On raconte que, écumant de rage, il se roula tout nu sur le sol de son palais, ruant et hurlant comme un chien fouetté, avant de s'écrier, au comble de la fureur :

– J'entrerai bientôt à Rome et j'imposerai ma loi au pape!

Je ne sais pas si ces rumeurs sont vraies ou fausses, mais je dirai qu'il n'y a pas de fumée sans feu. Souvenez-vous : un nain contrefait des bas-fonds du Trastevere a dîné un soir avec François Ier, roi de France. Je *sais* ce dont il est capable et quel orgueil démoniaque se cache derrière le vernis de pâle, hautaine et glaciale piété.

Après un long échange de menaces et d'anathèmes, Léon informa François que, s'il ne rendait pas au Saint-Siège

Parme et Plaisance, il serait excommunié et la France mise sous interdit. Sur le papier, cela n'a pas grande importance, mais en pratique c'est abominable : plus de messes célébrées, toutes les églises fermées, les corps abandonnés à la pourriture, les nouveau-nés privés de baptême, les mourants, de la consolation de l'extrême-onction. *Personne* ne peut supporter longtemps un tel état de fait. La reconquête de Parme et de Plaisance n'alla pas de soi pour l'armée pontificale et ses alliés, même renforcée par six mille *Landsknechte* [1] allemands. De plus, Charles se mit à soupçonner que, les villes une fois reprises, Léon en resterait là. Cependant, le belliqueux cardinal Schinner réussit à lever une grosse armée de mercenaires suisses, qui renforcèrent les troupes pontificales quand Prospero Colonna franchit le Pô à Casamaggiore. Partant de Chiavenna, l'armée s'avança dans le territoire de Bergame et, de là, vers Reggio, dans l'intention de reprendre Parme et Plaisance pour le pape. Les Suisses ne s'étaient engagés que pour *défendre* (non pour attaquer), mais Schinner les persuada de rejoindre Gambara et les forces combinées de la papauté et de l'Espagne pour faire une descente sur Milan.

Imaginez la scène : le cardinal Schinner et le cardinal Giulio de' Medici chevauchaient à la tête de l'armée ! Ils étaient là, croix d'or et insignes de légat volant au vent, leurs mains ornées de bagues rouges de sang, pillant, saccageant et blasphémant avec les soudards. Pour Schinner, c'était devenu un mode de vie, mais pour Giulio de' Medici... cela ne faisait que renforcer ce que j'avais toujours pensé. La « douceur de ses manières » n'était nulle part en évidence sur un champ de bataille.

L'union des Suisses, des troupes papales et des Espagnols procura aux alliés une nette supériorité. En particulier, nombre de mercenaires suisses qui avaient combattu pour

1. « Valets d'armes », mot francisé vers cette époque en *lansquenet*.

l'armée française se lassèrent des manières cassantes de Lautrec et, quand il devint évident qu'il n'y avait plus d'argent pour les payer, ils désertèrent en masse. De plus, ils n'avaient jamais vraiment combattu leurs compatriotes de gaieté de cœur. Tard dans l'après-midi du 19 novembre – une après-midi froide et pluvieuse –, les forces alliées apparurent sous les murs de Milan. Les cardinaux de' Medici et Schinner décidèrent d'attaquer d'abord certains faubourgs : Pescara et ses tireurs d'élite espagnols se dirigèrent vers la porta Romana, Prospero Colonna vers la porta Ticinese avec les mercenaires espagnols et les Landsknechte allemands, et les portes de la ville furent rapidement forcées. Lautrec battit immédiatement en retraite et, le soir même, Maximilien Sforza fut proclamé duc de Milan devant une populace en délire qui haïssait les Français. La chute de Milan décida du sort de la Lombardie tout entière : Plaisance, Pavie, Novare, Tortone, Alexandrie, Asti, Crémone et Lodi ouvrirent leurs portes aux alliés. Le 24 novembre, le chancelier d'Angleterre conclut une alliance défensive *et* offensive avec Léon et Charles contre François – mieux vaut tard que jamais, je suppose. François avait finalement tout perdu.

Les Anglais m'ont toujours paru à la périphérie des choses. Voilà une race énigmatique aux traits pâles et à l'allure hautaine, des gens secrets bien-sous-tous-rapports ! Je n'ai jamais su que faire d'eux. Je suppose que cela est en rapport avec le climat du Nord. J'ai entendu dire qu'en Angleterre quand il ne neige pas il pleut et quand il ne pleut pas il y a du brouillard. L'Angleterre ? *Fa sempre la grigia* [1]*!* comme nous disons, nous autres Italiens. Mais j'échangerais tous les jours un Anglais pince-sans-rire contre un Français tricheur.

Léon avait été enchanté de la position prise par le roi d'Angleterre Henri VIII contre le moine fou Luther. Le

1. « Elle fait toujours grise mine ! »

12 mai 1521, dans le cimetière de Saint-Paul, en présence d'une foule immense, avait été proclamé le bref papal contre Luther, dont on avait brûlé les œuvres. Léon avait été informé par l'envoyé anglais, un nommé Clerk, qu'en cette occasion Thomas Wolsey s'était comporté comme si la tiare (qu'il convoitait depuis longtemps) était déjà sur sa tête. Léon n'aima pas ça du tout, même s'il fut ravi d'entendre la proclamation de Clerk et de voir brûler les diatribes de Luther. Le même jour fut envoyé à Rome le livre du roi Henri contre Luther, intitulé *A Defence of the Seven Sacraments Against Luther* (qui était presque entièrement de sa main). Il arriva le 14 septembre et fut présenté à Léon par Clerk. Léon lut les cinq premières pages, l'œil rivé à sa petite loupe cerclée d'or, et poussa des cris de plaisir.

– Un prodige ! Une merveille ! Un don du ciel !

– Le livre, Votre Sainteté, ou le roi ? demanda Clerk avec une causticité très anglaise.

– Les deux, bien sûr, répliqua le pape avec un brin d'humeur, irrité, je pense, que sa rhapsodie eût été interrompue.

– Je transmettrai à Sa Majesté le plaisir qu'a pris Votre Sainteté.

– Regardez ! Regardez ! s'écria Léon. Avez-vous lu la dédicace ? *Le roi d'Angleterre, Henri, envoie son œuvre à Léon X en signe de foi et d'amitié.* Dieu bénisse le roi d'Angleterre !

Léon demanda à Clerk cinq ou six exemplaires du livre, qu'il voulait donner aux cardinaux, et l'invita à s'adresser à un consistoire secret, ce qu'il fit le 2 octobre. Le 26, le pape promulgua une bulle qui octroyait à Henri le titre de « Défenseur de la foi ». Le cardinal Wolsey, qui en avait rêvé, vit son étoile flamber au firmament et gagna les faveurs de son royal maître.

Puis l'Angleterre fut oubliée. Pour la simple raison, d'abord, que c'est une île lointaine.

Je n'avais, cependant, jamais oublié l'enlèvement de

Tomaso della Croce. Les démêlés de Léon avec la France avaient été pour moi un soulagement, car ils m'avaient permis de me concentrer sur autre chose que les manigances d'Andrea de' Collini. Avec la défaite de François, l'horreur revint en trombe.

En fait, ma position était sans espoir : je ne pouvais rien faire sans avoir découvert le lieu où l'inquisiteur était séquestré et la tâche se révéla impossible. Je rencontrai plusieurs fois le cardinal Cajetan dans son palais, mais la prudence m'interdit de glaner la moindre information utile – à supposer qu'il y eût quelque chose à glaner, ce dont je doutais.

Cajetan était toujours furieux et me considérait avec une exaspération mêlée de suspicion. Aux yeux du prélat, j'étais soit un niais, soit un traître, et il était clair que j'étais peut-être les deux.

– Je n'aurais jamais dû me laisser persuader ! siffla-t-il entre ses dents cariées. Jamais ! Regarde les résultats de ton plan grotesque ! Où est Tomaso della Croce maintenant ? Peux-tu me le dire ?

– Non, Éminence.

– Qui l'a enlevé ?

– Je ne le sais pas non plus.

– Il n'est pas question que mes inquisiteurs disparaissent. Qui a travaillé dans l'ombre avec toi ? Des noms, Peppe, je veux des noms !

Je secouai négativement la tête.

– Éminence, il n'y avait personne d'autre. Je suis seul responsable de…

– De quoi ? De son enlèvement ? C'est cela que tu veux dire ?

– Non, Éminence, je le jure ! Cela n'a jamais été mon intention. Je vous ai expliqué mon plan.

– Oui, que Tomaso della Croce se tuerait, qu'on l'oublierait et que tout le monde serait soulagé. Mais il ne s'est pas tué, n'est-ce pas ? Tu en étais si sûr !

– Précisément, Éminence. Cette certitude ne prouve-t-elle pas mon innocence ?

Cajetan pinça les lèvres. J'avais touché juste.

– Peut-être, dit-il d'une voix calme. Peut-être, en effet, n'avais-tu pas prévu cela.

– Évidemment, que je ne l'avais pas prévu !

– Et tu ne peux pas me dire où il se trouve ?

– Non, Éminence, vous avez ma parole. En fait, j'espérais que vous seriez capable de suggérer…

– Peuh !

Je ne me donnai pas la peine de finir ma phrase.

– Tu m'excuseras, dit le cardinal, si je ne t'offre pas de rafraîchissements. J'ai beaucoup de choses à faire… en plus de m'occuper de la disparition de mon inquisiteur.

– Éminence.

– Tu me feras naturellement part du moindre renseignement qui te parviendra.

Ce n'était pas une requête, c'était un ordre.

– Certainement, Éminence.

Et je pris congé.

Oh oui, oui, j'ai fini par les trouver… mais seulement pour les perdre de nouveau ! En fait, j'aurais dû deviner ce qu'ils feraient de lui, deviner la cachette : le seul lieu où il était impossible qu'on le découvrît. Après tout, du point de vue des critères de la décence humaine, Tomaso della Croce était un monstre, et où valait-il mieux cacher un monstre ? Où valait-il mieux cacher un arbre, sinon dans une forêt ? Où valait-il mieux cacher un monstre, sinon dans une caravane de monstres ? Andrea de' Collini avait sans aucun doute bien graissé la patte à Antonio Donato. Un Maître avait beaucoup d'argent, l'autre « maître » en avait sans cesse besoin : que rêver de mieux ? Je n'avais pas été très malin.

Ma première intention avait été de parler à Antonio Donato, dans l'espoir de le persuader de couper toute relation avec le Maître – par la persuasion, la force, les menaces, en employant tous les moyens que je possédais – et de libérer l'inquisiteur. Mais je n'avais pas assez réfléchi à la situation. Comment pourraient-ils jamais le libérer après l'avoir enlevé ? Qu'arriverait-il s'ils le faisaient ? Le bûcher. Voilà ce qui arriverait : le bûcher. Inévitablement. Inexorablement. Ils avaient été trop loin pour faire marche arrière et della Croce était maintenant comme un serpent venimeux, un scorpion enfermé dans une boîte close. Une fois qu'il serait relâché, sa rage ne connaîtrait plus de bornes : il piquerait tout ce qui serait à sa portée. Il enfoncerait ses crochets dans la main qui ouvrirait la boîte pour le libérer. Je savais que cet effroyable incube ne pouvait connaître qu'une seule fin. Je le savais, je le voyais, je ne pouvais en douter et cependant je continuais à entretenir un espoir absurde. Oui, j'avais été bien naïf.

Je n'eus pas l'occasion de parler à maître Antonio, ni même de l'apercevoir. Quand j'arrivai sur l'emplacement de la caravane, le second spectacle de la soirée était déjà commencé. J'errai sans but d'une tente à l'autre, attristé et déprimé par l'appétit lascif de la populace qui s'y entassait, microcosme de la bestialité du monde entier. Je remarquai que maître Antonio avait acquis un ou deux nouveaux acteurs : deux fillettes qui faisaient peur (je vis la stupéfaction et l'horreur dans leurs grands yeux bruns, et une invisible main me serra le cœur), deux sœurs siamoises exhibées entièrement nues, à mon grand dégoût. Un pauvre diable dont les testicules étaient si gonflés qu'il pouvait s'asseoir dessus. Une femme obèse, qui n'était qu'une réplique lasse de la traditionnelle « femme à barbe » – à ceci près que, en l'espèce, les favoris de la dame étaient manifestement faux. Maître Antonio n'hésitait pas à racler les fonds de tiroir.

Ce fut sous la quatrième tente que je le découvris.

Il était là, attaché et bâillonné, poignets et chevilles d'un bleu pourpre aux endroits où les cordes entaillaient la chair, se tordant dans ses liens et annoncé comme l'« Homme possédé par cent démons ». Je ne sais pas quelle sensation domina en moi : le choc, la peur ou l'hilarité. Car ce fut un choc à ébranler les nerfs que de tomber sur lui de la sorte, sans avertissement ni prémonition quelconque. Un choc totalement inattendu, comme si l'on se mirait et qu'on ne vît pas son reflet. Ce fut également un moment de crainte à faire cesser le cœur de battre car, si l'une des cordes s'était rompue, si le bâillon avait glissé – oh, Christ, quel déchaînement de fureur ! C'était enfin un spectacle d'un ridicule achevé : cet homme à demi nu, au visage congestionné, *functus officio* [1] de la sainte Église romaine, un homme qui avait passé sa vie à chasser les démons chez les autres, offert, moyennant un ducat par personne, en spectacle à la lie des faubourgs de Rome pour qu'elle contemplât un homme possédé par *cent* démons !

On l'avait lié à un poteau (qui ressemblait à celui d'un bûcher) et solidement entouré de cordes. Un « prêtre » à l'air furtif se tenait près du condamné, marmottant une sorte de litanie dans un livre en lambeaux et agitant une petite cloche à vaches attachée à son poignet.

– Allez-vous-en, au nom du Très-Haut ! Fuyez ! Hors d'ici, lubriques et lascifs succubes, quittez l'âme de cette créature chrétienne !

Puis, se tournant vers la foule, il annonça :

– Il a partout les marques du démon sur son corps – même dans ses parties les plus secrètes les lèvres de Lucifer ont laissé les traces visibles d'impudiques baisers ! Regardez ! Partout où s'est imprimée la marque du diable, l'homme possédé par cent démons ne ressent pas la douleur…

À ce moment, une brute à l'air hébété entra en traînant

1. « Ayant rempli sa mission ».

les pieds sur la scène et releva la blouse sale dont on avait revêtu l'inquisiteur et qui lui tombait jusqu'au genou. Comme on n'avait pas daigné lui accorder la dignité de porter des sous-vêtements, plusieurs femmes (je ne dis pas « dames »), dans la foule, se mirent à pouffer... J'observai, bouche ouverte, tandis que le ventre pâle du malheureux se soulevait et se contractait avec violence. La brute passa un moment les doigts dans les poils pubiens de l'inquisiteur en faisant une grimace d'un air entendu puis, avec une totale indifférence – et même avec ennui – tira une épingle de sa manche et *l'enfonça* dans l'estomac de Tomaso della Croce.

« Crie ! Hurle ! » l'exhortai-je en silence (pour soulager moins sa souffrance que la mienne), mais aucun son ne sortit de sa bouche à cause du bâillon. Quelqu'un dans la foule poussa un hurlement quand l'aiguille s'enfonça encore un peu. Lorsque le tortionnaire la retira, elle était brillante de sang. La chair de l'inquisiteur était marquée d'un filet de sang de l'épaisseur d'un cheveu, comme une fissure pourpre dans un marbre lisse.

– Arrière, habitants de l'enfer ! cria l'idiot vêtu en prêtre.

La brute s'empara de Tomaso della Croce pour qu'il présentât son dos à la foule. Puis ils le firent plier en deux, maintenant la tête à hauteur de la taille. La blouse fut relevée et l'aiguille entra de nouveau en action, cette fois-ci dans la fesse droite. Je vis les muscles se contracter en un spasme pitoyable. Ce n'était pas une grosse aiguille, c'est vrai, et celui qui avait conçu le scénario (Andrea de' Collini, sûrement) avait clairement indiqué les endroits où elle pouvait être enfoncée sans infliger de réelle blessure mais, même ainsi, la douleur, oui, la douleur devait être intolérable.

La foule était maintenant silencieuse, à la fois en transe et horrifiée, incapable de faire le moindre mouvement. Quel sombre et secret magnétisme la tenait sous son charme, quelles pulsions répugnantes et lascives la forçaient à contempler le déroulement de ce monstrueux spectacle? Tel est le drame de la personne humaine : chacun est un tissu d'ambiguïtés, moitié nageant dans le ciel éthéré, moitié se roulant dans la boue terrestre, suspendu entre le paradis et l'enfer, tantôt ange, tantôt démon. Plus nous tentons de nous élever vers le royaume des étoiles, plus nous glissons dans la semence bestiale, le mucus, la pourriture et les excréments, et la main levée en prière est la même qui frappe un enfant sans défense. Oh, se libérer de la contradiction!

Le «prêtre» se mit à tapoter les fesses de l'inquisiteur avec son livre d'incantations.

– Où? murmura-t-il d'une voix chargée d'émotion sexuelle. Où sont les marques du démon? Ah, Satan est rusé : il cache les traces de ses baisers obscènes. Ici? Ou, peut-être, là?

Il glissa le livre sous les fesses de Tomaso della Croce dans la moiteur, l'ombre et la tendresse secrète des bourses.

L'aiguille suivait le chemin tracé par le livre et, *en route**, pour ainsi dire, vers leur destination finale – où qu'elle pût être –, livre et aiguille s'arrêtaient ici et là, au hasard. À chaque halte, les pages du livre voletaient tout autour de la peau laiteuse, l'aiguille lançait des éclairs et la foule retenait son souffle. Elle *voulait* la voir s'enfoncer dans la chair, pour le doux salut du Christ.

– Ici?

Il montrait le contour des bourses, remontait le long de la raie des fesses, s'enfonçait au creux des reins (je voyais les cuisses trembler).

– Ou peut-être… ah, peut-être bien ici?

Le long des côtes saillantes et au fond de l'aisselle broussailleuse.

– Ahahhhhh, soupirait la foule, *oui, oh oui, là!*

– Et là? trouverons-nous la marque du démon là aussi? Oh, Dieu, dans l'oreille droite!

La traque cruelle se poursuivit : une série de huit, papillonnant sur le dos de l'inquisiteur, lui caressant le cul, les feuillets du livre murmurant ces mots d'amour qui disent la mort, laissant une trace invisible semblable à de la bave d'escargot, une trace révélatrice jalonnée de douleur. Puis le «prêtre» souleva le livre, l'aiguille se fit menaçante et :

– Là ! cria le juge.

– Là ! cria le bourreau.

Alors l'aiguille s'enfonça profondément dans le gras de l'épaule gauche et je vis de nouveau les fesses se contracter, tandis que le silence de l'inquisiteur entonnait à pleins poumons un hymne sanglant à la douleur.

Une voix lubrique sortit de la foule :

– Les couilles ! Enfoncez-la-lui dans les couilles !

Ce n'étaient pas des spectateurs, ces bêtes à face humaine, mais des acteurs. Ils partageaient à la fois le plaisir du tortionnaire et la douleur muette de la victime. Ils étaient Caïn et Abel. Je ne sais pas ce qui avait éveillé en eux cette joie de voir infliger la douleur et je ne la partageais pas. Quand Tomaso della Croce fut de nouveau obligé de faire face à la foule et que l'aiguille s'approcha de ses mamelons, je m'enfuis. Qu'Andrea de' Collini eût pu machiner tout cela, que sa raison eût vacillé sous le poids obsessionnel de la vengeance – au point de violer la foi pour laquelle sa fille avait été brûlée vive –, j'arrivais à peine à le croire. C'était, à n'en pas douter, un jugement, mais on s'était trompé de juge. Il m'était profondément indifférent que Tomaso della Croce endurât un supplice prolongé, mais je ne pouvais supporter l'idée que le Maître était l'instrument de l'application de la peine.

Je tombai sur Nino au moment où il se débarrassait de ses «griffes» absurdes et de ses jambières.

– À présent, m'écriai-je, je vois clair, mon ami. Quel aveugle j'ai été, tâtonnant dans le noir et m'imaginant qu'un fou aidé par les trois comparses dont il avait acheté les services avait simplement sauté sur l'occasion ! Mais il avait tout arrangé depuis le début, n'est-ce pas ? J'aurais dû le savoir depuis le jour où nous avons appris le sort de Laura… Cette apathie, cette incapacité à réagir, à passer à l'acte. Oh oui, oui, je comprends tout maintenant. L'achat de tes amis, le rassemblement des preuves, les accusations, le tribunal, la sentence, l'enlèvement et maintenant *cela*, Nino, la torture ! Achat : un ; preuves : deux ; accusation : trois ; tribunal : quatre ; sentence : cinq ; enlèvement : six ; torture : sept… Que reste-t-il, à part le huit, l'exécution ? Huit ! Le nombre dont il s'est entiché ! Le huit, le huit, le huit… une tragédie en huit actes ! Eh bien, Nino, j'ai raison, non ?

– Je ne connais rien aux nombres.

– N'essaie pas d'être plus bête que je ne l'ai été, Nino. Fini de faire semblant, je sais tout. Je vois clair. Dis-moi seulement une chose : le dernier acte est bien l'exécution ?

– Oui, oui, l'exécution !

J'étais hors d'haleine, hors de moi. Ma poitrine contrefaite était comme un soufflet de forge.

– Dis-moi où elle doit avoir lieu ? dis-je aussi calmement que possible.

Nino ouvrit la bouche pour parler, mais, à cet instant, il y eut un hurlement de rage qui sonna l'alerte derrière nous. Me retournant, j'aperçus maître Antonio et plusieurs goyim qui couraient vers nous. Maître Antonio me désignait du doigt et agitait le bras en gesticulant. Les goyim étaient armés de gourdins. L'un d'eux avait tiré un couteau. Je vis la lame briller à la lumière jaune des torches accrochées à l'extérieur des tentes.

– Le voilà ! Le nain ! C'est lui, les gars !

– Pour l'amour de Dieu, Peppe, fiche le camp ! Décampe !

– Il faut que je sache, Nino, il faut…

Mais Nino détalait déjà.

– Demain ! cria-t-il. Demain soir ! Demain !

Et sa voix me poursuivait tandis que mes petites jambes

grotesques faisaient tout ce qu'elles pouvaient pour se livrer à un semblant de course.

Le lendemain soir, j'étais au bord de l'hystérie. J'arpentais fiévreusement ma chambre en me tordant les mains, allumant, éteignant et rallumant la bougie. Heureusement pour moi, Léon s'entretenait avec un marchand d'Angleterre spécialisé dans les œuvres d'art érotiques et j'étais seul à supporter mes nerfs en pelote. Il était intolérable de savoir quand le rideau allait se baisser sur le dernier acte de la tragédie, mais de ne pas savoir où. Je finis par décider qu'il me fallait sortir en ville et c'est ce qui me permit de découvrir le pot aux roses sans avoir besoin de courir partout dans Rome à la chasse aux rumeurs, aux fausses pistes, aux commérages, aux coups fourrés et à tout le reste.

Ce fut à la taverne de Marco Saletti. Pourquoi je choisis d'errer dans ce quartier à cette heure-là, je n'en sais rien, mais je le fis. Peut-être un dernier lambeau d'espoir accroché à mon âme lasse, peut-être d'autres forces – sort, destin ou *dharma*, comme disent les Orientaux qui adorent le démon, une inexorable et insondable Volonté – entraînèrent-ils mes petites jambes torses dans une direction dont j'avais à peine conscience jusqu'au moment où, levant soudain les yeux, j'aperçus une sombre brute d'ivrogne qui sortait d'un porche ; je sus alors où j'étais.

– Regarde où tu mets les pieds ! criai-je, en m'écartant avant qu'il ne me tombe dessus.

Il me lorgna d'un air méchant dans l'obscurité fétide.

– Oh, dit-il, c'est encore toi. Le nain !

– Je te connais ?

– Peut-être, peut-être pas. Mais moi, je te connais, nabot. Tu es venu une fois ici avec tes amis à gueule de cul. Par le Christ tout-puissant, je n'ai jamais vu une telle collection de monstres. Il devrait y avoir une loi.

– Tu les connais ? demandai-je, sentant monter une excitation aussi soudaine et aussi irrésistible qu'un signal sexuel.

– Suffit de les voir une fois pour ne jamais les oublier. Mère de Dieu, qui pourrait oublier ces gueules d'enfoirés ? Je connais bien le vieux Nino, nabot. Lui et moi, nous vidons une bouteille ou deux quand il passe ici. Je ne peux pas en dire autant du salaud qu'ils avaient avec eux. Si tu es venu les chercher, ce soir, tu arrives trop tard.

– Trop tard ? Je ne comprends pas…

– Tes lutins à la manque sont partis il y a environ une heure.

– Quoi ! m'écriai-je, à peine capable d'articuler les mots, tu veux dire qu'ils étaient ici ? Ce soir ?

– C'est ce que je viens de dire, non ?

– Et il y avait un autre homme avec eux… Quelqu'un que tu n'as pas reconnu ?

– Sûr. Et il avait pas l'air heureux. Et j'ai pas pu voir sa tronche, vu qu'elle était cachée.

– Pour l'amour de Dieu, où sont-ils maintenant ?

– Pourquoi veux-tu savoir ça, nabot ?

Aussi calmement que je le pus, je dis :

– Ils sont en danger, tous. En terrible danger.

– Nino n'a pas parlé de danger. Je ne l'ai jamais entendu parler de ça.

– Moi, je te dis qu'ils sont en danger.

– Des ennuis, le vieux Nino ?

– Je dois savoir où ils sont allés.

Il se frotta les mains, sourit en découvrant ses chicots noirs et gloussa.

– On peut dire que c'est ton soir de chance, nabot de mes deux ! Le vieux Nino s'est mis à jaspiner avec le monstre qui n'a qu'une moitié de gueule et ils ont vendu la mèche, tu piges ? Ce n'est pas tombé dans l'oreille d'un sourd.

– Alors ? pour l'amour de Dieu ! criai-je, à peine capable de me contenir.

– Le vieux Nino a dit quelque chose à propos du Colisée.

– Quoi ?

– Ouais, le Colisée. Face-de-crâne a essayé de le faire taire, mais ton serviteur a tout entendu. Il a l'ouïe fine et c'était facile de comprendre qu'ils allaient faire un sale boulot. Tu vois ce que je veux dire ?

– Tu es sûr que c'est le Colisée ?

– Aussi sûr que j'ai chopé la vérole.

– Et... et l'autre homme ?

– Ils l'avaient bridé comme une putain d'oie ! Avec un bâillon pour qu'il puisse pas parler. C'est qui, celui-là ?

– Du menu fretin. Personne d'important.

– Important pour eux, c'est certain. Et pour toi, à ce que j'entends.

– Personne n'a essayé de les arrêter ?

– Dans ce trou à rats ? Fais-moi plaisir. Pourquoi crois-tu qu'ils sont d'abord venus ici ? Marco est aveugle à tout. Bon Dieu du ciel, tu pourrais te balader ici avec le cadavre d'une putain à poil sur l'épaule, personne ne bougerait un cil.

Je sortis une pièce de ma ceinture et la glissai dans sa main graisseuse.

– Avec mes remerciements, dis-je.

– Attention : je ne t'ai rien dit, hein ?

Il s'éloigna en titubant dans la ruelle puante.

Depuis des siècles le Colisée n'était qu'un gigantesque tas de ruines. Pillé par l'Église pour ses marbres et ses clous de bronze, il était dans un état que n'auraient certainement jamais imaginé ceux qui l'avaient conçu et érigé : cet immense théâtre était toujours là, mais plongé dans une décrépitude qui se prolongeait indéfiniment avec le temps. L'herbe poussait partout, dans toutes les failles et toutes les fissures, ouvrant de dangereuses lézardes entre les pierres et les contraignant au fil des ans, pouce par pouce, degré par degré, à lâcher prise et à s'écrouler. Le jour, des vaches paissaient dans l'enclos circulaire en ruine. La nuit, il devenait un refuge et un abri pour les ivrognes, les vagabonds, les voleurs, les coupe-jarrets et les amants illicites – la lie de la société humaine s'y ébattait pour prendre son plaisir – et, là où jadis avaient retenti les hurlements des martyrs livrés aux langues des flammes ou aux crocs des fauves, on n'entendait plus que les échos du plaisir charnel, les voix stridentes des mendiants qui se disputaient des miettes volées et les sanglots de ceux qui s'abîmaient dans un désespoir sans nom.

C'était un décor totalement approprié à l'horreur qui allait venir car, en ces lieux, les premiers chrétiens avaient été brûlés ou plongés dans la poix bouillante, des vierges âgées de douze ans avaient été déflorées par des hyènes aux cris rauques et tant de vies humaines avaient été livrées en pâture à l'appétit insatiable d'une populace sauvage que, même dans les appartements impériaux, de la colline Palatine on pouvait sentir la puanteur de tous les fluides corporels imaginables.

Hors d'haleine, terrifié par ce que j'allais découvrir, je jouai des pieds et des mains entre les blocs de pierre écroulés, sans vraiment voir où j'allais. Une fois, j'appelai Nino, mais je n'eus pour toute réponse que le gloussement lointain d'un rire obscène. Je butai sur un couple d'amants, heurtant l'un d'eux du pied.

– Regarde où tu vas, sale petit monstre !

– Pervers !

Retenant mes larmes, je me frayai douloureusement un chemin en franchissant des rochers et des pierres presque aussi hauts que moi.

Puis je les vis.

Nino, Beppo et le Crâne étaient ensemble. Andrea de' Collini était un peu à l'écart, immobile et songeur. Et là… là, sur le sol, gisait Tomaso della Croce, face contre terre. Ils lui avaient ôté ses vêtements et il gisait, pieds et poings liés.

– Peppe ! cria Nino en m'apercevant. Que diable viens-tu faire ici ?

– Je suis venu te poser la même question, dis-je. As-tu complètement perdu l'esprit ? Beppo ! Don Giuseppe ! Pourquoi avez-vous accepté cette... cette... folie ?

Alors le Maître tourna vers moi son visage.

– Ils sont ici parce que je leur en ai donné l'ordre, dit-il d'une voix douce. Pas toi. Pourquoi es-tu venu ?

– Pour vous remettre du plomb dans la tête, à vous tous, grondai-je.

– J'avais pensé t'épargner cela, Peppe.

– M'épargner quoi ? Qu'allez-vous faire de lui ?

– Tu verras.

– Écoutez, commençai-je, il n'est pas trop tard... il est encore temps de le laisser partir...

– Espèce d'idiot ! siffla le Maître – et la violence de sa voix me glaça le sang. Tu ne comprends toujours pas ? C'est l'affrontement final, notre Armageddon à nous ! Crois-tu vraiment que toi – ou n'importe qui d'autre – vas pouvoir m'arrêter maintenant ? Après tout ce que j'ai conçu ? Non, non, non ! Reste avec nous si tu le veux, mon ami, mais n'essaie pas d'interférer avec ce qui a été fixé.

Allongé nu au clair de lune, Fra Tomaso était presque beau. Sa peau lisse comme du marbre, quasi transparente, brillait avec toute l'énigmatique et rêveuse séduction du monde de la lune – un monde de signes et de symboles, d'ombres argentées, de calme, de magie, d'illusion et de désirs de minuit. Selon les anciens cabalistes, c'était le monde de Yesod : de ces pulsions irrationnelles trop profondes pour être captées et comprises par l'esprit de veille, le monde de l'angoisse qui noue l'estomac et soulève les boyaux, des révélations que chuchotent fantômes, spectres et âmes des morts refusant de quitter la terre. Ici, dans le cirque en ruine de l'amphithéâtre romain, comme un talisman au centre d'un sanctuaire païen, della Croce semblait être à la fois réalité et illusion. Et ce moment contenait en lui-même une infinie variété d'alternatives et de possibilités : être aimé, adoré... ou bien ravagé... ou bien vénéré comme un timide dieu sylvestre… ou bien égorgé dans un bain de sang. La félicité comme la terreur pouvaient s'exercer sur lui car il était là – comme nous l'étions tous –, immobile et pétrifié dans la paume de la main d'un monde de rêves.

Lorsque Andrea de' Collini parla, ce ne fut pas pour briser le sortilège dont nous étions esclaves, mais pour le prolonger. Sa voix était basse, douce, d'une froideur glaciale, mais je jure qu'on pouvait l'entendre dans l'amphithéâtre tout entier. Rehaussée par la lune, l'obscurité était bruissante : un râle assourdi d'extase sexuelle, un ronflement en cascade, un soupir de désespoir. Telle était la psalmodie qui accompagnait ce rituel de la folie.

– Sais-tu quel jour du mois nous sommes ? demanda le Maître.

– C'est le huitième jour, répondit Tomaso della Croce, la face enfouie dans le sol herbeux.

Cela paraissait incroyable, mais il était entièrement maître de lui.

– Le huitième. Le huitième jour ! Et sais-tu l'heure qu'il est depuis le coucher du soleil ?

– C'est la huitième heure après le coucher du soleil, répondit l'inquisiteur.

– Tu as de nouveau raison, Tomaso della Croce. Le huitième jour, la huitième heure. Le nombre de Saturne. La planète des ténèbres, de la catastrophe et de la mort. *Ta* planète !

– C'est l'œuvre du démon. Tu pourriras en enfer, Andrea de' Collini, tout comme ta fille, cette sorcière hérétique !

Le Maître leva la tête, comme s'il scrutait les cieux bouchés. Puis il émit une longue plainte rauque, semblable au hurlement d'un chien à la lune. Fureur ? Douleur ? Pure et simple folie ? Impossible à dire. Mais il était fou à lier, j'en étais maintenant certain.

– Voilà des paroles courageuses, inquisiteur, s'écria-t-il.

Mais nous allons bientôt mettre ton courage à l'épreuve. Crois-moi.

– Semence du diable !

Le Maître commença de se déshabiller. Il le fit avec grand soin, pliant minutieusement ses vêtements pour en faire une pile parfaitement ordonnée. Une fois nu, le Maître enjamba le corps immobile de Tomaso della Croce, posant un pied près de chaque cuisse blanche.

– Maintenant, dis-moi, inquisiteur, quel est le dogme essentiel de la foi gnostique ?

– Je ne sais rien de l'hérésie.

– Réponds-moi !

– Ta prétendue « foi » est tellement mêlée d'ordure et de corruption que je ne saurais guère par où commencer, Andrea de' Collini.

– Alors permets-moi de te venir en aide. La Matière. La Matière et l'Esprit. Le dogme essentiel de notre foi est que l'existence matérielle est mauvaise et qu'elle a été créée par Satan.

– Hérésie ! hurla della Croce, crachant de la terre par la bouche.

– C'est la vérité. Le corps est une chose vile et puante, car la chair est l'œuvre du Malin. C'est une prison dans laquelle l'âme est incarcérée. *Dis-le.* Dis que cette chair est l'œuvre de Satan.

– Jamais. L'univers a été créé par Dieu notre Père, le Père de Notre-Seigneur Jésus-Christ, et tout ce qu'il a créé est bon.

– La chair est bonne ? demanda lentement le Maître.

– Oui, la chair est bonne, et prétendre autre chose fera de l'enfer ta demeure éternelle.

– Parfait, inquisiteur. Nous allons voir si *ta* chair est bonne.

À cet instant, je remarquai que le Maître était en érection. Mon cœur se mit à battre la chamade. Je savais que certaines âmes tourmentées ne pouvaient éprouver de désir sexuel que dans la douleur ou en contemplant le spectacle de la douleur. Je ne pouvais le comprendre, mais je savais qu'il en était ainsi. Mais le Maître? Ce n'était pas possible. Je *savais* que c'était impossible, mais l'horreur, maintenant évidente, de ce qu'il avait l'intention de faire, ne laissait pas de place à une autre conclusion – ou plutôt ne permettait aucune conclusion logique et raisonnable accessible à la compréhension. Mais j'oubliais sans doute que les pulsions de la folie ne peuvent être comprises.

– Nous allons voir combien ta chair est douce, Tomaso della Croce. Oh oui, oui, nous allons l'apprendre ensemble, toi et moi, en voyageant dans une exquise agonie. Ah, quelles merveilles va t'apporter ma leçon d'amour! Oh, Tomaso, Tomaso, que la leçon commence...

Le Maître au long pénis tremblant se laissa tomber à genoux. Il inséra ses doigts entre les fesses pâles de della Croce et les écarta tendrement.

Un hurlement de terreur :

– Au nom de Dieu, non!

Je l'observai, horrifié, qui se laissait tomber sur della Croce et plongeait son membre raide, profondément, profondément dans l'anus de sa victime. Puis il commença de donner des coups de lance, chantonnant d'une voix rauque à l'oreille de l'inquisiteur, les lèvres écumantes, haletant, éperonnant avec une impitoyable férocité.

– Oui, oui, oui, ne te l'ai-je pas dit? Ne t'ai-je pas prévenu, mon doux ennemi bien-aimé? Oh, oh, oh, est-ce que la chair est bonne maintenant? La douleur est-elle une cause de joie? Ton Dieu a-t-il inventé *cela* pour ta délectation? Dis-moi que j'ai raison, Tomaso della Croce – oh! –, dis-moi que ma philosophie est vraie. N'ai-je pas, moi, pauvre hérétique, une vision de la vérité plus profonde que toi, fidèle et dévoué fils aux mains sanglantes de notre sainte mère l'Église?

– Tu… Ô Jésus, Jésus, délivre-moi !… Tu es damné depuis le jour de ta naissance…

Presque en transe, bouche ouverte, nous assistâmes à ce viol rituel. Étions-nous en proie à l'extase ou à l'horreur ? Le Maître déployait une énergie farouche, alimentée, sans nul doute, par un mortel mélange de désespoir et de haine, comme s'il avait l'intention délibérée de mettre en charpie les boyaux de della Croce.

Puis, frénétiquement, quand il sentit monter l'orgasme :

– Oh Tomaso… Tomaso… combien… combien je te *méprise* !

Il s'affaissa et demeura immobile un moment. Baignés par le clair de lune, les deux corps nus avaient une surprenante unité de forme, comme des statues depuis longtemps tombées de leur piédestal. Une unité perpétuelle au cœur de l'immobilité, une riche éloquence intemporelle capturée sous l'œil de pierre du silence.

C'était de la folie.

Quand le Maître finit par se remettre à genoux, je vis que son pénis était poisseux de sang. Il luisait somptueusement, instrument de triomphe et de tragédie. Des gouttes de semence s'écoulaient du gland gonflé. La semence et le sang – le sens de la vie et le sens de la mort.

– Dis-moi, maintenant, inquisiteur, murmura-t-il, la chair est-elle toujours bonne ?

Della Croce ne répondit pas.

Puis, de nouveau saisi par la démence, il ordonna :

– Peppe ! Vous autres ! Nino ! Venez ici… mettez-le sur le dos !

Nous nous exécutâmes à contrecœur, sans oser le regarder. Nous défîmes les cordes qui lui liaient les poignets et les chevilles afin de le mettre en position assise. En dépit de la douleur dans son regard, il était incroyablement calme. Un faible sourire erra même sur ses lèvres minces et sèches. Soudain, de façon totalement inattendue, le tendre pli de chair au bas de son ventre nu me fit éprouver une exquise et insupportable pitié. Je ne sais pas pourquoi. Cela arrive parfois : les pleurs d'un enfant, un jeu d'ombres et de lumières sur le visage d'une vieille femme, une boucle de cheveux noirs sur la nuque d'un étranger, et le cœur chavire. Par moments, la fragilité de l'univers tout entier semble contenue dans la main calleuse d'un garçon de ferme. Les yeux baissés d'un mendiant peuvent être pour l'âme poignants au-delà de toute expression.

D'une voix calme et contrôlée, l'inquisiteur dit :

– Vous ne pourrez jamais me laisser partir maintenant. Si vous le faites, je vous ferai tous arrêter et brûler. Mieux : je mettrai moi-même le feu aux fagots.

– Il n'est pas dans mon intention de te laisser partir, dit le Maître.

– C'est complètement fou, intervint le Crâne. Pour l'amour du Christ, filons !

– Non, je vous ai achetés, rappelez-vous. Vous m'appartenez et vous ferez exactement ce que je vous dirai, répondit Andrea de' Collini. Ou c'est moi qui vous ferai arrêter et brûler et j'entrerai dans les flammes après vous. Compris ?

Nous restâmes muets.

– Lève-toi, Tomaso della Croce.

Tandis que l'inquisiteur se relevait avec peine, je vis qu'il avait des taches de sang sur les jambes.

– Nino… tu as ton couteau ?

– Oui. Vous m'avez demandé de l'apporter.

– Bien. Alors, écoutez, vous tous. L'un de nous – lui ou moi – va mourir. Nous allons nous battre – et nous battre à mort. Pas d'armes, pas d'instruments, pas de tricherie : rien que deux hommes, deux corps nus, pas plus, pas moins. Comme des animaux. Ah, j'aime ça ! Cela convient parfaitement. C'est à quoi, en fin de compte, chacun de nous est réduit dans cette existence charnelle. À l'issue du combat, quand l'un de nous sera mort, toi, Nino, tu tueras le vainqueur d'un coup de poignard.

Nino secoua farouchement la tête.

– Pas question, dit-il d'un ton ferme. Pas moi.

Le Maître nous foudroya du regard, les yeux écarquillés, les narines dilatées.

– Tu es obligé de le faire ! siffla-t-il. Si c'est moi qui triomphe, tu me tueras. Si tu ne le fais pas, je vous livrerai tous à l'Inquisition. Si Tomaso della Croce est vainqueur, tu le tueras d'un coup de poignard. Si tu ne le fais pas, le résultat sera le même, car il ne te permettra jamais d'échapper au bûcher. Crois-moi, j'ai tout prévu. Votre seul espoir de liberté est de tuer le vainqueur. Avant la fin de la nuit, l'inquisiteur et moi, nous serons morts. C'est bien compris ?

Oui, oui, pour comprendre, nous comprenions. Ce n'était pas notre compréhension que le Maître avait mise à l'épreuve, mais notre crédulité. Que pouvions-nous faire ? Quel choix avions-nous ?

Je dis doucement à Nino :

– Il a raison. Pour l'amour du Christ, qu'ils y aillent.

Enfin, Tomaso della Croce parla :

– Je refuse de me battre avec toi, Andrea de' Collini. Je refuse...

La réponse du Maître prit tout le monde par surprise : avec une force et une rapidité incroyables, il frappa della Croce au visage. L'inquisiteur recula, le nez et la bouche en sang, complètement sous le choc. L'instant suivant, le Maître était sur lui, déchirant à mains nues, mordant et arrachant et rossant. Les deux hommes, maintenant étroitement enlacés, titubèrent et tombèrent lourdement sur le sol, où ils roulèrent comme des chiens se disputant un lambeau de viande, comme – oui –, comme des animaux. C'était un meurtre sauvage et vil, et cela aurait pu être la frénésie d'un amour sauvage et vil. On dit souvent que la distinction entre l'amour et la haine ne tient qu'à l'épaisseur d'un cheveu. Je savais maintenant que c'était vrai, car je le voyais de mes propres yeux. Il suffisait du plus petit charme, de la plus légère incantation pour que les coups brutaux se transforment en soupirs et en caresses de mutuel désir. À part reprendre haleine et grogner de douleur, ils ne faisaient aucun bruit, et c'était en soi très étrange. C'était comme observer le déroulement d'un cauchemar grotesque, à ceci près que n'importe quel cauchemar eût été préférable. Nino, Beppo, le Crâne et moi, nous étions là, impuissants, troussés comme des poulets dans le filet de la peur, sachant que, quel que soit le vainqueur, un autre meurtre suivrait si nous voulions être libres.

Tout se déroula en un éclair, un brouillard, un rapide défilé de bras, de jambes, de dos, de visages ravagés par la haine. Il était impossible de voir clairement ce qui se passait, sinon que, par moments, une image horrible émergeait avant d'être de nouveau avalée dans l'informe chaos : la main de l'inquisiteur tirant sur les testicules du Maître, fourrageant dans l'ombre velue de son aine; les dents du Maître déchirant la poitrine de della Croce, arrachant la peau sanglante, s'enfonçant autour d'un mamelon raidi par l'excitation et par le froid de la nuit; un index menaçant de faire sauter un œil terrifié, une oreille ne pendant plus que par un mince lambeau de chair rose et rouge; des doigts enfoncés jusqu'à faire éclater la narine; le poing d'Andrea de' Collini bourrant de coups les côtes de Tomaso della Croce. Oh, quand cette horreur allait-elle finir? Quand la folie cesserait-elle? Je ne pouvais plus supporter cela plus longtemps.

Derrière moi, j'entendis le Crâne murmurer :

– Ils sont fous tous les deux.

Impossible de se faire une idée du vainqueur car, dans la mêlée, on ne pouvait savoir à qui appartenait tel bras ou telle jambe. Soudain, je vis l'inquisiteur se libérer et se mettre à genoux. Après avoir glissé, il réussit cependant à se relever. Le Maître roula sur le dos, la poitrine haletante, tournant la tête d'un côté et de l'autre.

– Est-ce là ta victoire ? cria della Croce d'une voix rauque. Ta revanche ? Oh, Andrea de' Collini, la vérité de l'Évangile a triomphé !

– Et quelle est la vérité de l'Évangile ? haleta le Maître.

– Ceci !

Levant le pied, il l'écrasa avec une force terrible sur le visage d'Andrea de' Collini. En même temps, le Maître s'empara de sa cheville, qu'il tira d'une secousse, et l'inquisiteur tomba de nouveau en poussant un cri de fureur. Le *cauchemar* * recommença de plus belle. Ils étaient face à face, poitrine contre poitrine, jambes emmêlées, se battant à coups de dents, mordant, déchirant et arrachant.

– Ô Dieu, aide-moi ! hurla della Croce, en se libérant une main et en la plongeant entre les cuisses du Maître.

J'entendis une inspiration profonde, suivie d'un sourd gémissement de douleur. Ils se séparèrent quelques instants puis se ruèrent de nouveau l'un sur l'autre. Le corps plié en deux, le Maître introduisit le talon entre les fesses de l'inquisiteur, pilonnant impitoyablement son rectum, fourrageant dans l'endroit déjà déchiré et mis en pièces par le viol. Tomaso della Croce poussa un cri. Il poussa un cri et mordit la jambe du Maître, rongeant le mollet à coups de crocs.

Je vis alors un spectacle que je ne veux jamais revoir. L'image en est imprimée dans mon cerveau, ma mémoire et mon âme, une seule image terrible, vive et claire qui, jusqu'à ce jour, hante mes rêves diurnes et arrive souvent à l'improviste pour m'empêcher de dormir la nuit. C'est le visage de Tomaso della Croce, les yeux hors des orbites, fous d'horreur et d'épouvante, les yeux d'une pauvre bête sur le point d'être égorgée. Dans sa bouche, un lambeau de chair sanglante. Et le clair de lune sur ce visage, comme un transparent suaire argenté, le muant en un reflet du visage de la mort elle-même. Le visage d'un être humain devenu le mufle baveux de sang d'une bête affolée.

Aucun des spectateurs ne se sentait capable de supporter cela plus longtemps, mais ce fut Nino qui se mit en action. Avec un grand cri, il bondit en avant et je vis qu'il tenait une grosse pierre à la main.

– Arrêtez, arrêtez, oh arrêtez ! hurla-t-il.

– Nino ! criai-je, non ! Non !

Mais c'était trop tard. Il avait rejoint les deux silhouettes qui se roulaient par terre, et il était penché au-dessus d'elles, l'œil aux aguets, cherchant la cible, le bras levé. Les deux enragés étaient inconscients de sa présence.

– Je vous ai dit d'arrêter ! rugit-il.

Et le bras décrivit un arc de cercle, faisant éclater une tête, dans une bouillie de cervelle et de sang.

Mais la tête de qui ?

Il semblait qu'un univers avait disparu dans de sanglantes nuées d'orage et qu'un autre l'avait remplacé. Il semblait, maintenant, que la nuit était éternelle, que l'éternité même s'était condensée dans l'éphémère durée de cette nuit. Alors une voix s'éleva dans le silence de l'obscurité :

– Peppe le fera, dit Andrea de' Collini.

Il se leva de l'endroit où il était assis sur le sol, toujours nu, et s'avança vers nous. Il avait le visage ravagé, un œil arraché, le nez cassé et sanglant, la lèvre inférieure éclatée, le corps couvert d'égratignures, de marques, de plaques noires et de blessures béantes aux endroits où l'os était visible. Qu'il pût se tenir debout était une sorte de miracle.

– Nino a mis fin à notre petit différend, murmura-t-il d'une voix rauque et pâteuse. Je le regrette, mais ce qui est fait est fait. Maintenant, Peppe, à toi de jouer. Prends le poignard de Nino. Appuie-le là – il leva lentement la main et posa un doigt sur sa gorge – et fais-le entrer d'un seul coup. Aussi vite que tu le pourras. Puis va-t'en. Je veux qu'ils nous trouvent ensemble, Tomaso della Croce et moi.

– Pourquoi ? m'écriai-je en levant la tête aussi haut que possible et en regardant l'immense étendue du ciel nocturne, où des étoiles innombrables brillaient par milliers comme de minuscules diamants.

Doucement, tendrement, Andrea de' Collini dit :

– Pourquoi, Peppe ? *Par amour.*

Baissant la tête, je le regardai dans les yeux. Puis il dit de nouveau :

– Fais-le par amour pour moi.

Ensuite, ce geste extraordinaire : penchant vers moi son visage mutilé, le Maître pressa ses lèvres gonflées contre les miennes et me donna le plus tendre et le plus enchanteur des baisers – un baiser aussi tendre et aussi merveilleux que le baiser de Laura ! –, et mon âme, pour ainsi dire, s'évanouit. Pendant un moment je perdis toute conscience de l'incube qui s'était emparé de nous, toute conscience de mon corps pathétique et tordu, tout sens du monde, du temps, et je demeurai en suspens dans une éternité sans rien de sensible. Tous les appels, tous les tiraillements, tous les déchirements, tous les désirs de l'esprit, du cœur et du sexe furent apaisés par cet extraordinaire baiser : les bras d'un père, les reins d'un amant, la fidélité d'un ami chéri, le premier cri de la naissance et le dernier silence de la mort s'unirent et se libérèrent dans un seul mouvement d'extase. Oh, Andrea, Andrea !

Il s'éloigna, les yeux brillants d'une exquise tendresse, et dit :

– Je t'aime, Peppe. Au cœur de la folie, l'amour indestructible. Aime-moi en retour et accomplis cet acte.

Je tendis la main et, quelques instants plus tard, je sentis que Nino venait d'y glisser son poignard. Mes doigts se refermèrent sur le manche.

– Un seul coup, rapide et profond, dit le Maître, afin d'ouvrir la veine. N'aie pas peur. Je vais me pencher vers toi pour que tu sois à hauteur. Ici… laisse-moi t'aider…

Il prit mon poing entre ses doigts – qui étaient poisseux de sang – et appuya la lame contre sa gorge.

– Voici l'endroit, dit-il. Maintenant, frappe.

– Maître… au nom de Dieu…

– Pour l'amour du Christ, fais ce qu'il dit, Peppe ! s'écria Nino. Tu veux que nous soyons tous brûlés ?

– Fais-le, Peppe. Fais-le maintenant !

À ce que je me rappelle, je fis trois choses simultanément : je fermai les yeux, poussai un long soupir de désespoir et enfonçai le poignard dans la gorge du Maître aussi profondément que je le pus. Immédiatement, un jet de sang, épais et chaud, m'inonda la main et le bras. Alors je retirai la lame et laissai tomber le poignard sur le sol.

– Tu l'as *fait*, Peppe !

C'était la voix de Nino. Puis, incroyablement, se fit entendre la voix affaiblie du Maître :

– Oui, tu l'as fait, petit disciple. Ou dois-je t'appeler *Maître* maintenant ? Je suis heureux que mon plan se soit accompli – du moins en partie. Lui et moi, nous n'empoisonnerons plus longtemps ta vie. Je n'en ai pas pour longtemps. Écoute-moi, Peppe ! Écoute ce que je vais dire ! Tu auras encore un choc, mon ami. Il va venir. Au nom du seul vrai Dieu, je te demande de te souvenir de moi avec tendresse.

Puis, soudain, le silence.

Quand j'ouvris de nouveau les yeux, je le vis se diriger d'un pas incertain vers le corps de Tomaso della Croce. Il tomba maladroitement sur le sol et s'allongea près de lui, de manière qu'ils fussent côte à côte. Toute sa poitrine était pourpre. Le sang sortait encore à flots de sa gorge. Il recouvrit de ses mains ses parties génitales mutilées, puis ne bougea plus.

– Maître ? réussis-je à murmurer. Maître ?

– Il est mort, dit Nino. Ou il va mourir dans quelques instants.

– Filons, siffla le Crâne, filons d'ici !

Tandis que nous courions loin de ce théâtre de sang et de rêves – des cauchemars ! –, les dernières paroles du Maître résonnaient dans mon cerveau : «Tu auras encore un choc, mon ami.» Qu'avait-il pu vouloir dire ? Son plan diabolique n'avait-il pas réussi ? Quelle horreur était encore à venir ? En fait, je pourrais vous dire maintenant que le dernier «choc» fut pour moi comme un lever de soleil après la ténébreuse obscurité d'une nuit prolongée. Un choc, oui – mais enfin, non –, vous jugerez par vous-même très bientôt, je vous le promets. Je n'ai pas vu dans quelle direction Nino et les autres s'enfuirent et je ne les ai jamais revus depuis. Je n'en ai pas particulièrement envie. Nino me manquera toujours, c'est vrai, et je me demanderai de temps à autre où il est et si la fortune lui est propice, car il occupe une place particulière dans mon cœur. Mais penser à Nino, ce serait vivre dans l'ombre de Tomaso della Croce et cela, je ne le veux à aucun prix.

J'ai succédé à Andrea de' Collini comme Maître de la confrérie gnostique quelque temps avant sa disparition et ce fut le devoir de ma charge d'informer les frères – avec l'honnêteté sans réserve qui caractérise les minorités persécutées – que, quoi qu'ils pussent entendre dire, le Maître était mort et qu'il était mort en restant fidèle à la lumière de la vérité gnostique. Cette lumière continua d'illuminer ma vie – ainsi que la lumière oblique de Giovanni de' Medici, le pape Léon X. La tragédie était que ces deux lumières étaient inconciliables. Comme le Soleil et la Lune, je suppose, qui sont deux astres lumineux, mais qui ne peuvent pas briller ensemble.

Cette exigence tragique me conduisit à concevoir et à exécuter l'acte qui – de tous les actes dont je suis responsable – m'a causé la plus grande angoisse de cœur et d'esprit.

J'AI TUÉ LÉON.

Il le fallait. Je n'avais pas le choix. Cher, mon très cher, mon bien-aimé, généreux, bon et tendre Léon, je l'ai tué. Il m'avait tant donné. Il était tout ce que je possédais. Quand il est mort, mon cœur – déjà coupé en deux par les flammes du bûcher de Laura – n'a plus été qu'un inutile amas de cendres. Le miracle fut que, dans ce pitoyable état, il a continué de battre. À présent, je n'ai plus de cœur, simplement un esprit qui reconnaît, comprend et m'oblige à vivre selon la vérité que j'ai appris à connaître. Et cette vérité est pour moi supérieure à tout : à l'amour, à l'amitié, à la paix, à la sécurité et à la vie elle-même.

Le début de mes ennuis fut la découverte du corps de Tomaso della Croce. La chair qui s'accrochait aux os rompus était mangée par les vers, mais ce qui restait du visage était suffisant pour que le cardinal Cajetan, le plus haut prélat de l'ordre dominicain, le reconnût. Qu'était-il arrivé au corps d'Andrea de' Collini, je n'en sais rien. Peut-être avait-il été dévoré par les chiens sauvages qui hantent les ruines du Colisée la nuit ou – plus horrible encore ! – mangé par la lie de l'humanité qui mène en ces lieux une existence abjecte, mâchant, excrétant et copulant dans les immondices qui sont sa demeure.

Évidemment, Son Éminence se mit à écumer de rage et de suspicion.

– J'ai à peine été capable de le regarder, rugit-elle, si effroyables étaient ses blessures ! Que sais-tu de cela, Giuseppe Amadonelli ?

– Rien, Éminence.

– Rien, rien, rien ! Est-ce *rien* qui a enlevé Tomaso della Croce à la Minerva ? *Rien* qui l'a sauvagement assassiné et laissé son corps pourrir dans cet endroit de cauchemar ?

– Ne me demandez pas qui est coupable, Éminence, car je n'en sais rien.

– Tu ne le sais pas ou tu ne veux pas le dire ?

– Je ne le sais pas, Éminence.

– Et tu penses que je vais te croire ?

– S'il plaît à Votre Éminence, oui.

– Mais cela ne me plaît pas, pas du tout !

Le cardinal se renfonça dans son siège, le menton dans la paume de la main. Ses yeux, qui lançaient des éclairs, étaient fixés sur moi.

– Je vais te dire quelque chose, Peppe.

– Si Votre Éminence le désire.

– Je viens d'avoir des informations... des informations sur les activités d'une... comment dirai-je ?... d'une confrérie d'hérétiques ici à Rome. Je ne connais pas précisément la nature de leurs erreurs théologiques, mais j'ai de bonnes raisons de croire qu'il s'agit d'une sorte de gnosticisme. Mon Dieu, il n'y a vraiment rien de nouveau sous le soleil, comme le dit Qôheleth [1] ! Le gnosticisme ! Il n'est donc pas mort avec Basilides [2] ou les albigeois.

Il observait avec soin la moindre réaction de ma part, c'était clair.

– Je ne sais presque rien de cette hérésie, dis-je. Et j'ignore tout des albigeois.

– Grâce à Dieu et à notre saint père Dominique, ils ont été exterminés, répondit-il. Mais pas, semble-t-il, leur enseignement diabolique. Il y a un renouveau de ces pratiques à Rome et elles prospèrent. Je ne le tolérerai pas.

Il marqua une pause, puis ajouta d'une voix plus douce :

– Cette sorcière qui a été brûlée, Laura de' Collini, était quelqu'un d'important pour toi, n'est-ce pas ?

Je ne répondis pas. Il poursuivit :

– De suffisamment important pour être un élément du plan ridicule que tu as échafaudé pour débarrasser le monde de mon inquisiteur ?

1. Nom hébreu du livre de l'Ecclésiaste dans la tradition vétéro-testamentaire.

2. Docteur gnostique d'Alexandrie (IIe siècle).

– Comme vous dites, Éminence.

– Cette floraison d'hérétiques à Rome a un lien avec la fille, n'est-ce pas ?

– Je n'en sais vraiment rien, Éminence.

– Moi si ! s'écria-t-il, de nouveau en colère. Et quand je découvrirai la nature précise de ce lien, alors... alors ma fureur s'abattra sur eux comme le feu du ciel, sois-en sûr ! Ont-ils un lien avec la disparition et la mort de l'inquisiteur ?

– Je ne sais pas.

– Es-tu en train de me mentir, Peppe ?

– Non, Éminence.

– Où est le père de cette fille, le patricien Andrea de' Collini ?

– Je n'en ai aucune idée.

« Cela, au moins, c'est vrai », pensai-je.

– Et quel lien y a-t-il entre lui et la confrérie hérétique ?

– De nouveau, Éminence, je n'en ai aucune idée.

Maintenant la voix du cardinal était calme, mesurée, parfaitement contrôlée, et absolument terrifiante dans sa menace.

– Je vais poursuivre mes investigations, Peppe. Si je découvre – mon Dieu ! –, si je découvre que tu es le moins du monde mêlé à cela...

– Je vous assure, Éminence...

– Si je découvre cela, je réclamerai ta mort à grands cris. Je te ferai regretter le jour de ta naissance.

« C'est ce que je fais depuis des années », pensai-je.

– Je te soupçonne, Peppe. Je le regrette, mais c'est ainsi. De plus, tant que je n'aurai pas la preuve formelle que tu es entièrement innocent de la mort de mon inquisiteur et de toutes connexions avec les hérétiques, il n'est pas question que nous soyons amis, toi et moi. Comprends-tu cela ?

– Malheureusement, oui, Éminence.

Le lendemain, au cours d'une audience avec Léon à

laquelle j'assistais, Cajetan informa Sa Sainteté de ce qu'il venait d'apprendre. Heureusement pour moi, Léon était d'humeur distraite et pas vraiment capable de se concentrer sur ce que disait Cajetan. Je savais que la querelle avec la France le préoccupait beaucoup.

– Vous dites une secte *gnostique* ? Des hérétiques ?

– Les gnostiques peuvent difficilement être autre chose, Votre Sainteté.

Léon se leva de son siège au prix d'un gros effort.

– Je ne tolérerai pas une telle chose dans ma ville ! Certainement pas ! Avec la tourmente qui balaie l'Allemagne en ce moment, je ne peux pas me permettre d'avoir des hérétiques à ma porte. Vous dites des gnostiques ?

– Oui, Votre Sainteté. Telles sont mes informations.

– De quelle erreur se rendent-ils coupables ?

Léon posa cette question sans manifester grand intérêt. Je crois qu'il espérait que Cajetan ne se donnerait pas la peine de répondre car, pour Rome, toutes les hérésies sont bonnet blanc blanc bonnet.

– Eh bien, Votre Sainteté, le premier principe de la philosophie gnostique…

– Veillez à ce que l'inquisiteur soit décemment enterré, voulez-vous ? Ce qu'il en reste, tout au moins. À la Minerva, je pense. Cela me paraît parfait. Avec tous les honneurs, bien sûr.

– Bien sûr, Votre Sainteté. Comme je le disais…

– Où avez-vous dit qu'on l'avait retrouvé ?

– Au Colisée, Votre Sainteté.

Léon frissonna.

– Quelle horrible chose ! Ces gnostiques en sont-ils responsables ? Ici à Rome ? Impudence absolue ! Pourquoi ne filent-ils pas rejoindre le moine fou ? Je suppose qu'il leur reste en travers de la gorge, tout hérétiques qu'ils sont.

– Le principe de base de la foi gnostique, Votre Sainteté…

– Oh, pour l'amour de Marie, ne me dites rien, je ne veux pas le savoir !

– On dit qu'au cours de leurs obscènes... liturgies, il se passe entre eux des actes répugnants.

Léon manifesta soudain son intérêt.

– Ah ? Quelle sorte d'actes, Cajetan ?

– Eh bien, je... j'ai entendu dire que... des femmes avec des femmes...

– ... et des hommes avec des hommes ? demanda Léon avec un peu trop d'empressement.

– Oui, Votre Sainteté, des hommes avec des hommes. Dégoûtant.

– Oui, bien sûr. Totalement repoussant ! Mais est-ce qu'ils...

– Votre Sainteté doit agir vite afin de détruire ce cancer.

– Certainement, certainement. Je suis, en ce moment, plutôt préoccupé par les affaires d'État. La guerre avec la France...

– Votre Sainteté peut me laisser agir. Mais je demande un ordre écrit.

– Vous l'aurez, Cajetan !

Et les ténèbres me recouvrirent.

Que pouvais-je faire ? Si Cajetan nous exterminait, que resterait-il de la vérité dans ce monde d'erreur et de duperie ? De plus, mes amis subiraient le sort de Laura et mourraient dans l'horreur, la douleur et la honte. Non ! non, je ne pouvais permettre ce désastre. Léon devait mourir avant de déléguer son autorité à Cajetan.

Plus tard, Léon me demanda :

– Que sais-tu de la philosophie gnostique, Peppe ?

– Pas grand-chose, mentis-je.

– Moi, presque rien. Je pensais que les gnostiques avaient disparu depuis longtemps. N'est-ce pas une hérésie des premiers siècles de la foi ?

– Je crois que oui, Votre Sainteté. Mais pourquoi

précipiter les choses ? Ils ne sont peut-être pas aussi mauvais que le croit Son Éminence.

Léon secoua vigoureusement la tête.

– Non, Peppe. Impossible. Pas ici, dans ma ville. Tu t'imagines ce que ce salaud de Luther dirait s'il le savait ? Cela rendrait les choses mille fois plus difficiles qu'elles ne le sont. J'ai pris ma décision. S'ils existent, ils seront détruits.

Je fus donc moi aussi forcé de prendre *ma* décision : Léon devait mourir. Léon devait entrer dans l'obscurité qui avait déjà accueilli Andrea de' Collini et Tomaso della Croce.

J'ai employé le poison, bien sûr – non, pas dans son cul, mais dans son vin. Facile : je vous ai déjà dit que Rome était une ville d'empoisonneurs. Un marché en hausse, pour être franc. J'ai acheté à une vieille sorcière une poudre composée d'intestins de crapaud mêlés au cheveu d'un fœtus affecté de malformation et à certaines herbes poussant sur les rives du Nil.

– Pas de baratin, lui dis-je. Cette poudre est-elle efficace ?

– Vous avez ma parole, messire.

– Et ça coûte combien ?

– Si ça ne marche pas, rapportez-la-moi, je la boirai moi-même.

Je n'arrivais pas à saisir la logique de cette offre, mais je payai les cinq ducats. Elle me dit que ce poison entraînait des effets qui s'apparentaient à une crise de paludisme ou à un accès de fièvre après un coup de froid, ce qui convenait parfaitement à mes desseins.

Dans l'après-midi du 24 novembre 1521, nous apprîmes que la capitale de la Lombardie avait été prise. Léon, Serapica, Giberti (l'évêque de Vérone) et moi, nous nous étions retirés à Magliana et ce fut là que le secrétaire du cardinal de' Medici nous apporta l'heureuse nouvelle. Léon, au milieu des laudes, était en train de réciter les paroles : *Et être délivrés des mains de nos ennemis*, tirées du Benedictus, quand le secrétaire entra en coup de vent. L'excitation et la joie du pape furent intenses – si intenses qu'on dut le transporter en litière dans ses appartements privés, où il s'assit, pantelant et haletant, les yeux exorbités, la bouche ouverte. Des messagers furent immédiatement envoyés à Rome pour ordonner que l'on commençât les célébrations de la victoire et que l'on fît tonner le canon du château Saint-Ange. À Magliana même, des feux de joie brûlèrent toute la nuit, accompagnés de musique et de salves de canons. On dit que cette nuit-là des centaines d'enfants furent conçus à Magliana et à Rome.

Léon observa les réjouissances d'une fenêtre ouverte dans sa chambre, bien que l'air fût glacial. Serapica était sorti en hâte pour voir de près les feux de joie et nous étions tous les deux assis, Léon et moi, à une petite table près de la fenêtre. Il était en proie à une émotion si intense qu'il avait le visage ruisselant de sueur et les mains tremblantes.

– Un peu de vin, peut-être, Votre Sainteté ? Toute la ville est en fête. Pourquoi ne pas nous joindre à elle ?

– Oui, oui, buvons du vin.

Je versai le poison dans son verre. Je ne sais pas quel goût il avait, mais Léon ne remarqua rien. Ce n'était pas étonnant, vu l'agitation dans laquelle il se trouvait. Il but d'un trait le contenu du verre et le remplit de nouveau.

Ce fut aussi simple que cela. Plus tard, je demandai la permission de me retirer pour aller me coucher. Pauvre gros Léon, tout excité. C'était triste à pleurer. Avant de regagner ma chambre, je le regardai, assis là, devant la fenêtre ouverte et je me dis : « On dirait un gros bébé. » Et il n'était pas autre chose. À cet instant, je l'aimai plus que jamais. Je l'aimais, j'avais besoin de lui, je voulais le protéger, l'entourer de mes petits bras, le serrer, le rassurer. Au lieu de cela, je l'ai empoisonné. Y a-t-il une traîtrise plus noire que la traîtrise d'un amant ?

Le 25 novembre, nous revînmes à Rome dans l'après-midi. C'était l'un de ces glorieux jours d'hiver que l'on ne trouve qu'ici, dans cette vieille ville, aussi séduisante, aussi provocante et aussi fardée qu'une putain : un ciel bleu clair et un soleil étincelant, mais un air frais, piquant et pur. Léon marchait à pied et frissonnait continuellement. Du bout des lèvres, Serapica me glissa :

– Il n'aurait jamais dû rester assis toute la nuit à cette fenêtre ouverte. Pensez-vous qu'il a pris froid ?

La foule immense était en extase. Partout fusaient les cris de *Leo ! Leo Salve !* et les canonnades étaient assourdissantes. Les cardinaux l'embrassèrent, certains tombant même à ses pieds pour baiser ses mules. Léon était aux anges – il ne se sentait plus, faisait des signes de la main, poussait des cris, et il *frissonnait.*

Ce soir-là, il dîna bien et dormit tout son soûl, mais le lendemain matin, au cours d'une audience avec le cardinal Trivulzio, il eut un terrible accès de tremblements et dut s'aliter. Tout le monde assura que c'était une fièvre, contractée pour avoir passé la nuit à Magliana devant une fenêtre ouverte. Les médecins administrèrent des remèdes et tinrent pour acquis qu'il serait rétabli à la fin de la semaine – mais les intestins d'un crapaud et le cheveu d'un fœtus affecté de malformation (pour ne rien dire des herbes des rives du Nil) ne se laissent pas facilement dissuader d'accomplir leur œuvre de mort.

– Je me sens un peu mieux aujourd'hui, Peppe, me dit-il le samedi.

C'en était trop pour moi. Je me mis à pleurer.

– Quoi ? Oh, Peppe, que t'arrive-t-il ?

Il posa tendrement une main dodue sur ma bosse.

– Je suis heureux que Votre Sainteté se remette, dis-je, à peine capable d'articuler les mots.

Il se sentit suffisamment bien pour écouter un peu de musique, mais prit la précaution de faire une confession générale au pieux bénédictin qui était son confesseur. Pendant la nuit, cependant, le mal empira et, le lendemain matin, tandis qu'il frissonnait dans son lit, il me dit :

– Peppe, je brûle ! C'est comme un feu en moi… puis de la glace et de la neige… Je brûle, puis je suis glacé !

Je m'assis près de son lit et pris sa main dans la mienne.

Pendant la journée, il parut reprendre des forces, et les quelques personnes admises dans la chambre du malade furent congédiées : le médecin, le cardinal Pucci, l'évêque Ponzetti, ses neveux Salviati et Ridolfi et sa belle-sœur, Lucrezia. C'est drôle, n'est-ce pas, la présence d'une autre Lucrèce dans un cas d'empoisonnement. À onze heures du soir, cependant, la « fièvre » empira et il se mit à trembler tellement fort que le lit lui-même fut secoué.

– Peppe… je vais mourir…

– Non, non, Votre Sainteté ! Ne dites pas cela ! m'écriai-je, les yeux pleins de larmes, en saisissant sa main.

Je suis convaincu qu'à cet instant je croyais ce que je disais. C'était presque comme si le Peppe qui aimait Léon et désirait l'aimer toujours et le Peppe qui était responsable de son pitoyable état étaient deux personnes différentes. Peut-être adoptons-nous cette attitude – nous couper en deux – quand nous faisons des choses que nous ne pouvons pas supporter d'avoir faites.

– Oui, Peppe, je le sais. Je le sens – oh ! –, je brûle ! Tiens ma main, Peppe.

Je lui baignai le front avec de l'eau de rose.

– Ai-je été un bon pape ? Je me suis toujours si peu senti à la hauteur… et maintenant encore. Peppe, pardonne-moi tout le mal que je t'ai fait.

– Le mal, Votre Sainteté ? Vous m'avez donné tout ce que j'ai ! Vous ne m'avez montré que tendresse et amour. Vous avez été le plus grand et le plus noble des papes…

– Aide-moi, Peppe… Aide-moi à être courageux ! J'ai peur de la mort.

– Votre Sainteté, je vous en prie… ne vous affligez pas…

Parcouru de frissons, il se tourna sur le côté. Un dernier spasme de désespoir s'empara de lui.

– Où est ma tiare ? Où est la triple couronne ? Entre quelles mains ? Ô Christ, aie pitié de moi, pauvre pécheur ! Où est le pouvoir du pape Médicis maintenant ? Pas de trône, pas de pompe, pas d'autorité sur les rois et les princes, rien que l'œil de feu du Juge éternel… Ô Jésus, Jésus, pitié !

J'appelai le confesseur bénédictin pour administrer l'extrême-onction. Léon était si faible qu'il ne put recevoir le viatique. Je détachai la croix qu'il portait autour du cou et la lui posai sur les lèvres. Il l'embrassa, encore et encore, trois ou quatre fois. Après cela il me regarda de ses gros yeux liquides et tenta de sourire. Je lui rendis son sourire. Sa main s'échappa de la mienne.

Puis il tourna son regard vers le plafond et dit doucement, tristement :

– *Jésus, Jésus, Jésus.*

Alors il rendit l'âme.

ÉPILOGUE

Et jam non sum in mundo.
Et désormais je ne suis plus au monde.

Le poison n'a jamais vraiment été suspecté. Il n'y avait pas de raison car, quand Léon est mort, tout le monde savait qu'il avait passé une nuit entière dans l'air glacial de Magliana, où l'on attrapait fréquemment le paludisme. Le corps se décolora et enfla rapidement, ce qui, aux yeux de Paris de Grassis, était suspect, mais Léon était si gros qu'il fut difficile de dire quelle partie de son corps était bouffie et quelle autre ne l'était pas. Le médecin Severio examina le corps et déclara qu'il n'y avait pas la moindre preuve en faveur des soupçons de Paris de Grassis. À tout hasard, Bernarbò Malaspina, qui goûtait les boissons du pape (et qui était détesté car il appartenait au parti français), fut arrêté et torturé, mais les bourreaux ne lui arrachèrent aucune confession, car j'étais seul responsable d'avoir éteint le grand luminaire qui éclairait ce sombre monde. Dans une lettre à Thomas Wolsey (qui me fut montrée, mais que j'aurais lue de toute façon), l'envoyé anglais, Clerk, affirma que l'hypothèse du poison était absurde. Il écrivit que quiconque connaissait Léon, sa corpulence, sa graisse et ses toux chroniques – sans parler de sa manière de vivre où alternaient jeûnes et orgies –, était surpris qu'il eût vécu si longtemps. Cette opinion prévalut et personne ne parla plus de poison.

J'ai maintenant à décider ce que je vais devenir. J'ai abandonné la charge de Maître de la confrérie gnostique et Ludovico Francesi, jeune homme très intelligent et très dévoué à notre cause, me remplacera dans deux jours, après que j'aurai présidé ma dernière liturgie.

J'ai donné mission à mes banquiers florentins de mettre de l'ordre dans mes affaires et de faire don du gros de ma fortune aux diverses causes que je leur désignerais par lettre. Je vais me séparer de ma collection de bagues (j'en enverrai une au pauvre Serapica qui moisit toujours en prison sous l'accusation d'escroquerie). Le produit de leur vente me permettra de louer deux pièces dans le Trastevere et de vendre de la piquette bon marché, additionnée parfois d'une goutte de frascati, comme le faisait ma soi-disant mère.

OUI, JE RETROUVE MES RACINES.

Cela vous semble-t-il étrange ? Si oui, songez à ceci : je dois, en un sens, me racheter de la mort de Léon. Je dois expier ma faute. Me replonger dans la misère et l'horreur de la vie que j'ai connue jadis – tel le chien qui renifle son vomi – me semble un moyen idéal d'expier ma faute. J'ai commencé comme un petit infirme pathétique et je finirai comme un petit infirme pathétique. Tout ce qui est arrivé depuis la mort de Léon ressemble à un rêve. Moins encore : à l'ombre nébuleuse de la mémoire d'un rêve. Et cela n'a peut-être pas été autre chose. Je vivrai les jours qui me restent à vivre dans le ténébreux alambic de mon origine, allant de porte en porte pour vendre mon vin (je louerai les services d'un garçon – peut-être un nain comme moi – qui poussera la charrette jusqu'à l'heure où les ailes de mon âme s'ouvriront pour s'envoler vers le ciel, passer des ténèbres de ce monde à l'aveuglante lumière de l'éternité).

Mais...

Oh, mais il y aura une différence ! Et quelle différence !

Peppe le colporteur infirme du Trastevere sera Peppe le colporteur *gnostique* du Trastevere. Il comprendra et luttera contre la misère du monde, alors qu'il se contentait de l'endurer comme une bête muette. Il saura que même la brute la plus cruelle est dotée d'une âme immortelle, dont la flamme cachée brûle toujours, une âme séparée du vrai Père du ciel, envers laquelle on ne peut éprouver que de la pitié avant qu'elle retrouve sa source et son origine. Il saura que l'inhumanité n'est qu'un masque collé sur une face divine. Et par tous les moyens, même les plus modestes, il luttera pour arracher ce masque.

Au plus fort de l'épreuve, quand les ténèbres s'épaississent et que la force décline, il contemplera la douleur, les souffrances, les larmes et les tragédies de ce monde absurde. Et, secouant le poing à la face de cet ego trompeur et dément qui a vomi le monde, il s'écriera : *Non serviam !* Je ne te servirai pas parce que tu n'es pas Dieu.

Tel est le conseil que je vous donne à tous : dès que vous avez compris le principe fondamental – un Dieu d'amour n'a pas pu créer l'univers matériel –, passez le reste de vos jours à le propager partout où vous le pourrez. Aucun effort n'est perdu, même le plus petit et le plus inadéquat. Après tout, avec de la patience, il est parfaitement possible de transformer goutte à goutte un ruisseau en océan. Roi (ou pape), servez la lumière en marchant au milieu des autres rois. Poète ou artiste, servez la lumière à travers vos œuvres. Mendiant, servez la lumière à travers vos haillons et votre main tendue. C'est exactement ce que j'ai l'intention de faire et, croyez-moi, si nous sommes assez nombreux à travers le monde à servir la lumière et à répandre la vérité, le monde changera. Il a besoin d'une armée secrète de gnostiques pour lui faire prendre conscience – ainsi qu'à ses habitants – qu'il n'est rien d'autre que l'enfer.

Je me sens tout bizarre, ce soir ! Il y a quelques heures, assis dans ma chambre (qui ne le sera plus très longtemps), j'ai composé une chanson. J'ai à peine besoin de vous dire que c'est pour ELLE : ma Laura.

Voici ce que j'ai composé :

L'autre différence – pour moi énorme –, je vais maintenant vous en parler. Ce fut une incroyable surprise (pour ne pas dire un choc) et, même à présent, je ne suis pas sûr de le croire. Mais je dois le croire, car j'en ai la preuve sous les yeux. Et je l'aurai sous les yeux pour le reste de ma vie !

Tard l'autre soir, seul dans ma chambre, tandis que je triais et empaquetais mes affaires personnelles en rêvassant, j'entendis un heurt léger à la porte.

– Entrez ! m'écriai-je avec irritation, pensant qu'un officiel venait me demander de faire vite et de décamper.

Le heurt se fit entendre de nouveau.

– Entrez, je vous dis !

La porte s'ouvrit lentement et, me retournant, j'aperçus une jeune fille debout dans la demi-lumière : une belle fille aux cheveux mordorés encadrant un pâle visage ovale. Quelque chose remua en moi, comme le souvenir d'une musique entendue il y avait très longtemps, et cela me désarçonna. Je me sentis soudain triste sans aucune raison.

– Vous êtes Giuseppe Amadonelli, dit-elle.

C'était une assertion, pas une question.

– Et vous ? Il me semble que je vous reconnais…

– Vous avez eu l'occasion de me voir.

– Où ?

– Dans la maison d'Andrea de' Collini.

Je me rappelai alors que je l'avais déjà vue. Elle avait assisté à plusieurs liturgies et elle s'était assise aux pieds du Maître, en compagnie d'autres néophytes, pour apprendre les principes de la philosophie gnostique. Cependant, je ne lui avais pas prêté grande attention. Je ne lui avais jamais parlé. Ce n'était qu'une adepte parmi d'autres.

– Je m'appelle Cristina, dit-elle d'une voix douce et musicale. Puis-je entrer ?

– Vous êtes la bienvenue, répondis-je, mais, comme vous le voyez, je prépare mon départ.

– Votre vie à la cour pontificale est donc terminée ?

– Oui. Mon soleil a cessé de briller.

– Mais un soleil nouveau se lèvera à l'aube, dit-elle doucement.

Il me sembla que ses paroles avaient une autre signification que celle qui était manifeste. Qu'elle se référait à quelque chose d'autre qu'à l'élection d'un nouveau pape. Quelle signification ? Je n'en avais aucune idée.

– Jamais un soleil ne brillera avec l'éclat du mien, dis-je tristement. Il n'y aura pas d'autre Léon. Hélas, quand le soleil s'en va, les étoiles et les planètes qui gravitent alentour perdent également leur éclat et finissent par s'éteindre. Chaque lumière meurt quand le feu du grand astre s'éteint. Léon était mon soleil.

– Oui, je sais.

– Vous le connaissiez ? demandai-je, surpris.

– Pas vraiment. Est-ce que quelqu'un connaît le pape ?

– Tout le monde sait de qui il s'agit, mais cela n'a rien à voir. Je connaissais et j'aimais l'homme lui-même.

Avec un grand naturel, elle traversa la chambre et s'assit, à ma table de travail, sur la chaise où je m'asseyais toujours pour écrire ces mémoires.

– Que voulez-vous ? demandai-je.

Plus je la regardais, plus quelque chose en moi se mettait à vibrer et à me tirailler, animé d'une vie propre qui m'angoissait. Mais quoi ? Qu'y avait-il dans ces cheveux dorés, ce pâle visage sans défaut, qu'y avait-il dans les inflexions de cette voix qui, en même temps, m'attirait et me faisait peur ? Oui, pour être honnête, j'avais un peu peur. Pourquoi ?

– Je ne sais pas comment vous allez accueillir ce que j'ai à vous dire. Cela vous a été caché depuis si longtemps. Oh, je n'y suis pour rien, croyez-moi. C'est *lui* qui a insisté.

– Lui ?

– Maître Andrea. Andrea de' Collini. Il pensait que

c'était mieux. Il disait que nous devions attendre. Mais maintenant… maintenant que le Maître est mort… Je n'ai personne… nulle part… pourquoi garder ce secret plus longtemps ?

– Garder quel secret ? demandai-je, troublé et toujours curieusement effrayé.

– Vous ne devinez pas ?

– Non. Et je n'ai pas de temps à perdre avec des devinettes, dis-je.

– Qu'avez-vous l'intention de faire ?

– De faire ?

– De vous, j'entends. De votre vie. Où allez-vous aller ?

– Pourquoi vous intéressez-vous à moi ?

– Mais parce que j'en ai le droit, croyez-moi !

– Quels droits avez-vous sur moi ?

Elle me regarda un moment de ses grands yeux qui s'emplirent de mélancolie.

Puis elle dit doucement :

– Le droit de vous protéger, de vous sustenter, de vous soutenir, d'être près de vous.

Je secouai la tête.

– Je ne comprends pas, dis-je.

Après un moment d'éloquent silence où j'entendis mon cœur battre comme un tambour, elle dit :

– Les droits auxquels peut prétendre une fille sur son père.

Oh non, non… pas ça…

Elle poursuivit :

– Je suis votre fille, Giuseppe Amadonelli.

Ces cheveux, ce visage, cette voix… c'étaient ceux de Laura ! La reconnaissance me frappa comme un trait de foudre – doux Jésus, quels mots pour décrire cela ?

Comme si un vieillard souffreteux recouvrait soudain la santé, comme si une fortune inattendue tombait dans le giron d'un pauvre, comme si le bruit de l'univers entier assaillait soudain les oreilles d'un sourd. Le choc me ravit et m'horrifia. Pendant quelques instants, je fus incapable de parler. Frappé de stupeur, je la regardai, puis, de nouveau, dans ses beaux yeux, je rencontrai le regard de ma Laura bien-aimée. Mais comment ? Au nom de Dieu, comment ?

– Le Maître était le seul à savoir, dit Cristina. Quand j'ai été en âge de l'apprendre, il m'a dit qui j'étais – qui vous êtes – et ce qui était arrivé à ma mère. Je ne sais pas pourquoi il n'a jamais voulu que vous le sachiez et j'ai dû respecter sa volonté. Je... je lui devais tout. Il m'a élevée, a pris soin de moi, m'a protégée et abritée.

– Vous viviez avec lui ?

– À ma sortie de prison, oui.

– Et il n'a jamais rien voulu me dire ?

– Non.

– Mais... mais c'est impossible ! Écoute, regarde-moi, Cristina ! Regarde-moi, puis regarde-toi... Je ne puis croire...

Sa voix se fit soudain pressante, passionnée.

– Mais il *faut* me croire ! s'écria-t-elle. Il le faut.

– Il le faut ? répétai-je comme un écho.

– Vous... vous êtes tout ce qui me reste...

– Alors, c'est bien peu de chose, ma chère.

– Non ! Je n'ai personne d'autre que vous. Où irai-je, que ferai-je sans vous ? Vous ne pouvez pas refuser... Vous ne pouvez pas me repousser...

– Mais je suis un étranger pour toi, Cristina.

Elle secoua lentement la tête et un petit sourire affleura ses lèvres.

– Pas du tout, dit-elle. Je sais tout de vous. Le Maître m'a parlé. Il m'a raconté ce que ma mère lui avait confié.

– Je ne peux pas être ton père. Tu dois t'être trompée.

– Vous rappelez-vous la nuit où j'ai été conçue ? dit-elle doucement.

J'avais les joues rouges et je commençai à me sentir nerveux. Elle poursuivit :

– C'était dans la maison du Maître, n'est-ce pas? *Dans la maison de mon grand-père!* Ma mère vous a transmis le savoir que vous deviez acquérir afin de le rejeter. N'est-ce pas ainsi que les choses se sont passées? Le Maître me l'a affirmé. C'est elle qui vous a initié, elle qui vous a transmis la connaissance. Ma mère, Laura, c'est avec elle que vous avez fait l'amour.

– Une seule et unique fois, dis-je, les larmes aux yeux.

– Ce fut suffisant. J'ai été conçue cette nuit-là.

– Nous n'avons jamais eu l'intention... nous n'avons jamais imaginé avoir un enfant. Jamais. Comme tu l'as fait remarquer toi-même, je n'ai connu le plaisir charnel que pour mieux le rejeter – soit par abstinence, soit pour le pervertir. Comment aurions-nous pu désirer avoir un enfant?

– Je ne sais pas quelles étaient vos intentions, dit Cristina. Je sais seulement deux choses : d'abord que vous aimiez ma mère...

– Plus que tout autre être ou toute autre chose dans l'enfer de ce monde! m'écriai-je.

– ... et qu'elle vous aimait. Ensuite que ma naissance a été une joie profonde pour elle. Le Maître m'a souvent parlé de cette joie.

– Mais ce n'est pas possible...

– Et pourtant c'est ainsi. Je suis née quand ma mère était en prison. Ne vous êtes-vous jamais demandé, Giuseppe Amadonelli, pourquoi on a mis si longtemps avant de l'envoyer au bûcher?

– Je n'ai jamais pensé...

– Alors pensez-y maintenant. Réfléchissez! Tant qu'elle me portait dans son ventre et tant que ma survie dépendait d'elle, elle n'était pas en danger de mort. On ne brûle pas les femmes enceintes ou celles qui ont des enfants en bas âge. J'ai vécu avec elle dans cette cellule malpropre. Elle m'a élevée comme elle a pu – oh, ma pauvre mère! – puis, quand on a jugé que j'avais atteint l'âge de raison, on l'a brûlée vive et on m'a relâchée. Mon grand-père m'a prise sous son aile et j'ai vécu dans sa maison. L'Inquisition aurait préféré me confier à un ordre de religieuses dont l'apostolat est de s'occuper des enfants d'hérétiques – de bonnes et saintes femmes, je le sais –, mais grand-père a réussi à soudoyer le président de la commission qui traite de cas comme le mien. Cet homme, Bertrand Souzaine, était français, et je suis sûre que mon grand-père savait qu'il y avait eu autrefois, dans sa famille, des sympathies pour les cathares. Bref, il laissa le Maître s'occuper de moi. Les nonnes auraient sans nul doute essayé de faire de moi une des leurs.

– Toutes ces années… je n'ai jamais su…

– Vous m'avez souvent vue à nos réunions, nos liturgies…

– Oui ? Je n'ai jamais su.

– Pourquoi l'auriez-vous su ? Je vous l'ai dit, le Maître ne souhaitait pas que vous appreniez mon identité.

– Je ne peux pas comprendre cela, dis-je.

– Moi non plus. Mon devoir n'était pas de comprendre, mais d'obéir. Il n'était pas seulement le Maître, il était aussi mon grand-père et je lui devais la vie. Il est mort maintenant, et je suis seule. Du moins, si vous me repoussez, je serai totalement et complètement seule.

Alors quelque chose comme une digue en moi se rompit, comme une bulle de savon au soleil s'élevant à la surface de mon âme, m'inondant le cœur et l'esprit. Tombant à genoux, en sanglots, j'enfouis ma tête dans la douceur de son giron. Cette odeur, cette douceur, la chaleur de ce jeune corps… c'était Laura. Tout en elle était Laura ressuscitée, Laura revenue à moi, Laura née une seconde fois.

– Je ne te repousserai pas, ma chérie ! m'écriai-je. Jamais !

Me prenant la tête dans ses mains fines et pâles, elle leva mon visage vers le sien. Elle aussi pleurait.

– Oh, combien j'ai prié pour t'entendre prononcer ces paroles, dit-elle. Combien je me suis torturée, nuit après nuit, à l'idée que tu pourrais ne pas les prononcer.

– Ne te tourmente plus, c'est dit. Je ne te laisserai jamais seule. Jamais. Nous serons ensemble, toi et moi. Nous prendrons soin l'un de l'autre, nous veillerons l'un sur l'autre... Nous nous aimerons l'un l'autre...

– Ainsi que s'aiment un père et une fille, dit-elle.

Père et fille. Les mots étaient comme une prière – le genre de prière qui accomplit des miracles, qui fait de l'impossible un rêve et du rêve une glorieuse et incroyable réalité. Je compris aussitôt ce que le psalmiste hébreu voulait dire quand il chantait : *Et ma coupe est remplie jusqu'à ce qu'elle déborde* [1].

Je levai la tête et m'accroupis à ses pieds.

Alors, à cet instant, je compris quelque chose d'autre : une lacune dans ma compréhension et une tache sur la pureté de mon amour pour Andrea de' Collini disparurent soudain à jamais. Évidemment : c'était à cause d'elle, de ma fille, qu'il avait été si réticent à arracher Laura à la forteresse du château Saint-Ange. Il *savait* que Laura n'était pas seule dans sa cellule, que Cristina était avec elle. Sachant cela, comme il avait dû craindre pour la vie de l'enfant ! Si Laura avait été soustraite au bûcher, que serait devenue la petite fille ? Aurait-elle été brûlée à la place de sa mère ? Il savait également que, quoi qu'il arrivât à Laura, Cristina finirait par être relâchée. Comment aurait-il pu courir un tel risque, comme don Giuseppe et moi nous le pressions de le faire ? Le Maître savait – intolérable tragédie – que la mort de la mère signifiait la vie de l'enfant.

Dans ma tête, j'entendis les mots se former tout seuls : *Andrea, Andrea, comme je t'ai mal jugé !*

Dans la chambre la plus intime de son cœur, je croyais

1. Psaumes, 23, 5.

toujours que la folie s'était emparée de ce noble cœur, mais même dans la folie il avait veillé à la sécurité de sa petite-fille – et, dans cette chambre intime, je fis mon acte de contrition. Puis je parlai de nouveau à Cristina.

– Tu dois savoir, dis-je en m'essuyant les yeux d'un revers de la main, que j'ai décidé de retourner à l'endroit d'où je suis venu. C'est un lieu dur et cruel, et la vie qu'on y mène est dure et cruelle.

Elle soupira.

– Cela ne compte pas pour moi. Ce qui compte est que nous soyons ensemble.

– Oui. Ensemble.

– Rien d'autre au monde ne m'importe plus.

Je fis une pause avant de poursuivre :

– J'ai décidé d'y revenir, car c'est le lieu où l'on mène l'existence la plus sombre. Elle a besoin de lumière – elle a désespérément besoin de la lumière de la vérité gnostique. Dans ces ténèbres, je crois pouvoir semer les graines de vérité. Je peux être, pour ainsi dire, une flamme de la véritable lumière qui, par degrés, illuminera les coins et les recoins ténébreux où se nichent l'ordure et la misère. Briller et irradier, telle est la tâche que je me suis assignée.

– Je comprends tout ce que tu dis, père.

Quand elle prononça le mot *père*, un indescriptible frisson d'étonnement et d'orgueil me traversa.

– Oh, ma très chère enfant, dis-je, comment peux-tu comprendre ?

Et, à ma grande joie, elle répondit :

– Je comprends car j'ai depuis longtemps embrassé les principes qui guident ta vie. Ma pauvre mère a été mon premier guide, même dans les profondeurs des ténèbres de cette prison. Plus tard, à ma libération, le Maître lui-même a pris mon éducation spirituelle en main. Je reçus le baptême gnostique il y a quelques années. Moi aussi je suis une enfant de la lumière.

– Et tu penses être capable de supporter une telle existence ? De partager cette tâche ?

Elle fit une pause avant de répondre d'une voix ferme :

– Je *sais* que j'en suis capable. Et c'est mon désir d'agir ainsi.

– Oh, Cristina !

– *Père.*

– Nous ne serons pas pauvres… j'ai assez d'argent pour nous deux.

– La pauvreté est une affliction du cœur, pas une bourse vide.

– Au moins, nous ne manquerons de rien. À partir de maintenant, notre tâche sera une tâche spirituelle. Ce sera dur, Cristina…

– Je n'en doute pas. Mais nous serons l'un avec l'autre.

– J'ai pensé… je veux dire, à son heure… j'ai l'intention de former une nouvelle confrérie. Écoute-moi ! Il y en a sûrement d'autres – des esprits affûtés et des âmes en quête, brûlant de mille et une questions, mais prises au piège de l'ignorance qu'engendre la misère. Pourquoi n'y aurait-il pas d'autres Giuseppe Amadonelli attendant d'être sauvés des bas-fonds du Trastevere, comme moi qui attendais autrefois et qui fus sauvé… par ta mère ?

– Ce sera une tâche merveilleuse ! s'écria-t-elle en battant des mains.

– Et peut-être, ma chérie, peut-être, quand nous sentirons le poids de la fatigue et que nous aurons besoin de repos, nous retirerons-nous ensemble, toi et moi, dans une petite villa perdue parmi les collines et que j'aurai achetée exprès. Personne ne le saura sauf nous deux. Là, ensemble, loin de l'ordure et de la misère du Trastevere, nous prendrons l'air, le soir, et nous lirons les grands maîtres de la vérité…

– Nous chanterons des chansons…

– Nous réciterons des poèmes…

– Oh, oui, nous chanterons des chansons ensemble !

Nous nous étreignîmes, les joues humides de larmes, mi-riant, mi-pleurant, ne sachant trop comment contenir l'émotion qui nous assaillait.

Puis, lentement, je dénouai l'étreinte et la regardai.

– Est-ce possible ? dis-je. Est-ce vraiment possible ?

Elle fit signe que oui en souriant.

– Oui, répondit-elle d'une voix douce et tendre. C'est possible et c'est vrai. Je suis ta fille, Giuseppe Amadonelli.

– Et je suis ton père, Cristina.

– Oui.

– Oh, mais regarde-toi ! Regarde-toi, mon enfant – que tu es belle ! Tu es le portrait de ta mère. C'est un miracle que la semence d'un être contrefait comme je le suis ait produit une telle fleur, un tel fruit...

Elle dit en riant :

– Il faut être deux pour en faire un troisième, père.

– C'est vrai. Mais Thomas d'Aquin, le grand docteur, affirme qu'un enfant de sexe féminin n'est rien de plus qu'un accident – un germe masculin qui a mal tourné – dû, peut-être, à l'influence d'un humide vent du sud. Il déclare que la femme n'ajoute rien à la semence de l'homme, mais ne fournit qu'un réceptacle dans lequel elle pousse et se développe. Si une fille naît, ce n'est qu'un accident de croissance. Voilà ce que dit l'Angélique Docteur.

– Tu crois cela ?

– Pas plus que je ne crois que la Lune est faite de crème de fromage !

– Pas plus qu'on ne peut croire que les étoiles sont des diamants !

– Et pourtant – oh, Cristina – il est si difficile de croire qu'une créature aussi parfaite que toi a été conçue par un monstre tel que moi.

– Tu n'es pas un monstre. Tu es mon père... et... et je t'aime.

Quand elle prononça ces mots, l'émotion qui m'assaillit fut si forte que, l'espace d'un instant, je luttai pour la contenir.

Baissant la tête, elle m'embrassa tendrement sur la joue, pressant ses lèvres douces et pleines contre ma peau rugueuse.

– Et moi, répondis-je enfin d'une voix chevrotante, moi aussi je t'aime, Cristina. Je t'aime et ne t'abandonnerai jamais.

– Alors, rien d'autre n'a d'importance.

– Rien d'autre. Rien.

Et, une fois encore, nous nous étreignîmes.

Au bout d'un moment, elle me repoussa doucement et se leva avec grâce.

– Tu n'as plus aucun doute ? demanda-t-elle.

Je secouai la tête.

– Non, pas le moindre.

– Alors notre nouvelle vie ensemble peut commencer.

Je fus de nouveau inondé de larmes.

Qui que vous soyez, il est temps maintenant que je vous quitte. Mais, avant de partir, j'aimerais vous léguer le testament de mes convictions gnostiques, que vous serez naturellement libre d'embrasser ou de rejeter, selon vos inclinations. Il est important pour moi d'écrire cela, car j'éprouve en ce moment une sorte de sentiment d'éternité et je suis incapable de m'en alléger, comme le pauvre Serapica qui languit toujours entre quatre murs, en me transformant en statue grecque. Ma fille Cristina est maintenant la nouvelle pierre angulaire de ma vie, et elle est pour moi la représentation de tout ce qui est objectivement vrai : beauté, amour, loyauté, vérité. Mais, afin de ne pas perdre le sens de mon être et de ma propre substance (car ce qui m'est arrivé dans la vie a, la plupart du temps, ressemblé à un rêve), j'ai besoin de voir quelque chose de réel, de tangible, d'écrit noir sur blanc devant moi, qui puisse me faire dire : « Oui ! Telle est mon essence – voilà le sens de ma vie. » Ou, comme le moine fou l'a dit lui-même une fois avec un grand courage et une considérable dose de naïveté : « C'est sur cela que je m'appuie. Je ne puis faire autrement. »

Credo

Je crois en un seul vrai Dieu, le Père tout-puissant, qui habite les cieux, dans le royaume glorieux de la lumière, et qui est lui-même le Créateur incréé du royaume qu'il habite. Nous avons chu loin de lui et de son amour et cette chute nous a précipités dans ce monde que le Père n'a pas créé. Car cette terre et ce monde ne sont qu'un néant, pleins de la misère et de la douleur du néant. Comme le Disciple bien-aimé l'atteste dans l'Évangile :

Omnia per ipsum facta sunt; et sine ipso factum est nihil, quod factum est.

La traduction et l'interprétation gnostiques de ces paroles diffèrent de celles de la tradition. L'Église les comprend comme : « Rien ne fut fait sans lui. » Et notre enseignement dit que : « Rien ne fut fait, et ce fut fait sans lui. » Chaque traduction est une interprétation – comment pourrait-il en être autrement ? Le néant qui est l'enfer de notre monde a donc été créé sans le Verbe divin. Ce n'est pas « notre » monde, car nous sommes étrangers à lui, exilés en lui. Notre origine et notre vraie demeure est le royaume de lumière où habite le Père. Car ce monde a été créé par l'ennemi du Père, le Démon, et les formes matérielles, les désirs de la chair, la croissance et le déclin des corps sont son œuvre.

Je crois en ce Verbe divin, en Jésus le Nazaréen qui est le Christ, envoyé par le Père pour nous expliquer la nature du monde dans lequel nous sommes exilés. Afin de nous sauver, il a quitté le royaume lumineux du Père pour descendre dans la sombre corruption de la chair. Et, comme l'affirme le grand Valentin, il a fait preuve de patience dans les salles d'étude de la vérité. Il n'a jamais été esclave de la chair et, pendant que son corps expirait sur la croix, son essence demeurait avec le Père. En lui, la mort fut rendue à la mort et la chair niée. Son enseignement est la parole de la Vérité, car c'est la parole du Père, pas le dieu des Juifs. Le dieu des Juifs est Yahvé-Yaldabaoth, le créateur de ce monde (ce qu'il reconnaît!) et le Démon. C'est pour cela que les Juifs ont haï le Christ et l'ont cloué sur un arbre. Mais il est Celui qui est Immortel, dont la gloire est avec le Père et sera éternellement avec lui.

Je crois en la corruption de toutes les choses de ce monde, qui est l'enfer. Je crois en la corruption des pouvoirs et des principautés, des États et des royaumes, des nations. Je crois en la corruption de la sainte Église romaine, car elle a nié la parole de Vérité de Jésus, notre Sauveur, et elle a perverti sa doctrine. Jésus a dit : «Vous connaîtrez un arbre à ses fruits[1].» Les fruits de la sainte Église romaine sont pourris.

Dans les Écritures on lit que Satan a offert à Jésus tous les royaumes de ce monde s'il consentait à s'incliner devant lui et à l'adorer[2]. Cela ne dit-il pas qu'ils appartiennent d'abord à Satan? Sinon, comment aurait-il pu les offrir? On ne peut pas donner ce qui ne nous appartient pas.

Je crois au retour des hommes dans le sein du Père. Du lieu où nous sommes tombés à celui où nous remonterons, et cela sera possible grâce à la connaissance – à la Gnose –,

1. Matthieu, 7, 20; Luc, 6, 44.
2. Matthieu, 4, 9; Luc, 4, 7.

grâce à la compréhension des vérités spirituelles que nous a léguées Jésus, notre Sauveur, et à l'application pratique de ces vérités. Je crois qu'à la fin toutes les ténèbres seront niées et vaincues à jamais et que la lumière triomphera éternellement à travers les siècles des siècles.

Comme l'a écrit le Disciple bien-aimé : *Et lux tenebris lucet, et tenebrae eam non comprehenderunt.* La lumière a toujours brillé dans l'ombre et l'ombre ne l'a jamais comprise ni maîtrisée. Et il en sera ainsi : la lumière continuera de briller – parfois dans les endroits les plus surprenants et les plus inattendus.

Je vous quitte en posant une dernière question : faites un minutieux tour d'horizon. Honnêtement, sans préjugé, regardez ce monde d'un œil critique. Regardez les souffrances, la misère, le mal dont est pourri ce monde et demandez-vous : « Dieu a-t-il vraiment créé cela ? »

Vous découvrirez peut-être que, vous aussi, vous êtes un gnostique.

Je ne peux rien écrire de plus. Le trône de Pierre aura bientôt un nouvel occupant (espérons qu'il n'aura pas le cul en charpie comme le pauvre Léon), et je ne peux pas me permettre d'être là quand il prendra possession des lieux. J'ai beaucoup de paquets à faire. Il est triste de voir tant de choses qui me rappellent Léon : ses mules, ses bijoux, sa petite loupe cerclée d'or et même la fiole bizarre contenant de l'urine de vierge et des herbes rares. Quand un pontife meurt, les chambellans de sa suite ont coutume de faire main basse sur tout ce qu'ils trouvent, se bourrant les poches et remplissant des sacs de butin. Heureusement, Giulio de' Medici s'est assuré qu'il n'en serait pas de même *cette fois-ci.* Tout le monde a pris ce qui lui appartenait, et *basta !*

Léon méritait cette dignité. Je sais que lui et moi, nous

nous rencontrerons de nouveau quelque part, un jour, dans un lieu plus proche du sein lumineux du Père que ne l'est cette fosse à fumier qu'on appelle le monde. Alors je m'agenouillerai devant lui et je lui offrirai deux choses : ma gratitude et mes excuses. Mais, en attendant, comme il va me manquer !

Un jour, je parlerai de Léon à ma fille Cristina. Je lui dirai tout et elle comprendra. Elle comprendra et elle me réconfortera dans mon chagrin. Comment pourrait-il en être autrement, puisque j'ai tué l'homme que j'aimais afin de préserver la philosophie qui nous fait vivre, elle et moi ?

Nous autres, les Italiens, nous aimons dire : *Arrivederci !* C'est beaucoup plus chaleureux et moins brutal qu'un au revoir. Nous rencontrerons-nous de nouveau dans l'avenir sombre et incertain ? On ne peut guère dire autre chose que : « Qui sait ? »

Le Vatican, Rome,
28 décembre 1521

FINIS

TABLE

Cet ouvrage
a été mis en pages par In Folio,
reproduit et achevé d'imprimer
en mars 2011
dans les ateliers de Normandie Roto Impression s.a.s.
61250 Lonrai
N° d'imprimeur : 11-1182

Imprimé en France

Dépôt légal : avril 2011
I.S.B.N. : 978-2-7529-0546-8